U0105229

Priest 作品

山河依旧，
四海清平。

目录

卷三

天命攸归

我大将军一言九鼎，战无不胜。

番外

万古云霄一羽毛

山河依旧，四海清平。

天命攸归

卷三

我大将军一言九鼎，战无不胜。

第十二章 谋反

壹

杨荣桂身高八尺，长得一表人才，年轻的时候也是个远近闻名的佳公子，如今上了点岁数，留出两撇小胡子，更添了点成熟稳重，待人接物都可圈可点，谈吐也并不浅薄，倒是与徐令想象中的面目可憎不一样。

不过此时，真正的徐令还尚未与他见过面——他见了一对假冒的钦差。

杨荣桂城府很深，心里怎么想的很少外露，一直追随左右的扬州府尹郑坤却看出来了。恭送了雁王一行后，杨荣桂不动声色地摸了一下自己的小胡子，脸上虽然不见什么喜色，但郑坤知道他心情不错，便上前凑趣道："看来杨大人跟雁王殿下十分投缘？"

言外之意，雁王恐怕也知道官场水深，并没有想要追究到底，只不过借题发挥，收拢自己的势力而已。

杨荣桂笑道："雁王殿下少年才俊，只要稍加磨炼，将来大有可为，徐副都察使为人方正，是难得一见的清流。只是我原还想着安定侯和他们一路，没想到侯爷这样急于军务，过扬州府门而不入，直接就奔江北大营去了。未能与我大梁军神一见，颇为遗憾。”

郑坤跟在他身边许久，是个机灵无双的马屁精，立刻自以为领会了杨总督的意思：雁王少不更事，虽然野心不小，但三言两语已经露了马脚，好对付；姓徐的是个读书读傻了的棒槌，不用管他。最妙的是，不知是因为“武将不干涉内政”而避嫌，还是雁王刻意为之，棘手的安定侯被支走了，他们大可以放手一搏。

杨荣桂与郑坤相视一笑。杨荣桂道：“此番有刁民的流言蜚语传到京里，于情于理王爷都是要调查一二的。你叫手下人准备好了，咱们行得正，立得直，不必怕查。”

郑坤会意一笑道：“是，大人放心。”

打发了欢天喜地的郑坤，杨荣桂脸上细微的喜色这才收起来，满目阴鸷。他知道雁王不好打发，没料到这样不好打发。倘若不是吕侍郎事先提醒，恐怕还真就让雁王给糊弄了，那雁亲王在朝中翻云覆雨，是何等手段，怎会是个少不更事之人？

他们暗中筹划的大计，连郑坤也没透露过，一直在严丝合缝的保密中，倘若那雁王一来就雷厉风行动刀动剑，反而只是就事论事，倒也好说，可他打起精神这样周旋……恐怕要大事不好。

“那件事”得尽快了。

就在杨荣桂等人带着“正副钦差”去参观他们郊外人丁稀少的“流民所”时，长庚和徐令微服乔装，四处打探流民情况。令徐大人费解的是，这位身份高贵的雁王殿下在市井中如鱼得水，与小商小贩、各路江湖人士都能聊起来，见什么人说什么话。有假雁王在前面掩人耳目，基本没人管他们，不几日，徐令已经随着雁王结交了几个能去人家里蹭饭的朋友。

想要打听的事也渐渐有了眉目。

“您是说以前城外有好多流民所，现在都不知道去哪儿了，是吗……王……掌柜的，您小心点！”徐令一边同客栈掌柜说话，一边胆战心惊地盯着旁边的雁王。他们俩正在扬州城郊的一家小酒馆，老板是个退下来的镖师，姓孙，一脸横肉，性情剽悍，客人惹他不高兴，动辄便打出去，也多亏此人酿得一手好酒，又有不少江湖客捧他的场，生意才能摇摇欲坠地做下去。

孙老板不知怎么和雁王对了脾气，此时酒店已经打烊了，雁王一时兴起，当场给他刻了一块匾，正亲自踩着板凳往门上挂。那板凳缺一条腿，没人碰自己还要在空中摇晃，岂是能站人的？

孙老板大笑道："你家那掌柜的功夫好着呢，不用你这小白脸担心——打听流民干什么？如今洋狗占据江南，流离失所的人多着呢，死一地也不值钱。"

徐令忙道："听说江北有十万流民，我们东家命我二人前来探查运河沿岸，想收容这些流民建厂做工，大老远地跑来，也没见几个人影子，那还找谁去做工？"

孙老板已经喝了小一斤黄酒，满脸红晕，眼神也飘着，闻言醉醺醺地看了徐令一眼，龇着一口黄牙笑道："怎么，套我的话？"

徐令："……"

长庚接过锤子，利索地把铁钉钉进了小酒馆门口，一跃而下，三条腿的长板凳自始至终纹丝不动，见徐大人吃瘪，笑着摇摇头——徐令从小两耳不闻窗外事，读着书长大，而后便是入朝为官，一直在京城里混，哪里和这些脑袋别在裤腰带上的老江湖打过交道？

孙老板看了长庚一眼，大着舌头道："白龙鱼服，掌柜的不简单。"

徐令顿时吓出一身冷汗，长庚却毫无芥蒂地接过孙老板递过来的酒壶，一口喝了半壶道："什么白龙黑龙的，有些人夜路走多了总会遇上鬼，我就是那个鬼。"

孙老板意味深长地打量了长庚半晌，笑道："钦差大人是怎么找上我的？"

长庚被人一口道破身份，仍然面不改色道："没什么，只是觉得孙老板这小酒馆生意太好了些，每日客人不过三两桌，酒水菜蔬却车水马龙似的，吃得完吗？”

孙老板抬头看着他，脸上哪儿还有醉意，分明是目露凶光。徐令眼尖，看见孙老板外袍下面藏着一把面目狰狞的短刀。

徐令猛地站了起来道：“王爷！”

本来在酒楼里打盹的、算账的、跑堂的几个人全都站了起来，个个目露精光，腰间似有武器，都是练家子。玄铁营的两个亲卫一左一右地挡住了门，徐令下意识地握紧了防身的一把佩剑。

长庚将酒壶轻轻地撂在桌上，“咔嗒”一声。“来时路上我就在想，那么多的流民，能藏到哪儿去，最坏的无外乎那杨荣桂丧心病狂到了极致，以疫情的名义将众多流民聚集在一起，全数坑杀——”

孙老板狞笑道：“雁王殿下真是了解你手下那些狗官的心思，不愧是狗官的头头。”

“狗官的头头是我大哥，不是我。”长庚淡淡地道，“不过杨荣桂就是再丧心病狂，也未必就有那么大能耐，倘若他真的强行驱赶杀害流民，早就暴乱四起了，不可能不惊动近在咫尺的江北驻军。”

孙老板冷冷地看了他一眼道：“杨荣桂宣称安顿流民的别庄已经建成，庄子靠山，要将这群流民带去开荒种地，慢慢安顿。又派人登记，给每个流民发一块号牌，凭牌分流到不同的山庄，如何分地，如何收租子都讲得清清楚楚，还让三五一群的流民自己选自己的领头人。倘若不愿意去的，从此自便，扬州城外不再舍粥。染病的人单独隔离出来，单独隔离到别院，有大夫施药，全扬州城的郎中那天都在。”

倘若真是江湖人，但凡在黑白两道沾一点边，也早有去处了，沦为流民的多半是老老实实的穷苦百姓。这些人毕生的心愿就是安顿下来，过好日子，只要能活，只要一天比一天过得好，有盼头，就万万不会闹事。

要是杨荣桂说在哪里建个更好的收容地，必定有人感觉到不对劲。但是杨荣桂却讲明了让他们开荒种地，甚至踏踏实实地把规矩说在前头，租子可能比当年的地主东家还要高一点。在这种朝不保夕的情况下，足够让这些流民自己管着自己，踏踏实实地跟着他的步调走。

徐令听得十分疑惑，本以为杨荣桂是个酒囊饭袋，尸位素餐，手下闹出疫情来，为了推诿责任才欺上瞒下，谁知这么一听，还觉得他颇有条理——要是早这么搞，江北何至于有那么多流民？

徐令道：“开荒也不失为一个好办法，那杨总督既然将流民管得好好的，为什么还要瞒报疫情？”

孙老板阴恻恻地讽刺道：“钦差大人食君之禄，真是无忧无虑、天真烂漫，不知道钱是哪里来的。”

徐令愣了半晌，忽然反应过来。“你是说杨荣桂贪下了朝廷拨下来安顿流民的救命钱！”

这句话脱口而出，徐令就后悔了，因为说得太不食人间烟火。果然，下一刻，雁王与那孙老板同时笑了，徐令脸红了红，忙找补道：“我只是没想到杨荣桂胆大包天到这种地步，隔江就是沦陷区，又紧挨着江北大营，他怎么敢……”

“江北大营不能随便动，”长庚低声道，“洋人虎视眈眈直逼对岸，敌军一旦有异变，谁也担不了责任。杨荣桂要是想隐瞒，钟老他们未必有手眼通天的能耐，能知道这边的情况。”

孙老板冷笑了一声，对他这解释不以为然。

“只要控制住北上驿站，他就能一手遮天了。”长庚转向孙老板道，“孙兄既然知道得这么清楚，想必也是没少帮着收拢流民。我猜猜，两江之地多渔民，后有沙海帮水陆两通，不知孙老板是哪一路的朋友？”

一边的徐令刚开始没琢磨过味来，只觉得“沙海帮”三个字耳熟，忽然见那孙老板侧过头来一笑，露出耳朵到下颌骨处一条狰狞的刀疤，这才突然想起来——沙海帮势力遍及江南与福建一带，乃是个大匪帮！

这孙老板不是什么镖师，他是土匪！酒楼也并非杏花村，而是卖人肉包子的！

徐令倏地紧张起来，妄图以手无缚鸡之力的书生之身将雁王拦在身后。

“你……你是……”

长庚拱手道：“仗义每在屠狗辈，绿林之中也有性情中人，失敬。”

孙老板目光一扫他背后几个玄铁营亲卫，不客气道：“雁王也不必这么客气，你们这趟来明察暗访，无外乎想知道杨荣桂贪了多少，流民被他祸害到了什么地方，以及是否真有疫情。我不妨直接告诉你，那些被带到别院‘救命’的病人头天刚到了别院，便一人领了一碗草药喝下去。结果当天晚上庄里就着了一场大火，里面的人一个都没跑出来，已经毁尸灭迹了。其他的要么已经在所谓的‘山庄’里被分批关押，要么随了我们弟兄，入了本帮。”

长庚面不改色道：“这样听来，我们要是不来，恐怕暴动是迟早的事。”

孙老板冷笑道：“官逼民反而已，可是话说回来，杨荣桂坑杀流民的时候，江北大营是一点风声都听不见。倘若流民造反，江北大营肯定立刻就闻风而动，别看他们打不了贪官，打不了洋人，打我们这些小老百姓还是绰绰有余的。条条大路朝天，只是没一条活的。”

徐令见识到江北大营军营整饬，也目睹了沿江两岸战场，正要反驳，长庚先一抬手阻止了他。

长庚缓缓地说道：“要真是没有一条活路，孙兄又何必在这儿守株待兔地等着我们？”

孙老板目光如电。“我在此恭候，只是为了瞧瞧朝中钦差管不管事，倘若贵使不过蛇鼠一窝、尸位素餐之辈，便是顶着北大营炮火，我们也能豁出性命一战！就是不知道钦差大人敢不敢来——我不能给帮里引狼入室，你要查，就自己带着这个小白脸跟我走，把那些明里暗里跟着你的狗腿子都留在这儿。”

徐令忙道：“王爷使不得！”

长庚笑道：“求之不得，请吧。”

孙老板拱手抱拳道：“请。”

他说完，率先走出去，走了几步，忽然无意中回头看了一眼雁王殿下给这卖人肉包子的小酒馆刻的匾，这老土匪的神色终于动了动，只见那上面毫无花哨地刻了四个字——“公义千秋”。

此时，倘若有人看见两江总督府上的“雁王”，指定得吓一大跳。

只见这位人前风度翩翩的“雁王爷”把自己房门一关，三下五除二就变成了一个搔首弄姿的二百五，这人正是妙手易容的曹春花！

杨总督对他们相当尽心，屋里雍容华贵，光是烧紫流金的小金器就好几件，内室中一面一人高的大西洋镜，人站在镜子前可谓是纤毫毕见。那方才在外面还立如青松的“雁王”扭着胯就晃进来了，两条长腿扭成一股都不够他发挥的，来到那西洋镜前左照右照，挤眉弄眼了约莫有一炷香的时间，捧着脸怎么照也照不够。

旁边的“徐令”木头人似的耷拉个眼皮，不知是已经麻木了还是怎样，实在没眼看他。

“雁王”曹春花啧啧赞叹道：“别的不说，就我大哥这张脸，真是怎么摸都摸不够。”

“徐令”冷笑道：“有种你摸真的去。”

“我这就是真的，”“雁王”摇头摆尾地端起下巴，“以假乱真——唉，你说说，他怎么就不能让我尽善尽美一点呢？既然侯爷也跟着来了，就捏一个出来呗，还编什么他为了避嫌直奔江北的瞎话？”

“徐令”道：“不让你捏是为你好，怕你毛手毛脚地亵渎顾帅那张脸，到时候被玄铁营活劈了。”

“雁王”翻了个白眼，不搭理他了，专心致志地对着镜子欣赏自己这张杰作脸，忽然，一个随行侍卫来报：“王爷，徐大人，杨总督有要事面见，正在外面候着。”

“雁王”与“徐令”对视一眼。

“雁王”小声道：“咱们戏也演了，宾主也尽欢了，下一步按理该是给拖上贼船，行贿受贿了吧？外面肯定有成箱的金银和美人等着，女美人就算了，男美人能留下不？咱家老大吩咐了保存好物证，没说人证怎么办啊。”

“徐令”回头看了一眼雁王那轮廓颇深、英挺俊秀的脸，配上带着哈喇子的“男美人”仨字，顿时一阵胃疼，可还不等他出言讽刺，外面突然传来一阵急促的脚步声，院外有侍卫大声喝令他们站住，来人却不管不顾地往里闯，很快一阵兵戎之声响起来。

“徐令”的脸色倏地变了，低声道：“是我们露出破绽了？还是……”

话音未落，刚才还一脸猥琐的“雁王”神色蓦地一沉，与真的那位殊无二致。只见他上前一步，猛地推开房门，将双手垂在广袖中往身后一背，居高临下地睨着闯进院里那一干以杨荣桂为首的披坚执锐之人。

“杨总督这是什么意思？”“雁王”拿着腔调问道，他身后的“徐令”不易察觉地将手伸进腰间，预备好了身份被戳穿后冲杀出去。

谁知下一刻，本来杀气腾腾的杨荣桂突然上前一步，“扑通”一声跪在地上，朗声道：“回王爷，下官办事不力，本地匪帮叛乱，封锁了扬州府通往江北大营的信路，下官迫不得已，将附近几城城守官兵收拢过来，誓死保护王爷周全！形势危急，请王爷做好移驾的准备。”

“雁王”回头看了“徐令”一眼，“徐令”不易察觉地对他摇摇头，没反应过来杨荣桂唱的哪出，“雁王”只好临时搪塞道：“这事我知道了，杨总督起来回话……”

杨荣桂却充耳不闻，继续朗声道：“下官还有一事，当今天子昏聩无能，国祚将衰，乃至内忧外患频出，外有夷人虎视眈眈，内有暴民造反，可谓诸军无主，杨某愿冒天下之大不韪，效仿前人，策王爷殿下为天子！”

话音没落，他身后队伍一劈两半，中间四个人抬着件衣服越众而出，“雁王”眼珠险些瞪出来，那竟是件可以以假乱真的龙袍！

杨荣桂：“臣为大梁鞠躬尽瘁，当此国难之际，不敢私藏，唯有毁家纾难，一点家财连同夫人嫁妆都已经上交朝廷，换成了烽火票，仍为昏君所疑，实为千古奇冤，倘有明君降世，愿以性命辅佐！”

这番话听起来铿锵有力，如慷慨陈词，实际里面有威逼利诱的三层意思：

第一，我贪赃枉法，全都是被你那烽火票逼的，我有罪，雁王你是始作俑者。

第二，什么匪帮暴动莫须有，我说他暴动了，他就是暴动了。

第三，黄袍加身还是“死于流民暴动”，王爷您自己看着办。

来时，真雁王只吩咐他们尽量拖延时间，跟姓杨的奸人周旋，没告诉他们会有这么一出！一对冒牌正副钦差一时惊呆了。

半晌，“徐令”才深吸一口气，喝道：“杨总督，公然造反，你失心风了吗？安定侯就在江北大营，你当我大梁数万精兵都是死的？”

杨荣桂一笑，意味深长道：“徐大人言重，为人臣者岂敢生反心？只是皇上为东瀛刺客所杀，眼下国家危难，太子年幼，臣等只好出此下策，请殿下登基。”

贰

无论是顾昀还是钟蝉，甚至整个大梁军，对海战都不是十分有把握，因此不得不打起十二分的精神应对。几个人先是跟着葛晨这位灵枢院的高手把西洋蛟拆了个底朝天，从速度、防御力到火炮与紫流金承载能力等等诸多方面，从头到尾分析了一遍西洋水军的作战习惯和临阵变化的可能性。

两军阵前狭路相逢时，手下和对方都是成千上万的长短海蛟，那与他带着二十多个高手越江逃窜不可同日而语，碰上什么事都有可能。遇到哪种情况该怎么打，很多看似临阵机变的事情后面都有主帅无数的经验和功夫在撑着，何况他们还要合计大梁水军未来应该往哪个方向发展，怎样编制，问灵枢院定做什么样的战舰，如何练兵如何配置紫流金，等等。

顾昀这里的情况还要更复杂一点，他奉命统领四境，除了江南战场，还得考虑很多其他的事。他每天白天跟着巡营的四处摸两江战场的情况，晚上回来还要轮番约上钟老将军或是姚镇长谈。自长庚他们走了以后，顾昀基本就是连轴转，忙得水都顾不上喝一口。

这日正要跟姚镇告辞时，顾昀乍一站起来，一侧的脚突然麻了，整个人晃了一下，一阵心慌气短，姚镇忙扶了他一把道：“大帅，怎么了？”

“没事，饿的，”顾昀冲他笑了一下，略微自嘲地说道，“不瞒你说，现在拿个车大的烧饼把拉车的活驴夹成火烧，我能一口吞了。”

姚镇皱了皱眉，顾昀现在肯定看不见自己的脸色。形容年轻人有个词叫作“血气方刚”，人的精气神都在脸上，有没有血气，两颊、嘴唇一看就知道。

姚镇便道：“要不然大帅今天上我那儿去吧，贱内往日没别的爱好，就喜欢琢磨点吃食。我回头让她备下点清粥小菜，山珍海味是没有，合口热乎的家常便饭还是能吃上的。”

要是换作以前，顾昀听了这话早跟去蹭饭了，可他最近不知添了什么毛病，越累反而越吃不下东西，就想找个地方倒头睡一觉，便推辞道：“多谢，还是改日吧，今天天色太晚了，叨扰劳动嫂夫人不合适。”

姚镇不便多劝，一路陪顾昀走回帐中，临走到底不放心，又嘱咐道：“留得青山在，不怕没柴烧。大帅多保重自己。”

“够过冬的，放心。”顾昀摆摆手，抬头活动了一下僵硬的后颈，忽然看见漫天星河如缎，便感慨道，“我记得当年重泽兄虽然才华横溢，偏偏没有上进心，平魏王之乱那么大的功劳也不要，宁可守着自己家一亩三分地过安稳日子，不料现在也给逼到这种地步，还真是造化弄人。”

姚镇苦笑道：“朝中党同伐异者甚多，我不过无权无势的一个书生，跟进去添什么乱？算计来算计去能算到多少好处？与其蝇营狗苟地往上爬，反倒不如留在天高皇帝远的地方混日子，一家老小都在，吃喝不愁，在当地说话也还算数，岂不是福气？”

姚重泽太聪明了，也太知道趋利避害，早在当年魏王谋反的时候，他就已经先一步瞧出了这大梁朝繁华下面的日薄西山之象，一点也不想给这破朝廷卖命，他就想顶着个不大不小的官职混吃等死。

可惜眼下覆巢之下无完卵，藏拙藏不下去了。

顾昀不肯放过他，问道："那打完仗呢？"

姚镇振振有词地回道："倘若到时候江山清平，也就没我什么事了。倘若到时候还是这么乌烟瘴气，我又何苦去凑热闹？顾帅手握玄铁虎符，真就比少年时南下得胜归来，同我们一干闲人喝花酒的那会儿快活吗？"

顾昀："……"

姚镇想起什么，笑道："下官至今都记得，顾帅当年吃醉了酒，一只脚踩在细细的栏杆上，摇摇晃晃地拿了人家舞剑的绣剑在当空落下的落英上雕花刺字，愣是把花魁的脸给雕红了，至今都是一段佳话……"

顾昀大窘，舌头差点打结："小时候不懂事，这种破事以后千万别……别再拿出来说了。"

姚镇浑然不觉地笑了笑，继而往南望去，说道："等江南收回的一天，我做东，再请大帅在女儿红里醉一次春风，您务必赏光。"

顾昀心道：我可不敢，家里有那么一位已经够受了。

不过这么㞞的话不便当着故交的面坦白，顾昀只好高深莫测地笑了一下。

就在他们二位半夜三更不尴不尬地畅谈风月时，葛晨突然脸色大变地跑过来，手里举着一张海纹纸道："侯爷，不好了，杨荣桂要造反！"

这封信来自假雁王，怕木鸟被歹人逮住，信中没敢提真假雁王的事，也没敢流露出此信是送往江北大营的只言片语，只是以求救的口吻说他们暂时虚与委蛇稳住反贼，不知杨荣桂下一步要把他们怎么样云云。

顾昀和姚镇同时一愣，顾昀其实早想到了杨荣桂收买不了钦差会狗急跳墙，但他执掌玄铁营久了，多少有点不把这些地方武装放在眼里，认为二十个亲卫足够扫平扬州府了——长庚不是一惊一乍的人，顾昀抬手接过葛晨手上的海纹纸，只见上面的字迹不是长庚的，写得很仓促，内容却叫人越看越心惊，尤其是结尾"皇上遇刺，生死不明"那一句。

顾昀心下几个念头急转而过，把自己琢磨出一身冷汗——南边扣住雁王，京城中刺杀皇帝……这事细细算来并不是不可行，只要胆子够大！

如果不是有临渊阁暗中掺和，有临渊木鸟还能飞出来，就以扬州城眼下被围住的情况，消息根本是封锁的。杨荣桂大可以带着他的狗腿子押着雁王悄然北上，甚至不会惊动江北大营。

何况一旦李丰死了，帝位空悬，此事就太值得掂量了。

姚镇惊道："大帅？"

"去回钟老将军，借我几架鹰甲，用完就还，快点。"顾昀这会儿也忘了方才头重脚轻的虚脱劲，飞快地说道，"小葛留下，想办法联系京城，看看是什么情况，我带人走一趟扬州。"

奉命作假的"雁王"与"徐令"此时已经被杨荣桂打包完毕，给"请"上了贼船，随军离开扬州府，北上逼宫。一路走得十分隐蔽，江北疫情那么大的事京城愣是没听见半点风声，足可见杨荣桂等一干奸党对运河沿线驿站的控制力。

晚间在驿站里休息，"雁王"和"徐令"委屈在一间屋里，身边带的侍卫早已经被解决了，屋外里三层外三层都是杨荣桂的眼线，插翅也难飞出去。

一直等到了半夜三更，"雁王"才从窗户缝里往外看了一眼，见守卫稍松了些，便摸着自己的脸压低声音对"徐令"说道："早知道这差事这么不好办，我还不如留在蛮人那儿呢。这回王爷欠我人情欠大发了——也不知道木鸟能不能送到葛胖小手里，还连累了少东家，你爹要是知道了，不定怎么急呢。"

"徐令"正要搭话，突然脸色一肃，只见守在后门的几个卫兵不知怎的，悄无声息地就倒了，随后一个黑影会飞似的潜进来。"徐令"身上的护身之物早被搜走，一伸手扣住了桌上一个瓷杯，携着劲风打了出去。来人轻轻侧脸，堪堪让过这暗器，随即张手一拢便将那瓷杯卷进袖子里，悄无声息地从后窗钻了进来，身法敏捷得不行，一番动作，那窗户上的风铃居然纹丝不动。

来人落地后一把扯下脸上面罩，打手势道："是我。"

正是顾昀。

"徐令"没见过顾昀，愣了愣，"雁王"却倒抽了一口凉气，喜形于色。顾昀其实觉得有点不对劲，"徐令"那杯子扔得手劲太大了，可是此时来不及细想，他小心地往外看了一眼，皱皱眉，飞快地打手语道："怎么弄成这样，亲卫呢？"

这一套手语还没打完，那位"雁王"已经乳燕投林似的向他扑了过来，步伐之娇俏简直令人叹为观止。谁知顾昀有一个不为人知的狗鼻子，人近身三尺以内，一点气味不对劲也能闻出来。面前这位"雁王"身上非但没有他常年沾染的安神散味，反而夹着一股不易察觉的脂粉味。顾昀蓦地往后一错步，一抬手扣住"雁王"的喉咙问："你是谁？"

"雁王"没料到一照面就穿帮，挫败得不行，只好扑腾着手脚以唇语道："十六叔，是我。"

会叫顾昀"十六叔"的，只有当年雁回镇里随着长庚一起回京的葛晨和曹春花——虽然俩人大了以后再也没这么叫过。

顾昀手一松，愕然道："小曹？"

他们这厢暗自接上了头，真雁王下落不明。而七月初三这天，一封自扬州城发出的密信也穿过皇城九门，送抵京城吕常之手。

吕常看罢难以自抑地大笑数声，与一干亲信入室密谈，并派人去请方钦方大人。

方府与吕府相距不远，家人很快去而复返，回禀道："老爷，方家说方大人近日发了恶疾，全身发热起疹，说要往京郊的别庄里送呢，不便见外客。小人看见他们那院里已经备好了车驾，被褥衣服什么的在后院烧呢。"

吕常问道："方大人可有话带给我？"

"有，"那家人恭恭敬敬地回道，"方大人让小人捎给您一句话，说祝您马到成功、万事如意。"

吕常嗤笑一声，摆手让他退下，转身进书房。“方钦这老狐狸，心里鬼主意一箩筐，支使旁人的时候指点江山，临到有事的时候就惯会往后缩，这辈子也就有个狗头军师的能耐。不用管他，如今我们大业已经完成一多半，万事俱备，只欠东风了。”

吕侍郎嘴里那位浑身发疹的“狗头军师”前脚烧了自己的衣物被褥出城休养，后脚就乘着一顶貌不惊人的小轿来到了北郊。跟他一样偷偷摸摸出京的沈易恰好就在北大营里，闻听这位尊臀不知坐在哪条板凳上的方大人来访，当即吃了一惊。

北大营的新任统领，原来是谭鸿飞的副手参将之一，知道此事非同小可，立刻低声道：“沈将军暂请回避，我见他一见。”

那天，方钦在北大营逗留了足有小一个时辰，没人知道他都说了些什么，直到天黑，方钦才默不作声地乘着他的小轿走了。

七月底，隆安皇帝的万寿节在即。

自从李丰登基以后，生日就没怎么大办过。宫中太后早逝，先帝死后，他也没有像样的长辈给张罗，一直抠抠搜搜地活到这么大。不过这一年万寿节，李丰终于有了点动静。

战时坍塌的起鸢楼旧址重建，李丰认为“摘星台”的模样不祥，“云梦大观”又奢靡太过有伤天和，于是下令改制，将“起鸢楼”改建成“祈明坛”，废除原来纸醉金迷的吃喝玩乐功能，变成了一座正经八百的祭天祈福坛，把太庙也搬了过来。隆安皇帝不知是自己吃饱了撑的还是被有心人撺掇的，决定上新落成的祈明坛祭天祭祖，下罪己诏来庆祝生辰……要说起来，李丰手下一帮贪官佞臣，专门啃他的社稷咬他的江山，他自己苦命的小白菜一样没人疼没人爱，过个生日连碗面都没人给下，还要当着天下痛陈自己执政过错。这么苦闷，朝中除了一群白胡子酸腐，背地里愣是没人说他一声好，实在是一桩人间惨剧。

天子出宫，百官自然随行，御林军一路开道，浩浩荡荡地往祈明坛而去，钦天监华服正装相候，大钟满城轰鸣。

祈明坛上有千步石阶通顶，中间一条窄道为“御道”，只供天子行，两侧是随王伴驾的“王道”，只通五百阶，到祭坛半途而止。

隆安皇帝自御道拾级而上，文武百官阶下相送，一文一武两重臣于左右王道，伴驾至五百步高处。可是此时顾昀和雁王都不在京城，伴驾之人只好由军机处的江充和恰好在京的西南提督沈易暂代。

李丰素日奔忙，疏于骑射，一身压人的天子正装穿在身上，爬那千步石阶实在有点费劲，走着走着，他就出起神来，想起自己年轻时候的事。他记得顾昀少时第一次随着老侯爷的旧部南下剿匪，得胜归来时，他还是太子，跟在先帝旁边，迎接大军班师回朝。

那少年将军去时意气风发，脸上多少带着些不知天高地厚的稚气，一番征战归来，整个人却仿佛长大了十岁，眉目未曾经过岁月磨砺，眼神却开始沉敛下来，像一把真正的割风刃，隐约现出凛然之气。他下马归来，随众将官一起山呼万岁，身上的甲胄在日光下泛着鱼鳞一般幽幽的波光。鲜少能离京出宫的李丰陪在先帝身边，带着些许艳羡地看着身着甲胄的顾昀。趁着当年的主帅与先帝一问一答，顾昀突然抬起头，冲着未及弱冠的太子挤了挤眼，二人相视一笑。

如今，李丰身在祈明坛上，想起旧事，嘴角不由自主地露出了一点笑意。他回过神来，回头看了一眼，只见那石阶下跪着黑压压的一大群人，放眼一望全是后脑勺，王道伴驾的两位也规规矩矩，谁也不敢抬头冒犯天颜……

世上大概再也没有一个冲他挤眉弄眼的年轻人了，李丰心里陡然生出一股孤家寡人的落寞。

钦天监已经准备好祭天一干事宜，清了清嗓子，正要开口，突然，祈明坛下传来一阵骚动。李丰要发罪己诏，还要沽一个勤政爱民的名头，这天京城没有完全戒严，只用御林军隔开道路两侧百姓。路边人头攒动，看热闹的人颇多，这么一闹就出了事。

只见一小撮行动如风的蒙面人突然从看热闹的人群中冲了出来，个顶个的高手，顷刻将御林军防线撕开一条口子，直奔祈明坛而来。

“小心！”

“是东瀛人！”

百官乱成一团，御林军统领刘崇山大叫一声“护驾”，情急之下，他直接带人冲上祈明坛御道，跪在李丰两阶之外，飞快地说道：“皇上，此地危险，末将立刻护送皇上离开。”

李丰气不打一处来，一脚踹在刘崇山肩上道：“废物！”

刘崇山猛地抬头，目露凶光，几个跟在刘崇山身侧的御林军同时拔剑。李丰心头一震，突然反应过来——根本没什么东瀛刺客，根本就是造反，这一套手段竟与当年先帝纵容蛮妃设计玄铁营一模一样！

李丰惊怒交加，指着刘崇山道：“大胆，你敢！”

刘崇山“嘿嘿”低笑一声，自顾自地站起来，伸手一扫肩上灰尘，迈步逼近李丰。“皇上，为了您好，末将还是护送您离开这是非之地吧。”

刘崇山话音没落，一个“东瀛刺客”已经破开御林军，悍然冲向御道。刘崇山见状狞笑着拔出腰间长刀，指向李丰道：“皇上放心，末将必不让这些狗贼碰陛下一根汗毛。”

李丰背后传来一声惨叫，他仓促回头，只见钦天监主持大典的官员被拥上来的刺客一刀杀了，脖颈子上的血顺着石阶泼了下来。这惨叫仿如一声令下，刘崇山当即一刀砍过来。李丰小时候练过几天功夫，可惜没什么天分，水平实在稀松平常，多年搁置也早就还给师父了，为躲闪，他慌慌张张地往后退了几步，一不留神被石阶绊了个跟头，伸手一撑就摸了一把热血，祭天礼服顿时污了一片。

此情此景下，要是换个胆小的恐怕已经吓晕过去了，多亏了隆安皇帝那又臭又硬的驴脾气，非但没有晕，这种节骨眼上，他还敢指着刘崇山怒发冲冠道：“乱臣贼子，你就不怕被满门抄斩吗？”

天子原也没什么三头六臂，身边没人护着，还不是抻着脖子让人砍？

刘崇山一刀砍空，心里一点造反的畏惧早已经荡然无存，紧跟着追杀又至，口中道："那末将为了一家妻儿老小，也只好开弓没有回头箭了！"

刀兵之下，真龙天子也是凡胎肉体。那刀风当头袭来，李丰避无可避，依然不肯失了皇族体统，面上硬是一声没吭，心里却只觉得凄凉——他没死于想要夺权篡位的兄弟之手，没死于西洋乱军围城之中，如今天下初定，正要休养生息，反而莫名其妙地死在手下乱臣贼子手中……连人家为什么造反都没弄清楚。

就在这时，一道厉风自旁边袭来，堪堪刮过李丰鼻尖。刘崇山手中险些伤了龙体的钢刀被一把两寸半的"袖中丝"撞偏了——半途中伴驾的沈易总算赶来了。

随王伴驾上祈明坛的武将身上不携带刀剑，披甲只是披个样子，谁也没料到沈易的铁腕扣里居然还留了一把袖中丝。

刘崇山眼看着要大功告成，突然被沈易横插一杠，心里不由得大骂——来之前吕常分明已经说好了，沈家那边的反应他试探过，万万不会生事，只会跟姓方的一起缩头作壁上观而已，怎么突然节外生枝？

沈易俯身将隆安皇帝扶起来，与提着袍子一路小跑赶来的江充一前一后将隆安皇帝围护在中间，显得十分孤立无援。为难时方见忠奸，李丰心里一时百感交集，狼狈不堪地叹道："二位卿家有心了。"

江充没有武艺傍身，不免有些紧张，沈将军却是一路带着残兵从西南打回京城的，此时面不改色道："皇上不用忧心，今日人多眼杂，为防出错，很多大人家里都派了侍卫混在百姓中间，够和他们周旋了。末将再不中用，也收拾得了这群少爷兵，定会护皇上周全。"

前一阵子方钦秘密前往北大营，身上带了一封自家庶妹写给姨娘的闺中家信，信中提到的事情让人心惊胆战——方氏手下一个刚买来的小丫头因为不熟悉规矩，无意中闯了书房，竟被活活打死。这还不算什么，方氏这明媒正娶的正房夫人居然也因为这么一点事被软禁于内院，不得已向母家诉屈求助。信中提到，那日来的客人很多，包括御林军统领刘崇山等数人在内。

恰好隆安皇帝刚刚宣布万寿节出宫祭天，这个节骨眼上不能不让人多想。

然而这毕竟只是一封语焉不详的家信，不能上报皇上，否则万一没事，那岂不是成了捕风捉影构陷朝廷重臣吗？李丰痛恨党同伐异之风，御史台就是因为每次参雁王参不到点子上，才几次三番被皇上弄个没脸。

可北大营又非经传召不得入宫，如果皇上离宫这天真的出事，那么远水解不了近渴。

因此方钦出了个主意，让北大营在九门外候着，一旦有异动，便强行进城，一炷香的时间内赶来救援。而在此之前，他们从沈家、安定侯府等武将家里借调了一批战力颇强的家将，当天也混在看热闹的百姓中，万一出事，只需要他们动手拖一会儿，就能等到北大营救援。

沈易虽然不太喜欢方钦，但也不得不承认这老东西办事周密。

刘崇山见不得沈易这好整以暇的模样，闻言冷笑道："那可就要领教大将军的本事了！"

说完，他身后几个御林军叛军与刺客一拥而上，方钦事先安排在下面的家将们也回过神来，从两侧跑上祈明坛，跟叛军交上了手。

沈易将李丰往身后一拽，拉下一个刺客的手腕，一带一别，"咔啦"一下便将那人的胳膊折断了，眨眼夺下刺客手里形状古怪的东瀛刀，随即沉重的东瀛刀在他掌中轻巧地弹了出去，正好削向刘崇山的面门。

"领教我的本事？"沈易老好人似的摇头叹了口气，"刘统领恐怕还不配。"

刘崇山跟沈易都是世家子弟，头顶那块祖荫差不多大，同一年登科，只不过沈易当年从文，刘崇山是正经八百的武举，后来又仗着家世进了御林军，很是风光，何曾将那出了名不务正业的沈季平放在眼里过？

可是这些年过去，御林军里尽是权贵，刘崇山苦熬资历一直熬到现在，方才混个小小统领，那沈易算什么东西？他不过就是个半路出家的御用长臂师，走了狗屎运搭上顾家的船，居然也混了个一方提督。

刘崇山怒极反笑，眼睛里几乎闪着红光，撮唇做哨一声长啸，更多的叛军从祈明坛下拥上来，街边百姓竞相奔逃。

刘崇山狞笑道：“传说三十玄甲能平北蛮十八部，不知沈将军肉体凡胎，能碾几颗钉？”

这时，场下传来重型钢甲的呼啸声，只见数架重甲撕开防线围拢上来，扇叶似的将节节后退的家将与皇帝围在中间，要命的雪白蒸汽向天，弯也不打一个。自武帝起，举国各地的护卫队所携火机与钢甲都有标准，绝不准僭越，唯独御林军天上地下独一无二可供重甲，而今这条皇家恶犬终于噬了主。

沈易慎重地将抢来的东瀛刀横在胸前，只盼北大营能再快一点。

经这么一打岔，李丰缓过一口气来，他将那沾满血迹的外袍脱下来一扔，上前质问道：“刘崇山，以你多年来无寸功的资历，本难当大任，朕念在你刘家满门忠义，一手将你提为御林军统领，自问待你不薄，你就吃里爬外勾结外族来报答朕吗？”

刘崇山一直自命不凡，总觉得仕途不顺是父母家族无能，心里怨愤，因此与自家宗族并不亲厚，反倒是和吕家人穿一条裤子。闻听李丰的意思是他连个小小统领都不配做，便尖刻地笑道：“陛下罪己诏上怎么写的？‘无识人之明，无治世之功，为政九年，多有昏聩之举，乃至祸国殃民’——既然您说得那样清楚，为何还不退位让贤？”

李丰险些咬碎一口牙：“你倒来说说，朕要退给谁？让给谁？”

沈易和江充心里同时一紧，沈易横刀震飞了一个刺客，一时紧张，本就不大称手的东瀛刀居然直接飞了出去。

他就知道姓方的没有那么好心！

刘崇山这话说出来，让人想不联想到雁王身上都不行，这事根本不能往深里想，否则连顾昀也得一起捎上，不然他早不走晚不走，为什么非得这时候走？他和雁王一道，到底有没有合谋？

沈易心里几个念头一闪，冷汗都下来了。

最开始沈易想得很简单，他觉得雁王南下就是办杨荣桂去的，于情于理不可能和吕家这群成事不足，败事有余的小人掺和到一起，因此无论是于公于私，他都不能让吕常那群乱臣贼子阴谋得逞。

直到这时，沈易才发现自己被人摆了一道。

这事的始作俑者真的是吕常吗？

倘若方氏真的因为丫鬟听到了不该听的话而被禁足，她一个从小在深宅大院里长大的闺秀，是怎么把信送出去的？一般人会觉得各大世家同气连枝，一荣俱荣，一损俱损。倘若吕家被抄家，他家里那些姻亲也好不到哪儿去……但是倘若有人大义灭亲呢？

方钦拿着自己妹妹一封家信悄然送到北大营，关键时刻站稳立场，皇上有惊无险，便是他立了大功。就冲这个，方氏若是肯和离，哪怕吕家满门抄斩，她也能把自己择出来。

方钦看似无奈，其实是弃卒保车，将吕家当个一次性的炸膛炮，针对的是雁王！

沈易在乱军之中护驾护了一半，突然不知道该怎么收场了。他应该接着护驾，等北大营来了铲除叛军，然后害死雁王和顾昀，还是立刻徇私，回手倒戈，送李丰去见阎王，干脆坐实了雁王谋反之名？

沈老妈子这辈子没有这么进退维谷过。

他手中东瀛刀一脱手，刘崇山立刻抓住机会，抢上几步，一连三刀砍过来。沈易脚下一乱，险些被刘崇山开膛破肚，狼狈地躲开，胸前的朝服给划开了一条口子。叛军重甲逼近，一炮炸得祈明坛乌烟瘴气，身后江充大叫道：“沈将军！”

沈易勉强站定，蓦地一回头，只见一个叛军重甲连杀三个家将，短炮已经对准了李丰，就要把皇帝炸上天——

就在这时，空中传来一声尖锐的鹰啸，扎得人耳朵生疼，随后一支铁箭当空而下，几乎擦着李丰的臂膀洞穿了重甲胸前的金匣子，重甲在几丈以外炸成了烟花，江充将李丰扑倒在地。

沈易倒抽了一口凉气，手脚都是麻木的，下一刻，他突然回过味来。

自从祈明坛建成之后，京城的禁空网已经恢复了，除非皇上手谕或是玄铁虎符传令灵枢院，否则那鹰是怎么飞进来的?

难道是……顾昀回来了?!

就在沈易脑子里一团乱麻的时候，三架鹰甲自空中直掠而下，空中优势明显，三下五除二就解决了隆安皇帝身边的刺客。为首的鹰甲落地，他戴着铁面罩，看不出是谁，落在不远处，半跪在石阶上，将李丰扶起来。

而城外呼喊声渐渐接近，久候的北大营终于到了。

祈明坛上下混乱成一团，北大营和叛军战在一处，有那些企图浑水摸鱼的都被李丰身侧的几只鹰拿下了。

一得知顾昀回来——至少是玄铁虎符回来了，安定侯已经知道了这件事，沈易出于对顾昀毫无理由的信任，心里立刻就安定了，接住一只鹰扔给他的割风刃，直接绞了刘崇山一条胳膊，活捉到御前。

御林军自然不敌北大营，不过一时三刻，尘埃落定，叛军首领被擒。

李丰也没那么傻，知道刘崇山背后必有人指使，立刻令人封锁城门，准备彻查。他身上血迹未干，脸色却并未因为脱险而好看多少，李丰一眼扫过横尸遍地的叛军身上分外讽刺的御林军装束，想到自己手下那脱不了干系的一干重臣，还有方才刘崇山那句“退位让贤”，更是如冰刺横亘在他胸中……

李丰胸中一时容不下“鹰甲是怎么进京的”这么细枝末节的问题，他满脑子都是“背叛”两个字。

世受皇恩的簪缨世家结党背叛他，当心腹养在身边的御林军背叛他，他方才怀念过的，与他一起长大的顾昀背叛他，甚至是他的亲弟弟——雁王入朝以后做了多少惊世骇俗的事，自军机处成立伊始，弹劾雁王的折子就跟例行请安一样没断过，都是他一手压下来的。对这个过分能干的弟弟，李丰确实不放心过，疑虑过，甚至忌妒过，但他没有动过李旻一根汗毛，自认为已经仁至义尽，难道就养出了一条想要他命的中山狼吗？

江充眼见李丰脸色不对，忙低声道："皇上，这里人多眼杂，且先回宫。"

李丰茫然地看了他一眼，走了两步，突然一弯腰，手指痉挛地在空中抓了几把，呕出了一口血来。

周围大呼"皇上"的声音连成了一片，李丰耳畔嗡嗡作响，良久才发现自己正抓着方才那救驾鹰甲的胳膊，指缝里的血迹将那鹰甲的铁臂染红了一片。

新任北大营统领站得远没看见皇上吐血了，这会儿很没有眼力见儿地上前，手里还抓着一个人，禀报道："皇上，此人方才趁乱偷偷摸摸地要往南出城，末将将他扣下了，恐怕是有什么不可告人之事。"

那人瑟瑟发抖，不时用眼睛去瞟吕常。

下面立刻有家臣指认道："皇上，小人认得此人，此人是吕侍郎家里拉车赶马的，每日散朝的时候在外面候着吕大人，小人亲眼见过。"

吕常面如死灰，"扑通"一声跪在地上。

李丰扶着鹰甲的铁肩站稳，尽可能地挺直了腰杆，哑声道："吕爱卿，你这时候派人出城，是要给谁通风报信？"

北大营统领狠狠地将那吕家的家丁按在地上，腰间剑"锵啷"一声出鞘。

那吕家家丁也是个软骨头，当场吓尿了，磕头如捣蒜道："皇上恕罪，皇上恕罪，小人是被逼的，小人……是……是吕……吕大人，私下嘱咐小人，祈明坛事毕，不论成与败，都……都让小人趁乱出城通知杨大人……"

李丰惊疑道："哪个杨大人？"

那家丁咽了口唾沫道："大……大姑爷……杨……杨荣桂大人……"

李丰抓在鹰甲身上的手一紧，声调陡然高了："杨荣桂身为两江总督，封疆大吏，怎敢无诏进京？你胡说！"

家丁："皇上饶命！大姑爷早就偷偷到了京城南门外，就等着我家老爷信号，只……只要……刘统领成功，就……”

李丰：“怎样？”

家丁：“……拥立随之而行的新皇进京。”

李丰眼前一黑，要不是身边的鹰甲扶了他一把，险些当场晕过去。

沈易再一次被这猝不及防的发展弄蒙了——倘若方才还能用“捕风捉影”四个字替雁王开脱，那现在这是怎么回事？证据确凿吗？他一时又弄不清顾昀到底是不是真回来了，心里起起落落无数个可怕的可能性，冷汗快把甲片泡出锈来了。

方钦将头埋得低低的，在别人看不见的地方，嘴角露出了一点笑意。

雁王是皇上亲弟，非谋反重罪难以撼动……这不就谋反了吗？

“去将杨荣桂和他拥立的新皇请进来，”李丰咬牙切齿道，“朕倒要看看……朕……”

叁

正在李丰话不成话的时候，旁边那位鹰甲终于将铁面罩推了上去，不慌不忙地露了个石破天惊的面。“皇上，乱臣贼子都已经束手就擒，还请您多保重龙体，天子为社稷呕心沥血，何须为几个反贼伤身？”

那声音太耳熟了，李丰扭头一看，呆住了，扶着他的那鹰甲竟是本该在南边的顾昀。

顾昀突然出现吓坏了一帮人。

吕常脑子里“嗡”一声，杨荣桂跟他保证过，说那边行动万般小心，安定侯完全被他们瞒过去了！

在他原计划里，所有的布置都要在雁王离京的这段时间内完成。刘崇山那个他说东不往西的蠢货是颗棋子，给个棒槌就当针，只要诱得刘崇山杀了李丰，杨荣桂不必出头，叫刘崇山将雁王推出来，到时候雁王是自愿的也好，是被杨荣桂胁迫的也好，只要一露面，谋反重罪立刻落实。京郊北大营一旦反应过来，马上会进京平叛，将雁王与刘崇山一锅端了，让他们死在乱军中，就成了死无对证。宫里没有太后，皇后是个见不得风的病秧子，凤印都提不动，太子是个奶娃娃，没有依靠不足为虑，而吕妃的皇长子已经十一岁，江山是谁家的不言而喻。

顾昀远在江北，等他知道的时候，皇帝和“反贼”都死了，京城中早已经尘埃落定，除非他无视四境之危，冒天下之大不韪为两个死人起兵——就算是吕常这个小人也不相信顾昀干得出来。顾昀要叛国，早在北大营哗变的时候……甚至更早以前，他知道当年玄铁营之变真相的时候就叛了，王裹那老不死的还能苟延残喘地活到今天？

此事只有两处关键。第一，要看杨荣桂能不能在自己的地盘上切断京城和江北的联系，瞒住顾昀；第二，要看刘崇山能不能顺利杀掉李丰。

前者有杨荣桂以身家性命作保，后者本来更是万无一失，谁知不知是谁走漏消息，老百姓里居然埋伏了好多高手侍卫，北大营提前赶到，顾昀也从天而降！

至此，吕常就算再怎么样也反应过来了，他最信任的人里，有人反水了，不是杨荣桂就是方钦！杨荣桂这番自己也落不了好，那……

如果真是姓方的，那他可太歹毒了，借力打力，将他们的行迹泄露给北大营，又拖来顾昀，浑水摸鱼。不但能争个保皇的头功，此时除掉吕家，往后满京城各大世家中再无能与方家抗衡者！

吕常想着想着脑子就开豁了，一惊一乍地想道：那方钦会不会从一开始就是雁王党？

而莫名其妙变成“雁王党”的方大人见了顾昀，脸色也是一变，顿时就笑不下去了。

他本以为凭杨荣桂重大疫情也能一手遮天的本领，至少能趁顾昀赶往前线的时候把事情办利索。从头到尾，他的计划里并没有这尊杀神，虽然凭着他方大人夜赴北大营的“救驾之功”，顾昀来与不来都不影响他的布置……可是莫名其妙，方钦突然有种万事失控的预感。

这群人各怀鬼胎，唯有沈易是真的大大松了一口气，见顾昀如见救星，小凉风从他被划开的朝服里钻进去，直接扫到他汗津津的皮肉上，让他结结实实地打了个哆嗦。

只是他这口气松得太早了，腥风血雨还没完。

顾昀将李丰交到赶来的内侍手上，后退一步跪在石阶上，不等李丰发问，便率先有条有理地回禀道："臣与雁王和徐大人在扬州城分开后，便将亲卫留在雁王身边，同葛灵枢去往江北大营察看军务。不料在江北大营的时候突然接到亲卫密信求救，说杨荣桂竟敢私屯兵马，挟持雁王意图不轨，臣情急之下，只好跟钟老将军调用了几个江北驻军的鹰甲。赶到扬州城时，发现那杨荣桂以平暴民之乱为名，将扬州府围了个水泄不通。臣带人在周围探察良久，乃至趁夜潜进总督府，这才发现此人故意制造迷雾，杨荣桂本人已经不知所终，而雁王下落不明。臣想到亲兵所言'谋反'一事，唯恐京城有失，只好先往回赶，未能护雁王周全，有负使命，请皇上责罚。"

顾昀话一出口，其中惊心动魄处将周遭震得一片寂静。

方钦悄悄冲王裹递了个眼色，王裹会意，开口插话道："皇上，臣有一事不明，想请教顾帅……顾帅的鹰甲一路从江北追到京城，怎么竟也未能截住那杨荣桂吗？"

这句话可谓是王国舅超常发挥了，看似无意一提，实则勾起李丰好多疑虑——究竟是那杨荣桂神通广大，还是顾昀故意将杨荣桂等人放进京城？安定侯到底是一路风驰电掣地救驾而来，还是本来就另有图谋，到了京城见北大营早有准备才临阵倒戈？更不用提那"下落不明"的雁王，倘若他真的和城外叛党在一起，究竟是被劫持的还是别有内情可就说不清了。

众人的目光意味不明地落在顾昀身上，顾昀却仿佛无知无觉，坦然回道："惭愧，臣接到消息的时候已经丢了杨荣桂的行踪，在扬州城内寻找雁王，沿途搜索叛党又耽搁了许久，险些误了大事。"

这句话在场文官基本没听明白，被两个人扶着的张奉函却连忙适时地插话道："皇上、诸位大人有所不知，鹰甲在天上的时候速度极快，只能阵前或是在小范围内搜捕目标。从江北到京城这么远的一段，倘若不是事先知道搜寻的目标走了哪条路，目标也不是什么大队人马，三两架鹰甲找人根本就是大海捞针。"

然而事已至此，方钦一党绝不肯轻易放过顾昀，情急之下，王国舅紧逼道："那既然知道事态紧急，顾帅为何不从江北大营多借调一些人手？"

顾昀侧过头看了他们一眼，从方钦的角度看过去，安定侯那双桃花眼的弧度格外明显，眼角几乎带钩，配上那一颗小痣，无端有点似笑非笑的意思。方钦心里顿时一突——王裹说错话了，自己抽了自己一巴掌！

果然头一句是超常发挥，这一句才是王国舅的水平。

可是顾昀平时不争归不争，人又不傻，此时断然不会再给他找补的机会。

"国舅爷的意思我有点不明白，"顾昀不愠不火道，"那江北大营是我顾昀的私兵吗？我说调就调，吃紧的前线供给，虎视眈眈的洋人都不管了？敢问国舅爷，我朝除了皇上，谁能一句话兴师动众地将江北大营拉到京城来，劳烦指给我看一看，我亲手斩了那乱臣贼子！"

他隐含煞气的一句话把李丰说得回过神来，顿时察觉到自己方才险些被王裹那芝麻绿豆大的心胸带进沟里——顾昀手握玄铁虎符，就算要造反，犯得上跟在杨荣桂这种货色后面捡漏吗？

顾昀又道："皇上，臣这次反应不及，罪该万死，找到杨荣桂等人踪迹时已近京城，得知雁王很可能已被此乱臣劫持，投鼠忌器，未敢打草惊蛇。本想向北大营求援，谁知正遇见北大营在九门外严阵以待，才知道京中可能出事，好在北大营事先得了方大人的提醒，臣仓促之下只好命九门暂下禁空网，同时放北大营入城，幸而皇上洪福齐天，有惊无险——也多亏方大人准备周全。"

方钦脸皮一抽，感觉吕家党的眼神已经快把自己烧穿了。他从头到尾又是装病又是匿名，甚至让王裹冲到前头，就是为了低调行事，藏在别人后面才是最安全的，最好让吕常根本想不出这里头有自己的事。谁知顾昀一把软刀子捅过来，直接把他穿在了火上烤。吕常方才只是胡乱怀疑，被这一句话坐实了，震惊之余，恨得想把方钦剥皮抽筋。

李丰这才知道北大营不是跑得快，而是早就在九门外等着了，一时更蒙："北大营又是怎么回事？"

方钦只好暂时将顾昀这个巨大的意外搁置在一边，连同一位北大营偏将，字斟句酌地从其妹方氏的家书讲起，旁边有个目眦欲裂的吕常，李丰又多疑心重，方钦虽然自信此事计划深远，自己绝没有留下一点不利证据，但一个弄不好还是可能引火烧身，只得打起十二分精神应对。

李丰越听越头大，越听越心惊，此事牵涉之广，内情之复杂，隆安年间绝无仅有。文武百官大气也不敢出地跪了一片，北大营已经临时将街边戒严，以免不该有的话流传到市井之中。而方钦的赤胆忠心还没有表达完，北大营便收拾了杨荣桂一干人等。

杨荣桂在约定的地方没等到吕常的捷报，却等来了北大营的包围圈，当时就知道大势已去，刚开始本想以雁王为质，谁知新任北大营统领铁面无私，只道雁王自己的嫌疑还没洗干净呢，不管不顾地一箭放倒了挟持雁王的反贼，不管三七二十一地一起带进了城中。

除"雁王"这位皇亲国戚有特别优待之外，其余人等一律五花大绑，押上祈明坛。

杨荣桂一路都在琢磨怎么办，此时膝盖还没着地，他已经开始先声夺人地喊起冤来。

江充上前一步喝道："你勾结反贼起兵叛乱，有什么脸面喊冤？"

杨荣桂以头触地，号哭道："冤枉，皇上！罪臣世受隆恩，岂敢有负圣上？此事从最开始就是朝中雁王党污蔑臣等，罪臣家中金银相加没有百两，国家危难时已经全换成了烽火票，所谓贪墨、祸国殃民根本是无稽之谈，不信您下令抄罪臣的家！臣待皇上一片忠心天地可表，请皇上明鉴！"

李丰的声音低得仿佛从喉咙里挤出来的："哦？照你这么说，你私自上京，难不成是来救驾的？”

杨荣桂当场颠倒黑白道：“朝中雁王一党，一手遮天，欺君结党，无所不为。罪臣清白无辜，被小人搬弄是非，连内弟吕侍郎都不肯相信罪臣，几次来信逼问，为小人所趁，竟被奸王一党撺掇着犯下大错，臣远在江北，知道此事时已晚，情急之下只好扣下雁王，一路押解上京……”

李丰截口打断他：“小人是谁？”

杨荣桂大声道：“就是那户部尚书方钦为内弟献上‘黄袍加身’之计！”

方钦怒道：“皇上，叛党怀恨在心，无凭无据，分明是含血喷人！”

王裹忙跟着帮腔：“杨大人倘若真的上京勤王，身边就带这么几个人吗？方才安定侯分明说扬州城内官兵聚集！”

吕常痛哭流涕道：“臣冤枉！”

沈易身上第一层冷汗方才被凉风吹飞，目睹隆安年间规模最庞大的一场狗咬狗，整个人已经惊呆了，第二层冷汗忙不迭地排队而出，简直不知道晕头晕脑的自己到底是怎么全须全尾地穿过这些层层叠叠的阴谋诡计的。

李丰：“都给我闭嘴！带雁王！”

被人遗忘已久的“雁王”与“徐令”被人推到御前。李丰目光阴沉地注视着面前的人，冷冷地道：“阿旻，朕要听你说，怎么回事。”

那“雁王”弓着肩缩着脖，整个人哆嗦成了一团，往日俊秀深沉的五官气质一变，竟凭空带了几分猥琐气，吓成了一只人形鹌鹑。别人没什么，张奉函先急了，上前猛一推“雁王”肩头，急道：“您倒是说句话呀！”

这时，离奇的事发生了，当年踩在玄鹰背上一箭射死东瀛奸细了痴的雁王居然被奉函公这么个糟老头子推了个大跟头，踉跄着匍匐在地，一侧的肩膀摔变形了！

众人都惊呆了，不知是奉函公喝了紫流金还是雁王变成了泥捏的。

好半晌，北大营统领壮着胆子上前一步，试探着伸手在“雁王”变形的肩膀上碰了碰，回道：“皇上，此物好像……”

李丰：“什么？”

北大营统领道："……是个垫肩！"

说话间，"雁王"抬起了头来，只见那张脸上涕泪齐下，鼻子和下巴兵分两路，各自往左右歪曲，一张俊脸裂成了"驴唇不对马嘴"的两半——哪里是"雁王"，分明是个不知哪里来的妖魔鬼怪！

北大营统领震惊之余，上手三下五除二地将此人外袍扒开，只见他两侧肩膀、胸口后背都塞了可以以假乱真的软垫，脚下靴子中至少藏了五六寸的内垫，假鼻梁、假下巴与人皮面具往下一扯，分明是个五短身材、獐头鼠目的陌生男子。

李丰这辈子没见过这种大变活人，倒抽了一口凉气。"你是何……何人？"

沈易觉得皇上有一瞬间大概是想喊"你是何方妖孽"的。

那男子张开嘴，却说不出话来，只见他口中舌头已经被割去了。

再看旁边那"徐令"，扒开头发，头皮上也能找到一层人皮面具的接缝。

吕常："……"

杨荣桂："……"

这两人分明是杨荣桂派去看守雁王和徐令的，什么时候被人割了舌头弄成了这样？真的雁王呢？莫非这么长时间以来，真正的雁王和徐令一直混在他手下队伍里假装侍从！杨荣桂惶急地回头去找寻，后面一堆被北大营押来的随从里果然少了两个人！

什么时候没的他一点也不知道！

一时间，连方钦都不知道说什么好了，满心阴谋的方大人不由自主地怀疑起来，杨荣桂别是真的早跟吕常拆伙了吧？

李丰实在看不下去了，抬脚要走，脚什么时候麻的都不知道，一迈步就晃了一下，要不是旁边还有个顾昀，当今天子就要斯文扫地地摔个狗啃泥了。

"皇上，"顾昀在旁边耳语道，"臣背着您下去吧。"

李丰心头狠狠地一震，当他看向顾昀的时候，一时几乎有些恍惚，身边这个人好像这么多年都没怎么变过——并不是说顾昀还保持着十来岁的半大孩子面貌，而是他那眼神。经年以往，所有人都掺了不知几多算计与深沉，只有那双熟悉的桃花眼里，依稀存着当年身在一片鳞甲中偷偷冲他笑的促狭与风流。

李丰摇摇头，不肯在众目睽睽之下示弱让人背着走，只是扶着顾昀一只手臂，缓缓走下一片狼藉的祈明坛。

内侍掐着尖细的嗓子叫道：“起驾，回宫——”

苍茫夕照，悠悠地垂到皇城边缘，将万千鳞次栉比的琉璃瓦映得一片血红，终于还是落下去了。

第十三章 新政

壹

这注定会是个不眠夜。

吕氏一党被风卷残云似的拿下，全部下狱候审。方钦等人虽救驾有功，有惊无险地暂时未受牵连，但这结果也与他们谋划的大相径庭，被搞了个灰头土脸。而整个事件中心的雁王却依然不知在什么地方，生死不明。

隔天正赶上要开大朝会的日子，朝会临时取消，太医院热锅上的蚂蚁一样匆匆进出皇宫。顾昀和沈易在宫里待了一宿，第二天凌晨才披着初秋微凉的晨露离开。

顾昀的鼻尖好像依然萦绕着深宫中的药汤味，他的鼻子格外灵，也乐于欣赏各式各样的味道，美人身上甜而不腻的脂粉香，盛夏风中丰润芬芳的草木香，俊俏少年身上清新宁静的草药熏香……只是唯独不喜欢药汤味。

特别是门窗紧闭时闷在屋里那股凝滞不动的药汤味，沉闷而挥之不去，好像一片泥潭，能把活生生的人拖进去。

经此一役，两人并肩而行，各自心力交瘁，谁也没吭声，一路出了宫，沈易才不放心地问道："你眼睛怎么样？"

顾昀摇摇头。

沈易也不知他摇头是说"没事"还是"不怎么样"，想了想，觉得顾昀家里也没个人照顾他，便令车夫往自己家的方向赶去。京城戒严状态还没解除，青石板上两侧无人，掀开车帘只听得见马车"辘辘"的声响。沈易疲惫地舒了口气，扶了扶头顶上微微晃动的汽灯。那灯光照出顾昀脸上大片的阴影，他双眼下隐隐含着青色，两颊有些凹陷，上了车就双手抱在胸前靠在一边闭目养神，也不问沈易要把他拉到哪儿去。

直到车子到家，沈易才把他推醒，就这么一会儿工夫，顾昀居然还真睡着了，睁眼的一瞬间有点迷糊，下车吹了点晨风才清醒过来，他眯起眼看了看沈府的大门，说道："刚才乱哄哄的，我好像听别人说了一句，沈老爷子病了？"

沈易干咳一声，在大门口也不太好实话实说，只好冲他挤眉弄眼地笑了一下。

顾昀会意道："我这探病的今天空着手……"

沈易苦笑道："这倒是无妨，你把他儿子全胳膊全腿地带回来，就已经算个大礼了——你给我闭嘴！"

后面那句是对沈家大门前那尊神鬼莫测的门神鸟吼的。

今天门神八哥鸟似乎心情颇佳，本没打算发威，正抻着脖子好奇地盯着顾昀看，谁知才刚扑棱了一下翅膀就遭到了斥责，顿时怒从心中起，嗷嗷叫着迎客道："畜生！小畜生！一脸晦气样，今天死，明天埋！"

沈易："……"

他们家这祖宗只认沈老爷子，见了沈老爷子就"老爷恭喜发财"，对其他两条腿的活物则一概是"畜生来战"的态度。

顾昀面不改色，看来不是头回挨骂，他那手指扣在一起，驾轻就熟地一弹，一道劲风就打在了鸟嘴上。那八哥给他这一"巴掌"打得在笼中翻了两个跟头，羽毛掉了一地，立刻欺软怕硬地蔫了，哑然半晌，捏着细细的嗓音委委屈屈地道："郎君大吉大利，金榜题名！"

沈将军真快要无地自容了。

顾昀笑了一下，转身要往院里走，不料他才一转身，那鸟立刻变脸如翻书，恶狠狠道："呸！呸！"

按道理来说，百十来斤的一个大人实在不该和这二两重的扁毛畜生一般见识，可惜安定侯不讲道理，闻声立刻退回两步，一伸手把门梁上的鸟笼子摘了下来，打开铁笼门便将那门神掏了出来，对沈易道："跟你家老爷子说，这玩意我带走了，改天赔他只新的。"

沈易早就受够了，忙感激涕零道："好，没问题，大恩不言谢！"

门神大骇，浑身羽毛都奓了起来，尖叫道："谋杀亲夫啦——嘎！"

它被顾昀掐住了脖子。

这一嗓子叫醒了打盹的看门老仆，老仆揉揉眼，一见顾昀来了，忙引路迎客，又是一番鸡飞狗跳。

进了内院，沈易四下一扫，见远近无人，这才压低声音问道："雁王殿下到底在什么地方？"

顾昀缓缓地摇摇头。

沈易吃了一惊："你也不知道？"

"在扬州就断了联系。"顾昀一只手拎着鸟，另一只手用力掐了掐眉心，很快将自己眉心处掐红了一片。他先将去路行程同沈易简单说了一遍，又道："他找小曹假扮成自己在杨荣桂那儿虚与委蛇，自己暗度陈仓，听我留在他身边的亲卫说，好像是去一个江湖帮派里找寻流民证人，途中只捎了一封短札说'安好，勿念'，让我们回京不必管他，之后再没有联系过。杨荣桂以他的名义造反，我必须得回来替他周旋一二，只好留了几个人在那边，也托了钟将军暗中派人查访，但是至今也……"

闹了半天那边还悬着心呢。

沈易一时不知该说什么好，伸手按了按顾昀的肩膀道："雁王的能耐你不知道吗？你看他面也没露，心里都有谱，就知道肯定没事。再说他从小就跟着钟老他们天南海北地跑江湖，什么没见过？没事的。”

顾昀拧在一起的眉心没有要打开的意思。

沈易只好转移话题：“皇上怎么样？”

顾昀叹了口气道：“倒是没受伤，太医只说是怒极攻心，得静养。不过说实话，‘静养’这俩字我听得耳根都起茧了，大夫们好像对付谁都是这俩字，要真能养谁不养？”

沈易小心翼翼地问道：“他那时候叫你进去，没说什么吧？”

顾昀沉默了片刻道：“说了，他问我‘若暴雨如注，大河涨水，走蛟可会长角’。”

沈易顿时屏住了呼吸——走蛟长角是成龙之相，这话暗指谁不言而喻。“你……”

顾昀道：“我说‘蛟或是龙，在民间传说中本为近亲，呼风唤雨、润泽大地，都是一样的，可纵使神蛟，倘若为了长角化龙让大河涨水，弃两岸于不顾，那岂不是兴风作浪吗？想必也是条前科累累、为祸乡里的恶蛟’。”

沈易：“……你是这么和皇上说的？”

顾昀：“嗯。”

其实李丰还跟他说了别的——本来正当壮年的男人靠在床头的时候，忽然间有点日薄西山的意思，李丰毫无预兆地问道：“先帝驾崩之前，和你说过什么？”

先帝说了好多，顾昀至今想来其实全都历历在目，听李丰问起来，他略一思量，挑了一句最安全的，回道：“先帝嘱咐臣，‘万事过犹不及，要惜福知进退’。”

李丰听了愣了愣，转头望向方才苏醒的晨曦，将“过犹不及”四个字念了几遍，随后不着边际地说道：“……阿旻跟朕说过，他小时候被蛮女虐待的事，皇叔知道吗？”

饶是顾昀打起十二分的精神，一时也有点蒙，没明白李丰是什么意思。

那时，窗外正好有只小鸟不慎将树杈踩断了，吓得扑棱棱地上了天，李丰被那动静惊醒，脸上那种茫然而倦怠的神色蓦地散了，他回头看了顾昀一眼，目光中似乎含着好多话，但是最后也没说什么，只是挥挥手让顾昀离开了。

沈易在他耳边感慨道："君心难测，人心也难测。"

顾昀回过神来道："累。"

"可不是吗，"沈易十分有同感，"无法无天的，狗急跳墙的，浑水摸鱼的……我觉得还不如在边关打仗——其实在灵枢院当长臂师的时候最省心。子熹，我有时候看这京城真跟盘丝洞一样，到处都是险恶，要不干脆咱俩撂挑子吧，找地方盘个小铺子，合伙做点小生意，饿不死得了，也不用看谁的脸色。卖点什么……嗯，就卖长臂师的工具和机油，你说好不好？"

"有病吗？"顾昀白了他一眼，"一天到晚把自己搞得油乎乎的，再伺候一帮一样油乎乎、臭烘烘的客人，我可不干。要卖也卖胭脂水粉，每天迎来送往地看看美人也是好的。"

沈易一听，假正经之心立刻泛滥，皮笑肉不笑讽刺道："你胸怀这么大的志向，雁王殿下知道吗？"

顾昀跟着笑了，但是只笑了一下，很快就笑不下去了，在沈易面前没怎么费心掩饰地露出忧色来。

长庚现在人在什么地方？

就算他真的能有惊无险地归来，李丰那边又会怎么说？经此一役，那两兄弟对彼此还能毫无芥蒂吗？

沈易冷眼旁观，见话题一绕回到雁王身上，顾昀就连装都装不下去了。他从未见过顾昀对谁用过这么重的心，一时有些心惊，有点不敢往下说了。

近年来世情其实十分混乱，民间有些地方十分奔放，大有效仿洋人、抛开男女大防的苗头，同时，一些大儒世家又变本加厉地死守旧体统，大呼礼乐崩坏，对门人子女的禁锢越发紧。

可不知怎的，沈易总觉得这世道有些无情。前者三天好了，两天掰了，抛开父母之命，媒妁之言，婚姻大事上其实人人心里都有小九九，就算别人不管，自己也会算计，到最后依然是捏着鼻子门当户对凑合过活。

后者更不必说，适龄婚配不过是依着古礼走一番流程，两个风马牛不相及的人给强按在一起，跟猪马牛羊配种无甚区别。

花好月圆、美满如璧，好像都得瞎猫碰死耗子，人间深情只有那么少的一点，疯子拿去一些，傻子拿去一些，剩下的寥寥无几，怎么够分？

像雁王和顾昀这样的实属罕见。

虽然两人都不怎么在外人面前表露太多，但以沈易对顾昀的了解，倘若不是割舍不掉，顾昀万万不会踩过那条线。沈易一想就忍不住觉得心惊胆战，老母鸡病又犯了，于是小声问道："子熹，不是我乌鸦嘴，但你想过没有，万一你们俩之间将来有点什么问题，你打算怎么收场？"

顾昀半天没吭声，但是这一次，他总算没有顾左右而言他，快要走到后院的时候，顾昀忽然几不可闻道："想过，不知道。"

沈易一时竟无言以对。

哪怕是天崩地裂的山盟海誓，听在他耳朵里，大约也没有这五个字那么石破天惊。

进了后院，只见传说中卧床不起的沈老爷子正在生龙活虎地打拳，全然没有要死的意思。顾昀来访让他老人家颇为欣喜，拉着顾昀要讲养生心得，还盛情邀请顾帅来跟自己推个手。沈易生怕自己不知天高地厚的老爹被顾大将军推到坟头上，忙一头冷汗地阻止了这番邀请，将顾昀带去休息。

顾昀一觉睡到了下午，还没来得及醒盹，便被闯进来的沈易拽起来。"皇上急召你进宫。"

顾昀匆匆赶到宫里，先被一个自己派到长庚身边的亲卫给晃了眼，那亲卫一看就经过了长途跋涉，狼狈得不行，身上带着伤，还有血迹。顾昀心跳陡然快了几拍，艰难地润了润嘴唇，勉强按捺住心绪，飞快地给李丰行了礼。

"皇叔快免礼，"一脸憔悴的李丰撑着病体爬起来，转向那亲卫，"你说雁王那边是什么情况？”

那亲卫一低头，对顾昀道：“属下奉大帅之命，随行保护雁王殿下与徐大人暗查江北疫情。杨荣桂那奸贼意图不轨，我们前往江北大营报信，一度与雁王失去了联系。后来杨荣桂金蝉脱壳北上，大帅不确定雁王是被其挟持还是自己另有办法脱身，便一方面带人回京，一方面将我等留下在扬州府试着搜寻雁王踪迹……”

这番话是顾昀提前交代的——其实亲卫们是长庚入沙海帮的时候留在扬州府的。后来顾昀北上京城，实在放心不下长庚，便仍将他们留在扬州，让他们继续搜寻长庚的下落。

顾昀皱了皱眉，心里忽然有种不祥的预感。

“杨荣桂手里的人是假的，”李丰插话道，“这么说你是有阿旻的下落了？”

那亲卫从怀中取出一封信道：“皇上请看。”

信封上是长庚的字，与他平日里的工整字迹相比，有些潦草，还沾了血迹。

顾昀指尖微微发麻，突然明白当年京城守城时，长庚跑来给他包扎伤口时的“晕血”是怎么样的心情了。

李丰接过去，越看眉头皱得越紧，过了好一会儿，他居然叹了口气，没吭声，转手将信递给顾昀。

顾昀大概用尽了全力，才使自己看起来不显得那么惶急而迫不及待。

那信中开头还算正常，基本是胡说——编了一通自己怎么机智地金蝉脱壳，怎么从杨荣桂手里逃脱，后来阴错阳差地落在沙海帮手里，并发现江北流民一部分被杨荣桂秘密关押迫害，一部分入了匪帮。雁王为求人证，便决定跟徐大人一起潜入匪帮调查此事……想来徐令那书呆子已经被长庚哄得指东不打西了。

后面内容却不对了——

长庚寥寥几笔，交代了他在沙海帮所见所闻种种，杨荣桂无法无天得有点耸人听闻，然而就在他刚刚说服了一群沙海帮的匪人随他进京面圣时，沙海帮内部出了问题。

尽管接收了不少流民，但匪帮毕竟是匪帮，对官府怀有天生的恶意。有一些悍匪怀疑雁王入沙海帮是不怀好意，为了招安而来，三番五次争论越来越激烈，乃至帮内多方势力有了冲突。匪帮里也有好多热爱挑拨离间的搅屎棍子，当地民怨本来就深，很快挑出了事端，引发了暴民叛乱。

长庚在信中叮嘱说，暴民虽然看似声势大，但火机钢甲有限，不见得招架得住江北大营的正规军。只是如此一来，事态必然扩大，民怨也必然更深，武力压制是下下策，因此尽量别让江北大营介入。他说自己会在其中周旋，尽可能收拾民心，平复民怨。

顾昀看到这里，真是杀人的心都有了——这他娘的不是胡闹吗？

这也能叫“安好”？！

那亲卫开口道：“大帅，王爷有命，属下不敢不遵从，只是态势愈演愈烈。杨荣桂走后，他手下城防官兵群龙无首，被那些暴民折腾得左支右绌。有的暴民有亲朋好友死在杨荣桂手上，仇恨当地官府，手段残忍，对俘虏官兵常加以酷刑折磨致死，眼看难以收拾，钟将军命我等速来报朝廷，请皇命。”

李丰问道：“那阿旻人呢？”

亲卫跪了下来：“……回皇上，雁王殿下……雁王殿下托人辗转送出这封信以后，就再没有消息了，当时偷偷送信的是个僧人，那僧人所在的庙第二天就被烧了。”

顾昀一口气差点没上来。

李丰也被这接连意外的变故打蒙了。

贰

长庚睁开眼睛的时候，周遭一片漆黑，附近会反光的只有了然大师那颗光头。他刚一动，狼狈不堪的徐令就扑了过来，大呼小叫道：“王爷！王爷您可醒了！王爷您还认识我吗？王爷……”

没嚷嚷完，徐大人自己先哽咽起来，他对着长庚孝子贤孙似的狠狠抹了一把眼泪，不料越抹越多，最后干脆自己坐在一边嗷嗷地哭了起来。

长庚：“……”

这穿耳魔音与他家顾将军的笛声很有异曲同工之妙，长庚耳畔被徐大人震得嗡嗡直响，此时此刻，他无比庆幸了然大师是个哑巴。哑巴不但不会聒噪，还十分体贴地将鼻涕一把眼泪一把的徐大人劝住了。

然后他凑近了冲长庚比画道：“此地靠近江北大营，十分安全，木鸟放出去了，孙大哥手下那位小兄弟也已经想办法带着王爷的信物接触江北大营了。倘若不出意外，钟将军很快就能找过来，王爷放心。”

和尚虽然时常装神弄鬼又不爱洗澡，但不愧是临渊阁高徒，一年三百六十多天里，总有那么两天靠得住。长庚有些吃力地点了一下头，深刻地体会了一把什么叫“阴沟里翻船”，忍不住想苦笑。

那日长庚将侍卫甩下后，便带着徐令前往沙海帮，可惜运气不太好，来得很不是时候——他们前脚刚跟着孙老板来到沙海帮的分舵，正在去总坛的半路上，那厢乌合之众一样的叛军已经倾巢而出了，正好和他们走了个对头。

其实及至此时，长庚心里虽然“咯噔”一下，但也并没有太紧张。

凭他此时对江北环境的了解，这场叛乱并未出乎他的意料。狗急跳墙，兔子急了咬人，谁都知道造反是杀头诛九族的大罪，可是倘若九族尽去，自己朝不保夕，根本连活都活不下去了，那还能怎么样呢？窝囊死也是死，事败抓去杀头，反正也不可能杀两遍，那还不如揭竿而起，起码死得其所、青史留名了。

江北逃出来的流民确实已经到了要反的境地。

不过长庚也不是神仙，他能推断出流民很可能有这么一出，但不可能知道人家打算什么时候，以什么方式造反。不过当时，长庚也只是感觉自己来得不巧而已。

雁王什么风浪没经历过，他并没想过自己可能会控制不住局面。

当时长庚心里有数，这种被生生逼出来的暴民叛乱并不难解决。一来，朝廷和造反的人都知道，紫流金时代打仗，不是靠二三高手十步杀一人就能打出什么名堂的——火机钢甲才是关键，就算是绝代名将如顾昀，在弹尽粮绝时恐怕也翻不出花来。沙海帮这种江湖匪帮哪怕做得再大，只要没有火机钢甲和自己的紫流金来源，也绝不是江北大营的对手。

他们逼不得已造反，无外乎是为了向朝廷讨一条活路而已。

这条活路长庚来之前就已经替他们准备好了，再悍不畏死的人也会留恋一线生机。有了这一线生机，谁愿意跟江北大营硬碰？谁愿意当鸡蛋去碰石头？

而带长庚他们入沙海帮的孙老板虽然说话难听，态度奇差，但是个明白人，行事也不鲁莽，眼看帮内这阵仗，当机立断瞒下了长庚和徐令的身份——在这种群情激愤的情况下，天上掉下一个雁王爷不但不能安人心，反而会点燃叛军的怒火。倘若真有不长眼的不分青红皂白扣下雁王要挟江北大营，那双方就真不好收场了。

孙老板本人和长庚的想法不谋而合，他们都不想用这些可怜人的命白白地去填江北大营那本该对准洋人的炮口，就为了让朝廷听一个声嘶力竭的响。

因此长庚和徐令依然假装是南方来的义商，孙老板帮着遮掩，同时，一直在江北混在流民中普度众生的了然和尚也恰好在沙海帮中，借着了然之前建立的关系，他们很顺利地和叛军首领阶层接触起来。

众所周知，雁王有一条见人说人话，见鬼说鬼话的三寸不烂之舌，除了面对顾昀时总是发挥失常，其他时候战斗力卓绝。只要他肯，糊弄谁都一糊弄一个准，短短一个多月的时间里，长庚已经基本控制住了局面，本来帮内群情激愤，后来众人已经能坐下来权衡利弊了。沙海帮包括孙老板在内的“四大王”，除了一个跟朝廷不共戴天的刺儿头，其他三个都被长庚说动了，愿意先派人试着和朝廷接触。

但是就在这时候，本来一直只是在暗中搜索雁王下落的江北大营突然动了，气氛陡然再次紧张。长庚知道，恐怕假雁王已经到了京城，那头东窗事发，自己在扬州失踪成了大家都知道的事。涉及亲王，江北大营不得不由暗转明，做出态度。

长庚一方面安抚着沙海帮的叛军，一方面亲自拟了一封折子，想让江北大营暂时不要轻举妄动，省得他功亏一篑。

谁知天有不测风云，人倒霉的时候喝凉水都塞牙，雁王一行自打进了匪窝开始就没顺利过。沙海帮密谋叛乱后，安全起见，实行狡兔三窟策略，十天半月就更换一次总坛地点，此时，总坛正好搬到了江北的一片小丘陵中间，背靠着一座矿山——江北一带这样的矿山不算十分稀有，倘若此时长庚身边有个术业有专攻的长臂师，就会提醒雁王注意这些小矿山，因为靠山的地方木鸟很可能飞不出去。

有些矿山会让司南等物失效，那临渊木鸟纵然做得精巧，核心其实不过是腹中特殊的磁石。木鸟只有飞在空中的情况下才能通过高度避开干扰，没放飞的时候，在这种矿山上转一圈，所有木鸟腹中磁石立刻都得废。鸟飞不出去，没辙，长庚只好用了个笨办法——让了然和尚亲自跑腿去传信，传出去的信就是顾昀的亲卫送到京城里的那一封。

结果这时候又出了岔子。

四个叛军首领普遍没读过几天书，欣赏水平十分接近爱在城隍庙里听话本的老农，分别以“天地人鬼”自称，什么“天王”“地王”的，叫起来分外让人起鸡皮疙瘩。孙老板是“人王”，其中的“天王”就是那个穷凶极恶，跟朝廷有深仇大恨的刺儿头。

刺儿头本来说话算数，大家都要跟着他造反，这会儿突然莫名其妙从“老大”变成了“顽固少数派”，他仔细一琢磨，认为是孙老板这个始终不愿意对抗江北大营的“人王”出了问题，于是对“贪生怕死”的孙老板起了芥蒂，买通了孙老板身边一个心腹手下，准备要抓孙老板的小辫子，整死孙老板。

结果也不知怎么那么巧，这被买通的人蹲点蹲了五六天，孙老板的小辫子没抓住，却看见了了然那和尚深夜鬼鬼祟祟地离开总坛，跟朝廷的人接头。

天王一看，闹了半天这么长时间以来跟他们称兄道弟的好兄弟居然是朝廷鹰犬，立刻气疯了，本来就不多的信任也顷刻间土崩瓦解。长庚当机立断，一发现身份泄露，立刻在天王找上门来质问之前，率先将匪帮中有头有脸的都请过来，自己承认了钦差身份——虽然时机并不算十分成熟，但好歹比被人咋咋呼呼地揭穿强。长庚当然能杀了天王，可是江湖人有江湖人的活法，这些掷杯屠狗之徒并不像朝中人那么识时务，处理不好可能会激起反弹。

刚开始土匪窝在天王有意煽动下炸了锅，七嘴八舌地声讨成一团。雁王光棍地拿出一把柴刀往桌上一戳，冷冷地道："那就按规矩来，三刀六洞。"

这一手镇住了大多数人，却糊弄不了真正的悍匪。天王被他激起了狠意，二话不说拎起柴刀捅了长庚一刀，长庚知道不扛着没法收场，硬是没躲。这一见血，叛军们也都傻了，尤其几个大首领，心里都清楚——雁王殿下绝不能不明不白地死在沙海帮中，否则他们不反也得反，不死也得死，到时候就没有回旋的余地了，因此纷纷打圆场制止，天王更怒，当场宣布要带人退出沙海帮。

帮中内讧，造反恐怕是要不了了之，孙老板连夜派人护送长庚他们离开，途中遭遇几波天王手下的截杀，孙老板留给他的人手折损殆尽。

了然这种能把自己关在重甲里爬不出来的货色基本是拖累，徐令则完全是个拖累。对高手而言，哪怕是孤身一人闯龙潭虎穴，也比带着几个拖累逃命来得轻松，长庚身上本就有伤，多少年没这么狼狈了，他为了护着徐大人，胸口极凶险的地方又添了一道皮肉翻起来的刀伤，好在自己是陈姑娘半个徒弟，好歹把血止住了。

了然和尚用树叶包着一点溪水，喂长庚喝下，又将他随身的金疮药翻出来，重新包了一次伤口。长庚喝了水，轻轻舒了口气，攒了点说话的力气，便强打精神，拍拍自己身侧，对徐令玩笑道：“明瑜过来，坐这儿——塞翁失马，焉知非福……趁我还没断气，你先节节哀。”

徐令斯文扫地地以袖子拭泪，连说了好几声“惭愧”，哽咽道：“是下官拖累王爷了。”

长庚闻言轻轻地笑了一下道：“上次洋人围城，明瑜兄自己私下里发愤图强，学了一口番邦话，这回又是想怎样？回去学一身胸口碎大石的武艺吗？”

徐令：“……”

长庚：“你看了然大师就不哭，坦然得很。”

和尚厚颜无耻地打手势道：“贫僧肩不能挑，手不能提，仰仗王爷保护，回去定然亲手给王爷点个长明灯，天天给你添油念经。”

“那可真谢谢大师了，您宝相庄严，尊口一开，我恐怕就得夭寿。”长庚艰难地调整了一下自己的姿势，一阵冷汗立刻顺着耳畔淌下来，他急喘了几口气，对徐令道，“这些日子传得沸沸扬扬的……那件事，沙海帮的土匪都开始议论了。杨荣桂以我的名义造反，纵然咱们清清白白，肯定不会被他们抓到什么把柄，但是……瓜田李下……嘶……大师，你不会说话，眼也不好吗？”

没什么眼力见儿的了然和尚闻言，忙和徐令一左一右地按住长庚，小心翼翼地避开他的伤口，给他翻了个身。

“嗯，瓜田李下……说不清楚。”长庚这才忍着伤痛将后半句话补上，“江北流民的事，都已经到了这步田地，咱们不能半途而废……与其急着回去找皇上辩白，不如留在这边彻彻底底地解决事端，到时候我还能借着这点皮肉小伤暂时避嫌离开一阵子。”

徐令眼看他刚包好的纱布下又渗出血来，再闻听那满不在乎的一句“皮肉小伤”，对雁王一片敬佩之心简直已经到了无以复加的地步，比京城的奉函公也不遑多让了。他正要诚挚地表达一下自己的心迹，就在这时，了然和尚突然脸色一变，摆手制止了徐大人，侧耳贴在地上，片刻后，冲长庚打手势道："来了少说数十人，快马加鞭，是哪方面的人？"

谁也无法判断，来者究竟是钟将军的人还是天王手下的疯狗。

长庚一手按着徐令的肩膀，勉强将自己撑起来。徐令吃了一惊，正要开口阻止，长庚一伸手打断了他："嘘——"

他脸上方才刻意的轻松自在散了个干净，眼睛亮极了，凝聚的目光好像个受伤的兽王，哪怕血流遍地，也随时带着一击致命的獠牙。

长庚扣住了手中一把不知从哪个土匪手里抢来的长刀，苍白的手背上青筋毕露，反而看不出一点重伤下的孱弱，只让人觉得悚然。

徐令不由得屏住了呼吸。

突然，长庚微微侧了一下耳朵，随后，他干裂的嘴角露出一个不怎么明显的微笑，伸手整了整自己散乱狼狈的衣襟，将手中刀扔下了，笃定地对徐令道："去看看来的是哪位将军，出去迎一下，就说我有请。"

徐令一呆："王爷您怎么知道……"

"沙海帮那群人哪儿有这么整肃的马蹄和脚步声？必是江北大营的将军来了。"长庚好整以暇地用破破烂烂的外袍掩住胸腹间可怕的伤口，依然风度翩翩地说道，"恕本王微恙在身，失礼了。"

了然："……"

雁王这装模作样的本事也算是得了顾帅真传。

徐令对雁王佩服得五体投地，此时哪怕雁王放个屁他也无条件地相信，立刻迎了出去。

长庚伸手摸了摸自己的荷包，里面除了安神散，还有一些应急的药。他手指微微颤抖地取出一片麻叶子，暗自扣在手中，打算要是真疼得受不了，就嚼一片应急，然后谢绝了然和尚的援手，自己撑着长刀站起来。

就在这时，他听见徐令叫了一声："王爷，是……"

话没说完，来人已经在尖锐的马嘶声中大步闯了进来。

长庚："……"

那逆光而来的居然是本应已经回京的顾昀！

长庚脚下一个没站稳，长刀“锵唧”一声尖叫，整个人往前扑去，被顾昀一把接住。只见方才那“腥风血雨我自闲庭信步”的雁王殿下突然就“伤来如山倒”了，镇定自若的“兽王”成了娇弱的病猫，一只手软软地自顾昀肩上垂下去，气若游丝地小声哼唧道：“子熹，好疼……”

长庚说完这句话，好像把一身伤痛都吐了出来，整个人都空了，差点直接晕过去。看见顾昀的一瞬间，他那硬邦邦的脊梁骨就酥了，被抽出去了，一丝力气也提不起来。然而尽管这样，他还是没舍得闭眼，靠在顾昀肩上拼命平复了片刻，有意无意地抓住了顾昀肩上的衣料。

血流得太多，长庚浑身发冷，只有顾昀身上传来的一点体温与熟悉的清苦药味，让他恍惚间不由得想起初见顾昀时的情景，一时有点不知今夕何夕，喃喃问道：“……还有酒吗？”

徐令这时才屁颠屁颠地跟上来，忙要搭手。“大帅，我来帮……”

这位书呆子被不幸听到了全场的了然大师一把薅住了。大师人在红尘槛外，听见雁王迷糊中几句话，当场被里面蕴含的内涵震惊了。

顾昀没吭声，稳稳当当地把长庚抱到了车上，眉头紧锁地吩咐道：“请军医来。”

说完，他摸出一个水壶——急行军或者远征的时候，将士们身边的水壶里装的不是纯水，里头掺了一点盐，这最早是跟沙漠中的行脚商人学的。

顾昀让长庚枕在自己身上，睁眼说瞎话道：“酒来了，张嘴。”

长庚只是有点恍惚，还没完全糊涂，倘若来的不是顾昀，搞不好他还能再杀一队穷凶极恶的叛军。他配合地喝了几口，轻笑了一下道：“骗我。”

顾昀不单骗他，还有心把他吊起来揍一顿，让他知道“千金之子，坐不垂堂”的道理，可一见了真人，心疼得胸口都麻了，哪里还发得出脾气？雁王在外面无论怎么翻江倒海，都没在顾昀眼皮底下伤成这样过。顾昀面无表情地僵坐了片刻，小心地挑开长庚胸前的衣襟看了一眼，一股狰狞的血气立刻扑面而来。顾昀的胸口剧烈地起伏了一下，平生第一回知道手哆嗦是什么感受。

长庚仿佛能感觉到他起伏的心绪，一时尝到了撒娇的甜头，不肯罢休，在顾昀耳边火上浇油道：“真怕见不着你了……”

顾昀微微闭了闭眼，脸颊绷得死紧，手上的动作极轻柔，怒火都压在了舌尖上，冷冷地说道：“恕我眼拙，没看出算无遗策的雁王殿下哪里怕了。”

长庚借着车帘掩映，用侧脸在顾昀肩颈间轻轻地蹭了蹭，话音有些含混地小声说道：“要真是那样，你对我说的最后一句话就是‘滚’了，我死也不会瞑目的。”

顾昀：“……”

他觉得怀里的人好像一株可恶的藤蔓，伸着一根要命的小枝条，没完没了地往他心窝里戳。外面有由远及近的马蹄声传来，一个汉子操着传令兵的大嗓门叫道：“大帅，军医这就来了！”

长庚好像疼极了，又不敢声张，保持着原来的姿势，极轻极缓地抽了一口气，露出突兀苍白的脖筋。顾昀又怒又心疼，于是面沉似水地低下头，借着车帘的遮挡，火冒三丈地探了探他的脉，手上动作如蜻蜓点水，表情却活像来寻仇的。“这事我回头再跟你算账。”

说完，他猛地一掀车帘，对小跑而来的军医喝道：“动作快点！”

军医本想清退闲杂人等，然而刚与顾昀的目光一碰，顿时给吓得一激灵，借俩胆子也不敢开口赶顾大帅走，只好硬着头皮顶着顾昀让人汗如雨下的目光，战战兢兢地收拾雁王身上两道骇人的伤口。

有外人在，长庚就万万不肯吭声了，只有那军医粗手笨脚地撕纱布时牵扯了伤口，才忍着微微抽动一下。顾昀脸色越来越难看，忽然，长庚一只冰凉的手借着散开的衣袍搭在了他掌中，长庚好像也知道他心气不顺，并不敢握实，只敢虚虚地黏着他，一眼一眼地偷偷瞟他。

顾昀低头看了他一眼，见他的冷汗已经顺着额头滚到了眼眶里，沾在睫毛上，一眨眼就往下滚去，那目光从冷汗中透出来，显得氤氤氲氲的。

长庚小时候撒娇很有一手，现在俨然已经不是一两手了，几乎到了可以成仙的水准。顾昀拿他毫无办法，被那小眼神盯上一炷香的时间，大概真得要星星不给月亮，只好认命地握住长庚的手，把他往自己怀里带了带，低声道："闭眼。"

长庚二话不说闭上眼。他这一趟出行，快刀斩乱麻一般地将江北乱局清理干净了，犹如一块大石头落地，此时心里近乎是毫无牵挂的，耳畔听着顾昀一下一下的心跳声，感觉哪怕是就此死了，也毫无遗憾了，于是安心地睡了过去。

内讧的沙海帮已然掀不起大风浪，钟老将军谨遵雁王给出的承诺，一兵一卒未动，措辞诚恳地写了一封招安书送了过去。天王手下的残部被长庚收拾了一批，剩下的被其他三大匪首联手收拾了，一场本该血流成河的叛乱就这样消弭于无形中。

三天后，姚镇从江北大营赶来，暂代两江总督一职，全权处理江北之事。姚镇先是拿下杨荣桂的一干党羽，而后带人找到了杨荣桂关押流民的地方，挨个放出来好好抚慰，重新给流民编文牒，又着专人负责登记失散亲友，派人寻找，已经不幸罹难的，他亲自出面抚恤。

又过了几天，朝廷拨来的药物大批量运到了，李丰下旨，查抄出来的赃款一部分拿回京城，剩下就地拨为灾民抚恤，来日再回户部补手续。徐令恢复钦差身份，彻查杨吕一党，将他不通俗物、刚正不阿的特点发挥了一个淋漓尽致，抄家抄得干净利落。

可是杨荣桂家里果然如其所说，几乎没有金银现钱，全换成了烽火票，徐令无计可施，只好来请教卧床不起的雁王。

长庚道："烽火票发了多少，什么人收走了，我心里都有数，国库不是那姓杨的撑起来的，你查查他平日里和哪些民间商人交往密切，多半是官商勾结。要是账本看不明白或者分不清真假账，都不用着急，我找个人过来帮你，这两天估计快到了，是杜财神的公子，从小抱着算盘长大的，与我私交不错，可信。"

徐令连连点头。

“还有，”长庚靠在床头，微微抬起眼，那眼皮如刀刻而成，凭空多了些许重伤也抹不去的凛冽，“朝廷明令规定，烽火票等同于金银，可以在民间流通，对价都有规定，完全能当成赈灾款用，有什么问题？”

徐令低声道：“王爷，烽火票刚发出第二批，认购的人不算太多，除了诸位大人，民间认购的一般都是有些家底的大户人家，都不缺银子使，一般将此物留在家里供着，鲜少有在市面上流通的，确实不知商户收不收，这……”

长庚伸手抓住床沿，将自己撑起来一些。“持有人愿意放在家里供着还是拿出来花，这个我管不了，但商户拒收烽火票是重罪。明日起，将杨荣桂府上的烽火票全部清点入账，然后就以这笔烽火票去向大粮商买赈灾粮，我倒要看看谁敢把朝廷政令当废纸——从江北大营借调一点人跟你去，听明白了吗？”

听明白了——雁王让他上门强行耍流氓，从江北开始，威慑全境，逼人承认“烽火票”就是金银。先从大商户下手，正所谓“穿鞋的怕光脚的”，这些穿鞋的没人想得罪朝廷，捏着鼻子也得认，完事要么认了这哑巴亏，要么就得想方设法地将这烽火票变成真金白银，不遗余力地推行。

“再给他们加一把火，”长庚精力不济地低声道，“让重泽兄以两江总督的名义写一封政令，不管大小商户，倘无理拒收烽火票，人人可以向扬州府举报，查明属实者一律棍棒伺候，屡教不改者直接下狱。”

徐令很是领教了一番雁王殿下“该怀柔怀柔，该强硬强硬”的手段，忙应了一声，跑回去办事，人未至门口，长庚忽然又叫住了他：“明瑜。”

徐令回头。

长庚脸上方才的森严之色退了个干净，转眼又是那温文尔雅的雁王殿下。“此事全仰仗你了。”

徐令莫名其妙道：“王爷这是哪里话？”

长庚道：“我恐怕得在路上耽搁一些时日，怕是到时候不能陪你回京复命，到时候有一封折子还望你替我带给皇上。”

前一阵子步步紧逼，这会儿也该暂退一点了，步调得有张有弛才行，正好可以借受伤的机会放权。可惜正直的徐大人明显没能领会他的意思，一本正经地拱手道：“正是这个道理，王爷伤重，还是应该多多保重，千万要好好休养，跑腿的事都交给下官，下官倘若有什么不明白的再来问您。”

长庚笑了一下，见他没听明白，干脆也不解释，摆摆手让他离开了。

徐令往外走的时候正碰上刚进来的安定侯，忙站定了见礼。顾昀客客气气地冲他一点头，与他擦肩而过。徐令忽然一愣，见顾昀背在身后的手上居然拿了一把新鲜的桂花，开得金黄金黄的，甜香扑鼻。

徐令愣愣地看着他带着那一把花藤去了雁王那里，揉了揉充斥着花香的鼻子，心里诧异道：顾帅对殿下可也太上心了。

顾昀进屋将花藤挂在了长庚的床幔上道：“桂花开了，怕你躺得气闷——不讨厌这味吧？”

长庚的目光黏在他身上不肯撕下来。

顾昀与他视线一对道：“看什么？”

长庚伸手去拉他。

顾昀怕他动了伤口，忙就着他的手弯下腰。“别乱动！”

长庚不依不饶地抓着他的衣服将他拉到了近前道：“子熹，伤口疼。”

“……”顾昀木然道，“一边去，我不吃这套了。”

这会儿受伤，雁王在他面前好像彻底不打算要脸了，只要周围没有外人，动辄就是“伤口疼”，然后用那种“你不能苛责伤患，我说什么你都得答应”的眼神看着他。

真是惯什么毛病就长什么毛病，指哪儿打哪儿，绝不跑偏。

顾昀伸出一根手指在他额头上弹了一下，然后自顾自地转身去换衣服了。

长庚一直盯着他转到屏风后，这才揪了一朵小桂花，放在嘴里细细地嚼，然后自己拄着一边的木杖站起来，还不太能直起腰来，一步一蹭到了桌边，借着一点残墨润了润笔尖，铺开纸开始写折子。

这可着实是个体力活，没一会儿，他额间就渗出汗来，突然，笔被人从身后抽走，长庚刚一回头，就被一双手不由分说地拖起来抱到了床上。

顾昀不满道：“什么天大的事非得你现在亲自写？躺下，不准作妖！”

长庚不慌不忙地解释道：“这回吕家一党全受牵连，方家也没能讨到便宜，正是推行新政的好时机，我虽然不在台面上，也得把事提前准备好。”

顾昀坐在床边道：“还想着紫流金特批权的事吗？皇上不会同意的。”

“不是那事，”长庚说道，“还不到时候——运河沿岸没收的田地上可以安置流民，最好的鱼米之地留着耕种，其他地方建厂。钱让杜公他们商会和朝廷各拿一半，建了厂不算民间商人所有，算朝廷开办，在军机处下、六部之外另外成立一个专管的部门，专供紫流金配给，严格把控紫流金的来龙去脉。平日厂中事务则让商会去打理，所得之利，六分直接入国库，四分为办厂的义商所得，这样既安顿了流民，又不至于让皇上担心紫流金外流，还能充盈国库，也算给了义商实惠……你看好不好？”

顾昀听了，半天没言语。

他听得出来，长庚大概打过好几番腹稿了，估计是下江北之前就已经想好了的，但是倘若那时候提出来，等于凭空制造了一大批肥差，各大世家免不了要削尖了脑袋来分一杯羹。杨荣桂之流连赈灾款都敢“落袋为安”，更别说这种事了，到最后这一举多得之计免不了落一个“国库一点实惠落不到，商人为朝中错综复杂的大小官员掣肘，流民给当成牲口使，只有大小蛀虫们中饱私囊”的后果。

因此他故意激化世家同朝中新贵之间的矛盾，借由头下江北搅乱一池水，分化同气连枝的世家内部，将计就计地坐看他们能无法无天到什么地步，自己推子落棋、平稳收官后退入幕后暂避锋芒。中间虽然出了几次人力不可控的意外，谁知兜兜转转，居然也依旧让他达成了全部的既定目标。

长庚眨眨眼睛道：“怎么？”

顾昀回过神来一哂，没头没脑道：“不知道的，还得以为你真是个天降的妖孽。”

他话说得没头没尾，长庚却莫名其妙听懂了，笑道：“大梁的气运站在我后面，你信不信？”

顾昀一回头，看了看他，话音一转：“伤口又不疼了？”

长庚：“啊？”

“不疼了就好。”顾昀不慌不忙地揪住长庚往他衣服里钻的手，拎出来扔到一边，微笑道，“那来跟我算算账吧。”

长庚：“……”

顾昀好整以暇地将自己一只手枕在脑后，十分放松地靠在床上，话音也不怎么严厉，可是内容十分让人冒汗。顾昀：“跟我说说，你带着徐大人这个肩不能挑手不能提的书生勇闯土匪窝时，心里究竟是怎么想的？”

长庚讪讪地笑了一下，声气低了八度：“子熹……”

“不用叫这么温柔，”顾昀淡淡地道，“我伤口不疼。”

雁王方才得意忘形，这会儿无计可施，只好老老实实地说人话：“我没想到他们真的会揭竿而起。”

顾昀十分纵容地笑了一下，毫不留情道：“扯淡，你肯定想到了。”

长庚的喉咙微微动了一下道：“我……我和徐大人当时正在去总坛的路上，事先不知道他们会选这个时机……”

“哦，”顾昀点点头，“然后你一看，千载难逢的机会，好不容易能作一回死，赶忙就凑上去了。”

长庚听着话音，感觉这个趋势不太对，忙机灵地承认错误道：“我错了。”

顾昀脸上看不出喜怒，一双桃花眼半睁半闭着。长庚一时弄不清他怎么想的，不由自主地紧张起来。然而等了半天，顾昀却没有把火气发出来，只是忽然问道：“是因为那天我问你‘何时可以安顿流民，何时可以收复江南’的话，给你压力了吗？”

他说这话的时候，眉心有一道若有若无的褶皱，而神色近乎是落寞的。

这样的表情，长庚只在当年除夕夜的红头鸢上见过一次。顾昀当时三杯酒祭奠万千亡魂，脸上也是这种平淡的清寂，好像整个帝都的灯火通明都照不亮他一张侧脸。

长庚一时几乎有点慌了，有些语无伦次道：“我不是……我……子熹……”

顾昀年轻的时候，很不喜欢和别人说自己的感受——倒不为别的，他觉得把喜怒哀乐都挂在脸上，就好像随时掀开衣服给别人看自己的皮肉一样，十分不雅，人家也不见得爱看。这与为人爽不爽快没关系，纯粹是家教所致。白日里一众人坐在一起大块吃肉、大口喝酒，没什么不同，到酩酊大醉时才能显出区别——有人会肆意大哭大闹，有人最多不过击箸而歌。

不合时宜的话在顾昀舌尖滚了几回，浮上来又沉下去，终于，他略带尝试似的开口道：“我从京城赶过来的路上……”

长庚何其会察言观色，一瞬间感觉到了他要说什么，瞳孔难以抑制地微微一缩，又慌张又期待地看着顾昀。

顾昀大概一辈子没说过这么艰难的话，差点临阵退缩。

长庚屏住呼吸，追问道：“你路上怎么样？”

顾昀：“……心急如焚。”

长庚愣愣地看着他。

当年江南水军全军覆没，玄铁营折损过半，而顾昀匆匆被李丰从大牢里放出来的时候，曾经说过“心急如焚”四个字吗？

顾昀好像永远笃定，永远不慌张，如果慌张了，那多半也是他装出来的。他强大得有点虚假，让人总有种不踏实的感觉，怀疑哪天他就会像高大的皇城九门一样，突然就塌了。

一句话出口，顾昀好像打开了一道禁闭已久的闸门，后面的话就顺畅起来：“要是这一趟你真出了点什么事……让我怎么办？”

长庚大气也不敢出。

顾昀低声道：“长庚，我真没力气再去把一个……别的什么人放在心上了。”

长庚一震。

顾昀还有平定南北的力气，还有山河未定死不瞑目的力气，还有夙夜不眠跟钟老将军死磕争吵江北水军编制的力气。但唯独没有再牵挂一个人的力气了。

这些年来，顾昀身边除了沈易这么一个出生入死的朋友，好像也就只剩下一个地大人稀的侯府，一点挤出来的心血全都安放在了当年先帝交到他手上的少年身上。官场上人情往来，免不了互相吹捧，吹到顾帅身上，大抵都是一句“鞠躬尽瘁，大公无私”。但其实顾昀并不是纯粹的大公无私，只是细想起来，他实在没有什么好“私”的。

这种寂寞，顾昀少年时并没有很深的感触，那时他是玄铁三部的安定侯，纵有千般委屈万般愤慨，一壶热酒下去，翌日就能重新意气风发地爬起来忘个干净。而今他年纪渐长，思虑渐重，却发现早年的潇洒已经不知何时被消磨掉了不少。尤其最近一段时日，他觉得自己格外容易疲惫，人身上累，心里也往往跟着没滋味起来。

如果不是还有个时而算无遗策，时而疯疯癫癫的雁王让他牵挂操心，那活着未免也太没意思了。

顾昀脸上的疲惫和落寞一闪而过，不过眨眼就被他收了起来。轻轻地把长庚放好，他拉过一条摊在一边的薄毯搭在长庚身上，叹道：“躺好，腰都直不起来，还臭美，你有没有正经？”

长庚一把握住他的手，顾昀的手永远也暖和不起来，永远像刚从割风刃上拿下来，干燥、冷硬。长庚哀求道：“子熹，陪我躺一会儿好吗？”

顾昀不置可否地除去外衣靠在旁边，没多长时间就睡着了。长庚这才悄悄地睁开眼睛。

从雁回小镇顾昀把他捡回来，到如今已经快十一年了，十一年间，顾昀的时间在边疆与沙场，与长庚聚少离多……但未曾有一日离开他的心魂。

长庚有时候总觉得倾尽生命也难以报偿，而忽然之间，他意识到，与其说认识顾昀是他这一生中唯一觉得活着尚有可取之处的好事，不如说他自出生伊始所遭受的所有难处，都是为了积攒足够的运气遇见这个人。

这么一想，多年芥蒂，居然奇迹般地放开了。

叁

雁王在江北受伤，大小事由徐令出面料理，徐大人是个软硬不吃的熊人，身边又不知从哪里挖来了杜财神的公子杜朗。杜公子话不多，但人很不好糊弄，打点难度也太高——他们家太有钱了，皇上都给打了好多欠条，仨瓜俩枣的好处，底下人根本不敢在这位面前拿。

当年九月底，徐令在雁王背后指点与江北大营的通力支持下，平定暴民叛乱，重新安置江北难民，而后由姚镇暂代两江总督一职，徐令回京复命，带走了雁王的折子。

至此，一场举国轰动的大案落下帷幕。

雁王本人还磨磨蹭蹭地一边养伤一边往京城溜达，未曾露面，而由他发起的轰轰烈烈的“运河长廊”已经落地生根。他的折子在宫里只压了两天，一场大朝会就过了，军机处主导力挺，两院难得悄无声息，几大世家忙着归拢内部势力，一时无暇他顾，方钦暂时蛰伏，隆安皇帝当天就批复了。

早已经心里有数的军机处表现出了不可思议的行动力，两天就出了一份完整的方案，让人几乎怀疑他们是有备而来的。

不到一个月，在六部外成立运河办，运河办全权代理朝廷与杜万全等商会人士接洽。那杜财神摇身一变，成了真正的大皇商，早已经私下调配好的各种资源、材料源源不断地送到厂地。满朝上下不眠不休整整一个月，累趴下一大批平日只会伏案的文官，整个大梁都被一把大火烧了起来，好像要把两朝的尸位素餐通通补回来。

终于，赶在隆冬之前，把两江流民归拢至初步建成的厂房窝棚下。

而雁王李旻方才回到京城。

之所以这么慢，是因为顾昀先前虽然匆忙在京城与江北之间打了个来回，但前线还有很多事没办完，正好让长庚在此期间养伤，直到长庚日常行动无碍了，两人才往回走。

归途中，正好碰上运河沿线一片繁忙。

正在建的厂子总归是不太好看的，尘土飞扬，出来进去的别管是工匠苦力还是下放的文官与皇商，个个都是灰头土脸的，但还算有秩序。做工的一天管两顿饭，过了晌午，一群年轻力壮，刚刚放下屠刀的流民就聚在一起，从铁皮的大车里往外捞杂粮的窝窝。

顾昀曾经微服去转过一圈，见那窝窝掰开以后里面很实在，粟是粟，面是面，拿在手中十分有分量，与当年京城起鸢楼上珍馐玉盘流水席没法比，甚至连粗茶淡饭都不能算，但是一群刚干完活的汉子凑在一起，一人举着一块干粮，蘸着工头从家里拿来的酱料一起吃的时候，看着让人心里踏实。

临近京郊，顾昀骑马跟着长庚的马车，沿途闲聊起这事，长庚便笑道："工匠什么的可能是从外面请的，过来当工头，带着大家干活，剩下大部分做工的劳力都是杜公直接从招安的流民中征来的，将来他们在哪里搬过砖，就会留在哪里一直捧这个饭碗。为了这个，我听说杜公向运河办求了一道圣旨，以朝廷名义作保，除非是自己想走，不然厂子不会赶人，一辈子是这里的人。"

没有谁比流离失所的人更期盼重新落地生根，让这些流民自己造自己的新家，他们能把活干得又踏实又痛快，偷奸耍滑的很少。杜万全只需要管饭，连工钱都省了一大笔，还经常有老太太在背后叫他"杜善人"，拜菩萨的时候总连着他的份一起，这财神爷也实在是精到家了。

"好事，"顾昀想了想，又问道，"这么一来除了家人不减租之外，有点像军户，只是民间不比军中，要是有不好好做事或是作奸犯科的呢？"

“军机处出了条例，”长庚道，“我走之前就交代过江寒石了，已经连同圣旨一起发下去了，一共十三条，内有细则若干。他们每天晚上收工，有专人给讲这个，倘若证据确凿地犯了，运河办的地方分支能做主驱逐……嗯，怎么，你还担心万一将来有官商勾结，欺负劳工的吗？”

顾昀一呆，继而失笑道：“怎么，那也有办法吗？”

“有，”长庚道，“在厂中做工十年以上的老人，只要一半以上的人肯为他作保，那人就能留下，并且可以上告到上一级的运河办。其实就算是这样，时间长了也未必没有问题，到时候再慢慢改，没有一蹴而就的道理。”

顾昀忍不住问道：“你预谋多久了？”

“这可不是我想的，”长庚笑道，“刚开始和杜公接触的时候有这么一个模模糊糊的想法，这么长时间一边铺路，一边跟他们不断地商量磨合，一年多了，方才磨出这么点东西。杜公他们那帮人，一辈子走南闯北，西洋都跑过好多趟，见多识广，反应也快，不过欠缺一个台阶，我给他搭起台阶来，他就能挑大梁。”

书生有书生的迂腐和情怀，商人有商人的狡诈与手腕，本质上没有什么好坏，只看上位的人愿意往什么地方因势利导。

“对了，子熹，我还听杜公说过，西洋人有一种很大很长的车。”长庚从马车窗里探出头，有点兴奋地说道，“架在铁轨上，跑起来非常快，但是又和大雕与巨鸢不同，能在后面拉好多节，那岂不是想运多少东西就运多少东西？比运河水路强得多，只是占的地方有点大，长线上不好统筹，正好可以借着这回征地建厂的机会把那东西的地方留出来。要说起来，还真得感谢杨吕一党买房置地勤快，省了我不少事。杜公打算先从运河沿线开始，请人建一个试试。如今江南前线这个胶着法，粮草、紫流金与火机从京城运来运去未免麻烦，要是有一天能建起来……”

顾昀对国计民生的事不见得有什么见解，对防务军务却极其敏锐，只听了个音就听出了意思，忙道：“你说仔细一点。”

长庚却不往下说了，冲他招了招手，仿佛是打算要耳语的意思。顾昀催马略微赶上一点，微弯下腰问道：“怎么，现在是有什么事还不能泄露吗？”

“倒也不是不能说，只是……”长庚稍有犹疑。

顾昀一时有些迷茫，没反应过来这事的保密原理是什么，就在这时，长庚目光一转，见马车挡着没人留意，便低声道：“你答应我一件事，我就把图纸给你看。”

顾昀奇道：“什么事？”

长庚笑得眉目弯弯。“不知道，总之你先答应了，签字画押，我什么时候想到了，什么时候再找你兑。”

顾昀拎着马缰绳往后轻轻一仰道：“勒索吗？不是仗着有伤撒娇就是跟我耍赖——没门。”

已经过了北大营驻地，顾昀便没着甲，只穿了一身便装的长袍，袖口比腰身还宽些。长庚一探手就抓住他的袖子，不言不语地左右晃了晃。

他们路上经过一个村镇的时候，偶然看见一个三四岁的小孩哭哭啼啼地拉着大人的袖子，撒泼要糖吃。从那以后长庚就不知哪根筋搭错了，原封不动地学了过来，并且大有要将其发扬光大之意。

他小时候，世上没有一条袖子可以让他拉，如今纵然长得顶天立地，也总像是有遗憾，想一股脑地从顾昀身上都补回来。

顾昀一边笑一边起鸡皮疙瘩。“说不行就不行，松手——殿下，你要脸不要了？”

长庚不肯松，大有不将他在大庭广众之下扯成个“断袖”不罢休之势。

沈易和江充带人迎出城的时候，远远地就看见雁王坐在车里，正探出头和顾昀说话，顾昀任自己那神骏懒洋洋地溜达，眼角挂着一点笑意，嘴角却绷着，故意不搭理他。

雁王第一次说了句什么，顾昀在他手背上敲了一下，逼着他不由自主地松开了手。雁王好像不死心，又说了句什么，顾昀把他的车帘拉下来了，好像打算来个眼不见心不烦。等到雁王第三回扒开车帘露出头来的时候，顾昀终于绷不住笑了起来，怕了他似的摆摆手，似乎就妥协了。

江充看得一愣一愣的。

沈易叹道："大帅幸亏自己没孩子，不然了不得，非得宠出个青出于蓝的混世魔王来不可，我看他对雁王殿下就说不出三声'不'来，什么事求两次不成，第三次再问，他准保答应。"

江充还没回过神来。"我以为侯爷久不在京城，和雁王之间只有个义父子的名分，看来情分是真的很深。"

顾昀被这二位念叨得鼻子有点痒，扭头打了个喷嚏，一转脸就看见了满脸"见将相和，吾心甚慰"的江大人和一脑门"注意影响，丢不丢人"的沈提督。

然后重新端庄起来的雁王还没来得及下车，就被请进宫了。

沈易充满谴责地一眼一眼瞪着顾昀，方才答应了十分"丧权辱国"的事的顾昀这会儿正后悔，没好气地问道："看什么看？"

老学究沈提督义正词严地指责道："不是我说，你有时候也太不像话了。"

顾昀："我怎么了？"

沈易："像个被狐狸精勾了魂的色鬼。"

顾昀："……"

真是"冬雷震震""夏雨雪"一般的冤情，还百口莫辩……他非常想跟姓沈的割袍断义。好在他还没来得及对沈提督下毒手，沈易就用正事堵住了他的嘴："我算着你这几天就该到了，也就没派人给你送信，两件要紧事得和你说——第一，北蛮的加莱荧惑派人来了。"

顾昀脸色一变。

自从玄铁营缓过一口气来平定西乱之后，一直虎视眈眈北向而驻，很大程度上缓解了北疆防卫的压力——玄铁营是加莱荧惑一辈子的噩梦，有他们在，十八部狼王不敢轻举妄动。但是北疆从来贫瘠，养点牛羊还要看老天爷的脸色，这一战，大梁尚且打得兜了家底，别说满心想着复仇一直忽略生产的加莱荧惑了。长此以往，他们耗不起是理所当然的。

顾昀问道："来和谈？"

"嗯，"沈易点点头，"这事没来得及上大朝会，皇上召我们几个人入宫议了议对方的条件。你知道我是什么感觉吗？"

顾昀眉尖一跳。

沈易道："像当年老狼王加贡紫流金，提出以身为质时一样。措辞口吻都熟，又谦恭又真心实意，条件开得很爽快。子熹，你相信他们吗？"

顾昀沉吟片刻，缓缓道："不是很信，蛮人和西洋人不一样，西洋人只是贪婪，蛮人却是世仇——尤其加莱荧惑。"

沈易忙问道："怎么说？"

"自从加莱接掌十八部落，除了向中原复仇，他没干过别的事，"顾昀道，"他们现在来和谈，只有两种可能性，要么加莱被他们十八部里的什么人篡位夺权了，要么就是他在憋什么坏主意。"

沈易犹豫道："也不能排除十八部落真的撑不下去的可能性……"

"不，还没到冬天呢，我不相信他们这就山穷水尽了。"顾昀叹道，"你听我说，加莱是条疯狗，疯狗不会在乎自己吃的是肉还是草，只管咬人——对了，皇上怎么说？"

"皇上……"沈易微微顿了一下，压低声音道，"这是我要跟你说的第二件事，皇上最近可能不太好。"

顾昀一愣。

"现在大朝会改成十五天一次了，就初一十五，其他有需要议的要事都拿到小朝会上，交由军机处主持，再上传西暖阁，等皇上批复。我感觉皇上近来越来越受不住大朝会上一帮人乱吵乱叫了。"沈易小声道，"就这，这月初一大朝会的时候，内侍一说散朝，皇上站起来一脚踩住自己的龙袍，差点当场从御座大殿上滚下来，被殿前侍卫七手八脚地接住，结果这里……"沈易一指自己的小腿，"摔断了，至今起不来床，我觉得他急急忙忙地召雁王进宫可能也是这个原因。"

顾昀吃了一惊："摔一跟头能把骨头摔断吗？这也太寸了。"

"太医们不敢说话，吭哧不出个所以然来，后来请陈姑娘看过了，陈姑娘说是多年劳累过度，再加上饮食不调，骨头都松了，才一摔就断。有人传说先帝当年就是……"

怪不得太医们一个个三缄其口，也就动辄跑到关外去的陈轻絮敢说两句实话。

这社稷也太消磨人了。

沈易往四下看了一眼，见出来迎雁王的人马都跟着江充走了，顾昀将亲卫留在北大营，身边只有几个家将，便压低声音，几不可闻地对顾昀道："因为吕家那事，贵妃也遭到了牵连，直接被削了妃位，明面上虽然没怎么样，其实基本也就是打入冷宫了。太子又那么小，母族也没什么助力，倘若皇上真的……你说他急着叫雁王进宫是什么意思？是托孤还是……"

顾昀看了他一眼，沈易自动噤声。

当年皇城将破时，李丰就提起过传位的事——不是给太子，而是给雁王。

以当年那个说话就国破家亡、泰山倾覆的情况，小太子确实也是撑不起一个李姓家国的。而如今虽然江山没有收复，但北蛮已经派人求和，休养几年，必有一战之力，皇上还会传弟不传子吗？

顾昀忽然想起御林军谋反那次，李丰突然对他提起的那句风马牛不相及的话——"阿旻跟朕说过，他小时候被蛮女虐待的事"，李丰不像是会主动问的人，很可能是长庚主动对他说的，那会是个什么场合？

长庚和李丰虽为兄弟，但是不亲。顾昀知道长庚那小狼崽子，不亲的人，连根毛都不给人家顺，绝无可能主动坦白童年伤口博取同情，除非……顾昀脑子里灵光一闪，突然想到一个可能性，对了，雁亲王成年加冠也好几年了，为什么没人关心他的终身大事？就算别人不便提起，李丰难道也忘了吗？

所以那天隆安皇帝那句没头没脑的话很可能还有后半句——"他心怀

芥蒂，不愿意娶妻生子”！

如果雁王没有子嗣，那意味着将来无论如何也没有人能撼动小太子的地位，所以他或许能将托孤重任交到长庚手上。

而李丰一直让小太子跟自己接触，一方面是为了缓和关系，一方面也是为了给儿子铺路！

这些人的心思啊……

沈易问道：“你说皇上有没有传位雁王的可能？”

“嘘——别再提，”顾昀道，“不要掺和，记着咱们是干什么的。”

沈易忙应下道：“其实我还有一件事……嗯，是私事。”

顾昀诧异地看了沈易一眼：“什么？”

沈易抓耳挠腮片刻道：“你跟陈姑娘很熟吗？”

顾昀还沉浸在北蛮使者和李丰的断腿里，一时没回过味来，莫名其妙地接道：“陈姑娘？说不上太熟——她不怎么爱搭理人，怎么？”

沈易闻言不平道：“人家任劳任怨地在西北那鬼地方给你当了那么久的军医，你就一句说不上太熟？”

“负心薄幸”四个字已经从沈提督的眉目间脱眶而出了。

顾昀：“……啊？”

沈易充满愤怒地看着他。

两人一个不在状态，一个激愤不已，驴唇不对马嘴地面面相觑了好一会儿，顾昀才有点反应过来，“啊”了一嗓子，用一种诡异的眼神打量着沈易道：“你什么意思？”

往日里喋喋不休的沈易陡然闭了嘴，两颊紧绷，硬是绷出了一副死不开口的烈士模样，壮烈地迎接着顾昀不怀好意的目光，成了个没嘴葫芦。顾昀一脸无辜地扬了扬眉，伸出一根手指在沈易胸口戳了一下。“我说沈大人，圣人没告诉过你‘非礼勿打听’吗？光天化日之下，你我两条光棍凑在一起打听人家大姑娘的事，像话吗？”

他想起沈易方才毫不客气的数落，立刻见缝插针地把刀插了回去：

"龌龊。"

沈易："……"

顾昀平白无故捡到了沈易这样一个巨大的把柄，心情舒畅极了，腰也不酸背也不疼了，溜溜达达地放马走了出去，还吹起了与他的笛艺颇有异曲同工之效的口哨。

"顾子熹！"沈易咬牙切齿地追上来，"你……你……"

你这个王八蛋！

为免光天化日之下当街辱骂上司，沈易用了浑身的力气才把后面这句话隐回去。

顾昀把他娱乐了一溜够，两人已经甩开了家将，一起往皇城里走去，顾昀这才正色道："陈姑娘的人品没的说，也很有本事，像你这样的，我估计她一次揍三五个应该不成问题。"

这虽然是一句十分找揍的话，但沈易并不觉得被冒犯，反而听得津津有味——尤其顾昀讲起多年前他在江南贼船上第一次见陈轻絮的事，听得沈易扼腕叹息，恨不能身临其境。

"至于她性情怎样，好恶什么之类……我也不太知道，可能长庚跟她还熟悉些。"顾昀顿了顿，"不过她的家世我要给你说一说。"

"山西府陈家，我知道，"沈易接道，"世代出神医，悬壶济世，家风清正得很。"

顾昀轻嗤了一声："你打听得倒清楚，这是打算好要上门提亲吗？"

沈易正色道："三媒六聘自不可少。"

顾昀："……"

他这位兄弟是个"奇葩"，早年读书读了一箩筐，被世家传统那一套荼毒很深，然而人家只是对外讲"礼教"，严于待人而已，关上门来自己龌龊自己的，什么也不影响，都是一帮心照不宣的假正经。

唯有沈家这位不同，外人看来，他弃翰林入灵枢，后来又自甘堕落成了个行伍丘八，可谓是"离经叛道"得出了名，内里却是个"非礼勿视，非礼勿听”的真正经，正经得整天和一帮老兵痞子混在一起，十多年愣是“出淤泥而不染”。

这一段时间陈轻絮留在京城，历经大小风波，这位临渊阁的陈家人大概与沈易有很多接触，可是在这很多接触下，姓沈的愣是不敢当面和她说什么，只敢背地里跑来向顾昀打听。听这个意思，他可能连陈家人和临渊阁的牵连都没弄清楚，至今还觉得陈轻絮只是单纯地一门心思报效国家呢！

顾昀暗叹口气，沈易这种木头，简直不像自己手下出的人。

“那我说个你不知道的事，不要外传——山西府陈家不是普通的行医之家，他们是临渊阁的中流砥柱。”顾昀低声道，“我听钟老提过一句，陈姑娘好像是陈家这一代的家主，要真是那样，她不太可能嫁给你做提督夫人的。”

沈易当即一呆。

顾昀想了想道：“要不这样，我去找人给你说说，看看她心里是怎么想的……”

“不，先别，”沈易忙道，“太唐突了。”

顾昀感觉自己有点皇上不急太监急，不过以沈易的这种性格，很可能一辈子也讨不着媳妇，于是很有经验地指点道：“这种事不能不着急啊季平兄，一个弄不好让别人捷足先登，到时候你都没地方说理去。”

沈易却思量片刻，摇头道：“那也先别，我再想想。”

顾昀听完摇摇头，他太了解了，一个男人倘若听了一句女方的身份背景就心生犹疑，那多半也只是“有点意思”的程度，没到非她不可。不过这种事，当事人的感受如何，他也不便多做评价，只是可有可无地说道：“那行吧，你先想着，用得着我的地方随时说。”

这句话沈易没听进去，他兀自沉浸在自己的想法里，认认真真地跟顾昀分析道：“这个情况我以前确实不了解，不过你这么一说，我也觉得不太合适。”

顾昀可有可无地一点头："嗯。"

沈易便道："那就没办法了，只好等到这场仗打完了，我挂印辞官，将军不当了。"

顾昀差点一头从马上栽下去。

沈易自顾自地有些愁眉苦脸道："只是仗还没打，先去提亲，总觉得不祥。咱们这种人，要是牵挂太深，在战场上容易束手束脚，反倒危险，万一有点什么，岂不是耽误人家？唉……但我就怕打完仗再去，光阴与人俱不我待，真是难两全。子熹，你说想个什么办法，能让闲杂人等退避三舍呢？"

"……这你不用担心，据我所知，陈姑娘自带这个本领。"顾昀顿了一下，微眯起眼，忽然笑了。

沈易莫名其妙："笑什么？"

顾昀摇头道："笑你，文采登科，第二天却与翰林们背道而驰，怡然进了灵枢院。在灵枢院里方才做出一点成绩来，正有人猜测你要当上奉函公的接班人，你却又辞别灵枢院，以长臂师身份进了玄铁营，一步一步地走到今天，军功卓著，总算是走出了一条别人眼里一步登天的神路……解京城之围，救驾有功，弄不好马上能封侯拜相，别人都觉得你谋算得当，你倒好，要为了娶媳妇辞官挂印。"

沈易继续愁眉苦脸地笑了一下——他本就胸无大志，这些年一直秉承着奶妈之心，照顾照顾这个，照顾照顾那个，跟着顾昀瞎混而已，可惜安定侯身边太过腥风血雨，一不小心带着他也混出了名堂，所得并非他所愿，因此也没什么割舍不下的。

有人心易变，三头五年就面目全非，也有人如止水，十万八千里走过，初心不改。

顾昀看着他，突然有点感慨，方才听见宫闱之事微微升起的一点郁结也不翼而飞，亲昵地钩住沈易的肩，拍了一下。

"以后你有什么事需要陈姑娘，让我去跑腿呗。"沈易全然没有体察到安定侯心绪之起伏，还在那里忧愁忧思，不知不觉地开启了无穷絮叨模式，“就是……唉，你说没名没分的，我老去找人家，会不会不太好？以后人家会不会觉得我不太正派？哎，子熹，你倒是说句话——算了，你不用说了，你本来就不太正派，我觉得……”

沈将军进入了反复自我论证与自我怀疑的过程。

他初心虽不必改，但是唠叨起来没完没了这一点能改改就好了。

顾昀被沈易灌了一耳朵喋喋不休，被他叨叨得头痛欲裂，终于忍无可忍地在沈易的马屁股上抽了一鞭子，自己趁机逃跑了。

与此同时，“雁王人尚在郊外就被请进宫”的消息如长了翅膀，一会儿工夫就飞进了京城中那些竖着的耳朵里。方钦人在家里，几个幕僚党羽之流围坐在他周围——这一回江北动乱，方钦有种为人作嫁的感觉。

吕杨一党对方钦来说有点像是一颗坏牙——虽然长在自己嘴里，但是时时发炎作痛，不但难以帮助咀嚼，反倒时常掣肘，拔出去不是坏事。但他没料到雁王有这么多后招，眼下拔出的坏牙牵连太广，雁王人不在京城，却已经趁自己没回过神来的时候先下手为强，把运河一线收入囊中。

如今运河办已经成立，各地厂房雨后春笋似的冒出根芽，已经是不可逆转的事实了。以方钦这老狐狸多年宦海沉浮的嗅觉，下一步，田税、民商等等一系列的改革将不可逆转。他想来个“螳螂捕蝉，黄雀在后”，没料到雁王早已经在和他周旋的时候“明修栈道，暗度陈仓”，走一步算计了十步，他终于还是棋差一着。

先前方钦初领沉疴遍地的户部，和雁王的军机处曾经有过一段“蜜月期”。那时候江山沦陷、举步维艰、百废待兴，谁和谁也还没斗起来，满朝都是患难之交。他们曾经一起焦头烂额地给这个家国寻找一丝艰难的回转余地，互相都是敬重钦佩对方才华的，哪儿知道分道扬镳来得这么快。

方钦有时候会难以自抑地羡慕江寒石，倘若他们两人易地而处，他自忖会比江充、徐令之流厉害得多，要是他不姓方，哪怕他只是十年寒窗苦读考出来的一个七品小官……

可是世事弄人，眼下想这些也没用，雁王铁了心要洗刷旧势力，经过江北动乱，屠刀已经露出，如今，他们已经是势如水火。

一个幕僚小心翼翼地开口道：“大人，我听说当年洋人进犯的时候，皇上就曾经提过传位雁王的事，这回又这么急急忙忙地召他进宫……哪怕天下太平以后皇上没那个意思了，太子年幼时的托孤重臣也跑不了，我们是不是该早做打算。”

方钦回过神来，眯了眯眼睛。

另一个人说道：“本来上次杨荣桂以雁王的名义造反，皇上心里未必是没有芥蒂的，但雁王来了这么一出苦肉计，又借着受伤的机会暂避锋芒，沉寂了这么长时间……现在皇上俨然已经打消了疑虑，他趁此时机回京，只怕要开始大动作了。”

方钦心里其实有点犹豫，他轻轻摸了摸自己的胡子道：“北蛮派来使者，江南还在备战，两三年内恐怕还有仗要打，运河沿线方兴未艾，全境流民方才安顿，此时要是动了雁王，会不会于国祚有损——要真是那样，我恐怕要背个千古罪人的骂名了。”

幕僚笑道：“大人对朝廷忠心可表，令人感佩，只是这朝廷离了雁王未必就转不下去。商者鄙，所谓‘义商’也都脱不了唯利是图的本性，只要不伤害他们的利益，朝中谁说了算和他们有什么关系？有方大人这份忧国忧民之心，就算没有雁王，咱们照样能让流民安顿下去、把仗打下去。可是您可得想清楚了，雁王野心昭昭，身在高位，迟早要想方设法安插他自己的党羽，打压咱们。再让他这么无法无天地蚕食鲸吞下去，有一天你我身家性命不保啊。”

众人立刻纷纷附和。

“雁王虽然有才，但行事太过激进，放任他这么下去，恐怕才是祸国殃民。”

“方大人不可再退让了，倘若任凭他上位，恐怕才是真容不下我们……”

方钦叹了口气，伸手往下一压，按住满堂的杂音，转身对旁边的心腹说道：“去把‘那个人’接来。”

一场酝酿的风暴再次汇聚。

而浑然不觉的长庚离开深宫回到侯府，不知李丰和他说了什么，他看起来心情不错，一回家就找顾昀腻着，缠着顾昀不放，饭都吃得心猿意马。顾昀没问他李丰召他进宫说了什么，察言观色都能猜出个大概，拿筷子敲掉了雁王不好好端碗筷，“爬”到自己腿上的手，状似无意地提道：“你打算什么时候回朝？”

长庚磨蹭了一下手背，讨好地给顾昀夹菜，心不在焉地看着他道：“休息两天就回去，皇上说他现在精力不济，想让我尽快归位——子熹，你多吃一点。”

顾昀摆摆手。“太晚了，垫一垫得了，吃多了不舒服——加莱荧惑派人来的事听说了吗？”

“嗯，”长庚点点头，按住他去拿茶杯的手，给他盛了一碗汤，“这事怎么议，还要顾帅说了算。”

“野兽在重伤的时候，往往会装出一副垂死的样子，引诱敌人放下防备，然后暴起一击，要小心。”顾昀说到这里，看了长庚一眼，吹开汤水里的菜叶，一饮而尽。

长庚一呆，忽然觉得顾昀这句话说的不单是蛮人，似乎还在提点他什么。

肆

这一段时间长庚过得太顺，先是完美地解决了江北的事，达成全部既定目标收官，归途中又有顾昀相伴——除了幼时在雁回的那段日子，大梁一直兵荒连着马乱，顾昀很少有机会能踏踏实实地陪在他身边这么久。一路走过来，让人有种要天荒地老的错觉，完全感觉不到秋末冬初的寂寂严寒。

长庚曾经极度不安，对周遭一切都谨小慎微，一点蛛丝马迹也能惊动他。那时他虽然一天到晚绷着神经，却也算无遗策，很少出错，而此时陷在温柔乡里多日，经顾昀一句话，他才惊觉自己有点忘形了。

长庚稳定了一下心神，默默回忆李丰召自己到宫中的场景，渐渐觉出一点不同的意味——当今九五之尊憋屈地闷在一个满屋子药味的地方，厚重的宫室与悄然无声的宫人都显得暮气沉沉，满屋泛着一股行将就木的苦味，而李丰正当壮年，并非真的垂垂老矣，他心里会是个什么滋味？

有的人体察到自己无能为力的时候，会心灰意冷地主动退让。但李丰绝不会是那种人，如果他这么容易退让，他就不会在北大营哗变的时候越众而出，也不会在兵临城下的时候上红头鸢。

顾昀在提点他。

长庚一激灵，后颈上微微渗出了一点冷汗，脸上的雀跃平息下来。

顾昀知道他听进去了，这人太聪明，有时候一句话就够了，不用多说，便伸手在长庚头上摸了一把。长庚抓下他的手，顾昀好整以暇地等着听长庚的自我反省，不料长庚攥着他的手待了一会儿，非但没反省，还无理取闹道："都怪你，你在旁边我不爱动脑子，都昏头了。"

顾昀："……"

这也能赖别人！雁王殿下年幼的时候是多么腼腆内敛啊，怎么越大越会胡搅蛮缠了？

顾昀一把甩开跟他越发不见外的长庚，随手拎起挂在一边的酒壶。长庚训练有素地一跃而起，伸手去抢。"这么冷的天，不准喝凉酒！"

顾昀一抬手将酒壶从左手丢到右手，轻飘飘地捞住，空出的左手正好揽过撞在他身上的长庚，迅疾无比地扒乱了殿下的头发，不等长庚反应过来予以回击，他便转身披上外衣笑道："我要去一趟北大营，你晚上睡前多念两遍经，省得再昏头。"

长庚："……"

路上答应过的事呢！

堂堂安定侯，居然食言而肥！

顾昀虽然是逗长庚玩，但也确实是有事，他本该直接留在北大营，因为实在不放心长庚，才先回到侯府，等着长庚回来吃饭。眼下宫里的情况大概有数，他便又马不停蹄地离家赶往北大营。北大营不光统领京城外防，还是各地紧急军情传入京城的中转站。北蛮使者来得突然，顾昀心里不踏实，可谓是操心完家事便开始操心国事。

京城已是深秋，才一出门，按捺不住的隆冬味道已经冒出头来，阴森森地扑面而来。夜色中的小寒风有了凛冽的雏形，顾昀出门的时候身上依然是多年的习惯——只着单衣。

只是这天，他本来都已经上了马，尚未出门，忽然觉得关内的风也有点刺骨起来，暗自叹了口气，到底又转回来，将凉酒壶挂在马厩里，交代霍郸给他拿了一件披风穿上，这才匆匆走了。

这段时间顾昀虽然被江北暴民叛乱与京城逆贼逼宫的事折腾得两头跑，但他和北疆蔡玢的联系并没有中断，倘若江南已经是"遗民泪尽胡尘里"的惨状，他不用细想也知道北疆一带是怎么个情况。蛮人与中原的血仇，或许真要等着漫长百年过去，这两三代人悉数死光，才能稍稍缓解吧。

他们这时候求和，是什么用意？

顾昀刚到北大营，坐下连口水都没来得及喝，蔡玢的信就来了。

信上交代得很简单，然而三言两语中的信息却很多——两军对峙这么久，互相都有对方的斥候探子。他们在敌阵中潜伏的人来信报说，春天的时候，加莱荧惑似乎大病了一场，从那以后人前就没有见他露过面。而更加奇怪的是，他的长子以尽孝为名整日不见人影，一干事务由加莱的次子暂代。

加莱膝下有三个儿子，都是一个女人生的，效仿汉制，以长子为世子，父亲病重，儿子争相表孝心并没什么不同寻常，可是世子孝顺得正事也不顾，让弟弟代劳，这合适吗？

根据这个描述，蛮人那边发生了什么故事似乎呼之欲出——才德兼备的次子不甘心因为晚生几年就仰兄长鼻息活着，用某种方法软禁了加莱和世子，篡位夺权。

北大营现任统领说道："大帅，除了那十三条，十八部落那边还同意把加莱的小儿子送过来当人质，给我们下一步的和谈吃定心丸。方才蔡将军那儿传来消息，小蛮子的车驾正准备入关，往京城递了文牒，等着朝廷批复，末将正打算着人送到侯府，正好您过来了。"

说着，他给顾昀递上了另一封折子。

蛮人递上来的折子写得确实非常诚恳，仔细描述了那位三王子及车驾随从都是什么人。三王子才十五岁，据说是个体弱多病的半大孩子，随行有使臣译者一人，少年男女奴隶各十人，护送的侍卫十二人，每个人姓甚名谁，来龙去脉都写得清清楚楚，连奴隶们的岁数与司管职务都清晰明了，严格按照大梁的通关手续来。顾昀从头到尾反复看了三遍，没看出一点逾矩的地方。

沈易抱着双臂在旁边说道："这么看来倒像是真的，野心勃勃的二王子囚禁了父兄，还要把亲弟弟赶尽杀绝地扔来做人质，他好独霸十八部落。"

"独霸十八部落有什么好处？"顾昀将折子扔在一边，他在营帐暖炉边坐了半天，愣是没暖和过来，此时依然有意无意地将双手凑近热源，轻轻地搓着，"这回要是战败，蛮人往后更没有还手之力，他们每年在关外没吃没喝，挖一点紫流金全要进贡，连神女和狼王的女儿都保不住。"

蛮人与中原汉人的世仇不是一天两天，早在几朝以前，北方的游牧民族就有年景不好南下打秋风的风俗。

北有全民皆兵的凶悍，南有名将辈出的脊梁，双方一直在"南下抢掠"与"奋起反击"之间胶着，百年间谁也没有真正地征服谁——直到大梁率先发展了蒸汽技术。

那些年的光景，今人只能从史料中略窥一二。那是长臂师的黄金时代，沃土千里的中原像一只苏醒的巨兽，层层叠叠的火机钢甲雨后春笋似的冒出来，轻裘、重甲、巨鸢、飞鹰……蒸汽如潮，铁傀儡横行京城中，长短炮的射程几乎是日新月异。

刚开始，开海运、通力发展火机钢甲的大梁曾被未开化的蛮人鄙夷为“专注奢侈与旁门左道的南人”。北方狼王太过信任自己的爪牙，傲慢地错失了先机，没能坐上紫流金冲天而起的浓云，乃至后来被中原人收拾得几十年没有翻身之力，境内紫流金被迫上贡，奋起直追也没能拥有自己的钢甲技术，至今，装备也靠着西洋人支援。

这种血淋淋的前车之鉴，十八部落不可能不重视，不可能眼睁睁地看着如今大梁工厂四起，《掌令法》解禁，眼看要掀起第二轮火机钢甲之术发展的高峰期。以现在的势头发展下去，如果任凭大梁熬过寒冬，缓缓复苏，也许北方蛮族就真的没有生存余地了。

“二王子为人如何，我不太敢说。”顾昀道，“但加莱荧惑我是了解的，那个老东西宁可死也不会坐以待毙，别说只是送来个儿子，就算送来个亲爹，我们也得留一手——去取我的印来。”

这一宿，十来道烽火令从北大营发出，级别竟和洋人兵临大沽港的时候一样，整个西北到京城沿线驿站全部如临大敌地加派兵力，灵枢院一批人手赶往北防军驻地，巡视火机钢甲情况，随时准备一战。

大梁在山雨欲来中迈入了冬天，很快即将进入一个新的年头，朝堂上却十分平静。雁王手握军机处，几乎是旋涡的中心，他的归来让满朝上下都暗暗留心。可是雁王出乎所有人的意料，他并没有像方钦想的那样，回来就大刀阔斧地开始后续改革，反而“烹起小鲜”来。

雁王回京后，一改先前忙得打跌的状态，先是足足在家里赖了小半个月，才悄无声息地出现在军机处，大小朝会上都不怎么吭声，仿佛又做回了战前的那个隐形人，平时在军机处处理一些日常事务，该写提要写提要，该送进宫送进宫，分内的事周密严谨，不让人说闲话，不算消极怠工，除此以外，也休想他再操心一件多余的事。

先前军机处里夜夜秉烛到深夜的人里也没有雁王人影，他白天来逛一圈，傍晚到点就走，按时下朝按时休沐，没事不见客，还在京郊弄了个小园子。顾昀泡在北大营不回家的时候，他就溜达过去种花逗鸟，不到半个月的工夫，愣是把从沈家要来的那只遭瘟的八哥调教得嘴甜如蜜、见人就夸……就是尾巴秃了，羽毛让下人扎了个毽子，送去给小太子玩了。

李丰的腿差不多可以蹭着走路时，这日偶然想起，在内侍搀扶下来到了太子书房。太子十分乖巧，念书从不偷奸耍滑。李丰没有惊动他，扶着内侍在后门站了一会儿，目光却被太子桌案上的一个小摆设吸引了。

只见那不是普通的陶土坯，而是个金属架子，尾部冒着细细的蒸汽，两边架着的金属轨道上有一辆精巧的小马车，车身是一块西洋钟，正绕着一圈一圈的轨道来回跑，中间簇拥着一个小小的花盆，盆还空着，能看见底部专门留出来的气孔，大概是太子还没想好要种什么。

李丰慢吞吞地走过去拿起来细看，太子吃了一惊，忙起身见礼，偷偷瞄着自己的父亲，生怕落一顿“玩物丧志”的数落。李丰大约是心情还可以，没见什么愠色，只是问道：“内务府开源节流，这几年不是不让他们进这些奢侈的玩物了吗，哪里来的？”

太子大气也不敢出，小心翼翼地回道：“回父皇，这不是内务府买的，是四皇叔送给儿臣的。”

李丰微微皱了皱眉道：“有日子没见阿旻了，他就忙着弄这些玩意？”

内侍上前回道：“皇上，雁王殿下上回不是和您讨了个园子吗？近来公务不忙，他便在园子里弄了个暖棚，培育了好些奇珍花草，还和葛灵枢研究了不少花样百出的盆。现在也快过年了，家家都愿意摆花，殿下的新鲜盆景千金难求呢。您看这小马车里放了水，每天会自己定时浇灌，倘若光线好，它这么跑几圈，水珠过处还有小彩虹。”

太子在旁边小声道：“皇叔说他买的都是普通的草籽花籽，一文钱一大把从乡下收的，买回来放在盆里不过剪个形，糊弄附庸风雅的有钱人正好。”

李丰呵斥道：“胡闹，不像话！朕上回说让他多多辅佐太子，就是让他教太子怎么玩花遛鸟糊弄人吗？”

他脸一撂下，太子就害怕了，噤若寒蝉地站在一边。

李丰把花盆重重地放下，板着脸问道：“朕让你去和雁王学治国理政之道，他教了你什么，说来听听。”

太子飞快地看了他一眼，心里犯怵，嘴上却不敢怠慢，细声细气地回道：“回……回父皇，四皇叔教儿臣，治大国并非要夙夜不休、殚精竭虑，最重要的是要物尽其用、人尽其用，法度与制度乃是上位者执政之基，只要建立了完善的制度法度，让文武百官各司其职，国库来源稳定，呃……”

李丰眉目微微缓和一些，听儿子嘴上磕绊，不由得追问道：“怎样？”

太子硬着头皮道：“……就能一劳永逸地偷懒混皇粮。”

李丰：“……”

小太子用力抿着嘴，生怕父亲听了这番离经叛道的混账话勃然大怒，然而等了许久，预想中的怒骂和惩罚并没有落到他头上，他战战兢兢地抬起头，却见那说一不二的帝王脸色沉静，若有所思良久，方才感叹道：“他说得对，阿旻比朕看得透。”

太子不明所以地看了看他，总觉得父亲这天心情很好。

朝中有一些不太长眼的二百五以为雁王就此沉寂，因为杨荣桂造反一事失了圣心才不敢有什么动作，放心大胆地上折子参雁王，罗列了好几条罪状，结果被难得在大朝会上露面的隆安皇帝当廷发作了一通，袒护之意溢于言表。

不但这样，翌日，这铁公鸡似的皇帝竟然还破例批准内务府一笔超了份例的开支，当了一回冤大头，高价从雁王的园子里买了一堆精巧新奇的金属盆景送到各宫，算是李丰自掏腰包给弟弟开小灶了。

军机处的风水让人一时看不懂了。

方钦等人预备好的弹劾折子写了改改了写，足足到过年，也一直没有机会往上递送，弄得方钦都不由自主地疑惑起来——难不成世上真有人临危受命之后挂印离去，毫无野心吗？

这种平静的日子一直持续到了腊月二十三，北蛮质子抵达京城。

年初，顾昀还在西北边疆，大梁全境都愁云惨淡，随时可能亡国。年末，整个国家却以一种惊人的生命力活了过来，昔日的莺歌燕舞纵然是看不见了，但街头巷尾排队买饴糖的猴孩子们身上已经陆陆续续地穿上了新衣，白日里间或能听见几声鞭炮响，家家户户也开始忙碌着预备年货。

倒塌的城墙重新崛起，祈明坛上的禁空网也张开了森严的视线，成排的白虹铁弓与默然无声的铁傀儡目送着不速之客进城。北大营随行护送，整肃地停在九门之外，鸦雀无声间，俨然是一派血与火洗练过的精气神。

这一年风风雨雨，仅就这起死回生之功，将来汗青之上便必有雁亲王一笔。

蛮族三王子的车驾缓缓经过长街，凛冽的寒风将车帘掀起一角，隐约露出里面一张消瘦苍白的脸，随即车里伸出一只手拉上了车帘，阻隔住双方互相窥探的视线。

顾昀身着便装坐在望南楼上，鼻梁上架着一片琉璃镜——不是他平时瞎起来应急用的那片，是战场上远距离瞄准用的一种千里眼。长庚、沈易都在，片刻后，雅间的门被推开了，一道人影闪了进来，正是江北之后就行踪成谜的曹春花。

曹春花进屋以后简单见了礼，一屁股坐下道：“渴死我了。”

长庚习以为常地端过一个大海碗，往里倒满了酒，曹春花脸不红气不喘地接过，一口喝干了，简直像在灌凉水，直把顾昀这酒鬼都看得目瞪口呆，感觉自己遇上了酒鳖。

“再来一碗！”曹春花舒服地叹了口气，“我从京城跟大帅分开以后就一路回了北边，风霜雨雪地跟了这一路，可算是没少受罪。”

曹春花从小对变装易容之术就十分有一套，学人说番邦话过耳不忘，十天半月就能脱口而出，被长庚派去北疆边境长期潜伏，因为下江北查案时需要个完美的替身，才将他召回来。

曹春花端过第二碗酒，冲看得有点馋的顾昀抛了个媚眼，成功地唤起了顾昀“此人顶着长庚的脸把腰扭到胯上”的不堪回忆。顾昀默默地拍掉鸡皮疙瘩，面有菜色地移开视线。

长庚问道：“怎么弄这么狼狈？”

“别提了，男女奴隶都算上，一队的高手，我根本近不了他们一里地之内，追得连滚带爬。”曹春花拖着花腔娇娇柔柔地说道，“唉，不瞒诸位，我在北疆的时候，曾经潜入过加莱荧惑的护卫队，甚至装成了一个二王子最宠爱的女奴在他面前晃了一天一宿，都没被发现。但是这一年多，唯独没有接近过这个三王子，连真容都没见过。”

长庚问道：“他出行的时候远远看一眼也做不到吗？”

“他根本不出行，十八部都说三王子有恶疾，不能见风，”曹春花叹道，“除非加莱荧惑本人，其他人通通连他一根毛也看不见。“三王子”本身就是十八部落的禁语，他居处有三层守卫，最外围我试着混过，能进去，第二层就已经不行了。里面的人都跟铁傀儡一样，不交流，但都是顶尖高手，还是死士，我试了几种方法，实在没有办法，差点打草惊蛇，只好先退出——殿下看见那个随行的使臣了吗？”

随着曹春花的筷子尖一点，众人一起望去，正好见那中年男子回过头来和侍卫说话，貌不惊人，但身上隐约透出一股说不出的气质，刚健如山岳一般。

曹春花道：“那个人是加莱荧惑的亲卫队长，是他最重要的心腹之一，非常厉害，我不会认错人。”

在座几个人都吃了一惊，沈易皱眉道：“要真是那样，蔡玢将军的消息不一定准了，篡位什么的很可能是蛮人在做一场内乱的戏给我们看，这回送来的质子说不定是来者不善。”

顾昀没吭声，他突然有种极不安的感觉。

两国正交战，可想而知，这一队人质与使臣的到来不会得到什么礼遇。三王子一行甚至没有个像样的人接见，李丰给鸿胪寺的指令是“看着办”。鸿胪寺卿果真领会圣意，草草将蛮族质子安置在一处使节驿站中晾着，并在他们住进去的当天就更新了京城内防。新组建的御林军里三层外三层地将驿站围住，半个时辰换一次班，一天要不舍昼夜地巡逻十二回。

而这时候，长庚居然非常不是时候地病了——他在望南楼吹了点凉风，回家就发起烧来。

长庚常年习武，又很会养生，不过二十来岁的年纪，按理罡风也吹不坏他，那天也不知道是怎么回事，烧得来势汹汹。顾昀半夜从北大营赶回来，长庚已经喝药躺下了，脸颊烧得有点发红。

顾昀探了探他的额头，在一侧和衣躺下了——不管他回不回家，长庚永远只占一半床铺，并且哪怕噩梦缠身，睡相也老实得很，从不乱滚。怕长庚晚上烧得厉害，顾昀没敢睡实，因此枕边人一动他立刻就醒了，伸手一摸，只觉长庚身上热如火炭，气息也十分急促。

长庚夜间噩梦缠身是常态，顾昀已经习惯了，大多数时候只要他迷迷糊糊中伸手抱一下稍做安抚，长庚自己就会平静下来。可是这晚大约是生病的缘故，长庚脸上突然露出痛苦之色，本能地抓住了顾昀的手腕，五指扣紧，难忍地低哼了一声，怎么也叫不醒。顾昀只好一探手从床头的小药包里捏了根银针，按住长庚，在他手腕上轻轻一刺。

长庚狠狠一激灵，醒了过来。

顾昀的瞳孔却微微一缩——重瞳。

可是比起上次乌尔骨发作时天崩地裂的混乱，这回长庚明显克制多了，没什么过激动作，只是呆呆地看着顾昀，眼眶微微泛红。

顾昀提心吊胆地叫了他一声：“长庚，还认识我吗？”

长庚飞快地眨了一下眼，睫毛上一层冷汗随着滚滚而落，哑声道：“你怎么……回来了？”

这一句话间，他眼中重瞳缓缓地合而为一，红痕也逐渐隐去，仿佛方才只是顾昀的错觉。顾昀给他擦了汗，把人哄睡了，到底不放心，第二天一早派人去宫里告了病假，随后找来了陈轻絮。

"没什么事，"陈姑娘看过后诊断道，"殿下身体不错，只是近日天气变化无常了些，稍稍受了点寒，两服药下去就差不多了。"

长庚笑道："我说也是，他偏不信，还小题大做地劳动姑娘一趟。"

陈姑娘真是再也不想看见雁王殿下那张得意扬扬的脸了——刚生完头胎的新嫁娘都没有他这么能嘚瑟。忍无可忍的陈姑娘仙气缥缈地对这二位提出了告辞，顾昀亲自把她送出门来，经过侯府长而冷清的回廊时，顾昀忽然低声道："今天请陈姑娘来不是看风寒着凉的，他昨天晚上发热的时候眼睛里突现重瞳，我有点不踏实。"

陈轻絮立刻正色起来，一皱眉道："侯爷请细说。"

顾昀将当时长庚突然发作又立刻清醒的情景说了一遍，问道："你看着是什么情况？"

陈轻絮听完沉吟良久，微微垂下眼，似乎在仔细回忆方才的脉象，等到顾昀都有点紧张了，她才说道："殿下心志坚定，实在让人感佩。"

顾昀立刻反应过来。"你是说他眼下的清醒是全凭借心志压制，昨天烧糊涂了，所以一时露出来？"

陈轻絮点点头："殿下从小受乌尔骨折磨，应该是已经习惯了，即便睡着了也保持着几分清醒。我只是担心……他现在正是年轻力壮、精力十足的年纪，将来倘若岁数渐长，体力渐衰，是否还能有这种精气神。"

顾昀却想起了什么，疑惑道："那照姑娘你这么说，是一旦他生病、受伤或是误食了什么让人神志不清的药物，都会有这种症状吗？"

陈轻絮："按理是的，视情况严重与否而定。"

"可是……"顾昀想了想，说道，"前一阵子他在江北受伤，当时因为失血过多，他足足昏迷了一天一宿，中间却很踏实，乌尔骨不但没有发作，好像连被噩梦惊醒的症状都没有了。"

陈轻絮突然愣住了。

顾昀：“陈姑娘？”

陈轻絮喃喃道：“不可能，难道是气血……我完全想岔了吗？”

顾昀一头雾水，陈轻絮却没解释，她仿佛给打通了任督二脉一样，一声不吭地转身就走。

顾昀：“哎……姑娘……”

“容我想想。”陈轻絮撂下这一句，脚不沾地地飘走了，稍一眨眼，她人已在几丈开外，转瞬不见了踪影。

正巧来访的沈易本来在跟霍郸喋喋不休地说顾昀的坏话，从大门口走进来，足足一刻没喘过气来，霍统领正发愁用个什么方法能打发了此人，还没来得及想出来，突然，沈易毫无征兆地闭嘴了。

霍郸一抬头，只见一道白影闹鬼似的从他眼前刮过，沈将军整个人站成了一块顶天立地的木头板。

沈易干巴巴地惜字如金道：“陈姑娘。”

陈轻絮本就话少，同样惜字如金地回道：“沈将军。”

两人打完招呼，大眼瞪小眼了一会儿，沈易这才意识到是自己挡道了，忙诚惶诚恐地退至一边道：“陈姑娘请！”

陈轻絮本来还以为他有话要说，莫名其妙地看了他一眼，继而白毛风一般地刮走了。

沈易来找顾昀其实是有正事的。

“皇上晾了蛮人使节好几天了，打算在今年的宫宴上接见蛮人使者，给他们一个下马威。只是蛮人巫毒之术高超，他又怕还有当年蛮女留下的余孽没清理干净，为防再出现祈明坛上御林军叛乱的事，这回宫中防务由北大营、大内侍卫和新组建的御林军三部分共同负责，互相牵制，请大帅亲自坐镇。”

顾昀点点头，李丰这是一朝被蛇咬，十年怕井绳。

这一年的宫宴隆重得近乎奢侈，很有些示威的意思，两侧侍卫森严，武将全部披甲带刀，分立两侧，连自己人都觉得是赴了一场鸿门宴。

顾昀也第一次看到了传说中一阵风都能给吹死的蛮族三王子。

那少年十四五岁的年纪，模样很秀气，但脸色苍白，神色木然，始终不抬眼，做什么都要随从提点，不良于行似的被引到御前见驾。

使臣对李丰道："请大梁皇帝谅解，三王子先天不足，席间有失礼的地方，请您看在他只是个孩子的分儿上多多包涵。"

李丰摆摆手，令他们平身，那少年却充耳不闻，俨然是一副听不懂官话的模样。使臣弯下腰，在他耳边连哄带小声劝，三王子依然是一脸木然的懵懂，被使臣拉着手，半扶半抱地拉了起来，带往席间。

顾昀耳力很好，敏锐地听见旁边有人低声议论道："这三王子难不成是个傻子？"

加莱荧惑送个傻儿子来京城当人质是什么意思？

顾昀不远不近地和沈易对视了一眼，各自的神色都有点凝重。不知是不是他想太多，顾昀总觉得那少年身上有种让人毛骨悚然的东西。

正这当口，李丰和蛮人之间互相打的官腔告一段落，那蛮人使节突然不知有意还是无意地提道："我从家乡来之前，听说大梁皇帝之下，有两位不得不拜会，一位是战不败的大英雄顾侯爷，今天有幸已经见到了，但还有另一位……我看似乎不在席间？"

李丰问道："不知使者说的是谁？"

北蛮使节笑道："正是贵朝那位年轻的六部之首，雁王殿下，还和我族颇有渊源呢。"

顾昀眼角微微跳了一下。

李丰四下一扫，长庚果然不在，于是问左右："阿旻呢？"

宫宴正酣时，长庚正在陈姑娘在京城临时落脚的小院里帮忙收拣草药。

他一场风寒来得快去得也快，两服药下去，果然已经好得差不多了，之所以依然没销假，一来是他身世敏感，顾昀有意让他躲开，二来也是听说陈轻絮这里有了乌尔骨的新线索。

“你的意思是乌尔骨在我的血脉里？”

陈轻絮两只手都被各种泛黄的旧书占满了，时常还要抢救一下落下来的书页，手忙脚乱，嘴上却不乱：“乌尔骨伤害人的神志，我一直以为它的根基在脑子里，要不是侯爷提醒，居然没想到这一层……你看这里——蛮人对邪神乌尔骨最早的记载，‘生而凶险，食兄弟血肉，助长己身，身有四足四臂双手双心，胸中血海横流，尤为暴虐’，我本以为‘血海横流’只是个比喻，却原来是指乌尔骨发作的机理。”

她也只有说起这些事的时候，能一次滔滔不绝地吐出这么多字。

“血肉，”长庚沉默了片刻，摇头苦笑道，“陈姑娘的意思是，我整个人都带毒，除非效仿神话刮骨剔肉吗？”

好像还不如脑子坏了呢。

长庚不慌不忙地将草药分门别类地挑拣好，按次序装入容器摆放整齐。架子上的齿轮互相咬合出“吱吱”的声音，缓缓地升到高处，露出下面的空格子。这是个细致活，心浮气躁的人做不了。

陈轻絮有些感佩地看着他，史上身负乌尔骨而神志清醒到成年的绝无仅有，更不用说保持一副这样沉静的性情。也不知他是生而坚忍，还是比别人多一个顾昀的缘故。

长庚道：“不瞒你说，我最近感觉不太好，乌尔骨发作越来越频繁了。”

陈轻絮随口道：“侯爷跟我说了。”

长庚倏地一愣：“他……”

顾昀似乎始终贯彻着“区区蛮夷巫毒”的态度，从未把他身上这点“小毛病”当回事，鲜少挂在嘴上说，也从未在长庚面前表现出任何担忧来。

原来他……其实是一直牵挂着吗？

陈轻絮顿了顿，意识到自己说多了，若无其事地转移话题道：“殿下如果没什么别的差遣，我打算回一趟山西陈家老宅，找到根结就好办多了，总有办法。”

“嗯，”长庚应了一声，拱手道，“有劳，还有子熹的解药……”

他这话没说完，被宫里来人打断了。

只见药童引进来一个内侍，恭恭敬敬地对着长庚见礼道："王爷，皇上听说王爷您病了，特命奴婢来看看，本还带了一位太医，只是太医不敢进陈圣手的院子，正在外面等着。"

长庚皱了皱眉道："有劳皇兄费心，不过偶感风寒，不是什么大病。"

那内侍笑道："是，奴婢也看王爷精神不错，嗯……王爷，今儿晚上宫中设宴宴请北蛮三王子及使节团，十八部落使者跟皇上提起了王爷。陛下命奴婢传口谕，说倘若王爷身子骨不合适，就不必劳动了，若是精神还行，也出来透透风。"

陈轻絮愣了一下，飞快地抬头看了长庚一眼。要是没人吭声也就算了，可是北蛮使节这么提了，长庚还真不好一口回绝，这中间有一层尴尬在：北蛮既是大梁的仇家，又是雁王殿下母家，他当然不能有意接近，但有意躲开也不太合适，很微妙。

使节团点了他的名，见与不见的关键却是要看李丰的态度，那才是他避嫌的方向。

长庚态度很好地从身上摸出个荷包，塞给这内侍，问道："劳烦这位总管，我皇兄怎么说的？"

内侍掂量出了雁王出手大方，笑得一张大圆脸都红了，语无伦次地客气道："不敢不敢……唉，王爷折杀奴婢了，这……真是受之有愧……"

他一边说有愧，一边痛快地收了起来，这才对长庚道："咱们王爷是什么身份的人，不用给那些茹毛饮血的蛮夷之人面子。皇上说王爷倘若愿意走动，就进宫给皇上拜个年，省得您闷得慌，进了宫略坐坐就走，不用跟那群闲人应酬。眼看着到了年关头了，他老人家看看您也放心。"

长庚会意："容我休整休整，换件衣服，这就跟总管进宫去。"

内侍乐呵呵地应了一声："那奴婢给您备车去。"

长庚微笑着注视着他走开，转身进屋，笑容立刻就冷了下去。

陈轻絮跟进来道："我能帮你什么？"

长庚摇摇头。“今年的宫宴森严得很，子熹在那儿，进出人员都得经过几遍检验，蛮人除了三王子和使臣，下人一概扣在驿站中，就算那蛮族三王子人皮下都是紫流金，保证也炸不出什么花样来——你借我间厢房整理衣冠就行了。”

陈轻絮不懂这些，因此没多嘴，叫药童带路。长庚负手走到门口，突然，脚步一顿，又转过身来道：“陈姑娘，有银刀吗？”

伍

王裹位列文臣之中，听着一帮伶牙俐齿的大梁文臣发泄国仇家恨，口诛笔伐地挤对那北蛮使节。北蛮使节不算伶牙俐齿，但是有进有退，话题一旦尖锐得他回答不了，就会笑而不语，看起来倒真的是忍辱负重前来和谈的。

王国舅的目光同样在低头沉默的三王子身上停留了一下，然而很快转移了注意力——他对那傻子不感兴趣，已经安排下了更好的戏。

王裹和方钦他们那群动辄把国计民生挂在嘴边的大人物不一样。他自己心里有数，知道没人看得起他，就算是方大人他们那一伙，也不过是用得着他的时候才大人长大人短的，背地里一样叫他“太监国舅”，说他这国舅爷当得“尽职尽责”，连大内总管一并代理了。

王裹从前就是个给先帝爷跑腿的小人物，注定是个弄臣和帮着上位之人背黑锅的角色。自从当年先帝和蛮妃的事爆发后，他的日子一直过得战战兢兢。他对顾昀，乃至顾家，本没有任何意见。利益上，大梁文臣武将之间极少来往，只要其中一方没有野心爆炸到要只手遮天，即便争权夺利也争不到一个锅里。何况若说起来，顾家才是真正的世家之宗，只不过人丁稀少，联姻的对象又太特殊而已。

而王裹本人跟顾昀更是谈不上有什么看法上的分歧——他对家国大事没什么见解，唯一的见解就是如何将皇帝伺候舒服了。满朝文治武功的大人物，个个都很有想法，总得有那么几个人让皇上在斗智斗勇之余有几分放松吧？如果可以，他就算耗子药吃撑了也不可能会下手动顾家。

可天命难解、圣命难违。如今老圣人自己吹灯拔蜡一了百了，顶了天也还占着个“君要臣死”的歪理，偏偏将他留下来当这天下唾骂的替罪羊。

眼下隆安皇帝念旧，愿意拿他这废物当舅舅护着，让他苟延残喘地讨口饭吃。

那么将来呢？

雁王改革多少田税、民商法令并不可怕，可怕的是雁王一旦上位，会拿他王裹怎么办？雁王自小同顾昀关系亲密，而他本身为先帝与蛮妃之子。为人儿女的，总不可能去追究父母的罪过，到时候他为了进一步拉拢顾昀，争取军心，第一个就要拿下自己这倒霉蛋给顾家祭祖。

方大人他们担心的无外乎雁王在朝中洗牌，不过是功名利禄、家族前途，王国舅却是命悬一线，时刻忧心自己项上人头——高官厚禄，也要有命才能享。

蛮人刚到帝都的时候很老实，没有不长眼地四下打点。再者京城里王公贵族遍地，谁也没到穷疯了的地步，眼皮子浅到肯为了一点利益担一个“叛国通敌”的罪名。临到宫宴之前，十八部落的使节才第一次伸出触角，接触了一个人，正是王国舅这似乎无足轻重的马屁精。

十八部落的使节对长生天起誓，给了王裹两个承诺：第一，让雁王再当不成他头顶上悬的那把剑；第二，无论此事是成是败，都不会将王裹招出来，往后若是王裹走投无路，十八部落愿意保他一命。

十八部落的暴民不开化，残忍嗜杀，又好鼓捣毒物，却有一点好，十分重誓。而他们所求不过是举手之劳——雁王很可能为了避嫌不露面，这一回王国舅要确保雁王出现在宫宴上。

蛮人没说他们要干什么，王裹打算先静观其变，万一蛮人事败，他还准备了一个后招——这要感谢方大人，为了扳倒雁王，方钦在方家别院里秘密地养着一个人。当年蛮妃潜逃时，牵连了一大批宫人、侍卫与太医，其中很多是冤死的，真正有问题的反而事先有准备。方家别院里的老太医就是当年畏罪潜逃者之一，他儿子失手打死了人，背着儿女债，不得不卖出一个秘密：身怀六甲的蛮妃潜逃时，跟在她身边的秀郡主未婚有孕。

秀娘胡格尔在雁回镇上勾结蛮人入境，对大梁恨之入骨，她真会老老实实地把仇人之子养大吗？顾昀从雁回接回来的人到底是先帝之子，还是胡格尔生的生父不详的野种？

方钦收留了那太医，没有贸然行动，他吸取了上一回没能把雁王咬死的教训，这次打算一击必中，还在缓缓酝酿那个计划，王裹却不打算再配合着等他了。大人有大人的道，小人有小人的路。手腕不必高超，再下三烂也没关系，有效就行。

十八部落使节开口求见雁王的时候，李丰其实没有马上接话，只是打听到雁王病了后，吩咐内侍跑腿替自己看一眼，李丰原话是“带个太医过去看看，让阿旻好好养病，过两天他要是好点了，也别老闷在屋里，也进宫来给朕拜个年，不必和闲杂人等应酬”。

说完这句话，隆安皇帝就算尽到了宫宴出场的义务，起驾走了。

王国舅这个“太监国舅”不是白当的，早收买打点了一干看似无关紧要的跑腿内侍，只要传话的把李丰的话有技巧地少许歪曲一点，雁王就一定会来。

到时候……告假的雁王在皇帝离开后专程来见北蛮使节团，而后众目睽睽下爆出个混淆皇室血脉、身世不详的故事，他会怎么收场？

自从李丰走了后，整个宫宴平静无波地度过了大半，眼看着已经接近尾声，顾昀这才稍稍松了口气，端起酒杯稍稍沾了沾嘴唇，还没等他品出个味道来，内侍突然来报说雁王来了。

顾昀还没来得及厘清思绪，心里先“咯噔”了一下。

方钦有点诧异，王裹却低下头，十八部落的使节面带微笑转向殿外，而角落里一直低头吃喝的蛮族三王子突然停了箸。

长庚走进大殿后第一眼便看见御座上已经没人了，当时他就知道自己被人算计了。然而此时再回去是来不及了，长庚脚步没停，略带病容的脸上也平静无波，还保持着温文尔雅的微笑，不慌不忙地踱步进来，顺手将披风解下来，借着递给下人的动作用余光一扫——那将他骗来的内侍已经不见了。

一个世家党虽然不知道雁王为何出现在这里，却不肯放弃落井下石的机会，立刻意味深长地笑道："雁王殿下今天宫宴本是已经告了假的，看来还是十八部落的客人面子大，居然真就一句话将雁亲王请来了。"

另一人接话道："这话说得该罚酒，旁人也就算了，今天来的怎么是一般的客人？十八部落乃是殿下母家，自当另眼相看。"

长庚宽大的朝服几乎垂到了地上，淡定地回礼道："劳皇上派人垂问，特地进宫给陛下拜个年，只是来得不巧，陛下已经先走了吗？"

"雁王殿下来得不巧，我们却来得很巧，今天得见大梁朝双璧，真是三生有幸，我家王子也想敬殿下一杯呢！"

说话间，十八部落的使节搀扶着三王子站了起来。

顾昀飞快地冲沈易使了个眼色，殿内几个原本藏在暗处的侍卫陡然露出杀意来，锁定了蛮人使节和三王子。只见那三王子越席而出，似乎十分紧张，端着酒杯的手一路剧烈地发抖，还没到长庚近前，酒已经洒出了半杯。

随着那少年接近，长庚身上凭空生出一丝压不下去的燥热，本来已经退了的烧再次来势汹汹地扑过来，他耳畔轰鸣作响，周身的血仿佛被点着的紫流金，激烈地沸腾了起来。

长庚周身的汗毛都竖起来了，周遭无数双或蓄谋已久，或幸灾乐祸的目光，都没有这少年给他的压力大，他几乎是强忍着剧烈的不适，艰难地撑着亲王的尊贵，艰难地逼着自己笑道："怎么，贵部的王子敬酒时都是这样一句话不说的吗？"

北蛮使节忽然笑了，缓缓地退到三王子一尺之后。浑身哆嗦的三王子毫无征兆地静止下来，他停在空中的一双手肤色青白，泛着死气沉沉的光。

然后他抬起头来，直直地对上了长庚的目光。那少年苍白的脸上有一双泛红的眼睛，冰冷的重瞳像一把冰锥，毫无预兆地刺向长庚。

这少年居然是个乌尔骨！

两个“邪神”王对王的时候会发生什么，没有人知道，也从未有过任何记载。乌尔骨何其疯狂，要多大的恨，多大的气运才能成就一个？一个时代要混乱到什么程度，才能让两个乌尔骨面对面地碰在一起？

两人之间似乎有某种难以描述的感应，一时间，整个皇宫大殿都在长庚眼前灰飞烟灭，他胸口剧痛，宛如就要炸开。

所有的幻觉与真实都乱成了一团，多年压抑在骨血中的剧毒像是烈火上浇下的热油，山呼海啸地爆发出来……所有难以消化的憎恨与暴怒全部涌上长庚的心口，所有深渊中蠢蠢欲动的噩梦倾巢而出，张开血盆大口，要将他一口吞下。

那蛮族使节的微笑在长庚眼中不断扭曲，带了几分说不出的诡秘，与胡格尔临死时在他耳中灌入诅咒时的表情如出一辙，沉积着十八部落数千年与天地斗，与人斗，汲汲求生的怨毒。长庚紧紧地盯住了三王子手中的银杯，整个人仿佛给压了千斤重的桎梏，然而在外人看来，他仅仅是片刻没出声。

片刻后，长庚在众目睽睽之下抬起手，略薄的嘴唇上几乎没有血色，依旧优雅从容地从旁边一个内侍手上取走了一只酒杯。

长眼睛的都能看出雁王果真是刚刚病过一场，那手与脸颊一样血色稀薄，端杯的手指还有些颤抖，他垂下眼，在三王子的银杯上轻轻一碰，冷淡地说道：“三王子自便吧，本王近日服药，不胜酒力，干不了杯。何时十八部落将今年的岁贡运来，你我再好好喝一顿。”

三王子透过重瞳凝视着他，长庚用杯中酒沾了沾嘴唇，便径自将银杯丢在一边，从那蛮人使节身边目不斜视地走过。别人看来，或许雁王殿下只是对敌使态度冷淡，顾昀却从他那鬼一样苍白的脸上看见了强行压抑的暴躁难耐。

那蛮族三王子身上果然有古怪，顾昀心里倏地一沉，转向沈易使了个眼色，后者立刻会意，悄无声息地出了大殿。顾昀起身推开挡路的，一边向长庚走过去，一边朗声道："殿下请进去稍做休息。"

他还没来得及靠近，那异于常人的敏锐鼻子闻到了一股极其细微的血腥味，联想起陈姑娘那句语焉不详的"气血"，心里一时七上八下了起来。

就在这时，那蛮人使节丝毫不会看场合似的上前一步，口中说道："想当年我族神女身殒异乡，没想到我还有一天能见到她的血脉，必是有长生天保佑。"

徐令冷冷地接话道："雁王乃是我大梁皇室正统，贵使这么说就不合适了。"

蛮族使者紧紧地盯着长庚的眼睛，似乎想从他的瞳孔看到一点端倪来，越看越觉得心惊。炼制乌尔骨之所以困难重重，是因为除了狠得下心，天时地利人和一样都不能少，宿主必须性情坚忍，这样才能给邪神的血脉留出漫长的发酵时间。他绝不能过早失控，否则神智发育不全，宿主的心智终生会停留在一个痴傻的小孩子程度。

三王子就是这么个失败的例子，这个无辜的孩子本有个同胞兄弟，两人一起死于他父亲的仇恨，却没能挨过最初的乌尔骨发作，已经毁了，只能充当邪神的"祭品"。相比而言，眼前这位雁王简直是个极品，到现在也保持着自己灵台清明，并且在"祭品"面前都能保证毫无破绽，这得需要多么强大的心志?

邪神乌尔骨起于吞噬，靠近另一个弱小不完全的乌尔骨时会被激起本能，失去神志，因此后者又叫"祭品"。这种时候，如果旁边有人引导得当，在乌尔骨失神的时候控制住他的心神，日后辅以药物，邪神就能听凭差遣，直到彻底崩溃。

大概秀娘自己也没想到，她半途而废造出来的邪神能这么强大，可惜这些年这尊邪神被不明就里的中原人带走，不但没能发挥出真正的邪神之力，反而成了对付十八部落的利器。

“在雁回小镇，我王曾经见过殿下一面，只是那时他还以为殿下是胡格尔被玷污所生的孩子，对殿下十分无礼。这次和谈，我王特命在下带来他的歉意。”蛮族使节嘴角微微翘了一下，不动声色地将诱发乌尔骨的关键密语藏在了问话中，“不知胡格尔有没有和殿下说起过十八部落的事？”

“胡格尔……说”这四个字从寒暄的废话里“脱队”而出，在长庚耳朵里掀起了一场无人洞悉的风暴。他眼前这五大三粗的蛮人使节与艳丽诡异的胡格尔合而为一，那女人临终时声嘶力竭吐出的诅咒在他耳边惊雷似的炸起，一股说不出的特殊味道从三王子身上传来，扑进他的肺腑——有点腥，有点苦，不遗余力地撩拨着长庚的神经，唤起嗜血的冲动。

曾经被他刻意关起来的记忆之门猝不及防地洞开，碎片似的回忆轰然将他淹没。

胡格尔噩梦一般的美丽脸庞，尸横遍野的土匪山头，记忆中最初的那场大火，扑面而来的血腥气，无止无休的谩骂殴打……他身上华丽朝服下的旧伤疤沸反盈天地活了过来，吸血水蛭一般死命地往他皮肉里钻。而这一副肉体凡胎宛如难以承受邪神庞大的力量，长庚的胸口、四肢百骸里有如刀割——那种剧痛分明是乌尔骨发作的先兆。

而更糟糕的是，蛮族使节这话一石激起千层浪，完全是“说者似乎无心，而听者全部有意”。

王裹立刻适时地添油加醋道：“贵使在此地提那秀郡主胡格尔不太合适吧？那秀郡主虽说养大雁王殿下是大功一件，但当年挑拨贵我双方关系，致使九年前险些兵戎相见也是事实……何况我听说，那秀郡主为人实在不太老实，阴谋陷害玄铁营在先，事败后又私自撺掇身怀六甲的贵妃出逃，而且不知与谁有染。老夫如果没记错，当年太医院甚至传出过秀郡主未婚先孕的谣言，这样的人，实在不配为我朝郡主、贵族神女。”

再傻的人也听出他这一席话中隐藏的意味了，眼看着王裹居然胆大包天地将暗刀子动到了雁王身上，方才附和的人一时全成了哑巴，不明所以地等着后续发展。

再看雁王，却不知是病得难受还是怎样，豆大的冷汗从额头上往下滚，竟似乎有些站不住。

方钦眉头倏地一皱，当场就意识到了问题：那王裹和蛮人在他不知道的时候勾搭上了！

此时，方钦根本来不及对雁王幸灾乐祸，他整个人已经不好了——内斗是内斗，自己人在朝中争权夺利非常正常，成王败寇也好，不死不休也好，那都是内政，可是在这边境未收、江山沦陷的时候，将外族扯进来算什么？倘若这事情败露——不，根本不必败露，哪怕是王裹这次构陷雁王混淆皇家血脉成功了，事后回过味来，别人会怎么想？没有人会认为方家无辜，他明面上一直与王裹是一党，而那泄密的待罪老太医也一直被养在方家宅院中，他不可能撇得清关系！

方钦身上冒了一层冷汗，王裹不但利用他，甚至还要将他拖成个“里通外国”的国贼！

方钦自认为才智手腕不比谁差，可是看看雁王，那年轻人身边有可为股肱的江充，有仗义执言的徐令，有大半个灵枢院，有跟他并肩作战过的北大营……乃至安定侯、西南提督等一干军中重量级人物都与他私交甚笃，而方钦自己呢？

身边尽是吕常、王裹之流，除了毒蛇就是小人，成事不足，败事有余。

有那么一时半刻，方钦心里泛起一片冰冷的疲惫，他真真切切地感觉到了什么叫“气数”。

气数如潮，莫非真是非人力可抗吗？

蛮族使节听出王裹在浑水摸鱼，轻蔑地笑了一下，看见雁王的瞳孔颜色在加深，知道他撑不了多久就会彻底变成重瞳，到时候雁王会陷入幻觉中，他将听不见外界的一点声音，只有特殊的密语和关键语句能入他的耳——那是他以血躯成就真正邪神的时刻。

蛮族使节伸出双手，像是要去搀扶长庚。“怎么，殿下不舒……”

“服”字尚未出口，便听有人暴喝一声道：“你敢！”

使节瞳孔一缩，耳畔刮来一阵劲风，森然凛冽的气息几乎钻进了他的毛孔，一瞬间那使节的汗毛就竖起来了，而他根本来不及反应，脖颈一凉，一柄钢刀霍然架在了他的脖子上。顾昀一手持着从带刀侍卫腰间抽出的刀，一手在众目睽睽之下将雁王揽进怀里。长庚闷哼一声，虚脱似的靠在他身上，然而蛮族使节预想中的重瞳却并没有出现，长庚的神志明显还很清楚，顺着顾昀的话音气若游丝地栽赃道："蛮人……巫毒……"

徐令惊呼道："王爷，您怎么了？"

只见一行血迹顺着长庚的朝服袖子淌了下来，不过片刻，那袖子已经给浸湿了。

满廷侍卫悉数剑拔弩张起来。

王裹没料到这个走向，短暂地吃了一惊后，他仍然不肯前功尽弃。"大帅，您这……这有话好好说嘛，动刀动枪的做什么……雁王殿下这是怎么了？快传太医，太医呢？"

顾昀蓦地扭过头去，一个字都没说，那犹如玄铁割风刃一般的杀机已经直接锁定了王国舅，王裹当时腿就软了，"啊呀"一声瘫坐在了地上。

王裹"太医"二字一出口，方钦的眼角当时就狠狠地抽搐了一下，再坐不住了。他知道自己要么得马上和王裹撇清关系，想方设法将全部的罪责推到那狗东西头上，要么就得等着遗臭万年。

方钦一面以最快的速度吩咐身边随从，让他火速安排将那被王裹买通的老太医杀人灭口，一面坦然站出来，大声道："蛮人狗胆包天，竟敢当廷撒野，分明是包藏祸心，拿下！"

可惜……执勤的除了大内侍卫外，大部分是御林军和北大营的人，新组建的御林军与北大营不可能买他一个文官的账，岿然不动地等着顾昀下令。

方钦哽了一下，不过眼下也没什么时间容他找脸面，他很快回过神来，上前献殷勤道："顾帅，我看今日之事大有蹊跷，您想，内侍理当知道皇上退席，不可能这时候将雁王请进宫。就算请来了，也是直接带王爷去见皇上，不可能到宫宴上来。要不您看这样，咱们先将这些乱匪拿下候审，再去禀报皇上，然后派人仔仔细细地彻查一番，这里面指不定就混着蛮人的内奸……呃，不如您先送雁王殿下去休息，传太医给……”

顾昀冷冷地打断他心虚下的喋喋不休：“不劳费心。”

方钦自打从娘胎里生出来就没碰过这么硬的钉子，一时竟忘词了。

这时，一个北大营打扮的侍卫三步并作两步地跑进来道：“大帅，我们已经包围了驿站，将蛮人使节团的人一个不落地控制住了。”

方钦吃了一惊，顾昀这是要开战吗？

“速去报皇上。”顾昀利落地吩咐道，“另外太医不懂蛮人那些乌糟手段，请陈圣手进宫一趟。”

有顾昀坐镇，就算天塌下来也是忙而不乱。陈轻絮和隆安皇帝分别以最快的速度接到通知，各自赶到，李丰匆匆来看了长庚一眼，不等顾昀吩咐，方钦便立刻上前，将前因后果与自己的猜测都一五一十讲清楚了。

隆安皇帝震怒，当即将所有宫人内侍全部扣住，让陈轻絮进去看雁王，留下个药童挨个指认。

这边审着，顾昀懒得再看他们互相咬，一直守在长庚那儿，他方才沾了一手的血，连先帝送他的那串珠子都给浸红了，脸色比受伤的那位还难看。

“没事，这回是我自己放的血。”长庚看着他说道，“我有分寸……”

“你有个鬼的分寸！”顾昀压低声音冲他吼道，“你就非得来见识见识蛮人长什么样是吗？我可真……”

陈轻絮一边不假人手地给长庚沏盐水，一边低声道：“顾帅少安毋躁，乌尔骨的身体异于常人，一点小伤轻易奈何不了他——王爷到底遇见了什么非得放血的事？”

长庚微微合了一下眼，目光反而像是比平时还清明，要不是顾昀手心的血还没擦干净，几乎要以为他方才种种都是装的了。

“我是被人骗进宫的。”为防隔墙有耳，长庚打手势道，“纵然十八部落可能没安好心，但我想他们无论是真心要和谈也好，假意的缓兵之计也好，在我军上下正严阵以待的当下都不是他们搞小动作的好时机。我没想到蛮族使节胆敢堂而皇之地冲我下手……何况以方钦的谨小慎微，大概不会想轻易背一个通敌的罪名。”

顾昀没好气道：“大概？”

陈轻絮忙躲开顾昀的怒火，追问道：“殿下可否细说？”

长庚小心翼翼地看了顾昀一眼，将三王子的异常与自己闻到的特殊味道都简单描述了一遍，陈轻絮一边利索地替他止血，一边一心二用地留心他的手势，眉头缓缓地皱了起来。

“引我来的人不一定是方钦，”长庚分析道，“他不会那么蠢巴巴地被蛮人利用，刚才那番积极很可能是为了撇清关系……但是十八部落那使臣的动机细想起来很值得深究。”

顾昀看见长庚心里就难受，干脆眼不见心不烦地把头扭向窗外，一只手无意中在腰间的刀鞘上逡巡不去，眉目里戾气不散。长庚不明说他也想到了，这买通内侍的多半就是方才上蹿下跳的王裹。他一直把王裹之流当成先帝的癞皮狗，懒得跟那狗东西一般见识而已，现在看来，还真有人觉得他脾气好了！

长庚伸出一只冰凉的爪子捏住他的手背，委屈道：“子熹，我难受得很，你看我一眼。”

这回眼不见为净的换成了陈轻絮。

顾昀心疼得有点胸闷，无从宣泄，恨不能立刻披挂出京，把加莱荧惑的脑袋摘下来，好半晌没吭声，才勉强压下火气道：“可能他们最开始是想刺杀皇上，抵京后发现京城比想象中的防卫森严，于是想到拿你下手。要不然就是他们专门为了乌尔骨而来，蛮人肯定有控制乌尔骨的手段。乌尔骨发作的时候人力大无穷，能超过本人的极限。殿上侍卫投鼠忌器，倘若他们以你为挡箭牌，侍卫们未必拦得住。这么折腾，我能想到的只有一个理由，就是这个使节团在引战——”

“加莱荧惑想打仗，挥师动兵就是，没必要这么大费周章地引战。”长庚接道，“蔡将军的消息未必全然空穴来风，十八部落内部肯定有什么问题。”

“十八部落怎么样先不用管。”顾昀打断他，“王裹殿上说的那些话你也听见了，他狗急跳墙，还不知道会做出什么文章来，你不如先想想自己怎么应付。”

长庚沉默了一会儿，神色有些黯淡下去，有意无意地来回摩挲着顾昀手背上略显突兀的指关节，而后叹道：“这我没法应对，人是无法为自己的出身自证的。”

何况他从小就没有认同过自己的身份，哪怕成了权倾天下的雁亲王。长庚觉得自己能撑开天地，但说不清爹娘是谁——事到如今，他有顾昀，也不太想追究自己的来龙去脉。

可惜他不想追究，不代表别人也能放过他。

陈轻絮替他止了血，三下五除二地包扎好了长庚的伤口，又给他开了一服安神静心的药，没有插话，也没有表露出什么情绪，心里却突然涌起一腔难以言说的悲愤。

因为乌尔骨，陈轻絮当年是反对将临渊木牌交给雁王的，可惜看来她一个人反对没什么用，于是这么长时间以来，她只好尽自己所能看好长庚，同时将他所作所为全收进眼里——从京城修复至今，雁王一点一点将这个百孔千疮的朝堂重新凝聚起来，他四方奔波，甚至身陷乱党，几乎殒身其中，他不惜出手触动无人敢碰的利益，为此只身扛起整个朝堂的明枪暗箭。

这些千秋不世之功，难道几句语焉不详的出身就能一笔勾销吗？

就算他真的不是先帝之子，难道烽火票、运河办，乃至江北十万安居乐业的流民就都等于不存在了吗？

陈轻絮闯荡江湖多年，并不天真，道理她都心知肚明，只是偶尔还是会有那么刹那的光景，会被此间世道人心迎面冻得打个激灵。

“对了，陈姑娘。”长庚的话音将她的注意力拉了回来。

陈轻絮眨眨眼问：“什么？”

长庚：“要是皇上问起来，恐怕还要劳烦你帮我遮掩一二。”

陈轻絮忙收敛心神，点点头。

顾昀捏了捏自己的鼻梁站起来道：“行吧，你们商量。方才被你气糊涂了，我现在实在不便在这儿久陪，好歹得过去看看。”

长庚“哦”了一声，恋恋不舍地放开顾昀的手，眼巴巴地看着顾昀，一捉到了顾昀回视的目光，他立刻抓住机会，毫不吝惜地奉上了一个又灿烂又讨好的笑容。

顾昀刚开始不买账，面无表情道：“笑什么？”

长庚笑容不收，连绵不断地对他施放。倘若长庚有条尾巴，大概已经要给摇得秃毛了。过了一会儿，顾昀终于绷不住脸了，无奈地伸手拍了拍他的额头，笑骂道：“混账。”这才撂下一脸春色的雁王和一脸菜色的陈姑娘走了。

借调入京的北大营将蛮族人一窝端了，各自隔离开押入天牢，分别候审，这中间，有个鬼鬼祟祟的内侍想趁乱离宫，被巡逻的御林军抓了回来，陈轻絮的药童毫不费力地指认出，这就是假传圣旨骗雁王入宫宴的人。

那宫人不过是个跑腿的小人物，还没等开审，已经先被这阵仗吓得崩溃了，口中嚷嚷道：“皇……皇上明鉴，诸位大人明鉴，奴婢没有假传圣旨，奴婢确实一五一十地传了皇上口谕，是雁王殿下自己要进宫面圣的……”

话还没说完，江充便一摆手让人将陈大夫的药童宣了上来，那小药童年纪虽不大，已经非常有陈家特色，见了这许多大人物，一点也不慌张，还有过耳不忘之能，将内侍与雁王的对话一字不漏地重复了一遍。

一帮人精哪儿有听不懂的道理？

李丰还没来得及发火，方钦已经怒不可遏地率先冲那内侍发难道：“这番说辞谁指使你的？”

那内侍也有几分急智，立刻避重就轻地答道：“是王国舅！王国舅素日经常指点奴婢们伺候圣人之道，国舅爷说……说……这种时候，皇上既然问起了王爷，就是想召他进宫的意思，让奴婢机灵一点，把话带到……”

李丰转了转手上的扳指，冷笑道：“朕还真不知道自己是什么意思了。”

王裹“扑通”一声跪了下来，他遍寻不到那老太医的时候就知道，自己恐怕是被方钦抛出来了。方钦那人面慈心狠，情分与道义一概不讲，说翻脸就翻脸，他早就应该知道——原来姓方的与那吕常好得穿一条裤子，不是也说出卖就出卖，说捅刀就捅刀？

那内侍大呼小叫地喊冤，喊了没几声就被人堵了嘴拖到一边。方钦在一边道：“皇上，王大人乃是当朝国舅，臣万万不相信他能做出里通外国的事，还请皇上明察，一定要还国舅爷一个清白。”

王国舅涌到嘴边的“冤枉”被方钦一句话全给堵了回去，他原本想着大声喊冤分辩，赌皇上对他这个舅舅还有情分，或是不想将老臣赶尽杀绝，能网开一面地放他一马。这事往大了说，那是假传圣旨、欺君大罪，但倘若隆安皇帝自己不想追究，那也能说是王国舅岁数大了老糊涂，圣旨听岔了，又多嘴啰唆，弄出了一场误会而已。

可方钦实在太狠毒了，他这么一开口，李丰即便想袒护王裹也不成了，那就是承认国舅确实有问题，倘若王裹确实清白，那他十分欢迎“彻查”，问题是他并不怎么清白！

蛮人会替他隐瞒吗？没来得及转移的礼会替他隐瞒吗？那些吃里爬外的太监会替他隐瞒吗？

王裹当下将心一横——为今之计，除了将水搅得越来越浑，他已经想不出什么别的办法了。

“老臣罪该万死，”王裹朗声道，“当时一时想见雁王心切，确实歪曲了皇上的意思。”

李丰微微眯起眼道：“朕倒不知道雁王什么时候也成奇珍了，平日里在朝中抬头不见低头见，也未见国舅对他多么热络，怎么他告假两天，国舅还相思难耐了不成？”

王裹恶向胆边生，以头触地，两颊紧绷：“皇上容禀，此事说来话长，别有内情，那是臣前几日造访方大人别院，酒醉在园中迷路，无意中见了一个人，当时只觉眼熟，之后才想起此人老臣早年见过。那时连皇上年纪都还小，他是太医院最红的太医，与当年的北蛮皇贵妃关系甚笃，后来因蛮妃失踪一事受了牵连，畏罪潜逃……”

方钦心里冷笑一声，脸上却故作惶惑道：“王国舅这是什么意思？难道是说下官别院中窝藏钦犯？皇上，这分明是无稽之谈！”

李丰冷淡地看着他们。

王裹充耳不闻，继续道：“臣当时只觉得惊诧，交谈中才知道，那老太医因儿子惹上官司一事，特意辗转求到了方大人门下。”

方钦：“胡说八道，我怎会徇私枉法！”

王裹冷笑道：“方大人自然不为所动，但是那老太医以蛮女秀郡主当年离宫时身怀有孕的秘密作为交换，可就说不定了！老臣知道以方大人的机敏，此时什么老太医与他那一家人想必都已经处理了，死无对证，但是皇上，当年秀郡主在雁回勾结加莱荧惑进犯我边境的事在场诸位都清楚，有些将军甚至亲历过。真相怎样，我或许无从分说，那群蛮人必定有数，一审就知道老臣说的是真是假！”

这几乎是当廷直言雁王血统有问题了，李丰缓缓地抽了口气。

方钦心道：王裹这老东西疯了吗？宁可把自己搭进去也要把我咬下水！

他当下大声道：“蛮人诡计多端，巴不得我大梁永无宁日，皇上岂能相信他们的鬼话？倒是国舅爷你，竟真的与蛮人私下来往！”

王裹也是豁出去了，一个个响头磕得宛如二踢脚上天，应和着满京城大街小巷里噼里啪啦的爆竹，想必光靠声势，也能让那年兽有来无回。“老臣一片忠心天地可表，可是皇室血脉不容混淆，老臣心存疑窦，片刻难忍，这才出此下策，让雁王殿下进宫走一趟……”

“以便从蛮人那儿抓出雁王殿下非先帝血脉的佐证吗？”方钦打断他，“这么说王大人还是忧心社稷！皇上，敢情雁王殿下是蛮人为了混淆皇室血脉而安插进宫室的奸细，那安定侯奉先帝之命从雁回小镇接回来的，是个鱼目混珠的假皇子了？您不如召顾大帅与沈将军来问个究竟，看看我朝这二位名将安的都是什么心！”

方钦仿佛掐算好了，话音没落，外面就有内侍来报，安定侯来了。

李丰面沉似水道：“传。”

顾昀在殿外正好听见了方钦那番话，进来也没客气，跪下单刀直入道：“回皇上，臣等当年奉先帝之命找寻四殿下，面貌体征、年纪、所传信物等全都禀过先帝，经他老人家认可，方才把人领回来的，人也是先帝亲口认下的。而且臣记得皇上同臣说过，雁王殿下年幼时过得很不好，饱受养母虐待，想来那蛮女待他也没什么真心，不过是不舍得亲姐血脉才勉强拉扯。虎毒不食子，若雁王殿下真是出于她腹中，请问天底下有哪个当亲娘的这样对待自己的骨肉？”

顾昀一开口就能糊人一脸，方钦的嘴角抽筋似的笑了一下。

只听顾昀一口气说完，又转向王裹道：“臣还有一件事想请教王大人，混淆皇室血脉对我有什么好处？说句不好听的，玄铁营在西北这么多年，我要是真和蛮人有什么眉来眼去，西北大门早就破开十万八千次了。倒是国舅爷，您老操心别人操心了一溜够，自己二十多年前勾结蛮女残害忠良的嫌疑可洗清了？”

王裹是真怕顾昀，畏惧里还掺着心虚，他性情本就懦弱，全然是狗急跳墙拼了老命，才堪堪撑着一口气，此时一见顾昀，别说是耍横，他干脆连话都说不齐整了，冷汗如雨下。

顾昀纡尊降贵地跟王裹说了一句话，仿佛已经耗尽了仅有的耐性，再不看他，直接上前道：“皇上，北蛮人欺人太甚，臣在京中已经大半年，割风刃生了两指的锈，实在无须再藏锋，臣请往北疆！”

顾昀路上反复考虑过这件事，北蛮使节这时候出幺蛾子，再加上蔡将军那里探听的谣言，很可能是加莱荧惑自己家里反了，这事他必须立刻前往北疆核实，如果北蛮政局生变，正是乘虚而入的好时机。北地别的没有，紫流金矿产丰富得很，要是真能以战养战，也许不是消耗，而是助力。

李丰却皱了一下眉，在他看来，顾昀这个请求来得太仓促了，他有点两难。

一方面，同样是半壁江山沦陷，对王公贵族而言，“迁都仓皇而退”和“天高皇帝远的地方被蛮夷占去一块土地”，这两者感受是不一样的。后者显得没有那么急迫，毕竟，“泪尽胡尘里”的荒村骸骨不是长在他们那身绫罗绸缎之下的。而今，国库缓缓进了些真金白银，大批的流民已经安顿，日子方才安生一点，李丰并不是很想在这时候打仗。

而另一方面，李丰虽然近来志气多被消磨，但脾气仍在，要是查明蛮人真是来上门打脸的，他也不太能咽下这口气。

两种想法角力角得不分上下，他没有立刻回答顾昀，只摆摆手道：“皇叔先起来吧，动兵之事不可鲁莽，容审后再议——来人，将王裹除去官服，暂且扣押候审，着大理寺去办……还有那刁奴，一并拿下。”

说完，李丰不给顾昀说话的机会，直接站起来道：“朕去看看阿旻。”

雁王对付顾昀的时候发挥正常，陈轻絮感觉这牲口没什么事，正要离开的时候，正好碰见李丰进来，忙有些生疏地低头行礼。

李丰断腿的时候就见过她，客气地说道：“辛苦陈神医，雁王怎么样？”

陈轻絮顺口鬼扯：“蛮人用了一种特殊的巫毒，能迷人神志，可能是想挟持殿下掩护逃走，幸亏殿下反应及时，割伤了自己，及时把毒放了出来，已经没事了。”

李丰其他事没听太懂，只是略微皱了皱眉，似有意似无意对长庚道：“拿什么割的？你对自己下手也太狠了。”

这听起来是关心长庚的伤，其实是在问他带刀干什么。

长庚装着以假乱真的“病弱样”，扶着床头缓缓跪下道：“臣弟接到皇兄口谕的时候正在陈姑娘那儿，臣私下里好摆弄那些草药，当时正帮着她整理手头的药材，宫人催得急，一时便将她的小银刀揣出来了……当时也是权宜之计。”

说着，他从旁边的托盘上取下一把没有指头长的小刀，根本是切割药材用的小玩意，没开过刃，还不如餐刀锋利，完全算不上什么“利器”。

看得出当时雁王对自己下手真狠，一刀下去，那刀就已经卷得不像样了。

这番言语藏锋与算无遗策，叫陈轻絮看得心里百感交集，她告退出去了，屋里就只剩下李丰和长庚两人。

李丰忍不住细细打量长庚——模样很好，但不是天圆地方的富贵相。

他长了一双多情痴情的深眼窝，还有一张负心薄幸的薄嘴唇，刚流过血，他两颊显得有点苍白，微微带着病气。细看起来，那眉目间似乎有一点当年蛮妃的意思，笔直的鼻梁像先帝，然而混在一起看，他又谁都不像了，是一脸无亲无故的薄命样。

李丰不动声色地移开视线，对长庚道：“外头有些流言蜚语，你不用往心里去，安心养你的伤。王裹那老东西这些年越发恃宠而骄不像话，我肯定会让他给你个交代。”

长庚在他说“不用往心里去”的时候，就知道李丰实际上是往心里去了，于是主动提道：“是怀疑我并非先帝血脉？”

李丰采取了顾昀的说辞，若无其事地笑道：“你就是想得太多，当年是先帝亲口认下的你，谁敢置喙？”

长庚想了想，说道：“这种事谁也说不清，既然这样，为了避嫌，请皇上允我暂且卸任军机处统领一职吧？”

李丰眯了眯眼，没有立刻回答。

长庚苦笑道：“新政初成，我留下也未必能有多大建树，也就剩下招人恨的用场了，还请皇兄体恤。”

这话微妙地戳中了李丰的心。

帝王手中砝码无外乎“平衡”二字，前一阵子吕杨二党谋反，御林军叛乱，逼得他亲自动手打压大梁旧世家，而同时，新贵借由大商人之势，迅雷不及掩耳地冲上了前台，并越发有发展壮大之势。

李丰可以容忍幼苗长大，也乐于看见他们与那些眼高于顶的世家势力分庭抗礼，但绝不希望幼苗长成参天大树，顶破房梁。这股势力壮大得实在是太快了，连当朝国舅也不能置身事外，这次是王裹，下次是谁？难不成要皇帝将满朝王公处置干净吗？届时天下要姓甚名谁？

新政要杀出一条血路来，剧变之下总有人要牺牲。

李丰看了长庚一眼道：“也好，你最近实在多灾多难，适时休养也是应该的。”

一夜之间，风云突变。

荣宠两朝的国舅王裹下狱，宫中内侍与他有牵连的很多，挨个给揪出来审，九重宫阙里人心惶惶，拔出萝卜带出泥地审出了一堆有的没的，玄铁营的旧案也不可避免地被翻出来，树倒猢狲散，满朝都忙着和王家撇清关系，唯恐沾上一点跟着连坐。

而恶意捣乱的蛮族使节被秘密扣留，北大营轮班巡逻，严阵以待。

可是此事的最终结果连方钦都没料到——他视为眼中钉的雁亲王居然辞了官职，而隆安皇帝还准了！

方钦活到这把年纪，头一次知道什么叫“世事难料”，当他处心积虑想对付雁亲王的时候，人家好好的，自己却差点搭进去。这回他完全是无心插柳，急着和王裹撇清关系，不惜站在了政敌一边……结果竟阴错阳差地如了愿！

难怪古人说“帝王心术，神鬼不言”。

那天夜里下了好大一场雪，侯府的梅花上结了一层晶莹透明的霜，将颜色都凝在其中，好不俊秀。

归人的马车停在门口，八字开的大门上汽灯披雪，尽忠职守地落下一小片明光，守门的铁傀儡一声长叹后“嘎吱嘎吱”地转过身去，蒸汽悄然飘散，府门大开。

顾昀跳下车，冲霍郸摆摆手，自己掀开车帘道：“手给我。”

长庚拿银刀划出来的伤口看着惨，其实并未伤筋动骨，就算陈轻絮不管他，以乌尔骨的体质也很快会结痂，早就狗屁事也没有了。不过面对顾昀，他没事也会找事。

长庚装模作样地攀住顾昀的胳膊下车，顺势没骨头一般地扑上去，扒着顾昀的肩膀手臂不放，那手劲大得甩都甩不下去，也不知什么性质的伤能让人功力如此大进。

顾昀知道他装蒜，也知道他确实是受了委屈，没忍心苛责，只是伸手在长庚后背上轻轻掴了一下，便拢过披风将人卷进来，三步并作两步地进门去了。

两人裹着寒风进屋，将挂在窗口小笼里的鸟给冻醒了。

那鸟好梦正酣，被冷风吹得结结实实地打了个哆嗦，颇有起床气，张口便骂道：“混账，冻死爹了……嘎……嘎嘎……吉祥如意！花好月圆！财源滚滚！心想事成！”

顾昀：“……”

他和这神鸟面面相觑了好一会儿，终于，那鸟羞愧地抬起一边的翅膀，遮住了自己脸，仿佛也知道自己如今这奴颜婢膝的形象不光彩，没脸见人了。

长庚在一边闷笑起来，顾大将军算是服了。

“脸都冻红了。”顾昀在长庚下巴上摸了一把，“挨了一刀还没了官职就那么高兴，嗯？快换衣服去。”

“无官一身轻。”长庚意味深长地笑了一声，转身去换了一身干爽的衣服，然后坐在窗边，把那鸟抓过来捏在手心里顺毛，鸟被他抚摸得瑟瑟发抖，吓得快死过去了。“哎，子熹，我如果真是胡格尔生的，那爹又是谁？”

顾昀：“别胡思乱想。”

长庚若无其事地笑道："那个人肯定不是蛮人，否则当时就跟她一起走了，但又一定和蛮女关系匪浅，很可能参与策划了蛮妃潜逃一事，之后接管了蛮人在京城和宫禁里的势力……直到京城被围困的时候才露出马脚来。"

他说的人是了痴大师，和沈易最早的猜测一样——当年被长庚亲手射死的。

顾昀不怎么在意地点评道："你说东瀛人？东瀛人长不了你这么高，不过将来你要真长成那乌鸦嘴老和尚的丑样子，我就不要你了。"

长庚无声地笑了起来。

顾昀又道："我去叫人熬点姜汤，别着凉。"

长庚闻言一跃而起，一把将鸟塞回笼子里，回手扯过一张大黑布盖上，不怀好意道："祛寒不一定要喝那东西，我来！"

第十四章 末路

壹

此时，刚被审过一轮的蛮人使节被押入里三层外三层的天牢。

被推进暗无天日之地的蛮族使者回了一次头，正好和马背上的沈易对视了一眼，那目光让沈易心里一紧。蛮族使节冲他诡异地笑了一下，哼起了小调：“最洁净的精灵，天风也要亲吻她的裙角……”

他们久居草原，个个都有一副嘹亮旷远的好嗓子，那男声略显低沉，回荡在风雪中，别有一种野狼末路的悲壮伤怀，人走歌声犹在回荡。沈易皱着眉听了片刻，听到了一股随着年光而来的变迁味道。

天牢附近有重甲巡逻，紫流金安静地燃烧在金匣子里，从外面能看见一点紫色的光晕，蒸汽飘在冰天雪地里，转眼寥寥散尽，草原、飞马、原始的刀枪剑戟与吹箭长矛，一并褪了色，凝固在重甲那铁傀儡一般玄黑厚重的背影里。

沈易突然间有种感觉，像是一个时代就在他眼前走到了尾声。

不过他只感慨了一小会儿，很快回过神来，打起十二分的精神——如果顾昀的推测是对的，那么十八部落内部很可能已经有了分歧，这种战机决不能错过，北方很可能立刻要起战事。

就在沈易在天牢外转了一圈，准备走人的时候，一道白影突然从不远处闪过，快得让人觉得是自己眼花了。倘若不是沈易多年在战场上磨砺出的敏锐直觉，他几乎察觉不到。

沈易冲附近几个无知无觉的卫兵打了个手势，率先拎起自己的割风刃进了天牢。他越走越心惊——地上居然连一个脚印都没有，空旷的天牢里静悄悄的，而两个看大门的牢头一坐一站，木然不动，仔细一看，居然已经悄无声息地晕过去了。

突然，沈易脑后传来一阵微风，他本能地往前一扑，伸手抽出了割风刃，往后一挥——挥了个空。

耳边“叮”一声轻响，割风刃碰到了某种特别轻的东西，沈易头也不回地往前扑去，到了角落里往上一蹿，双脚在墙上借力，整个人翻转过来，一把带住了潜入人的衣角，他顺势往下一拉，那人脸上的面纱猝不及防地被拽了下来，居然是陈轻絮。

沈易：“……”

他根本不知道自己是怎么落地的，傻乎乎地张开嘴，差点把自己的脚给崴了。

下一刻，一侧传来急促的脚步声，是北大营的卫兵们跟了进来。沈易回过神来，飞快地冲陈轻絮摇摇头，将她往背光的角落里一推，继而若无其事地收起割风刃，转身踱了出去。

卫兵：“沈将军，怎么了？”

沈易淡淡地说道：“没什么，我一时看错了，那蛮人手段诡谲，告诉兄弟们都警醒一点。”

众卫兵不疑有他，迅速编成几队，各自散去其他地方巡逻。沈易在原地镇定地站了片刻，连着深吸了几口气，心快要跳出来。好半晌，他悄悄将手上第二茬冷汗抹去，转向陈轻絮的藏身之处，低声问道：“陈姑娘怎么会在这儿？”

陈轻絮是来见蛮族使节的，一点乌尔骨的线索她都不想放过，来之前跟长庚打过了招呼，长庚本想让她托军中人帮忙，但是陈轻絮考虑了一下，认为自己不打算劫囚，只是趁夜混进天牢转一圈，问题应该不大，乌尔骨的事还是知道的人越少越好。

她实在没料到自己会被逮住，还是被认识的人逮住，当下有几分尴尬地拱手道：“多谢将军手下留情，我来天牢是想跟蛮族使节确定几件事——沈将军可以看这个。”

说着，她从怀中取出长庚的一封手书，上面盖了顾昀的私印，这是雁王借顾昀之势开给她的后门，陈轻絮一开始没打算走，此时才暗自庆幸，还好有这么个东西，不然真要说不清楚了。

那封信她一直放在怀中，还带着一点余温，沈易接过去的时候手都在哆嗦，做梦似的看了一遍，那可真是字字都如过眼云烟，一个墨点都能进入他烧糊的脑子。沈易在窄小的耳室中和陈轻絮共处一室，愣是不敢抬头看人。

陈轻絮见他半晌不言语，便提醒道：“上面有顾侯爷的私印。”

沈易如梦方醒：“啊……哦，是，那你小心点，嗯……请进。”

陈轻絮松了口气，往天牢里走去，走了几步，发现沈易并未跟上，便又道：“将军若是不放心，可以一起过来。”

沈易惜字如金地一点头道：“嗯，打扰。”

说完，他默默地跟在离陈轻絮五步远的地方，大气也不出，比没有生命的铁傀儡还消停。天牢里黑黢黢的，陈轻絮也看不见沈易脸红成猴屁股的衰样，心里还在诧异——不都说物以类聚吗？怎么安定侯身边还有这么正经古板的人？

两人相对无话地一路走到了蛮族使节的单间前，沈易终于开了尊口，数着字数说道：“此人名哧库犹，是狼王加莱的心腹。”

他诈尸似的突然出声，陈轻絮吓了一跳，指尖顿时银光一闪，险些把凶器拿出来。沈易当然看见了，懊恼地闭了嘴，更不敢吭声了。

这时，还是敌人解救了快要顺着天牢的墙缝钻进去的沈将军，那单间里的哧库犹听见他的介绍，幽幽地接了话：“别人都道我是狼王身边的叛徒，这位将军倒是慧眼如炬。”

沈易一对上他，嘴皮子就利索多了：“叛徒？这么说贵部二王子篡位的传言是真的？”

哧库犹摇摇头，到了这步田地，也没什么好隐瞒的，坦然道：“二王子不过是个孩子，还没到长出野心的年纪，不过十八部落狼旗下三位王子，世子已经被他们关起来，三王子……哈哈，是个衣食住行都要人伺候的傻子，也就只有二王子能凑合着给他们当这个傀儡而已。”

沈易敏锐地捕捉到了“他们”两个字，他那些心眼只要不在陈姑娘身上，就能转得飞快，当即反应过来——北方蛮族名叫“十八部落联盟”，本来就不是一体，想做群狼之王，除了让所有人都吃饱穿暖，还得长着能咬断别人脖子的利齿。

沈易眯了眯眼，试探道：“怎么？狼王居然能容忍？”

哧库犹冷笑一声道：“天大的英雄也终究有老的一天，否则怎么轮得到野狗出头？”

沈易听出来了，加莱荧惑不是受伤就是生病，恐怕已经失去了十八部落的控制权。他将腰间割风刃放下来，刀尖隔着鞘，拎在他手上刚好能拄在地上，哧库犹瞳孔微微一缩——玄铁营永远是笼罩在十八部落三代头上的阴影。

沈易拄着割风刃，拿着他那翰林的文雅腔调说道：“贵部狼王性情多有偏激，这些年大动干戈，想必族人们也没有几天好日子过，如今我西北有重兵把守，狼王手上的勇士未必还有一战之心与一战之力，恕我愚钝，为何贵使要千方百计地混入使节团中破坏和谈？岂不是连累三王子一个无辜的孩子？”

哧库犹平心静气地看了他一眼道：“将军说得有理，十八部落联盟里那些人恐怕也都是这么想的，但这并非我王心愿。我曾向长生天发誓忠于我王，即便背负背信叛徒之名，也要替我王完成他的心愿。”

沈易：“请指教。”

“猛兽就是要有猛兽的样子，倘若十八部落将来落到那些摇尾乞怜的人手上，从此被大梁驯成一只挖紫流金的狗，还不如让他们就此覆灭，死在奋武战斗的路上。”哧库犹看着沈易道，“黑乌鸦的将军，我问你，你是愿意可悲地活着，还是死在烈火里？”

这哧库犹说话跟浑蛋一样，陈轻絮本以为沈易不屑理会，不料沈易听问，居然真的一板一眼地回道：“我自己比较愿意死在烈火里，但也知道‘蝼蚁尚且偷生’的道理，从军戍边者，保护那些更愿意活着的人是理所当然，我并不认为渔樵耕读的平静日子哪里可悲——倘若族人真的活得很可悲，那也是持利器的上位之人的过错。”

沈易说完，感觉自己大致已经得到了一些信息，便退后一步，彬彬有礼地对陈轻絮做了个“请”的手势。“雁王托这位姑娘问你句话，我们俩就闲言少叙吧。”

哧库犹听见“雁王”两个字的时候，表情变了一下，似乎有些古怪，又仿佛是感慨，不等陈轻絮开口，他便率先道：“你是为了乌尔骨而来的吗？”

陈轻絮来时，长庚让她带给哧库犹一句话，“交出蛮族巫毒之秘，给你想要的”，之前陈轻絮没明白这话是什么意思，此时旁听了哧库犹和沈将军鸡同鸭讲一般的对话，总算摸到了一点门路，便将这话说了出来。

哧库犹听完，脸上罕见地带了一点深思，而后态度十分端正地回答道：“关于乌尔骨，我只知道怎么激发和怎么控制，至于如何炼制，那只有首领和神女才知道，是不传之秘，恕我不能承诺。”

陈轻絮：“那解法呢？”

哧库犹听了愕然地一愣道：“你说什么？解法？”

他随即叹了口气，撇嘴道：“中原女人，乌尔骨不是你们中原人那些鳖脚的毒药，一口吃不死，咽了解药还能活，炼成的乌尔骨就是乌尔骨，他已经脱胎换骨，不再是人了。你想把他打回原形，就好比要把生出来的狗崽子塞回娘肚子里，让它重新生只兔子出来，那是不可能的。”

陈轻絮没那么好蒙。“所谓‘脱胎换骨’，骗骗外行人也就算了，贵使要真有诚意，最好不要用这种鬼话糊弄我。”

哧库犹眼珠微微一转，狡黠地笑道：“那么真是不巧，我就是个‘外行人’。最后的神女胡格尔已经死了多年，死前将神女的禁术传书给了我王，三王子就是他亲手锻造的乌尔骨……虽然受宿主资质限制，这个乌尔骨并不完整，但如果你们想要乌尔骨的秘密，可以去找他——只要你们的黑乌鸦能杀完囚困狼王的野狗。”

这蛮使诡计多端，挑事引战之心昭昭，但好歹确定了一件事——如果三王子真的是乌尔骨，加莱荧惑那里真有完整的神女禁术，这就是个方向。

陈轻絮不再废话，掉头就走，第二天就留书离开了京城。沈易都快疯了，恨不能立刻插上翅膀飞到北方前线去，天天跑去骚扰顾昀，顾昀不堪其烦，两天往宫里跑了三趟。

终于，在年初三这天，李丰松了口，令顾昀暗中前往北方前线，谨慎行事，探查十八部落动向，不可贸然动兵。

雁王不便随行前线，一路把人送到北大营之外，心里升起了一丝没来由的焦躁。

他转头往重重宫阙的方向看了一眼，低声吩咐车夫道：“去望南楼。”

顾昀离开京城的第一宿，才刚把琉璃镜架上，架子突然莫名其妙地崩断了，顺着他的鼻梁一路滚下来，刚好磕在一侧的玄铁肩甲上，撞裂了。将军出征在即，随身之物损坏是不祥之兆，亲兵吓了一跳，生怕顾昀忌讳。

顾昀揉了揉自己的鼻梁道：“啧，我这是无师自通了金钟罩和铁布衫？”

亲兵机灵地叫道：“这是‘碎碎平安’，大帅，等我再给您拿一个去。”

亲兵日常照顾他起居，知道他行囊里有备用的琉璃镜，但在翻找的过程中，意外看见顾昀一摞随身衣物中夹了一个大信封，捏起来厚厚的一沓，用火漆封着，上面写着“顾帅亲启”几个字。

安定侯日理万机，肯定没有自己给自己写信的爱好，这东西混在衣物中，替顾昀收拾衣物的会有谁呢？

侯府一干白胡子的老下人，总是丢三落四，贴身的事顾昀不爱用他们，往往亲力亲为，那还剩下谁……怕不是红颜知己？

信封的火漆没拆，顾昀自己大概还没发现，小亲兵抖机灵，屁颠屁颠地将备用的镜子和信封一并拿到顾昀面前，贼兮兮地说道：“大帅，您那衣服里夹了一封要紧的信函，快看看，别是忘了耽误事。”

戴上眼镜的顾昀神色微妙地看了一眼信封上熟悉的字迹，一抬眼又对上小亲兵挤眉弄眼的猥琐样子，笑骂道：“看什么看，快滚。”

亲兵“嘿嘿”一声笑，不再探头探脑，做了个鬼脸跑了。

那信封拿在手里颇有分量，捏起来像是一本厚书，当然不是亲兵胡思乱想的情书。倘若是情书，那大概得从雁王殿下穿开裆裤的岁月开始写起，顾昀一边拆封，一边异想天开地心道：房契，地契，烽火票，银子，还是长生不老秘籍？

然而当他打开信封时，几乎被里面的东西震惊了——那是厚厚的一沓图纸，全是柔软坚韧的海纹纸绘制。海纹纸水火不侵，但有些地方依然泛黄卷了边，可见绘制出来有些时日了，纸上墨迹深浅不一，大概是原主人多次注释，并非一挥而就。

压在最上面的，是一张巨大的大梁全境图，展开以后能将整个屋的地面铺满，三江五湖、蛮荆瓯越……巨细无遗，全在纸上，地图上面还有一层密密麻麻的蝇头小楷做标注——想在哪里开山，想在哪里设满工厂，哪里的青山绿水中鱼米丰沛，哪里的港口适合扩建面向四海，哪里放得下可以真正鹏程万里的海蛟，哪里能开出一条紫流金专用的通道……乃至什么地方要再修官道，什么地方要用巨鸢和改进过的大雕彼此相连，还有纸上仿如动脉一般的轨道爬满全境——那是长庚和他说起过的西洋蒸汽车轨道，长龙似的蜿蜒，能一日千里。

地图下面附着另起一张图纸的铁轨蒸汽车设计图，附有奉函公的专业注解，还有杜财神在旁边写下的运力与钱粮的计算。

此外，这一沓厚厚的海纹纸中，还有未来大梁的吏制说明，“军机处”和“运河办”已经实现，但里面还包括许多顾昀闻所未闻的职务，层级分明，效率奇高。

诸如此类，不一而足。

倘若顾昀五年前看到这些东西，指不定要以为是哪个民间话本师的异想天开，而今，尽管很多事尚未完成，但已然呼之欲出，成与不成都不再是神话。

而在这些宛如幻想的图纸下，还夹着一幅画作，笔触并不精巧，看得出绘者不精此道，但意境直白，寥寥几笔，勾出了一个路边放爆竹的小孩。他身后有一棵不知长了什么的果树，大片的亮色结在枝头，不知画的是花还是果，而远处山水层层叠叠地晕染在边缘，显得又喜庆，又宁静。那画上没落款，也没有题诗，只标注似的挂了个题“河清海晏”。

无限江山似锦，尽在笔墨中。

顾昀心口一热，下意识地伸手按了按，这才发现自己居然下意识地屏住了呼吸，忍不住撑着额头无声地笑了，会撒娇的小长庚可怜可爱，但执笔社稷的雁王才让他动容。

转眼，顾昀和沈易到了北疆前线，同时秘密抽调了一部分玄铁三部将士，在北疆城防军后面会合，原本的北疆城防军统领在当时蛮人进犯时就战死了，北疆重地不能没有老将，一直由蔡将军暂代。

蔡玢真是老了，一年比一年老，上一次顾昀和他联手剿匪的时候，感觉他的腰还没有现在这么弯，手还没有现在哆嗦得厉害。其实想来也是，一个男人一辈子能有多少年一往无前的日子？能有多少随意抛洒也不冷上一分的热血？二三十岁的时候沙场纵横、功名累累，等老了、倦了，纵然钢铸铁打的神魂犹在，也只能开始熬心血了，可不就同红颜一样难以长久吗？

北疆战场一直僵持，但不像江北前线那边隔着长江，虽说蛮人不敢有大动作，但日常摩擦不少，中原人和蛮人之间三五天就会有一场中型或者小型的战役，全军上下都得枕戈待旦，夙夜巡逻不敢松懈。幸亏蔡玢膝下最小的一对龙凤胎都已经快满二十了，子女大多已经成人，“蔡家军”已经很有模样，多少能替他分担一些，好歹没把老将军累死在这儿。

一路走过来，北疆附近的村郭城镇已经十室九空，本来就不是什么很富饶的地方，又战祸连连，匪徒横行，再不舍地盘，那就只能舍命了。

“……打从蛮使进京和谈之后才消停一些。”蔡玢咳嗽了两声，说道，“斥候来报，说蛮人正在按照和谈的条件筹集准备岁贡的紫流金，估计也就是这两天了，要真是那样，恐怕这回和谈不是没有诚意的——大帅可是为了他们岁贡的紫流金而来？”

京城蛮使被扣押的消息还封锁着，顾昀他们脚程太快，即使有泄密的，这会儿也还没泄到前线，蔡玢还不知道和谈出了变故。

顾昀和沈易对视一眼，他总领全境，心里都有数，但保险起见，还是又细细将十八部落各种情况问了一遍。

“不错，”蔡玢道，“北边今年风灾严重，牛羊死了不少，肉不够，地里种的那点东西肯定不够吃，更别说撑着打仗了。大帅拿下西域后，基本也断了蛮人补给运输线，不过我听说江南的洋人日子也不好过，就算不断，恐怕也未必有余力管他们。”

沈易道：“我从另一个途径得知，天狼那边二王子篡位似乎不是出于本意，而是他们十八部落联盟出了问题。”

蔡玢想了想，点头道：“沈将军这说法有道理，其实今年刚入冬那会儿，就有一些蛮人偷挖紫流金换吃的，看手笔恐怕未必是单个平民干的。那时候我就感觉十八部落可能要散，果不其然，过了没多久，就出了二王子囚禁父兄的事。”

沈易看了顾昀一眼，顾昀对他微微点点头。

蔡玢察觉到不对，疑惑道："大帅，怎么了？"

沈易这才简要将蛮使在京被扣押的前因后果交代了一番。

蔡玢吃了一惊，片刻后神色凝重地摇摇头道："大帅，沈将军，即便是十八部落内生龃龉，加莱荧惑想引外战来安内也好，或是干脆疯得厉害，想玉石俱焚也好，何必这么麻烦地派人混进京城？就算来我北疆驻地放一把火效果也更直接一点，难道他手下除了一个侍卫，没有其他人可以调配了？"

沈易摇摇头："那样虽然方便，但天狼部现在实际掌权的人很可能推一两个替死鬼出来，让这事不了了之。"

十八部落统一在狼王旗下已经有几百年了，狼王家族在族人心里威望很高，已经有点像中原皇室了，那些有异心的人明面上还未必敢动加莱，所以才千方百计地推出二王子来做傀儡。而如果真像那蛮使哧库犹计划的，在大殿上引发乌尔骨，控制住雁王，大梁就算做给天下百姓看，也得直逼十八部落腹地，要求狼王交出解药。加莱要把叛徒逼到要么迎战大梁，要么撕破脸皮交出狼王背负骂名的境地。

蔡玢皱了皱眉道："加莱荧惑是一条疯狗，但未必疯到那种地步，能忍也会忍，现在引战，他倚仗什么？十八部落里饿死的人？"

沈易让他给问住了。

顾昀却走到沙盘边上，背着双手站了一会儿道："他确实是有倚仗的——如果江南洋人想让我们将战略重点转移到北边的话。"

沈易和蔡玢都吃了一惊。

顾昀伸手在沙盘上掠过。"物资线路被阻断，弹尽粮绝，再拖下去只有死路一条，不是投降，就是背水一战，除非南北联合一搏，不给我们喘息的余地，这样他们能猝不及防间深入腹地，打一个措手不及，强行再次打通南北联系，周旋起来，必定有一条生路，如果我是加莱荧惑，说不定也会这么铤而走险……前提是洋人愿意配合。"

蔡玢："大帅是说……"

沈易恍然大悟道："西洋人占我南半江山的沃土，一直在以战养战，挖地三尺地掠夺民脂民膏，还抓捕了大批劳力驱使其开矿运回国内，以此交换国内的支持，也在打'休养生息'的主意。最近钟将军不断调整水军部署，灵枢院又下了一批新的海蛟到江北前线的动作让洋人不安了，所以那教皇骗得加莱孤注一掷动手，把十八部落当挡箭牌推出来。一旦我们战略重点向北转移，必然无暇南顾，到时候教皇送来和谈信号，朝廷捏着鼻子也得认，说不定长江以南就名正言顺地落到他们手里了！"

蔡玢愣了愣问："大帅，那怎么办？"

顾昀笑起来："等着，不光洋人会祸水东引。"

三天后，秘密集结的玄铁营悍然出现在北疆前线，原本在"和谈"氛围里暧昧的前线气氛陡然紧张。十八部落对玄铁营有种骨子里的畏惧，当天就坐不住了，一骑飞驰跑来问话。顾昀直接命人将来使绑了，大张旗鼓地放出蛮使哧库犹叛乱的消息，与此同时，玄铁虎符传令江北驻地封闭水域，停止日常巡航，撤回灵枢院在南部的大部分人，在南边做足了两岸和谈的假象。

蛮人在南边自有眼线，没过几天，两江沿岸的消息就传过来了。

十八部落炸了，蔡将军在北蛮的钉子来报，说十八部落联盟里一天内部冲突了两次，加莱荧惑的王帐被围了个水泄不通，谁都不许靠近。翌日，蛮人便送了两颗人头并仓皇筹集的一部分紫流金到北疆前线，顾昀收了东西，把来使扔了出去，同时让玄铁营往前推进十里，明显不肯善罢甘休。

十八部落的内乱呼之欲出。

沈易却急了，直闯顾昀帅帐道："陈姑娘那边怎么办？"

顾昀正跟何荣辉和蔡玢说事，闻言好整以暇地抬头问道："哪个陈姑娘？"

这种八卦顾大帅当然要共享的，何荣辉和蔡玢显然已经心知肚明，何荣辉闷笑，蔡老将军无奈地直摇头。沈易顾不上那么多了，直言道："别装！陈姑娘现在恐怕已经到十八部落了，他们那边那么乱……”

话没说完，就见外面走进一个戴着斗笠的人。

沈易：“……”

陈轻絮拂开面纱，奇怪地问道：“沈将军是说我吗？”

临渊阁自有木鸟通信，陈轻絮在路上就接到了消息，直接奔着北疆驻军来的。

众将军哄堂大笑，何荣辉脸都红了，上前去揽沈易的肩膀，准备了一肚子打趣的话。

然而就在这时，外面突然落下了一个玄鹰，落地时不知怎的没落稳，“扑通”一下摔在地上，尘土飞起老高，差点砸翻半个帅帐，要不是鹰甲中的护具缓冲，恐怕人得摔出个好歹。

玄鹰个个训练有素，很少出现这种事故，将军们安静了一瞬，又一阵哄笑，纷纷打听这是哪个斥候队的新兵。这回何荣辉的脸红得发紫了，讪讪地放开了沈易，正要出言呵斥。

还没等他开口，摔在地上的玄鹰灰头土脸地抬起头，何荣辉当场一愣——人是斥候三队的老手，在他这里挂过号。

“大帅，”那玄鹰斥候没有理会其他人的打趣，从怀中取出一封加急件，飞快地说道，“军机处来的加急件！”

军机处传到各地驻军中的加急件一般分三种，信筒尾部有一条缎带，黄色是君令，绿色是朝廷发生什么大事时的抄送件，黑色是军务，红色则是紧急军务——比如外敌来犯时，顾昀签发往各地的烽火令就是红标信筒。

玄鹰手里捧着一个红标信筒，让人看了头皮一炸，顾昀猛地站起来，心口突然一空，好像本来稳稳当当的心跳骤然遇见一个坎，随后乱七八糟地随意起落起来。他没来由地一阵口干，何荣辉不敢怠慢，已经手快地将那红标信筒接了过来，双手呈上。

那一封红标信筒也不知写了几个字，让顾昀看了足足有一炷香的时间，众人都抻长了脖子，一时间京城再次被困的想法都有了，才见他缓缓地把信放下。

何荣辉急脾气，忙问道："大帅，不是红标加急吗？到底什么事？"

贰

隆安九年二月初二，龙抬头。

江北大营的加急件发往军机处——钟蝉将军在巡营途中，突然从马上摔了下来，整个江北大营的军医都聚集在了他的营帐里，传来消息说人恐怕要不好。军机处紧急确认情况后，还没来得及放出红标急件转给顾昀，江北大营的第二封急信到了。

钟蝉将军没了。

他死于前线，却并非死于战场，而是如同世间万千寻常老人一样，不痛不痒地无疾而终。

这种死亡让人觉得空落落的，因为没有仇人可痛恨，没有仇恨可发泄，又并非久病床前。忽然间，一个人就没了，让人一想起这事就没有安全感。顾昀拿着红标急件足足看了一炷香的光景，一口气从紊乱的心口缓缓吐出，他才回过神来——不是做梦。

帅帐中静默了片刻，随后不知是谁起的头，七嘴八舌地道起"节哀"。

沈易低声道："大帅，老将军七十有六，已经古稀，算是喜丧，你别太往心里去。"

"我知道，"顾昀默默地坐了一会儿，摆摆手，"我知道，没事，可是江北形势微妙，主帅这时候出事，重泽又刚刚接过两江总督，难以兼顾，恐怕生变，嗯……我想想……"

然而很奇异，他嘴上说"我想想"，心里却有那么片刻的空白，好像所有的思绪都给掐断了，摸不到头绪。沈易觑着他那不痛不痒的脸色，低声提道："大帅，江北水军是钟老将军和姚大人一手归拢后调教到如今的，别人恐怕压不住水军的阵。"

他起了这么个头，顾昀总算反应过来了，忙接上了自己的话音："姚重泽和钟老的副将还能应付，只是杨荣桂刚出了事不到半年……"

后面的话，顾昀不便当着众将军的面大咧咧地摆出来——江北局势好不容易稳定下来，流民、商户与地方官刚刚各归各位，很多地方的工厂才修起来，人还没把房子住暖和，雁王前不久刚刚辞官，江北运河一线谁来接管？

是又要来一场争权夺利的腥风血雨，还是之前种种努力一朝付之一炬？

有人生不逢时，有人死不逢时，钟老将军死得时机不对。

顾昀顿了顿道："我得过去看看，这边……"

蔡玢忙道："何将军和沈将军都在，大帅放心，北疆出不了乱子。"

顾昀一点头，嘱咐亲兵收拾，自己迅速摊开纸笔，给朝廷写折子。接着是派人送信，交接军务，折腾了一溜够，灯都点上了，顾昀仍在拉着沈易交代："加莱荧惑这个人，大部分时间是个枭雄，小部分时间是条疯狗，这回十八部落内乱，弄不好会有什么后果，你知道吗？"

沈易点点头："蛮族会就此没落。"

从盘古开天地至今，多少宗族血脉都湮灭在了浩浩光阴里，或是天灾，或是战争，或是在漫长的通婚中血统被同化……有些如泰山崩，有些如风吹沙，或天翻地覆，或潜移默化。沈易终于明白，他那天在天牢中听见哧库犹歌声时的感受了，那是蛮族正走向末路的声音——尽管他们垂死挣扎，仍仿佛被一只看不见的手推着。

今天是蛮族，倘若当年京城城破，或许走向末路的会变成大梁。

"你心里有数就好，"顾昀道，"加莱荧惑和胡格尔那种亲生孩子都能做成乌尔骨的疯子，最后关头没人知道他们能干出什么，千万不能掉以轻心。蔡老年纪大了，何荣辉脾气又太躁，季平，这边可能主要靠你了。"

顾昀是闲时耍贫嘴，但正事上从不啰唆的人，这种程度的叮嘱在他看来已经算是没完没了了——他实在是太不放心了。

沈易道："好，交给我吧，北疆出了事，我提着头去见你。"

“我要你的头干什么？”顾昀摇头笑道，“我从来不吃猪头肉。”

沈易：“……”

顾昀在他发作之前就跑到了安全距离以外，随手抽出一把割风刃斜挎在后腰上道：“我走了。”

“等等，子熹！”沈易突然叫住他，“你把陈姑娘带上。”

钟老将军死讯传来之后，顾昀写奏折、交接军务全都有条不紊，部将们挨个嘱咐够了，甚至还能若无其事地开几句玩笑。外人看来，这反应平淡冷静得近乎凉薄，沈易却心生隐忧——当年他从加莱荧惑嘴里得到玄铁营事变线索的时候，一开始也是这种若无其事的模样。

“我带她干什么？”顾昀头也不回道，“你真当陈家是卖仙丹的，下葬了的人也能救活吗？”

话没说完，他已经赶投胎似的不见了。

而与此同时，世上没有不透风的墙。

虽然大梁方面已经极力不声张，但两军对垒时对方主帅出事，是不可能完全瞒住的，就在顾昀接到消息，连夜赶往江北驻地的时候，江南西洋军中也是灯火通明、彻夜不眠。

雅先生接过侍者手上端着的药水，吩咐说：“我带给陛下，你去让他们都别来打扰。”

侍者恭恭敬敬地鞠躬退下。

没等靠近门边，雅先生先听见了里面的争吵声。

“不行，太贪婪了，”教皇沙哑而间或夹杂着咳嗽的声音传来，“我不建议这样做，你不可能吞下比自身胃口更大的东西，这样贪婪，迟早要出事的！”

另一个人用油滑如爬行类动物的声音回答：“恕我直言，陛下，这并不是贪婪，而是触手可及的利益。如果我梦想一口吃掉一颗星星，那么我是贪婪，但恰恰相反，我只想要多一块小甜饼，而它恰好就在我手边……”

雅先生皱皱眉，粗鲁地敲响门。“打扰，陛下的药来了。”

与教皇对峙的男人倏地闭了嘴，伸手摸了摸自己的胡子，无礼地耸耸肩。这位圣地派来的使者，已经因为各种缘故在大梁停留半年多了，完全没有要走的意思，众人都心知肚明，这位是圣地的国王与贵族老爷们派来管账的。

圣地的君主迫不及待地想收拢土地与王权，巴不得教皇倒台。刚开始，圣使十分不怀好意，千方百计地想证明这次的战争是个彻头彻尾的错误，然而渐渐地，随着他们掠夺来的财物与矿产运回国内越来越多，国内种种不和谐的声音都低下去了。圣地的贪婪被神秘而富饶的东方彻底点着了，那些本来想看着教皇灰溜溜滚回来的贵族开始改变态度，比之前任何人都更为积极地推动起西洋军在大梁的利益，恨不能张开小小的一张嘴，异想天开地把这庞然大物一口吞了！

这一次利用北方转移大梁的战略重点，再在中原人无暇他顾的时候趁火打劫，就是圣使一力促成的。

教皇本来是极力反对的，因为南北两个战场中间有幅员辽阔的中原北方地区。自从西边的运输通信线路断开之后，双方联系起来效率非常低下。教皇当年整合四方野心家围困大梁四境，利用的就是信息阻断的时间差，他深知军机稍纵即逝……何况北方的加莱荧惑在他看来，骨子里有偏激疯狂的一面，不够冷静，根本不适合长期合作。

可惜，教皇虽然有这支军队的指挥权，但归根到底，所有权是属于圣地国王和贵族的，物资可以从本地掠夺，紫流金却不行——江南连一滴都没有，必须倚仗国内运送，他无形中少了很多筹码。

现在被顾昀将计就计地引发了蛮族内乱，更是加速了蛮族的覆灭。

教皇固然不想和加莱荧惑合作，可也绝不想让西北的玄铁营南下，而一旦大梁得到了十八部落大量的紫流金矿藏，江南战场将会陷入十分被动的局面。

而在这个两难的节骨眼上，他们得到消息，说江北大营的主帅死了，圣使再次出了幺蛾子。

雅先生把药水放在桌上，恭恭敬敬地说："如果您注意到的话，中原人虽然一直在向江北增兵，但未必是真想打仗，他们也想借机喘一口气。在这种情况下，我们双方的和谈是可以操作的，为什么非要铤而走险，用勇士们的生命去冒险呢？"

圣使嗤笑一声，转向教皇。"陛下，您的得力助手非常有才华，但在我看来，他还是太年轻了。双方虽然在一张谈判桌上坐下来签一份合约，但优势方和劣势方的待遇差距有从圣地到中原这么远，这种常识难道要我一再强调吗？江北水军的主帅死了，这难道不是上天赐给我们的机会吗？如果我们真的因为自己的怯懦错过它，我有预感，将来一定会为此后悔的。"

雅先生面不改色道："您说得对，江北水军的主帅死了，但是顾昀还没死，他一定会来。"

圣使阴森森地看了他一眼道："那我们大可以趁他们军权交接的时候发起袭击，把他变成一个死人。陛下不是说顾昀利用了我们，让北方天狼族相信联盟已经破裂了吗？那我们为什么不用实际行动证明给天狼部看？你怎么知道旧盟友不会给我们一个惊喜？"

雅先生心想：简直荒谬。可是一时又无法辩驳，当时哽了一下。

教皇服毒似的咽下了药水，哆哆嗦嗦地拿起一块绢布擦拭着自己的嘴角道："圣使，像这种规模的战争，是不可能因为一两个人的死亡就从根本上改变什么的。这一年多，江北水军已经建立了相对完整的制度，您有没有想过，如果我们的袭击不能达到预期效果，那会怎么样？"

圣使的笑容冷了下来。"您说得没错，这种规模的战争，一两个人无足轻重，那既然这样，为什么你们还那么忌惮顾昀呢？"

随后不等人反驳，圣使就蓦地站起来道："我承认您说的可能性确实存在，但是即便真的出现了最坏的情况，我们起码表明了强硬的态度，对北方战场也是一个刺激，我们还是能争取到更多的利益。陛下，我必须说，您过于谨慎了，我们在沿江水战上具有绝对优势，就算中原人的水军已经建成又能怎么样？一年？两年？还在吃奶呢。如果我是您，根本不会任两江战场沉默这么长时间，我会让中原人的江北军根本来不及建立！”

雅先生眼角跳了跳，有生以来第一次对“狂妄”和“贪婪”产生了这样直观的认识。

教皇站了起来，肃然道：“圣使先生，您这样说是很不负责任的。”

圣使将双手拢起来，抬起下巴道：“陛下，我军的紫流金调配令在我手里，圣地赋予我的使命，让我在最关键的时刻能代替您行使命令！”

雅先生愤怒地上前一步，手按在了腰间剑柄上道：“你！”

圣使阴鸷的目光落在他身上，教皇一把抓住了雅先生的袖子——三人僵持了片刻，圣使目光微微转了一下，扬起一个笑容，虚伪地说：“我从未怀疑过陛下的睿智，请您仔细考虑我的建议，告辞。”

说完，他捞起一边的礼帽，傲慢地扣在头上，转身走了。

雅先生：“陛下，为什么要拉住我？如果杀了他……”

“如果杀了他，属于国王和贵族的那部分部队立刻就会哗变。”教皇狠狠地瞪了他一眼，“你真的以为自己手下的兵像玄铁营一样忠于主帅吗？”

雅先生愣了愣道：“那我们怎么办？妥协吗？”

教皇沉默了一会儿道：“那也只能祈求神明保佑了。”

保佑江北水军真的像圣使说的那样，还在吃奶的幼年期，保佑北方战场上的加莱荧惑足够疯狂，能把大梁人牵制得牢牢的，那么他们或许能在险路中求一个好结果。

在江南西洋军内部钩心斗角并酝酿一场新的阴谋时，顾昀赶到了江北，落地第一时间，他就令人加固防线，瞭望塔两个时辰一轮班，全体严阵以待，然后安抚军中情绪，重新编队，让众将官各自归位。姚大人毕竟是个文官，虽然压得住阵脚，但不可能有顾昀那种令行禁止的权威，没有他指哪儿打哪儿的效率。

从中午一直忙到了傍晚，顾昀才有了喝一口水的工夫，嗓子眼快冒烟了，他几乎尝出一点血腥味，顾昀也顾不上讲究什么茶不茶水不水的，抄起一碗凉水就灌了下去。

这一年江北开春格外地晚，前几天刚下了一场冻雨，四处缭绕着一股刺骨的阴冷，一碗凉水让顾昀从里到外凉了个透彻，他狠狠地激灵了一下，心里茫然地想道：还有什么事来着？

这时，姚镇走过来对他说道："大帅，当时往军机处发急件，朝廷第一时间回函不日派人来，这一两天应该也快到了，方才得到消息，说是雁王代表皇上过来了。"

雁王虽然辞官，但身份爵位还在，又跟钟老将军有一段师徒缘分，为表荣宠，让他来代表皇家走一趟，也是合情合理的。

"嗯，他是应该来看看。"顾昀终于想起自己还忘了什么事，"那什么……重泽，灵堂设在什么地方，带我去看看。"

姚镇将他带到了灵堂那儿。

灵堂比别的地方还要阴冷些，钟蝉的棺椁停在中间，香烟缭绕。

顾昀的脚步在灵堂门口突然停了下来。这几天太忙乱了，他南北两处跑，大事小情都操心过一遍，自然而然地把一个事实给隔绝了，直到这一刻，一个念头才猝不及防地击中了他的胸口。

他想：是我老师没了。

姚镇奇怪地回过头来问："大帅，怎么了？"

顾昀深吸了一口气，摇摇头，进去给钟蝉上了一炷香道："忙你的去吧，我跟他在这儿待一会儿，有事随时叫我。"

姚镇低声道："生老病死人皆有之，大帅还请节哀，帅帐已经收拾出来了，待一会儿尽到哀思，就早点休息吧，我让人守在门口，大帅有事吩咐。"

顾昀点了点头，也不知听进去没有。等灵堂空了，他的目光才缓缓落在钟蝉脸上。因为是无疾而终，钟老将军的神情并不狰狞，但也谈不上安详。死人脸上都笼罩着一层灰，脸皮像是蜡做的，跟活着的时候不太一样。神魂已去，皮囊就是皮囊，空落落的。

顾昀在旁边坐了下来，手肘撑在那棺材边上，静静地想起年幼时当他老师的钟蝉。

那时骠骑大将军还没有因年岁缩水，没有这么枯瘦，是威风凛凛的精悍，眼睛里总像是有两把刀，定定地注视着谁的时候，刀锋就能露出来。

“小侯爷，背下兵书不能证明你会打仗，岂不闻古代纨绔‘纸上谈兵’？你若是这样就自满，恐怕连组织街头顽童打一场群架都赢不了。

“小侯爷，功夫就是两样，一个是‘工夫’，一个是‘疼’，如今老侯爷与公主都不在了，您身份清贵，除了皇上，没人敢伤您的贵体，您要是自己想舒服，自己想宠着自己，没人能逼您往前走，往后想怎么样，您自己要想清楚。

“荣华富贵不是武将一生归处，既然皇上执意鸟尽弓藏，眼下反正也天下太平了，那就让他藏吧，往后末将不能常伴左右，小侯爷还要好自为之。

“山水自有相见时，后会有期！”

长江后浪推前浪，百代风华有老时。

顾昀耳畔渐渐模糊，眼睛也有些看不清了，他不由自主地在烛火下眯了起来，沉浸在经年的旧事里。一代将军能活到古稀之年且无疾而终，乃是大幸，不知多少人羡慕，确实是喜丧。顾昀觉得自己谈不上哀不哀的，只是胸口有点堵。

长庚也是一路赶来的，到江北大营的时候天都黑了，到了以后来不及安顿，听说顾昀在灵堂，他便屏退左右直接过去了。守在灵堂门口的亲兵认识长庚，远远见了，立刻机灵地进去报信，长庚都没来得及叫住他。

那亲兵叫了一声：“大帅，雁王殿下来了。”

顾昀毫无反应，长庚估计他是忙昏头忘了吃药，便一掀袍角迈步要进去，道：“没事。”

亲兵小心翼翼地伸手在顾昀肩上拍了拍：“大帅？”

顾昀陡然被惊动，半瞎着没看清来人，心里先是一紧，还以为出了什么事，他猛地从椅子上站起来，一直堵着什么的胸口突然一阵尖锐的刺痛。

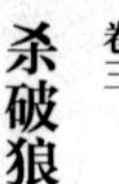

一口血毫无预兆地呛了出来。

亲兵吓得魂飞魄散，当场傻了，被长庚一把推开。长庚浑身上下的汗毛全爹了起来，手脚比江北的寒天还冷。

顾昀刚开始只是胸口疼，这一口血吐出来反倒是舒服了些，只是呛咳得停不下来，前襟上沾的都是血迹，他也看不清周围有什么，胡乱摆摆手道："别声张……喀，没……喀喀……"

长庚强压着在崩溃边缘的神志，正要将顾昀抱起来，忽然听见顾昀含混地叫了他一声："……长庚……"

他忙深吸了口气，侧耳过去听："嗯？"

顾昀鼻尖都是血腥味，这回连嗅觉都不管用了，全身上下也就只剩下脑子还强弩之末地清楚着，断断续续地说道："长庚……雁王这几天就要到了，此事不许传出去，尤其不能……让他知道……"

长庚心快裂开了，红着眼睛冲旁边的亲兵吼道："叫军医过来。"

亲兵撒腿就跑。

姚镇也真是要心力交瘁了，简直怀疑是江北大营风水不好，刚倒下一位又接着一位，还是位不能出事的祖宗，当下忍不住对跟长庚一道过来的了然大师道："您是来给钟老做法事的吧？法事不急，要不然您先给念经驱驱邪吧？"

了然大师爱莫能助地看着他，比画道："哑巴不会念经。"

长庚本以为自己跟着陈姑娘学过一阵子医术，就能当半个大夫用，可到了紧急关头才发现，有一个病人他真的束手无策。他看见那个人的血，脑子里已经先一片空白，背下来的医书仿佛一股脑都还给了陈姑娘，更不要说动手医治了。

江北大营最好的军医全都聚集在刚收拾好的帅帐里，每个人都十分紧张。长庚死死地抓着顾昀不放，也不嫌自己碍事，就那么坐在一边，弄得军医们都战战兢兢的。了然有些忧虑地站在门外看着雁王，他听说过当年京城之危时，长庚是怎么被扎成一只刺猬的，此时真是生怕长庚在江北大营发作——这里连个能压制住长庚的人都没有。

然而出乎了然意料，长庚从头到尾都安静极了，没有半点要疯的意思。顾昀那一句迷迷糊糊的“不能让他知道”像一根定海神针，结结实实地把他的心魂钉在了身躯里。长庚忽然觉得自己从顾昀身上索取的东西太多，而且在不经意间越来越贪得无厌，乃至从未让顾昀有过一天的放心日子，他身上那些新伤与旧伤都是怎么来的，自己全都被瞒得死死的，长庚几乎能想象出来顾昀有多少次在自己看不见的地方伤病交加，还要对旁边的人交代封锁消息，不让自己知道。

“殿下，”一个军医小心翼翼地上前道，“大帅这回有一半是积劳成疾的原因，还有……呃……他这一两年内在前线积压的伤，伤及过肺腑，这口淤血一直没有出来，这回虽说看着凶险，倒也未必全是坏事。”

长庚听了，默默地伸手压住顾昀紊乱的脉搏，勉强定下心神，胡乱摸索片刻，还是没能摸出什么所以然来，只好信任这些军医的诊断，“嗯”了一声后问道：“怎么用药，诸位有结论吗？”

那军医迟疑了一下，说道：“呃……大帅这种情况，最好还是不要过分用药，主要以温养静心为主。”

他说完，自己也知道自己说了句废话，小心翼翼地看着长庚那攥着顾昀攥出了青筋的手，生怕雁王发作。可是战战兢兢地等了半天，雁王却没说什么，只是怔怔地在旁边坐了一会儿，然后彬彬有礼地拱手道：“多谢，还请诸位尽力而为。”

几个军医受宠若惊，鱼贯而出，各自尽心尽力去了。了然和尚这才悄悄进门，愁眉苦脸地在长庚面前站了一会儿，找不着什么事做，只好略尽绵薄之力似的伸手拂开顾昀微微皱着的眉心，无声地诵了一声佛号。

长庚叹了口气道：“别介，大师，他和佛祖有仇，你在他面前念经，是打算把他气醒过来吗——木鸟在身边吗？给陈轻絮写封信。”

了然抬眼看着他。

长庚面无表情道：“问问她，帮顾子熹瞒了我多少事。”

了然比画道："王爷还好吗？"

长庚肩膀微微动了一下，刹那间，了然和尚觉得他差点垮下去，可是长庚没有垮，他低头看了顾昀一会儿，继而静静地将脸埋进双手中，姿态近乎是肃穆的。

好一会儿他才抬头，也不知是对谁低声说了一句："还可以，放心吧。"

后半夜，顾昀由昏迷转成昏睡，似乎陷在什么梦魇里，偶尔会不安地动一下。长庚记得顾昀那年高烧不退时，也是怎么都躺不住，但好像如果让他感觉到身边有人陪着，他就能稍微安稳下来，于是靠在床边一直拍着他。

钟将军灵堂中幽幽的火光亮着，不知他倘若泉下有知，归来托梦，会对顾昀说些什么。

长庚收紧双手，用一种类似保护的姿势抱着顾昀，第一次，他心里没有对小义父的依赖，没有对一直追逐的人的索取念头，反而像是珍重地抱着个年幼而脆弱的孩子。

长庚曾经无数次地幻想过，如果自己早生十年、二十年，那么他和顾昀之间是怎样的光景？而今，在潮湿阴冷的江北前线，可望而不可即的十年光阴缩地成寸，被他一步迈过去了。

可惜他在这儿一夜十年，也没耽误西洋人的小动作。

叁

这天夜里，圣使与教皇完成了内斗，以圣使的短暂胜利而告终，达成偷袭大梁水军的一致意见。计划本来定在这个阴沉沉的夜晚，不料没等行动，瞭望塔突然传来消息，说大梁的江北防线收紧，警戒级别调整到了最危急的情况。

雅先生飞快地冲进已经注满动力、整装待发的主舰道："陛下！顾昀来得太快了，大梁水军显然不是什么还在吃奶的幼儿军队，对方已经提高了防御级别，我们这样硬碰硬不符合经济……”

他话没说完，圣使已经脸色难看地大步闯进来道：“谁也不准更改我的计划！”

圣使能代表国王与各大贵族周旋在教廷和军队面前，背景一定是十分深厚的，是位深受信任、才华横溢的少爷，为人傲慢又狂妄。他头几天还夸过海口，人前人后根本没把大梁水军和那位玄铁营主帅放在眼里，不料话才放出去就被打脸。

别的姑且不论，圣使的自尊心就接受不了。

教皇也急了：“请您收敛一下自己的个人情绪，战争不是斗气和开玩笑！”

圣使脸红脖子粗地争辩：“没有人拿战争开玩笑，陛下！如果敌人这只是虚张声势，那说明什么？这恰恰是我们进攻的最好时机！”

雅先生立刻反问：“如果不是虚张声势呢？”

“没有那种可能性，”圣使阴森森地瞥了他一眼，“这些脆弱的水军根本没有战斗力，你们只不过是担心承担风险——”

雅先生：“这是毫无逻辑的狡辩！”

“注意您的措辞，先生。”圣使冷冷地说，随后，他目光一转，从怀里摸出一卷羊皮纸，“我不是来商量的，诸位，半个小时前我已经签署了代表圣地的最高调用令，这是备份件，请看清楚。”

雅先生脸红脖子粗，还没来得及抗议，主舰“海怪”突然发出一声叹息似的长音，竟就这么不由分说动了起来！

“你疯了？”雅先生失声吼了一嗓子，本能地拔出腰间佩剑，“快停下！”

圣使也不甘示弱，立刻把他那金碧辉煌的骑士重剑也扛了出来。“为国王与无限荣耀战斗到死是我们的光荣，我们到前线来，不是为了龟缩在港中跪地祈祷的！”

雅先生：“你说什……”

教皇怒吼一声：“够了！”

圣使面带讥诮地冷笑："怎么，陛下还有什么吩咐？"

教皇的面颊神经质地抽动了片刻，终于在已经离港的主舰上无计可施地妥协。"如果一定要按照你那荒谬的计划来，那至少战场上要由我的人来指挥。"

圣使求之不得——万一行动失败，教皇大人就是一只现成的替罪羊，他志得意满地冲雅先生冷笑一声，收回手中剑，大声喝令道："全速前进！"

是夜，一水经过伪装的西洋"海蛟舰团"缓缓地散在漫长的两江战线中，悄然绕开江北大营，准备沐浴在神的荣光下登陆。

而在千里之外的北疆，十八部落也派出了第二批使者与大梁接触。

曹春花亲自赶到了北疆，他跟陈轻絮都曾经深入过北部蛮荒之地，对天狼部落十分熟悉，并肩为此时微妙的北疆局势保驾护航，陪着沈易在玄铁营防线外见北蛮来使。透过千里眼，能看见这一回的北蛮使节依然不是空手来的，身后拉了一个车队，从车队外观与车辙印深浅来看，像是专门来运送紫流金的。

一个二十五六岁的年轻男人被使者团簇拥在中间，乍看像是这一群人的领头人，然而再一细看，只见那年轻人脸色苍白，带着显而易见的惊恐不安，被几匹马夹在中间，倒像是给左右挟持来的。

沈易不敢主动找陈轻絮搭话，只好低声问曹春花道："那男的是谁？"

曹春花透过千里眼看了一眼，回道："加莱荧惑的二王子。"

"什么？"沈易皱皱眉，"确定吗，你没看错？"

曹春花冲他抛了个媚眼，捏着兰花指往沈易胸口一点道："哎哟，沈将军，沈先生，我这辈子就两样东西记不错，一个是人脸，一个是人说话的腔调，您就信我吧。"

他小时候，沈易还带着他读过书，那时感觉此人是个颇正常的小姑娘，谁知长大以后，随着他"恢复"男儿身，整个人摇身一变成了这副德行。沈易作为一个大龄学究型未婚男子，实在看不惯也消受不起曹娘子这种剽悍的挑逗，当下起了一身鸡皮疙瘩，下意识地往陈轻絮的方向错了一步，躲开那根占他便宜的手指。

“小曹。”陈姑娘掀了掀眼皮，冷冷地开了尊口警告曹春花。

临渊阁的人得罪谁也不敢得罪陈神医，曹春花立刻闭了嘴，正襟危坐在马背上，人五人六地对沈易分析道：“将军，我看十八部落这回是来真的了，交出‘狼王’实在是颜面无存，他们可能是想把蛮使在京城闹出的那档子事推到二王子这个傀儡头上，息事宁人。”

沈易的手指在辔头上轻轻敲打着道：“先等一等，别高兴得太早，我总觉得蛮人认㞞认得太容易了。”

他和西域北蛮都打过不少交道，知道十八部落的人是个什么尿性——这伙放羊的人大多不见棺材不落泪，而此时，玄铁营只是推进了一点威慑，现在还没到北蛮阵地，更还没动手，沈易总觉得十八部落还应该负隅顽抗一阵子。

曹春花看着那疑似大批的紫流金，舔了舔嘴唇，问道：“那怎么办？人是放进来还是不放？”

沈易十分谨慎地说道：“所有弓箭手白虹箭瞄准，严禁这伙蛮人接近，传唤验金师过来挨个打开检查。”

曹春花神色一凛，一回头对上沈易的目光，两人同时想起了当年雁回小镇上那包藏祸心的巨鸢。如果是别人，至少虎毒不食子，但加莱荧惑不能用凡人的道理来推断，他真干得出拿亲生儿子性命骗开敌军大门的事。

沈易一声令下，玄铁营立刻剑拔弩张了起来，整个北地的杀意暴涨，将北蛮使节团团围住。二王子整个人在马背上哆嗦得几乎要掉下来，接着，一队训练有素的验金师跑出来，当着北蛮使节的面挨个开箱检查。

几大车让人眼睛发蓝的紫流金就这样暴露在沈易等人面前。

验金师不敢马虎，挨个检查了每一车紫流金的纯度，又将特制的杆子伸进密封的车厢里，检查紫流金的容量。

几根沾满了紫流金的长杆呈递到沈易面前，上面的刻度几乎满格，验金师麻利地汇报道："将军，纯度没问题，达到了岁贡级别。"

沈易"嗯"了一声，仍然没有放下疑虑，抬头看了二王子一眼，二王子额头上有一道狼狈的紫痕，像是鞭子抽的，满脸糊着鼻涕与眼泪，张嘴做出号叫的动作，却出不了声。

陈轻絮低声道："沈将军，你看他额上有一道紫痕，我在十八部落中曾经对此有些耳闻，那是一种灭口用的巫毒。他现在浑身僵硬，相当于被固定在马上，一声咳嗽也发不出来，再过几刻，等那紫痕加深泛黑，就会倒地而亡，就算是验尸，也只能验出他是惊吓过度，胆破心悸而亡。"

沈易顾不上脸红羞涩，忙喝令道："等等，让他们站住！"

天上的玄鹰尖厉地喝令了一声："止步！"

那蛮族二王子的马突然停住，他整个人仿佛重心不稳似的往前一扑，坚硬的马靴正好撞在旁边的紫流金车的边角上，撞出"当啷"一声颇有余韵的回响。

车上有一角是空的！

沈易瞳孔蓦地一缩道："后退！"

他话音没落，使节团中的一个蛮人暴起扑向一辆车，被天上的玄鹰眼明手快地一箭射死，整个玄铁营鸦雀无声速度极快地往后退去。沈易一把扯过陈轻絮的辔头，顺手将她的马往阵后一打。

电光石火间，一簇火花向天喷出。

原来那车下还藏着个瘦小的天狼族少年，手中挥舞着一个火折，点着了车下隐藏的一根引线，他阴森森地冲着天空的方向一笑。

下一刻，第一辆紫流金车炸了，那少年当空灰飞烟灭。巨大的冲击从那一点爆开，几十丈的紫色火苗层层叠叠地往天空升起，周围的空气一瞬间沸腾了，看不见的热浪滚滚而来，断后的玄铁战士冷冷的黑甲后背生生被烧红了，被烧化的金匣子连锁似的炸了。

顾昀从无限梦魇中一脚踩空，头重脚轻地栽下了黑暗深处，他浑身的肌肉骤然绷紧，整个人剧烈地抽动了一下，随后在一片漆黑中醒了过来。他醒得极快，睁眼的一瞬间神魂就归了位，一五一十地想起了自己身在何方，还有什么事没做。

而就在这时，忽然有人用冰冷的面颊贴了贴他的额头，顾昀一愣——别说是江北大营，就算玄铁营也没有人敢对他这么不见外，随后他闻到了一股安神散的味道，已经适应了视野不良的半瞎眼看见了一个影影绰绰的轮廓。顾昀身上的虚汗没退，脑门一炸，又出了一层冷汗，心想：他怎么在这儿？

长庚拧亮了行军床上简易的汽灯，默不作声地从旁边水盆中摸出一条手巾，擦去顾昀额头、身上的冷汗。顾昀全身上下都是软的，胸口皮肉下好像埋着一条看不见的伤口，稍微吃一点力就拽得一阵钝痛，他在身边胡乱摸索了一会儿，有点慌张地摸到自己的琉璃镜架上，道："我自己来……"

长庚低着头没搭理他，轻轻一扣就把他的手腕按下去了。

顾昀紧张地润了润嘴唇，没来由地有点心虚，心道：没人乱说话吧？

这时候，长庚已经麻利地替他擦完身，将他衣襟拢严实，又把被子拉过来裹紧了顾昀，这才终于抬起头，与他有了一点目光交流。

顾昀忙抓紧时间冲他笑了一下。

长庚面无表情地跟他对视。

顾昀有气无力地抽出一只手，揽住长庚的后脖颈子，轻轻地揉捏了两下，指腹摩挲着他的下颌道："干吗一见我就耷拉张脸，你义父这么快就色衰爱弛了？"

长庚忽然很想看看他到底有多能装蒜，于是冷冷地问道："你到底怎么回事？"

顾昀微微眯着眼辨认着他的唇语，面不改色道："着凉。"

长庚："……"

长庚料到了顾昀会搪塞，没料到他搪塞得这么没有诚意。

顾昀很想这么愉快地混过去，于是伸手拍拍长庚的脸道：“过来我看看这阵子瘦了没有。”

长庚一巴掌拍开他的手，怒道：“顾子熹！”

顾昀立刻调整策略，皱起眉，凭空皱出了一股军令如山的威严。“谁又跟你嚼了什么舌根？钟将军前脚刚走，这江北大营就无法无天了吗？”

长庚深吸一口气道：“你在灵堂里……”

顾昀恶人先告状地肃然道：“灵堂里看门的是哪个营的兔崽子？你把姚重泽叫来我问问他，该军法处置！”

长庚轻轻地磨了磨牙。

顾昀像煞有介事似的摇摇头。“江北水师到底年头短，这种事在玄铁营就不会发生。”

“是吗，”长庚皮笑肉不笑道，“我就是那个兔崽子，大帅打算怎么处置我？”

顾昀：“……”

这一刻，千变万化、三十六计的顾大帅也体会到了何为“哑口无言”。

长庚其实有一肚子的话想审他，可是知道他不会老实交代，又不忍心让这货为了应付自己伤神，话浮起来又忍下去，几次三番，正在纠结时，突然帐外传来一阵异动。

一个亲兵在帅帐外声音急促地叫道：“王爷！雁王殿下！”

长庚皱了皱眉，起身出来问：“怎么？”

话音没落，地面突然传来一阵震颤，长庚神色一凛——只有长炮落地时才会传来这种震动！

再一看，江北大营已经灯火通明，马蹄声自远而近，铁甲森冷，头顶的铜吼“嗡”地长鸣起来，带着水汽充沛的江北特有的沉闷，闷雷似的悠悠传出，北半个江山仿佛都在这一声长鸣中惊醒。岸边的海蛟呼之欲出似的亮起了一盏一盏的汽灯，寒光刺穿了氤氲的水汽，瞭望塔上笔直的光柱飞快地划过整个江北。

敌袭!

顾昀虽然听不清，但地面传来的震动与门口射进来的光他认不错。他到江北之后第一时间加固防线其实只是为了稳定人心，并未料到这支异常沉得住气的西洋水军真会选在这种时机突袭江北大营。

有时候尽人事还得听天命，就是自己在这边机关算尽，却浑然不知敌人也在后院起火，并神不知鬼不觉地烧出来一个风格完全不同的主帅。顾昀来不及细想，一把抓过外衣便往身上裹，起来的时候脚下踉跄了一下，好像刚吃完十斤软筋散，差点跪下。

就在这时，一个玄鹰当空闪过，直接落在帅帐门口，没来得及开口，手中的红标急件先脱手滚了出去，被顾昀一脚踩住。顾昀吃力地扶着床头弯下腰，借着汽灯光打开信筒。与此同时，那玄鹰快速禀报道："大帅，十八部落假借和谈投降之名，驱使死士与六车紫流金来我边境为饵，引爆后炸开一条路，随后数万精兵倾巢而出，打算鱼死网破。"

顾昀从红标急件上抬起眼问："战况呢？伤亡几何？"

玄鹰："属下走得急，不知！"

顾昀定了定神，随后狠狠咬牙，硬是咬出了一口力气，伸手扣住挂在床头的割风刃，喝令道："给我拿一套重甲来。"

这种时候，只有自带支撑的重甲能弥补他的无力。

长庚一抬手止住卫兵的去路，扭头面向顾昀，沉声道："子熹，你坐镇中军，我去。"

顾昀定定地看着他，嘴唇微抿——长庚认得这表情，那基本是他要说"不"的前兆。

不等顾昀开口，长庚便抢先道："你信不过我吗？"

顾昀叹了口气："我……"

长庚向他平摊开一只手道："把割风刃给我，我替你去，你要是还肯信我，就不要走出这个帐子。"

远处的战火映在长庚的眼睛里，那瞳孔中像是着了火，烧出一把置之死地而后生的大梁江山。

长庚试探着抓住了割风刃的一端，缓慢而坚定地从顾昀手中抽了出来——这并不难，顾昀的手腕提不起力气，还微微地抖。他将那玄铁利器握在手中，横斜置于肩头，微微欠身道："我来为大帅当这个马前卒。"

顾昀深深地看了他一眼，忽然转身，对那玄鹰吩咐道："推沙盘，你来做传令兵。"

长庚提刀就走。

曾经横过大洋的西洋海怪缓缓地从布满迷雾的江中露出头来，大片的阴影下，无数快如虎鲨的西洋短蛟并行，缓缓逼近。顾昀早先布置的防线第一时间做出反应，发出警报的同时，江北大营三队枕戈待旦的轻骑兵分三路而出，占据岸边各个关键口岸，正撞上了打算偷偷登陆的西洋水军。

血水很快顺着江面流了下去，而炮火在江面上交织成了一片灿烂的烟火海。

"长炮别停，"长庚策马而出，"间歇的时候白虹顶上，所有鹰甲立刻待命，给你们半刻的时间整装，升空到白虹射程以外，压住空中局面，绝对不能让他们那海怪主舰上的鹰甲上天，把他们钉死在那儿!

"右翼收拢。

"全港海蛟备好火药，即刻出发！"

身边传令官一时还以为是自己听错了。"王爷说的是全港？全面开战吗？"

长庚垂下眼，自马上睨了他一眼道："全面，让洋人看看大梁也是有水军的。"

柔弱的大梁水军曾经不堪一击，乃至主帅战死，仓皇间被一个马都骑不利索的文官动手收拾，逃往北方。一年前，水军七零八落的旧部同四方失去编制的同袍一起，组成一支杂得不能再杂的部队，回到最初蒙羞被耻的地方。很多陆军出身的人晕船，很多人一到了水面上根本找不着北，很多人难以应对大梁本就已经落后的海蛟上复杂的操作方法……

而今，都已经恍如隔世。

江北水军建立至今，经过了两次巨大的改组和重新编制，灵枢院在背后更新了三回大梁水军战舰，年前更是送来了西洋那快得惊人的“虎鲨”仿造船。此时，沿江两岸起了罕见的北风，钟老将军的灵堂里烧着的长明灯皎洁地照亮了一片，分外显眼的白色帐子在整个黑压压的江北驻地像一面招魂幡，而他英灵犹在。

这把刀已经炼成，非得用敌人的血才能开刃。

顾昀看不清，听不清，只能通过脚下传来的震颤判定交火的远近，他本人没有身在阵前，却丝毫也不见慌。玄鹰震惊地发现，整个江北的布防全在顾昀脑子里，哪里强哪里弱，敌人会挑哪里做突破口，等等，他所料不差分毫。

既然已经将阵前指挥权交给了长庚，顾昀就干脆大方地给了他毫无保留的全盘信任，一条指令也没有，江北三军随便他去统筹。他一边监控着战况，一边计算着各处紫流金与弹药分配情况。同时，顾昀手边还放着来自北疆的红标急件，心血已经兵分两路，落到了大梁一南一北的全境战局上。

西洋人这次猝不及防地出兵是打给蛮人看的，归根到底，还是为了争取谈判利益，倘若北方战场能顶住，这群西洋人就是蹦跶的跳梁小丑，而倘若北方战场失利——

江北在迷雾朦胧中炮火连天，北疆在银装素裹里沸腾不休。

加莱荧惑用死士和自己的儿子开路，一把火引爆了一两黄金一两油的紫流金，而后大批的北蛮武士疯了一样地冲出来，俨然是玉石俱焚之势。沈易当机立断，将已经深入敌军腹地的玄铁营后撤了十多里，在雪地上展开了一场夺路狂奔。

玄铁营的素质没的说，几乎将蛮人遛成了一根形单影只的细线。

蛮人变脸比翻书还快，北疆驻军已经习惯了“芳邻”这种翻脸咬人的作风，随着玄铁营一个信号便立刻调动起来。何荣辉与沈易多年搭档，默契不必说，增援迅速跟上，从拉长的战线中横截下去。

谁知加莱荧惑把家底都兜出来了，轻骑打开，露出里面多年没舍得拿出来的几辆重型战车，数百重甲倾巢而出，用火力推了一张大网，撞上了黑旋风似的玄铁营，战线一时胶着。

不到半个时辰，北蛮增援也到了，然而来的不是人也不是钢甲，而是一大批紫流金押送车，大批的紫流金在北疆前线上前仆后继地变成蒸汽，酷烈凄冷的白毛风也卷不走熊熊的热气，气温急剧升高，大面积的冰雪化成了温泉，散入干涸的大地中，漫天的白雾将周围吞噬得一片缥缈，紫色的火光构成了天地间一道惨烈的奇景。

铁甲离得稍近，表面的温度就会开始烫人，蛮人将自己的车、自己的人、自己的大地之心全当成燃料，以一种要掏空北蛮的决然源源不断地推出来，用这场烟火开道。

傍晚时分，玄铁营不得不再次退守。

肆

北疆战场上一团乱，断子绝孙的加莱荧惑疯得厉害，宁可鱼死网破，也绝不给敌人留下一滴紫流金，每每对上玄铁营力有不逮，他就命人硬生生地用紫流金烧出一条路。借着业火开道，双方堪堪战了个平手。大梁方面又无可奈何又郁闷，就这样，你来我往间，转眼已经纠缠到了第三天。

曹春花也顾不上好看不好看了，将貂皮帽子摘下来拿在手里，不住地扇风，即便这样，热汗还是顺着鬓角往下淌，他羡慕地看了一眼赤膊的沈易道：“我天，北疆二月什么时候这么暖和过——沈将军，你凉快吗？”

沈易没好气地瞪了他一眼，心道：我凉快个屁！

他后背上一大片烫伤，当时在阵前来不及处理，这会儿趁着何荣辉将他换下来，才得到片刻喘息，卸甲到一边上药，那烫出来的水疱已经磨破了皮，后脊血肉模糊，看起来活像刚被扒皮抽筋过。

陈轻絮见他肩膀一直僵硬地吃着劲，忙问道："将军，我手重吗？"

沈易面红耳赤地摇摇头，此时火辣辣的烫伤也及不上他心里的无地自容——在一个大姑娘面前袒胸露背，实在太不成体统了，太不雅观了，他都快没脸跟陈姑娘说话了。

陈轻絮只当他那通红的耳朵和脖子是热出来的，心情有点复杂。她虽然无数次游刃有余地出入过各种江湖群架现场，还在伤兵营待过一阵子，却鲜少有这种直接的战场经历。这一次和顾昀当年耍诈糊弄魏王叛军时是两码事，数万身经百战的正规军真正硬碰硬时，周遭人声、马声、炮火声全都乱成一团，人在其中稍微一走神，立刻不辨东西，能跟上主帅指令已经是多年严酷练兵的成果，更遑论指挥若定了。

这种场合下，一个人功夫再高，身手再凌厉，能起到的作用原来也是十分有限的，就算是顶天立地的石柱，也会被沧海似的人潮与火力墙淹没。

曾经一批一批的伤兵送到她手下，不是缺胳膊就是断腿，多凄惨的都有，如今她终于知道那些伤兵都是怎么来的了。

像个吞肉嗜骨的妖洞一样，陈轻絮默默地想道。她利索地剥离沈易身上的烂肉，又给细致地清洗上药。两军短兵相接的时候，沈易得四方兼顾，忙乱中居然还照顾到了她，他拽住她的辔头，定定地看了她一眼后，有些生硬地撂下一句"跟在我身边"。

不知为什么，陈轻絮对那一眼的印象比滔天的战火还要深刻。

"将军不能再穿轻甲了，"陈轻絮道，"轻甲太重，压在身上会一直摩擦你的伤口，万一化脓发热就不好办了。"

沈易浑身热汗，听了她低低的一句嘱咐，虽然理智上知道人家没有什么特别的意思，但还是生生地被激起了一身鸡皮疙瘩，他一身的皮不知是该继续流汗还是该默默战栗，也跟着错乱了。

好在这时一个传令兵拯救了他，那传令兵跑进来上气不接下气道："沈将军！蔡老将军方才被蛮人的长炮扫了个边，从马上摔下来了，蛮人想以那边为突破口，破开我北疆防线！"

沈易猛地站起来，牵扯了背后的烫伤，真是疼得他恨不能对天哀号两嗓子，然而身为暂代主帅，又在心上人面前，他号不出来。

"报——将军！江南来了急件！"

想当年顾昀下江南抓离家出走的长庚时，玄鹰从西域古丝路飞过去要两三天之久，如今被灵枢院改良过的斥候金匣子已经大大提速，紧急情况下，从江北飞往北疆只要不到一天。

这种混乱中，顾昀好比沈易心头一根主心骨，沈易听了心神一松，整个人原地晃了晃，险些趴下，在半空中胡乱抓了一把，下意识地抓住个什么东西，回过神来，他才发现那是陈姑娘借给他的一只手。

陈姑娘的手和她的人一样有点凉，手指非常细，瘦得有些露骨，细瘦的骨却很硬，带着高手的力度。

沈易要尴尬死了，匆忙收回手，迫不及待地迎上了那信使问："大帅说什么？"

玄鹰信使一口气道："江南西洋军突袭江北大营，大帅托我转告诸位将军，北疆战场若防不住，诸位请做好去列祖列宗面前请罪的准备！"

沈易当场感觉泰山一样沉重的压力"咣当"一下迎面砸来，"列祖列宗"四个字快把他砸吐血了，真是欲哭无泪。他以前就从没有羡慕过顾昀统率三军有什么威风的，眼下更是恨不能哭着把顾昀从江南请回来替下自己。

说好了看一看就回来呢？

说好了只是让他暂代统帅呢？

沈易认为自己这辈子最大的问题恐怕就是交友不慎了。他无论如何也想不通，自己不就是一个爱心过剩、胸无大志的庸常之人吗？他从不想钻营高官厚禄，也一点没期望过万古流芳，这北疆的千钧重担究竟是怎么莫名其妙落在他头上的?

何荣辉卷着一身热浪跑进来道:“季平,蔡老那边顶不住了,我去支援!”

沈易倏地回过神来,用力掐了掐眉心,一边接过顾昀的令件一边神色凝重道:“现在这伙蛮人全靠玄鹰压着,你不能走,让我再想想……”

“沈将军,末将愿往!”

沈易循声一抬头,只见角落里站出了一个年轻人,此人不过弱冠的年纪,两颊还有点稚气未消的圆润。曹春花低声提示道:“那位小将军是蔡老将军的小儿子,一直为北疆驻军前锋,才刚十九,跟蛮人交手不下几十次了。”

“末将愿往,”那年轻人见沈易看过来,又上前一步,斩钉截铁道,“宁死不会让蛮人进犯一步!”

沈易一瞬间愣怔,突然觉得自己看见了当年的顾昀……那时西域叛乱的消息传入京城,泡在莺歌燕舞中的先帝与朝臣面面相觑,翌日的大朝会乱成一团,甚至有人提出要去民间挂寻人榜,找辞官下野的钟蝉老将军回来……那时是顾家遗孤不慌不忙地从乌烟瘴气的争吵中横插一杠——

十七岁的顾昀还有几分初生牛犊不怕虎的狂妄。“臣愿往,西凉边陲,不过一群跳梁小丑,还真当玄铁的割风刃锈得砍不了鼠辈人头吗?”

而今,那蔡小将军吸了吸鼻子,眼皮也不眨地说道:“北蛮疯狗,不过是负隅顽抗,末将虽然年少无知,但还拿得动家父手中刀枪,定要他们有来无回!”

老一辈的名将或死于战场,或身老刃断,而江山不改,依稀又有少年人披玄甲、拉白虹,不知天高地厚地越众而出。

十年过去,还有下一个十年,百年过去,还有下一个百年。

沈易原本乱麻似的心神忽然定住了,将令牌交到蔡小将军手里道:“好兄弟,去吧。”

蔡小将军领命而去,沈易则拆开了顾昀的急件。

顾昀让玄鹰口头传的口信杀气腾腾、不留余地，令件中写的却是理智分明："蛮族殊死一搏，犹如困兽之斗，且十八部落之间先前已生嫌隙，实难长久，头三五天最难撑过。而一旦战线守住，只需遛他们几天，蛮人必定一盛二衰三竭，此时再停战遣使继续挑拨离间，日后北疆或许可以一劳永逸，谨慎小心，也不必畏惧。我虽身不能至，亦与玄铁三军同在。"

沈易一时间眼眶发烫，道："传令各部，拖住他们，坚守！"

而那游刃有余地吹牛说自己和玄铁营同在的顾昀，在写这封信的时候并不那么轻松，他好不容易才将手稳住，及至完成盖印，手边的战报摞起了一层。长庚不知是为了让他安心还是怎样，专门指定了一队轻骑往返战场与帅帐中间，第一时间呈递战报。顾昀毕生少有不用亲自上阵的战役，这还真是个颇为新鲜的感受，帅帐中，没有多余的信息来打扰他的思路，不用躲避明枪暗箭，也不必受战场中激愤情绪的影响，以一种旁观者的视角居高临下地看这个战局。

刚开始的对战考验的是江北大营基础巡防是否严密，水军是否足够警醒，钟老将军和顾昀打了个很结实的基础，所以很容易就扛住了西洋军的狂轰滥炸。然而把这点基础底子打光，两军在实力相仿时，剩下的就要看主帅的经验和水平了。

顾昀着实捏了把汗——玄鹰将战报念给他一听，他就听出对方主帅排兵布阵手法老辣，是个千真万确的水战高手，就算是他本人亲自上阵，恐怕也得谨慎行事。

玄鹰飞奔进来，汇报最新动向："西南方向有敌军落单舰队，雁王殿下调整了前锋路径，插刀而入。"

顾昀心里"咯噔"一声，猛地站起来。两军对阵时，主帅的血得热，心得冷，与那以勇为先的先锋不一样。经验不足的人如果杀红了眼，很容易就跟着一起热过去了。

顾昀当机立断要"毁约"："拿我的甲来，备马！"

长庚这一战打得极其耗神，这与京城的城墙守卫战又不同，那时候他所需顾虑的不过是城墙上下的一亩三分地，又抱了必死之心。这一次，他身后却是漫漫无边北半个江山与数万江北水师。

两江水军以前不配鹰甲军种，鹰甲营比水军成立时间更短，动起手来不要说玄鹰，就是北大营的鹰都比他们容易指挥。而敌军以那近乎刀枪不入的海怪为中心，顶过了第一波高空袭击后，渐渐掌控了战场上的步调。长庚急于要找一个突破口，否则会被人一直压着打，他的前锋部队恰好就在这时撕开了敌军左翼，他本能地就将主力舰队压了上去。长庚毕竟天性沉稳细心，追了一半已经觉出不妥，然而已经来不及了。

西洋军的小舰群已经全速围拢过来，截断了他的后路。

“王爷怎么办，回航吗？”

长庚一手心冷汗，顾昀曾经说过的话在他耳畔响起——临到阵前，谁不想死谁先死。

“往哪里回？全速前进！”长庚冷冷地说道，“不就是后面跟着一群苍蝇吗？不用管，按原计划捅穿敌军左翼！”

他要把整个舰队都变成悍不畏死的先锋，对方不是要瓮中捉鳖吗？

那就打碎他的罐子。

传令官从他一句话里听出了森严沙哑的杀意，一身汗毛倒竖道：“是！”

海蛟战队像一把旋转的割风刃，转眼到了敌军腹地，短兵相接。长庚知道，如果他不能在转瞬间击溃对方，身后追兵很快会到，那时候他就是腹背受敌。

所有的长炮与射程内的短炮全都上了膛，夜色中微微的火光从海蛟上星星点点地亮起——是火炮的金匣子，长庚将手心的汗抹在装满了安神散的荷包上，正要下令。

这时，突然发生了一件很诡异的事。

原本挡在他们面前的敌军莫名其妙地撤退了！

长庚：“……”

这又是哪门子的阴谋诡计？

然而全速的舰队已经刹不住了，大梁水军直接毫无阻力地从敌军中穿梭而出，透过夜视的千里眼，能看见敌军主舰上的一个旗官正玩命地向这边打旗语，命令他们不准后退。后撤的西洋小舰队却完全不听主舰那一套，迅捷无比地临阵抗命，死也不肯当吸引大梁水军炮火的前锋。

长庚一时弄不清对方是怎么回事，然而机不可失，他当即命令掉转炮口，方才蓄势良久的迎头痛击转向身后，整个大江被炸开了一条缝隙，追在他们身后的西洋虎鲨群高速之下根本来不及躲闪，被轰了个正着，炸锅的小舰会引爆高效运转的金匣子，火烧连营似的挨个传了下去，江面一片沸腾，大梁水军有惊无险地一剑刺出后平安收回。

西洋军主舰上，雅先生大怒："浑蛋，他居然敢临阵抗命！"

教皇的两颊绷如刀削。

方才那意外逃窜的舰队正是圣使负责的左翼。此时圣使也在咬牙切齿——他本来是护航支援的，教皇那老东西居然几次变换阵形后让他变相当了前锋！

方才直到大梁水军杀到面前，他才反应过来，自己差点成了诱饵炮灰，如果他死在战场上，就算国王陛下也挑不出一点毛病。圣使才不肯吃这个亏，想都没想当即撤退，不惜破坏西洋水军的整体阵形。

长庚像一条毒蛇，一旦抓住时机翻盘，立刻一通狂轰滥炸，以报方才冷汗之仇，西洋人顿时落了下风。

而与此同时，阵前情势突变，岸边负责战报的轻骑立刻飞驰入帅帐报送顾昀。

已经披甲而出的顾昀闻言神色古怪了半晌，最后无奈了，他忽然觉得"大梁的气运站在雁王身后"这话并不是狂妄，恐怕还真是那么回事。他掉转马头悄悄回到中军帅帐中，将甲胄卸下来藏好，严令周围所有人不准把他曾经出过帐子的事透露出去。

西洋军被长庚抓住时机废了一翼，相当于瘸了一条腿，纵横海上的教皇在硬件劣势的情况下，愣是跟初出茅庐的雁王谁也奈何不了谁，一战打到了天亮。

顾昀拧灭了汽灯，提笔接连写了三封信，一封紫流金借调令，一封给最近的灵枢院分部，请求火机钢甲补给，最后一封拟了个简报折子，递送京城。

随后，他揉了揉自己有些僵硬的后颈，对玄鹰吩咐道："告诉雁王，如果洋人撤军，不必穷追不舍。"

玄鹰一愣。

然而还没等他开口问顾昀怎么知道西洋人要撤军，一个传令官就飞奔进来道："大帅，洋人主舰开始南向撤军！"

顾昀脸上毫无惊诧，理所当然地一挥手，玄鹰不敢耽搁，从帅帐中飞奔出去传话。他不必分神去应付临场的各种紧急情况，能全心全意地琢磨整个战局，一目了然，早已经估算出了敌人这次出兵的紫流金储备，知道这一宿差不多打到对方的极致了。

敌军紫流金打空，徒劳无功而返，伤亡还颇为惨重，回去以后定有一番内斗，这种情况下，大梁水军与其威逼上前，反而不如远远地给敌军施加压力来得效果好。又过了小半个时辰后，西洋水军果然鸣金收兵，一宿偷袭宣告失败，连北岸都没登上去。

顾昀为了表现自己"严守承诺"，人没出帅帐，只是站在门口迎着长庚，也不在意他一身的血污，张手便抱住了他。

至此，长庚才感觉到一身的筋疲力尽，摇摇欲坠地搂住顾昀的腰，喃喃地在他耳边道："再也不想让你去打仗了。"

长庚的话音低而含混，哪怕贴着耳朵，顾昀也没听清，疑惑地偏头转向长庚，问道："说什么？"

长庚的目光从他那被琉璃镜遮住了一边的眼睛上刮过，周身力已竭，而血还在沸腾翻滚，热得口干舌燥，便默默地放开顾昀，扣住他从不防备自己的脉搏，随着那虽然虚弱，但已经稳定下来的脉一点一点地平复着自己道："没什么——我刚才看见信使往北去了，是送往京城的折子？"

“是，”顾昀点点头，“这一次让朝廷出面主动派人和洋人接触，我们之前一直被动，这回应该有底气了。”

长庚：“要和谈？”

“不谈，”顾昀淡淡地说道，“卧榻之侧，岂容他人酣睡？何况血债未偿，江南沃土给这群畜生占着，做梦都觉得恶心。”

长庚立刻反应过来道：“你是打算拖着他们，一点一点蚕食鲸吞。”

一方面放出和谈信号，让已经力有不逮的敌人心存侥幸，给他们留出内部消耗的余地，一方面不时提出过分要求，再制造些小范围内的区域争端，慢慢逼退敌军战线，顺便在战中练兵，等到时机成熟，北边彻底准备好，年轻的江北水军成熟时，再一举南下。

顾昀“嗯”了一声，任他拖着自己的手腕进了帅帐，伸手在长庚脸上抹了一把，笑道：“殿下，脸都花了。”

长庚先是一呆，然而随即又警醒过来，总觉得他态度这么好，保准没惦记好事。果然，顾昀坐在一边，沉默了片刻，说道：“还有个事。”

长庚高高地将一侧的眉梢挑了起来，面无表情地低头看着他。

“我打算拖着他们，先去收拾了北方。”

长庚：“你要赶回北疆？”

顾昀点点头。

长庚：“什么时候？”

顾昀：“……很快。”

顾昀说“很快”的意思，就是指随时动身，要是他今天感觉江北驻地的状态还行，就当天晚上走，若还有需要他调整调动的，就连夜发令，第二天一早走。

长庚：“然后怎么办，两头跑吗？”

顾昀没吭声，算是默认了。

他心里忽然觉得很对不起长庚，那年在去西域的半路上，他曾信誓旦旦地跟陈轻絮说过，哪怕长庚将来疯了，他也会管到底，可是近日来，他心里隐隐担心自己也会力有不逮。顾昀不怕生老病死，钟老将军的灵堂在侧，如今算来，他身边的，无论善意还是恶意的长辈，那些曾经教过他害过他的人，差不多都走光了。他知道再盖世的英雄也逃不过那么一遭，人没必要跟自己较那种劲，他只是怕……自己不能一直庇护这个小疯子，反而给他添乱添累赘。

顾昀含蓄深沉的歉意让长庚一时有些不知所措，刚开始没反应过来，好半晌才察觉到心里被人开了一条口子，心血漫无目的地四处横流，就是汇不到一个地方。

他心疼难抑，只好强作欢笑。

“好，”长庚用一种轻快又不过分的口吻说道，“你放心去，看见我夹在你衣服里的图纸了吗？很快——等你收拾完蛮人，说不定我这边的蒸汽铁轨车都修好了，信不信？”

很快，他就能推起那样一个四海宾服的大梁，也许那时候，玄铁三营只需要守在古丝路入口维护贸易秩序，或者干脆集体在边境开荒。他的大将军愿意在边境喝葡萄美酒也好，愿意回京城跟鸟吵架也罢，全都可以从容，不必再奔波赶路，也不必再有那么多迫不得已。

顾昀无奈道：“怎么刚打了一场小战役就喘起来了，你还是先想想怎么回军机处吧。”

长庚弯下腰问：“我要是办成了，你怎么奖励我？”

顾昀大方道：“你想要什么？”

长庚想了想，靠近顾昀耳边低低地说了句什么。

不知雁王殿下偷偷摸摸地掉了什么廉耻，顾昀作为一个半聋都听不下去了，笑骂了一声：“滚。”

一嗓子正好糊在前来报告战后情况的姚大人脸上，姚镇莫名其妙道：“大帅让下官滚到哪儿去？”

长庚悠然背着双手，一脸高深莫测地直起腰，站成了一株尊贵矜持的名花。然而在顾昀专心和姚镇说话的时候，他却收敛了那刻意装出来的笑容，神色一点一点凝重起来。

我时间快不够用了。长庚默默地想道。

伍

顾昀到底逗留到了第二天，他陪长庚给钟蝉将军上了一炷香，又吃了一碗雁王亲自在帅帐中熬的热粥，照例对其中绿油油的几样东西表达了不满，隐晦地声明了自己“不打算羊活着”的志向，也照例被无视，为了不羊活着，只好生吞不嚼。然后他在第二天清早动身赶往了北疆。

顾昀七上八下地赶到北疆时，欣慰地发现沈易果然没有掉链子，顶着丧心病狂的蛮人，真就守住了北边境。

加莱荧惑越是疯狂，十八部落的末日就越是临近，果如顾昀所料，激战了四五天以后，来自蛮人的攻势明显缓下来了，一处据点被乘胜追击追过头的蔡小将军端掉，进去一看，发现里面只剩下一些没来得及烧完的紫流金，人已经撤退了。

曹春花唾沫横飞地比画道：“加莱能动手，说明先前的反叛势力被他肃清……或是至少压制了，但他还要打仗，还要用人，不可能把其他几大部族的人都杀光，顶多是处置几个头目，杀一儆百，反叛过的势力指不定还能死灰复燃。”

沈易道：“得有契机。”

“没错，”曹春花道，“蔡将军那天跟我说过，这段时间以前，就有蛮人偷偷用紫流金换物资的事，蔡将军当时留了个心眼，暗中监控了交易，将每一笔都记录在案，来得频繁的人甚至留下了画像，我那天去看了一眼，还真见了个熟人。”

他说着，从袖子里取出一卷简易的画轴，在小桌上铺开，指着画像上的人道：“这个人是加莱荧惑帐下一个管马的奴隶，这个人我了解，是大总管的人，平时没事就仗着大总管作威作福……想必多年战争民不聊生，对加莱不满的不单只是十八部落的野心家，我觉得这里头有文章可做。”

已经回到北疆的顾昀问道：“你有多大把握？”

曹春花冲他飞了个媚眼，舌头打卷地说：“那要看大帅给我准备多少家底呀。”

顾昀心道：这孩子要是从小在我身边多待一阵子，我非给他把这些臭毛病都打过来不可。

他眼不见心不烦地一摆手，让娇滴滴的曹春花滚蛋了。

沈易还没来得及问具体行动安排，亲兵就又来报，说陈轻絮来了。

顾昀就啧啧称奇地看着沈易这货从东倒西歪变成正襟危坐，如临大敌地绷紧面颊，连面圣都没这么严肃过。

陈轻絮是来告别的，她打算跟曹春花同去，探寻加莱荧惑的神女巫毒之秘。沈易一听就急了，忙给顾昀打眼色，顾昀看天看地，假装什么都不知道——相识多年，他也算知道一点陈家人的脾气，人家陈姑娘只是出于礼貌过来打声招呼，不是来征求意见的。

顾昀关键时刻指望不上，沈易只好操着他瘫痪了一半的口舌亲自上阵，说道：“陈姑娘这样的神医是很贵重的，本来连前线都不该来，潜入敌军，未免太儿戏了！万一再出点什么事……是吧，大帅？”

顾昀只好说道：“嗯，对，季平说得有理。”

陈轻絮道：“我此次北上，本来就是为了潜入加莱荧惑的帅帐中找寻巫毒秘术，要是能顺便帮上一点小忙岂不更好？此事我自有分寸，多谢将军关心。”

顾昀叹了口气道：“劳烦姑娘奔波，我心里实在过意不去。”

这么一提，陈轻絮才想起来长庚那封质问信还在自己桌上摆着，面有菜色道：“大帅不必，偶尔在雁王殿下面前提一提我的苦衷就是了。”

沈易：“……”

姓顾的刚还说自己有理，怎么这么一会儿又劳烦人家奔波了？

这混账永远不能把立场“从一而终”地坐稳！

沈易搜肠刮肚地企图找各种理由——敌阵中危险？以陈姑娘敢在北大营看守下闯天牢的身手和胆色，这理由多少有点说不出口。

那……伤兵营需要你？人家愿意留下来帮忙是情分，不愿意也是情理当中——伤兵营有自己的军医，大多是简单粗暴的包扎截肢，也是辱没了陈氏神医。

陈轻絮也不是什么健谈的人，沈易这一语塞，她就觉得自己话说完了，一拱手转身准备走。

“陈姑娘！”沈易惶急之下站了起来，险些将面前的桌案撞翻。

顾昀默默地伸手捂住脸。

沈易千言万语在胸口列队完毕，等着滔滔不绝地一诉衷肠，不料话到嘴边，最后一道闸口却死活打不开，只好全都堵在嗓子眼，最后干巴巴地吐出一句半酸不苦的：“陈姑娘是为了雁王吗？”

顾昀心想：这是当我死了吗？

沈易话一出口，也恨不能大巴掌扇自己一嘴——这实在太不像人话了。

好在陈轻絮不怎么爱多想，闻言，只是一本正经地回道：“雁王既然持我临渊木牌，身负重任又位高权重，那替他除去乌尔骨，我陈家责无旁贷。再者十八部落的巫毒秘术与中原素无交流，多少奇毒找不到解药，多少治病救人的法子也沉在故纸堆，我既然有这种机缘，总要尽力一二，哪怕日后能有一点东西流传下来，也算没有白费力气。”

沈易听得心口拔凉拔凉的，看看一天到晚就想着“老婆孩子热炕头”的自己，再看看这位心系万代的陈姑娘，只觉两人之间差了从京城到北疆那么远。

一路冒着小白烟的玄鹰也飞不过去！

沈易看着陈轻絮素白的脸，无话可说，只好从怀中摸出了一颗小巧的信号弹，递给她道：“这是灵枢院刚送来的，不需要明火点燃，抛到空中就行，只要足够高，到了空中会自燃，百里以外都可见，万一出了什么事……我……你……”

这语无伦次的德行，把顾昀听得一阵牙疼。

陈轻絮手里被塞了一个带着体温的小小信号弹，饶是她再不经心，此时也感觉到了什么，用一种难以言喻的目光看了沈易一眼。沈易不禁看，快挖条缝把自己埋了，匆忙找了个什么借口跟顾昀告辞，飞也似的跑了。

顾昀慢腾腾地站起来，正色对陈轻絮道："蛮人如有异动，你们不要硬撑，发出信号，咱们这边立刻有人接应，多注意安全……等到凯旋，叫沈季平唱歌来听。"

听到前半句陈轻絮还跟着点头，后面越听越不对劲，问："唱什么歌？"

死没正经的顾帅笑眯眯地说道："越人歌。"

当天夜里，陈轻絮就和曹春花越过北蛮防线，悄然进入十八部落核心大都。

说是"大都"，其实只是个热闹一点的部落聚居地，除了偶尔来往的蛮族武士，路边的平民大多衣衫褴褛。

饿死的小孩无人收殓地横陈在路边，被野狗垂涎。面容呆滞的女人在旁边游荡片刻，认了命，也就行尸走肉似的起身离开了。华美的贵族帐篷中间穿梭着森严的重甲巫师，苍鹰同鹰甲一起在上空盘旋，到处弥漫着腐尸的味道、血的味道……中间夹杂着一点紫流金不易察觉的清香。

中央狼王旗下，一个中等身材的男子捧着一碗汤药走进了狼王居处，两侧的侍卫恭恭敬敬地齐声招呼道："大总管。"

大总管眼皮也没抬地"嗯"了一声，端着药走进了狼王帐。

一个憔悴的青年迎了出来，接过药碗道："我来吧。"

大总管觑着他的神色问道："世子，我王今天怎么样？"

"老样子。"世子摇摇头，同他一并入内。

只见那厚厚的毡子向两边分开，透露出一把天光，天光下摆着一把带金匣子的轮椅，上面坐着个高大的"骨头架子"，听见动静，那"骨架"缓缓地掉转轮椅面向来人，将眼睛睁开了一条缝。

他的眼睛还没有混浊，亮得惊人，整个人的精气神都凝聚在了这双凶狠的眼睛里。

正是加莱荧惑本人。

年前，狼王加莱荧惑生了一场大病，突然中风昏迷，醒来以后连话都说不清楚了，一度卧床不起。十八部落联盟的几个首领以为他完蛋了，联手发动政变，软禁了狼王世子，推懦弱的二王子上位，又忙着讨好大梁，派人去和谈。

可谁知连贴身侍卫长都“叛变”的狼王居然还能翻身，先暗中令侍卫长混进和谈使团中，引起大梁北疆边境之变，谁也不知道他手里竟还有一批洋人当年送来的前锋重甲当底牌，他利用几个部落首领焦头烂额地应付大梁时暗中筹措，一举将叛党拿下，血洗了联盟狼王旗，随即悍然聚集十万斤紫流金反扑大梁。

大总管低下头不敢和他对视，毕恭毕敬地听着加莱荧惑和世子说话。这个男人太可怕了，每根毛发都透着血腥味。

突然，加莱将手中药碗劈头盖脸地往世子身上砸去：“废物！”

大总管一哆嗦。

世子小心翼翼道：“父亲，物资实在不够了，今年各部落里的老人和孩子饿死过半，到处都是来不及收拾的尸体……”

加莱吼道：“没用的东西，紫流金不足就再去挖，物资不够就去中原抢！再不够让那些尸位素餐的贵族捐！”

他舌头还有些不利索，吼出来的话带着一股生硬的含混，世子红着眼眶道：“父亲，我们越不过中原边境的玄铁营，贵族们已经捐不出什么了，他们……”

他的话再次被加莱荧惑的怒骂打断，西洋水军在南边同大梁开战的消息已经传过来了，然而消息毕竟有阻隔，水军一宿偷袭未成，战败退去的事则还在路上，加莱荧惑坚信南北合围后，一日千里只是时间问题。

他确实依旧凶狠，可是恐怕凶狠得已经有点疯了。

大总管围观了一通狼王对世子的连打带骂，也跟着挨了一杯子盖，额头被砸青了一块，这才默默退出去，径直走回自己的帐子，族中几个大贵族和中原来的贵客在那儿等着他的消息。

大总管越走越快，最后几乎一路小跑地回到了自己的地盘，紫流金燃烧的余韵过去，北疆依然是寒冷的，大总管却跑出了一脑门的热汗，不得不边走边擦，擦湿了一条袖子。他心事重重地挥退了打算上前服侍的女奴，示意她不要打扰，自己抬脚走进了三道重门的帐子。

大总管小心翼翼地四下探查了一遍，确定附近没有闲杂人等，这才关上一道一道的门，舒了一口气，往室内走去。

就在这时，屋里突然传出一个突兀的人声："怎么样？"

大总管猝不及防，在自己家里吓得一哆嗦，瞠目结舌地站在门口，有那么三四息的光景，他感觉心脏快不会跳了。直到一个相熟的贵族老妇从光线暗淡的屋里露出半张脸来，他才狠狠地吸了口气，疑神疑鬼地摆摆手，同那老妇人一起走进屋里。

北地昼短夜长，居处采光本就很将就，这一屋子人却还要将窗户都盖住，黑黢黢地围着一盏破旧的汽灯而坐。十八部落联盟里有头有脸的几家派了代表来，与这些人隔着几个座位的是一男一女两个大梁人。

那两人哪怕穿衣打扮都随了十八部落，从面相上也能看出大梁人身份来——蛮荒苦寒之地里生的人带相，即便是贵族，也能看出日子不好过的粗砺，没有大梁人那种养尊处优的细皮嫩肉。

这两人正是曹春花和陈轻絮，两人没怎么费力掩饰身份，过境之后就用曹春花以前留下的几条线搭上了一些十八部落的贵族，声称自己是大梁北疆驻军派来的停战使，一边上下打点，一边请求他们引见狼王加莱。

两人出手十分大方，厚礼一份一份地送。

但越是大方，曹春花越是知道没人会替他们引见——眼下在这群蛮族贵族眼里，他们俩恐怕已经成了摇钱树，而一旦被加莱荧惑那疯子发现，"摇钱树"很可能要给连根拔起。

两人一边“迫切”地表达想见加莱荧惑的找死愿望，一边周旋在这些心思浮动的十八部落贵族中间，凭借着曹春花那见人说人话、见鬼说鬼话的三寸不烂之舌，不到一个月，这些贵族已经敢坐在一起，暗中议论狼王了。

与此同时，陈轻絮几次夜探后大致摸清了狼王帐的守卫情况，此时正是收网在即。

有人倒了一碗马奶酒给从外面进来的大总管，大总管双手接过来，手不住地哆嗦，一口气灌了下去，这才感觉自己算活过来了。他四仰八叉地瘫坐在一边，压低声音道：“别提了，连世子都挨了打，狼王铁了心，还要动手。”

曹春花一脸天真无邪地说道：“朝廷已经派了使者南下，那边如今已经停战了，我们再战也毫无益处，怎么，这事大总管没有传达到吗？”

大总管真是有苦在心难开口，整个人仿佛漏水了一样，一抬手又一脑门热汗。“小兄弟，今天我要是说了这话，诸位恐怕等不到我了。”

十八部落贵族都在沉默，曹春花则摇摇头，缓缓地说道：“那就没办法了，我实话说了吧，今天让大家担着干系聚在一起，是因为近日从我们顾帅那里得了个信，顾帅指责我二人办事不力，说要是再不见成果，他就要发兵强攻了，我们俩是没什么，了不起回去挨顿训，罚两个月薪俸，但我知道诸位想必都是不愿意开战的。”

大总管的脸成了一个大号的苦瓜。

这时，陈轻絮开口道：“走吧，我们尽力了。”

陈轻絮身上有种不容置疑的气质，不开口就算了，一开口就总能一锤定音。闻言，曹春花还没来得及反应，一干北蛮贵族已经炸了，那坐在首位的老妇人惶急下一把抓住了她的袖子道：“慢着！”

陈轻絮凉凉地看了她一眼。

老妇人脸上的皱纹扭曲了几下，扭出了一张巫婆似的慈祥脸，赔笑道：“姑娘，再容我们几天想想办法，我王有些刚愎自用，但我好歹算是他的长辈，我去说说试试，你们不急着走。”

“夫人，不是我们不通情理，”曹春花长吁短叹道，“我们也是奉命行事，不敢自作主张的。”

陈轻絮将自己的袖子抽出来，神色淡淡地说道：“要是狼王为了一己私仇，执意要将这一战打到底，夫人去说大概也没什么用，反而引火烧身，我看还是不必了。”

这一句话捅到了在座所有人心里。

前一阵子，几个部落首领联手叛乱，就曾拿加莱荧惑早年和神女关系过密的事做过文章，神女已经死了二十多年，到底和那加莱之间有没有什么不可告人的关系，至今已经无从对证，然而疑虑的种子一旦种下，哪里还有那么容易拔除？

加莱荧惑一直以“血海深仇”和“奇耻大辱”煽动族人为他卖命，可是“好了伤疤忘了疼”是凡人的劣根，他或许可以煽动一时的热血，等到物资难以为继，吃饱肚子都成了问题的时候，二十多年前的“奇耻大辱”难道能比饿死的儿女更有切肤之痛吗？

一个人如果死了这么多年，还像幽灵一样萦绕在部落周围，带来的除了战争就是流血，那么她究竟是长生天的纯洁神女，还是欺世盗名的妖魔鬼怪？

陈轻絮说完，不理会神色各异的北蛮众人，轻描淡写地点了下头，和曹春花一前一后地往外走去。眼看他们打定主意不肯通融，方才那北蛮老妇人突然下定决心，将手中助步的拐杖狠狠地敲在地上道：“从现在开始，以两天为限，恳请贵使为我们拖上两天，我老太婆活了七十多年，就以这一把年纪作保，两天后必定给你们一个交代！”

这老妇人在族中辈分很高，狼王都要叫她一声姑姑，她一开口，一时没人当众反对，只有心里苦的大总管嘴唇动了动，被老妇人一个凌厉的白眼瞪了回去。

曹春花与陈轻絮对视一眼，好生为难似的皱了半天眉，终于不情不愿道："那……行吧，既然是'红霞'夫人的承诺，我们也少不得勉强试一试，就等您的好消息了，告辞。"

等他们两个外人从后门的密道离开，一屋子的北蛮贵族这才炸了锅。

大总管欲哭无泪地对红霞夫人说道："三婆婆，您老人家方才是没听清我的话吗？王现在铁了心要把这一战打下去，连世子都打了，您看我这头……就这……王的原话是，紫流金没有就去挖，物资不够让诸位掏腰包！"

红霞夫人没来得及说话，一个中年男子已经勃然作色道："他怎么还在做自己的春秋大梦？是想打过玄铁营防线进攻中原，还是想等着西洋猴子给送吃喝？我们准备了二十年，凑了十万勇士、数不清的火机钢甲、冒尖的干粮和肉干，还联合东西南北四方同时行动，都没能真正地踏足中原！他现在还在做这种梦，凭什么？满街饿殍吗？我看抽干净我们的骨髓也填不饱他的胃口！"

他这嗓子跟放羊的时候号叫出来的山歌似的，周围有几个人立刻面露惊恐，纷纷劝这中年人谨言慎行。

怒气冲冲的中年人一屁股坐下，冷笑道："三婆婆，我看您老这回守不住自己的诺，别说你豁出脸去倚老卖老，就算你撒泼上吊，加莱那疯子也不会抬一下眼皮。"

红霞夫人狠狠地将拐杖往旁边一磕道："闭嘴，没用的东西，在屋里叫唤有什么用！"

中年人愤愤不平地哼了一声。

红霞夫人神色不动，枯瘦如鸡爪的手背上露出几条老树根似的筋，继而缓缓地开口道："狼王上次留了一手，收拾了几个部落首领，你们说，他还有第二手吗？"

室内一片寂静，全被这老太婆石破天惊的大胆给吓住了，良久，大总管才哆哆嗦嗦道："三……三婆婆，狼旗下的血……可还没干哪。"

"反抗而死也是死，慢慢地被拖累至死也是死，结果有什么分别？"老夫人沙哑的声音在一片寂静中响起，“你们的祖宗身体里流的是狼血，如今都被驯成了狗吗？还是说你们宁可看着自己的妻儿老小饿死、战死，也要多苟且偷生几个月？”

她缓缓地抬起头，混浊的目光扫过各怀鬼胎的蛮族贵族，见他们有人一脸凛然，有人若有所思，有人面色犹疑，有人战战兢兢，便冷笑了一声，说道：“我知道在座诸位不是一条心，有些人或许已经在盘算着出了这间屋子就将我这老婆子出卖给加莱。我这么说吧，懦夫们，要是我们这回成功，也算救了你们一命，对你们没有坏处，失败了，也不会牵连到你们这些置身事外的。倒是这会儿惦记着要出去告密的鼠辈，你们觉得加莱那不祥的荧惑杀星，是会念你们的好，还是觉得你和我们这些不要命的老东西走得太近，形迹可疑？”

方才义愤填膺的中年人跳起来道：“说得对，三婆婆，我跟着你！”

这些年，十八部落的贵族们被加莱荧惑压迫太过，贵族们憎恨他，也畏惧他的高压政策，此时领头的人一出，顿时有不少义愤填膺者跟着附和。

红霞夫人转向大总管道：“这事我们想破天也不管用，还要仰仗大总管。”

大总管顶着众目睽睽，要蒸发似的僵坐片刻，将整个不见阳光的屋里蒸得水汽朦胧，终于咬牙一拍大腿道：“三婆婆吩咐！”

国家危亡时，权力的格局中必有血染的冲突，无论是大梁也好，天狼十八部落也好……甚至是陷在江南的洋人，全都逃不开这种穷而变的境地，当中有十分的凶险，百分的际遇，往前一步是家国兴旺，落后一步，或许就是亡族灭种。

此时，一股汹涌的暗潮在北蛮十八部落中弥漫开来，大姓贵族们自己去组织势力不提。

第二天夜里，一道燕子似的黑影蹿上了十八部落中的瞭望塔——这还是洋人出资给建的，刚开始也是洋人在这儿负责维修，如今西洋人自顾不暇，这瞭望塔上大部分火机已经失效，基本就剩下个摆设的作用。

塔上的守卫已经被悄无声息地放倒了，蹿上瞭望塔的那人在月光下露了脸，那居然是大总管帐下一个沉默寡言的小小家奴，他敏捷地一路上了塔顶，上面早有人在等。家奴站定了，将脸一抹擦，露出千变万化的一朵“曹春花”来。

曹春花低声道：“清楚了，大总管在加莱荧惑的药里下了安神的东西。”

陈轻絮问道：“没想直接毒死他？”

“没那么容易，”曹春花道，“加莱是个巫毒大家，一个弄不好就会打草惊蛇，倒是安神的药物，平时他偶尔也会备一些，即便他发现了也不容易起疑心。王帐的守卫中有各个贵姓的家人，这些人已经吩咐到了，打算趁夜神不知鬼不觉地动手，尽可能地不惊动加莱荧惑，让他死在床帐里，悄无声息，明天一早就推世子继位。一旦确定加莱的药入了口，大总管会以夜鸮鸣叫声为号，我们等着就是——大帅那边通知到了吗？”

陈轻絮手指中间泛着银光的小球一闪，正是沈易交给她的那个信号弹。这小东西一直藏在她袖子里，突然间要拿出来用，她忽然有些不舍得。

曹春花却不知道这许多心思，只是感慨道：“一代枭雄，底下人要造他的反，连他一声遗言都不想听，这是怎么话说的？”

“太忌惮他了，”陈轻絮站在瞭望塔上，借着鼻梁上的千里眼望向王帐的方向，“我还没问，你到底是怎么让红霞夫人出面牵这个头的？”

“红霞夫人的儿子死在了战场上，”曹春花将头发别在耳后，漫不经心地说道，“只给她留下一个孙子，孙子快十六了，加莱穷凶极恶，规定所有贵族家里超过十六岁的男孩子必须从军。我以前潜入蛮族的时候见过她儿子几面，前几天晚上捏了一张那鬼魂的脸，替他探望了一下老母亲……可能不太像，不过黑灯瞎火的，她老眼昏花，也就混过去了。我跟她抱头痛哭了一场，只说不忍心幼子娇儿走他父亲的老路……你看，我这眼眶还没消肿呢，这两天一直拿东西遮着，陈姑娘，你那儿有消肿的特效药吗？”

陈轻絮：“……”

曹春花摇头晃脑地对月自怜道：“我顶着别人的面皮，流了多少自己的眼泪？唉，这真是……”

陈轻絮打断他：“嘘——你听见了吗？”

凄冷的夜色里，几声夜鸮尖厉的啼叫突兀地响起，大总管动手了！

陈轻絮一把推开瞭望塔的窗户，一根几乎看不见的丝线从她指尖打出，自塔上垂下，刚好够她脚尖一点借力而去。

曹春花则从怀中摸出一小壶紫流金，从高处浇到瞭望塔上，做出塔身漏油的假象，然后利索地点着。剧烈的火光真龙似的蜿蜒而下，一瞬间便将瞭望塔映照得仿如白昼，陈轻絮趁着瞭望塔起火，将手中的信号弹高高地弹起，那信号弹直上直下地一分为二，劈开一道闪电似的白光。那白光十分特殊，近处看并不刺眼，很容易就被紫流金的火光遮住了，只有在远处才能分辨出那穿透力极强的光束。

陆

埋伏已久的沈易从千里眼里看见，一跃而起道：“大帅，动手了！”

顾昀一声长哨，玄鹰仿佛黑夜里的蝙蝠，飞快地贴地扫过，只闻风声，不见其人。

沈易本来迫不及待地跟着冲了出去，想起什么，又转了回来，对顾昀道：“子熹，你昨天才从江南回来，也没歇一歇，受不受得了？”

顾昀一愣，随即失笑道：“我天，你是怎么长出这一堆操不完的心的？不用管我，看着陈姑娘去——放心，能看着加莱荧惑那龟孙走到穷途末路，比什么灵丹妙药都管用。”

还有被那老疯子藏起来的巫毒秘术，这话顾昀不敢挂在嘴边说，也不敢太期待，可到底还是想亲自跟过来看看。

万一呢？

万一乌尔骨真的有解，顾昀暗下决心地想道，我就去护国寺给秃驴们上炷香。

陈轻絮轻功无双，从瞭望塔上跳下来，落地以后立刻就不见了踪影，十八部落的叛军想让加莱荧惑死得无声无息，她却不希望他一句遗言都没有，否则巫毒秘术找谁要去？

曹春花本就跟得吃力，跟到一半，骤然听见了白虹出弓弦的尖啸声。曹春花开小差抬头看了一眼，见南边升起冲天的火光，便知道是玄铁营已经到了，恐怕用不了多久就会直接破入北蛮防线。

然而仅就这么片刻的走神，再一看，陈轻絮人影已经不见了。

狼王帐的守卫在陈轻絮看来，算稀松平常，这天晚上还有小一半的人去搞阴谋诡计了，她没怎么费力就混了进去，落在狼王旗后，先是让过一小撮拿着刀枪奔主帐而去的叛军，随即轻飘飘地落下来，神不知鬼不觉地缀在了他们身后。

叛军毫无防备地向主帐进发，陈轻絮却在途中就觉察出了不对劲——她知道这天晚上狼王帐里的守卫会少一批，可是没道理少这么多。

陈轻絮心里登时一紧，小刀滑入手心里。

而就在这时，叛军已经抵达了加莱荧惑的王帐主帐。

突然空中传来一声轻响，只见那通风良好的主帐蓦地四门大开，无数弓箭和短炮从窗口门口露出来，同时，埋伏的侍卫与数百蛮族兵将从后面包抄过来，将毫无防备的叛军堵在了中间。

陈轻絮立刻将自己的气息压到了最低，几乎与周遭草木融为一体，一动不动地藏在王帐上方黑幡厚毡后的死角上，冷眼旁观这意想不到的进展。

只见狼王帐一分为二，冒着白雾的蒸汽轮椅从中间滑出，狼王加莱荧惑身上裹着厚重的披风，行将就木一般地蜷缩在轮椅上，冷冷地扫向屋外的叛军。

“三姑姑，”他裂开干瘪的嘴唇笑了一下，喃喃道，“我亲娘死得早，你照顾过我五年，待我像亲生儿子一样，如今……连你也要对我拔刀相向吗？”

红霞夫人虽然是始作俑者，但毕竟是个步履蹒跚的老太婆，只能策划，不可能亲身上阵砍人，因此她本人不在这里，加莱的自言自语便无着无落地散在空中，没有人回答。这位凶狠的末代狼王，他的仇与恨，欢与喜，雄图霸业或是复仇长路，都是踽踽独行，父母兄弟、子女亲朋……他一概没有，他待族人们如猪似狗，族人们也狠狠地背叛以为报偿。

叛军中有人的手在颤抖，眼看要拿不住手中兵刃，也不知是谁手里的刀突然“锵啷”一声落了地，在静谧一片的夜色中分外明显。

“都背叛我，都想让我死。”加莱尖刻地冷笑了一声，突然高高地举起他鸡爪似的手，蓦地往下一劈，“你们先去死！”

他一声令下，王帐中乱箭齐发，两厢合围，叛军避无可避，只好勉力反击。这场本该悄无声息的暗杀当即变成了血流成河的肉搏，动静越来越大，整个十八部落大都都被惊动了。天狼大都嘈杂着混乱起来，有跑去瞭望塔救火的，有忙着勤王平叛的，还有将心一横加入叛军的，更多的愣在原地不知所措。

世子和大总管被五花大绑地推了出来，大总管已经把裤子尿湿了，绝望地看了一眼旁边一脸惊惧的世子，心道：狼王就剩这么一个儿子，说不定不会把他怎么样，我就不好说了。

这么一想，他脸上当即从绝望惊惧转向毅然决然，目眦欲裂地一咬牙，片刻后，他的脸色陡然变青，然后在众目睽睽之下浑身僵直地一头栽倒——大总管咬破了口中毒囊，自尽了。

这混乱一片中，曹春花整个人都毛了，他原本确实料想到刺杀加莱荧惑的事可能不会很顺利，但无所谓，只要北蛮大都自己乱起来，顾昀他们很容易就能乘虚而入，反正螳螂捕蝉，不管螳螂赢还是蝉赢，都有黄雀在后。

但他没料到陈轻絮会先他一步卷到旋涡中心去！

转眼，叛军与侍卫在王帐附近的争斗接近白热化，就在这时，一个蛮人突然连滚带爬地冲进了王帐：“报——敌袭！有敌袭！”

这一句话如石子打起千层浪，王帐附近安静了一刻，侍卫长拨开闲杂人等，三步并作两步地跑到加莱荧惑身边道："王，瞭望塔上有人放火，边境大批的'鬼乌鸦'趁乱浑水摸鱼，冲着这边来了！"

加莱荧惑的眼角微微抽动了几下，竟似乎露出一点喜色。"来的是谁？顾昀吗？"

侍卫长一脑门冷汗，不明白顾昀来了有什么好开心的。

下一刻，他震惊地看见加莱那鸡爪似的双手狠狠地撑住蒸汽轮椅的扶手，低喝一声，这瘫痪了小半年的人居然离奇地站了起来！

侍卫长："王！"

"顾昀，顾昀……"加莱喃喃地叫道，眼睛亮得吓人，像是皮囊中的三魂七魄都烧了起来，让人忍不住对之前的传言产生了深切的怀疑——死了的神女或许并不是他的执念，顾昀才是。

加莱荧惑喝道："拿我的甲来！"

侍卫长从未见过如此别出心裁的作死方式，一时还以为自己听错了。"我王，您……您说什么？"

加莱咆哮起来："我的甲！我的甲！"

侍卫长被他那快要裂开的脸吓得趔趄了几步，不敢怠慢，忙差人取狼王的重甲来。

近两人高的雪色铁怪物被四个汉子抬了过来，"轰"一声放在地上，那加莱荧惑浑身哆嗦得跟秋风中的落叶一样，枯瘦的手死死地抠住钢甲的边缘，拖着沉重的脚步，一步一挪地将自己塞了进去。

重甲自成一体，里面有钢架子支撑，操作起来比轻裘轻松得多，却也不是随便什么半瘫都驾驭得了的。爬进重甲中的加莱荧惑脸憋得通红，一咬牙打开了脚下的蒸汽阀，巨大的动力轰鸣着启动，重甲后面喷出狂妄的蒸汽，即将呼啸着狂奔而出。

可里面的人却已经不是当年吃肉饮血的盖世英雄了。

才刚抬起腿，加莱已经是强弩之末，再难以保持平衡，重甲一声巨响后侧歪在地上，数百斤的大家伙将地面砸出了一道深坑。

侍卫长大惊失色地扑上来。

那一刻，没有人看得清狼王加莱脸上的神色，那枯瘦得只剩一副骨头架子的男人藏身在近乎巍峨的钢甲中，就像个核桃里的瘪虫子，所有人——哪怕是他的敌人，在那一瞬间，心里都清晰地浮现出“英雄末路”四个字。

即使他是个丧尽天良的疯子。

而此时，玄鹰特有的尖啸声越来越接近。玄铁营机动性极强，之前多日的胶着不过是因为十八部落不要命地烧紫流金而已，否则根本不会容他们苟延残喘到现在。

此时大都一片混乱，玄铁三部如入无人之境。

侍卫长忙上前将重甲拆开，把狼狈地困在其中的加莱背了出来。“王，大都今天晚上恐怕保不住了，我们这就护送您先离开……”

加莱神色木然地伏在侍卫长背上，半晌，他伸手往前一指道：“那边。”

陈轻絮躲过一支不知从哪里射来的流矢，心念一动，飞快地从黑幡后面下来，手中一把细碎的银针翻飞而出，悄无声息地杀了几个正好在附近的蛮人，暗中追了上去。

一队侍卫护着加莱往狼王帐西侧飞奔而去，越跑越远离人群，乃至到最后，四下几乎没有可以掩藏的地方。陈轻絮追起来极其吃力，她冒着被发现的危险，缀在这一群侍卫身后，追了足足有两刻，发现自己尾随加莱来到了一处荒废的祭坛。

那祭坛极其气派，整个建筑高耸入云，全石材打成，几乎是一座宫殿。巨石雕的大门，门上盖着厚厚的毡子，上面布满了斑驳的、不明所以的文字和鬼画符。周围已经荒草丛生，久无人迹，一群乌鸦被来人惊动，稀里哗啦地集体上了天。

不光陈轻絮这个外人不明所以，连侍卫们都面面相觑。自从十八部落的神女成了一个笑话以后，神女祭坛已经再没有人踏足过了。

加莱甩开侍卫长的手道：“退下。”

侍卫长呆了呆，退到了几步以外的地方。

加莱缓缓地跪下来，他膝盖是僵死的，一跪就差点趴下，侍卫长慌忙上前要扶他，被他一巴掌甩到了脸上道："滚！滚远一点！"

加莱好生费了一番力气才让自己跪好，佝偻的后腰尽可能地拉伸挺直，双手合十，脸上羞愤暴躁的猪肝色缓缓退去，神色竟然平静了下来。片刻后，他艰难地保持着跪地的姿态往前爬了几步，像一条行将就木的老狗。侍卫长挨了打，不敢再上前讨打，只好手足无措地在旁边看着他爬。

加莱一直爬到了巨大石门的旁边，掀开已经破败的毡子，在凹凸不平的咒文上摸索着。

陈轻絮意识到这荒废很久的神女祭坛或许是个关键，小心翼翼地凑近了一些，眼睛也不眨地盯着加莱的动作。

突然，加莱将什么东西按了下去，手臂猛地往前一推。地面立刻产生了剧烈的震颤。侍卫们全都大惊失色，陈轻絮却想也不想地飞掠而去。

环绕祭坛周围的石头自己动了起来，地面上升起一个又一个巨大的齿轮，环环相扣，无数外皮已经锈住的钢铁管道四通八达地伸开，自己闭合相连，最后成了一个完整的圆环。所有的钢铁管道全部扣上，"嗤"一声，无数小铁片从两侧展开，在微风中微微颤抖着，居然是一个又一个的小火翅——这东西很像大梁的"鸢"。

整个祭坛像是一只巨鸢，陈轻絮有种错觉，仿佛点上紫流金，它就能拔地而起，升上九重天。她震惊地想道：不是说蛮人当年就是因为没有自己的火机技术，才被玄铁营卷了吗？这又是什么？这蛮子想坐着这玩意逃跑还是升天？

她还没有盘算出个结论，就听"咔嚓"一声，连成一圈的管道上突然有一处冒出带着煳味的烟来。随后，接二连三的断裂声四下响起，汩汩的紫流金经年日久地保存在地下，早已经掺了不知多少杂质，火翅下面的明火一闪一灭间，一股不同于纯净紫流金燃烧的呛鼻气味弥漫开来。

说时迟，那时快，其实自第一处断裂开始到整个祭坛烧起来只有眨眼的瞬间，倘若此时潜伏在一边的是葛晨或是张奉函这样的行家，便能看出这形似巨鸢的祭坛构造根本不完整，看似花哨，其实只是生搬硬套了鸢上的火翅和管道形的金匣子，没有解决巨鸢升空最关键的船体问题，即便被火力强行拉起来，不等升到半空，就会解体。

而年久失修显然加剧了这种损坏，它甚至没有要升空的意思，已经自毁了。

祭坛下埋藏的巨鸢与向长生天祈祷的神女，仿佛注定是气数已尽的天狼族遥不可及的梦，永远不可能实现。

侍卫长吓坏了，屁滚尿流地大喊道：“王！快躲开！”

仿佛是受他这一嗓子震动，那巨石雕成的门突然塌了，将一大堆已经浮出地面的管道压住，紫流金燃烧产生的气体飞快地膨胀。一声震耳欲聋的巨响后，祭坛竟然开始炸了，一个火球摇摇欲坠地升上天空，加莱荧惑身在大火之中，回头看了护卫队一眼，脸上却并无畏惧之色。

那一瞬间，陈轻絮忽然明白了，加莱未必不知道这祭坛一旦点着就会炸……他心甘情愿、蓄谋已久，只是在找一种更灿烂些的死法。

祭坛外墙开始摇摇欲坠，眼看着就要崩塌。陈轻絮一咬牙，豁出去了，从四方火舌中硬是抓住了一条缝隙，在众目睽睽下，紧跟着加莱闪身钻了进去。而后“轰隆”一声，祭坛外墙塌了。

曹春花半路丢了陈轻絮的踪迹，别无他法，只好留下接应顾昀他们，直到玄铁营杀入大都，他才从俘虏的蛮族侍卫口中得出加莱荧惑的大概方向。曹春花对北蛮大都的地形非常熟悉，听个大概就知道加莱荧惑一准是来神女祭坛了，当下带着心急如焚的沈易赶过来，谁知正看见这么一幕。

曹春花瞳孔骤缩，叫都没叫出声。沈易却毫不犹豫地将身上轻裘甲卸下，就地取材，在苦寒之地没来得及开化的冰雪中滚了一大圈，混了一身的冰雪，悍然跟着冲进了烈火中。

狼王自己选择的灿烂末路将侍卫长震傻了，一群北蛮精英侍卫都木头桩子似的站在原地，几乎生不起一点反抗的心思，已经自动成了俘虏，都不必费心去打。杂质过多的紫流金燃烧起来没有那种烤化冰原的威力，但烟尘很大，人在其中，眼都睁不开，千里眼上很快沾了一层灰，被陈轻絮一把拽下来扔在一边。

她看出来了，加莱从重甲中摔出来的一瞬间，大概就有了求死的欲望，对一个求死心切的人来说，严刑逼供也没多大用处，何况她压根不会逼。

那么她寻访多年求而不得的神女巫毒之秘，会在这个神秘的祭坛中吗？

陈轻絮一步穿过正在崩塌的祭坛，在万丈黑灰中找到了加莱艰难地往前爬的影子。陈轻絮捂住口鼻，眯起眼瞄了瞄他前进的方向，发现加莱对周遭吵闹视而不见，一双眼睛紧紧地盯着祭坛中间的大石台。

那石台里有什么？

这时，祭坛中的一根大梁柱冲着陈轻絮当头砸了下来，她不得不闪身躲开，在碎石上借了一下力，而后往石台飞掠而去。

倘若最早的设计者想将整个祭坛做成一只大鸢的话，根据那石台所在的位置推断，它应该是定海神针一般的桅杆，台子上有刻着蛮文的石板围成了一圈，和门口那些不知所云的咒文不同，这些才是十八部落真正的文字。

陈轻絮先前来北疆之外寻访过蛮族巫毒之术，对蛮文也下过一点功夫，大概能看懂上面记载的是十八部落分分合合的历史。

从头到尾，没有一个字提到蛮族的巫毒术，陈轻絮终于被浓烟呛得咳嗽起来，心里无比失望——难道这里真就只是个祭坛遗址，并没有她想找的东西吗？

就在这时，不知哪里又炸了，地面震动过后，她正对面的一块大石板猝不及防地拍了下来。陈轻絮本能地往后退去，然而浓烟毕竟遮挡了视线，她一脚踩空，整个人直接往石台下摔去，这一下搞不好会被石板拍在下面！

情急之下，陈轻絮袖子里藏着的绳索卷了出去，不知挂住了石台上的什么东西，她一边艰难地咳嗽着，一边用力一拉，想把自己拽上去，谁知那挂住的东西不结实，轻轻一拉居然跟着倒了过来。

陈轻絮心里一沉：完了。

就在这时，一道人影猛地冲过来，一把抱住她滚向一边，身侧一声巨响，大石板当空拍下来带起了一阵风，陈轻絮沾了一身祭台地上的污泥，惊魂甫定地一抬头，愕然地看见了一身狼狈的沈将军。

沈易愤怒地拽起她的衣领道："你不要命了？"

陈轻絮被他一声吼叫唤蒙了，微微睁大了眼睛。

沈易一碰到她的目光顿时㞞了，滔天的怒火也哑了，弯腰捡起她袖子里的白练，讷讷道："先走……这是什么东西！"

只见陈轻絮那带挂钩的绳索上卷了个一人大小的古怪"物件"，乍一看像个石像，可不知是不是空心的，非常轻，被沈易轻轻一拉就拽了过来，露出一个头来。

那是个栩栩如生的女人像，闭着眼，神色沉静。

沈易看着这雕工卓绝的"石像"，莫名其妙起了一身鸡皮疙瘩。陈轻絮先是扫了一眼，随后吃了一惊，蹲下来拂开那"石像"表面的尘灰，尘灰下居然露出了白净的底色，触手竟然是柔软的。

"是人皮。"陈轻絮低声道。

沈易以为自己的耳朵被顾昀传染了。"什么？"

陈轻絮抬头看了一眼，只见那坍塌的石台后面有一个秘密的空洞，这具美……不知是死是活的人原来就被藏在中间。

那么加莱实际是冲着这张人皮来的吗？

陈轻絮一时理不清思绪，只得依从本能，俯身要将那东西抱起来。

沈易忙道："我来，快走！"

他一把抱起那"石像"，拽起陈轻絮，飞奔着逃出祭坛。

四处都在爆炸，四处都是浓烟，而翻滚的火光中，一个模糊而沙哑的声音断断续续地响了起来："最洁净的精灵……天风也要亲吻……她的裙角……"

整个祭坛的高梁大柱坍塌成了一线，两人眼看要逃出去的时候，只听一声巨响，一簇夹着紫光的巨大火苗高高扬起，七八人合抱的立柱往一边倾倒，整个祭坛终于难以为继，巨顶塌了下来。

沈易满脸黑灰，喘不上气来，突然心生绝望，觉得自己可能就要交待在这儿了，电光石火间，他骤然将手里那人形的东西往陈轻絮怀里一塞，把割风刃往身后一背，弓起后背，想以身护住身侧的人。

陈轻絮吃了一惊，一瞬间不知心里是什么滋味。

就在这时，天上传来玄鹰的长啸，只听"嘎吱"一声，沈易愕然抬头，只见一队玄鹰铁爪中抛出了手臂粗的钢索，硬生生把倾倒的祭坛顶端拽住了。

顾昀赶到了！

沈易不敢迟疑，也不管落在他身上的碎石，护着陈轻絮玩命地往外飞奔而去。他们俩前脚刚离开祭坛范围，一个玄鹰手中的钢索蓦地绷断了，前锋玄骑七手八脚地将两人拖起来拽走。

钢索绷断的一瞬间，顾昀差点直接纵马冲进火海里，见那两人一身火星烟熏地滚出来，他才堪堪拽住了缰绳，一边安抚着几乎被吓死的战马，一边面无表情地松了口气。随后他吹了一声长哨，冲天上的玄鹰与地上的玄骑打了个手势："撤！"

加莱荧惑含混的歌声听不见了。

十八部落数百年来巍然耸立的祭坛灰飞烟灭，浓烟滚滚，上了长生的苍天。

大风将那面被战火蹉跎过的狼旗刮掉了半边，呼啸着飞了出去，卷进烈焰与尘土中。

漫漫光阴长河中，浓墨重彩的天狼部落就此黯然退场。

而紫流金仍在烧。

第十五章 终局

壹

“我觉得这张脸有点面熟。”顾昀反复对着地面上的“女人”打量了一会儿，下结论道。

加莱荧惑的狼王帐被玄铁营的人翻了个底朝天，发现里面既没有稀世宝珠，也没有铁网珊瑚，看起来气派，内里一片穷酸，可见他在熬干贵族们的家底之前，连自己也没放过，实在是个“大公无私”的疯子。

令顾昀十分失望的是，他们到底也没能找到传说中的神女巫毒秘术。想想也是，只有梁人才喜欢将什么事都写在纸上，结集成册，十八部落内保存着许多原始的习俗，一些需要记录的事很可能刻在石头上、龟甲上、毛皮上……或是干脆口口相传。他们一心想找的巫毒秘术说不定只藏在加莱的脑子里，被烧得灰飞烟灭了。

最后，只有这么一座诡异的人像在陈轻絮的坚持下带回了北疆军中。

“刚才陈姑娘说这东西可能是个什么？”顾昀顺口问旁边的亲兵道，“什么偶？”

"魂偶。"亲兵回道，见顾昀百无禁忌地用木棒戳来戳去，又忍不住道，"大帅，我看这玩意阴毒得很，没准有什么不干净的，您还是躲远一点吧？"

"魂偶"有真人大小，不过二三十斤重，洗干净以后，面貌肌肤乍一看与真人殊无二致，仿佛睁开眼就能说话一样。据说这其实并不是一张完整的人皮，是用了很多少年男女的人皮拼接而成，用某种巫毒手段处理后，结成一整块，包在木头上，木头事先削成完整的人形，这样将人皮与木头严丝合缝地贴在一起，能仿制出一个栩栩如生的假人。

十八部落相信这种魂偶能招来客死异乡之人的魂魄。

刚开始，这尊魂偶身上裹着一层尘灰，洗干净以后则完全就像个赤身裸体的真人，沈易嫌此物太不成体统，特意让人找了身衣服给它"穿上"。

顾昀盯着那魂偶闭合的眉眼看了看，隐约觉得有一点长庚小时候的样子，他伸出手指捋着自己的下巴，努力将记忆往回倒，问道："你说这招的是当年那位蛮妃的魂吗？"

亲兵信邪，有点不敢看，心惊胆战道："大帅，还是赶紧搬出去吧，这神神鬼鬼怪瘆得慌的……"

"没事，"顾昀看了一眼魂偶的脸，随口道，"我觉得她长得还挺好看的。"

亲兵感觉这一段日子顾帅兼顾南北战场，恐怕是累得有点失心风了。

正在这时候，原本不放心去看沈易的陈轻絮忽然闯了进来，道："我想起来了！"

顾昀："嗯？"

只见陈轻絮不知从哪儿抽出一把刀来，半跪在地上，在顾昀和他那十分迷信的亲兵双双注视下，一刀将那魂偶从胸口剖开了。

顾昀："……"

那亲兵吓得一哆嗦，背过脸去直念"阿弥陀佛"，顾昀看了看那亲兵，又看了看庖丁解牛似的陈姑娘，便伸手将木棒递给他那噤若寒蝉的亲兵，怜悯地说道："拿去辟邪防身吧。"

陈轻絮没理会周遭，注意力全在刀尖。那人皮从外面看平平整整，甚至十分柔软，划开以后里面没有血肉，干干净净地分开两边，质地像鞣制过的牛皮。陈轻絮力道把握得极好，刚好划开人皮，却没有伤及下面的木头。

顾昀刚开始在一边无所事事地围观，忽然，他眯了眯眼，挽起袖子蹲下来，毫不避讳地上了手，轻轻地挑开那掀开的皮，细细地触摸木头表面。

亲兵的脸都绿了，胡乱告了声罪，拎着大帅给他的辟邪棒跑到外面看门去了。

顾昀摸了半晌道："这木头上还有字。"

陈轻絮已经将人皮从头划到了尾，她像剥鸡蛋壳一样换了一把更小的刀，仔细地将那张人皮一点一点地褪下来，直到露出整截的人形木头，她才微微松了口气，抽空回了顾昀的话："有，但是刻得又小又浅，非得触感极其敏锐的人才能摸出来，普通人想看恐怕得借助工具。大帅能替我分辨一下上面写了什么吗？"

玄铁营跟十八部落可谓是几代人的宿敌，玄铁营中很多高级将领都认得常用蛮语。顾昀在那人形木头的颈子上摸索了片刻，迟疑良久才回道："都是很生僻的字，蒸煮……什么……不认识，后面是个数字……嗯，好像还提到了什么日光……"

顾昀一头雾水地看向陈轻絮道："这魂偶上为什么刻了张神神秘秘的菜谱？呃……陈姑娘，你怎么了？"

顾昀从未在陈轻絮脸上看见过这么激动的神色，她那冷冰冰的眼睛里几乎带了一点泪花。她像是从来没见过木头一样，双手将那人形的木头抱起来，取出一条丝绢细心地擦去上面的尘土，好像抱了个稀世珍宝。

"魂偶要能引来异乡的魂灵回归，需要沟通生死，通常做法是在木心里藏一件那人的贴身之物。但既然用这种方法祭奠亡魂，死者通常人在千万里之外，多半是找不到其葬身之地的，所以贴身的东西不是每次都能拿到。在这种情况下，施法者一般会用死者留下的遗言，或是能代表死者的铭言来代替。

“当年蛮族姊妹从深宫中逃亡，途中姐姐身死异乡，妹妹带着她的孩子流落匪窝，贵妃临死之时，留下了一样非常重要的东西给胡格尔，后来从胡格尔手中辗转而过，最后落到了狼王加莱手上……”

顾昀听到这儿，一颗心毫无预兆地狂跳起来。

“正是神女秘术。”陈轻絮一下点出了他心中所想，“我……我本是想着有这种可能，谁知居然真是……”

所有人对“蛮族神女”的印象，都只剩下了胡格尔那个女疯子的形象，贵妃反而没有什么存在感。她死得太早了，从高高在上的草原“半神”沦落到九门紧闭的重重后宫中，她心里是怨是恨还是认命，至今都已经无从得知了。而她对自己的孩子是什么态度呢？

想必按照人之常情，应该是憎恨的，连加莱看见长庚年幼时酷似神女姊妹的面孔时，都忍不住心生杀意，何况当事人呢？可是十八部落的巫毒之术那么神鬼莫测，连陈家都一筹莫展这许多年，贵妃作为传承者，要打掉一个尚未成形的胎儿大可以做得神不知鬼不觉，她又为什么将那个孩子留下来了呢？

她知道那个孩子最后被丧心病狂的胡格尔做成乌尔骨了吗？

旧人死得差不多绝了，再也不会有人知道，当年蛮族神女决定留下那个孩子到底是出于一个母亲的不舍，还是恰好得知胡格尔怀了另一个孩子，出于亡族灭种的憎恨，策划了一个旷世邪神。

但无论如何，兜兜转转间，依然是神女的魂偶给长庚留下了一线生机。这几乎有点因果相生的玄妙之意。

陈轻絮不想讨论什么因果报应，她全心全意都在这截木头上，不等顾昀反应过来，就风一样地抱起木头人跑了，连丝绢掉地上都没顾上捡。顾昀呆愣许久，胸中一口气后知后觉地呼出来，被无法言说的希望砸了一通胸口，站起来以后，他眼前几乎一黑，好半天才缓过来，犹在耳鸣不止。他难以抑制地伸手蹭了一下自己的下巴，尽可能地想要板出一张正常而严肃的面孔，眉头下意识地皱在了一起，嘴角却又不受控制地笑起来。那绷出来的严肃与难以抑制的喜色交织成了一个标准的“啼笑皆非”，顾昀自己都觉得自己此时的形象恐怕是有点疯。

这时，隔壁沈将军的亲兵在帐外探头探脑片刻，问道：“陈神医终于走了吗？”

“走了，”顾昀听见自己的亲兵回道，“怎么，有事吗？”

那位打听神医行踪的小兵忙摇摇头，跑回去汇报了。下一刻，顾昀听见沈将军的帐中传来了一声不知憋了多久的痛叫。

沈易的后背一大片连砸伤带烫伤，凄惨无比，但他依然硬骨头地拒绝了陈姑娘的医治及探视，几次三番把前来探望的陈姑娘关在了外头，坚决不肯让她看见自己的惨样，还毅然决然地找了位擅长杀猪的军医来给处理伤口，其间派人偷偷出来打探了四五次，一直憋到陈轻絮终于走了，总算是忍到了头，可以放开喉咙号叫了。

顾昀侧耳倾听了一会儿，只觉得生个孩子都未见得能叫这么惨，十分于心不忍，于是捡起那块掉在地上的丝绢，抖了抖上面的灰尘，出门塞给自己的小亲兵，吩咐道：“快给沈将军送过去，止痛的。”

别管那丝绢擦过什么，反正效果十分灵验，东西一送到，沈易的号叫声立刻小了好多。

顾昀黑心烂肺地消遣完自家兄弟，转回到帅帐中，本打算将积压在桌案上的一沓战报和各大驻军地的一堆信件批复了，提起笔来才发现自己完全静不下心来。

战报上的每一个字都认识，就是不能连成一句话跳进他眼里。他一会儿漫无边际地想道：“那木头上会不会只记载了做法，没有解法？”

一会儿又想：“那也没关系，只要有乌尔骨的来龙去脉，陈家总能想出办法。”

然后过了一会儿又暗道：“不会真让我给护国寺那帮秃驴烧香吧？娘的……”

种种翻来覆去，没个头绪。

而一股难以言喻的思念就在这千头万绪中杀出了一条血路，跃然上了他的心头。

顾昀笔尖上的墨汁掉了一滴下来，他总算回过神来，干脆将那一堆公务悉数推开，浮生偷欢似的取出信纸，堂而皇之地挤占公务时间徇私情。

人间四月，两江之地芳菲已将尽，梅雨湿淋淋地自河中蒸腾而起。

这一个多月以来，长庚一直身在江北，他先是一手操办了钟老将军的丧事，而后，方钦又上书建议隆安皇帝，将雁王留在原处，协助朝廷使者推进与西洋人接洽事宜。

雁王虽然已经步下政坛，但方钦依然觉得他在京城中是件如鲠在喉的事。按理打蛇随棍，对付政敌就应该一击必杀，但雁王辞官的由头并非由方钦本人策划，整件事不在他的掌控之中，而且雁亲王这种身份很不好办，除了谋反大罪，确实也没什么可以将其赶尽杀绝的。

方钦只好想方设法将他远远地支开。

“协助”二字非常微妙，意味着这件事不是由雁王主导，他只有义务，没有权利。事成之后也是人家正使的功劳，但万一出点什么乱子，那可拿雁王做文章的地方就多了。

可惜，天不遂人愿，方钦希望看到的“乱子”没有出现，雁王在江北大营混得如鱼得水，人缘极佳。他本来就很会讨人喜欢，跟众将士又有两次并肩作战的情分，还有钟老将军和顾昀的面子保驾护航。

朝廷派出的使者十分有眼色，到了江北后一切唯雁王马首是瞻，加上顾昀平日里书信不断，十天半月还会专程过来看一眼，雁王在两江沿岸欺负西洋人的工作可谓十分顺利，其间打了三四场小型水上战役，便宜占到了，兵也练了。李丰也说不出什么，反而隐约觉得有点对不起雁王——所谓远香近臭就是这个道理。

而与此同时，另一件让方钦始料未及的事发生了，这使得他愣是没能腾出精力来趁机往两江之地安插势力——第一批烽火票到期，要还钱了。

第一批烽火票的地位非常特殊，说是风雨交困的大梁王朝的起死回生药也不为过。当时倘若不是有这一批物资支撑了顾昀在西域的那场胜仗，在国内紫流金告罄的情况下，西洋人再一次围困京城只是时间问题。

首批认购烽火票的人对国家有大恩，于情于理，这个债务必须要还。若是朝廷不拿出这个钱来，那不但是失信于人，以后烽火票都发不出去是肯定的，之前雁王好不容易推行的“烽火票在民间可等价金银，禁止商户拒收”的政令也将成为一纸空文。

这样一来，就算别人答应，那些吏治改革初期为了乌纱帽捏着鼻子认购了大量烽火票的朝廷大员也不能答应。直到此时，方钦才不得不承认，雁王虽然手段激烈，借刀杀政敌从不手软，动起改革的刀来想剜谁的肉剜谁的肉，乃至得罪了一大批人……但他却终究早早埋好了一颗种子，敌我不分地把满朝上下都绑上了他的贼船。

按照军机处的本来规划，首批烽火票在发售伊始，就有了后续方案：第三批烽火票正好在到期日前一个月面世，按以往的经验，一个月差不多能卖个七七八八，这一笔筹措的银钱中，有一部分是预留给归还首批债务的，无论是时间还是金额都绰绰有余。

可是谁也没料到的是，雁王这么一走，民间大小商贾不买账了！

是他们小看了雁王。

第三批烽火票诞生伊始就受阻，除了一些急功近利的官员刚开始消化了一点，几乎完全推不动——商会莫名其妙的不配合让人心里产生了很多疑虑，朝中的老狐狸们望风不动，个个跟风推诿。而利诱不成，威逼也不成。十三巨贾在后面推动的一批新贵已成气候，再要动他们已经没那么容易了。

烽火票自军机处推行，但军机处也只负责推，往来钱款都是从户部进出。方钦恨不能叫上一干党羽自掏腰包，然而杯水车薪，且不说各大世家愿不愿意掏这个钱，就算愿意，倘若他们真能眼也不眨地掏出这么大一笔钱财，当初连雁王都能骂得灰头土脸的两院穷酸们指定得一拥而上，不揪个底朝天不罢休。

随着日子逼近，连李丰都坐不住了，亲自过问了好几次，三四天的工夫，把方钦与军机处一干人等叫进宫训斥了没有十顿也有八顿，直到压力大得顶不住了，六部不得不联合上书军机处，请雁王回朝。

政令送抵江北的时候，长庚十分平静地接了旨，然后有条不紊地安排军务交接，把“宠辱不惊”的态度端了个四平八稳，好像一点也不着急回去，及至第二道加急令送到，他才不慌不忙地收拾行囊准备北上。

他正要走的时候，北疆大捷的消息到了。

一时间，整个江北沸腾了，长庚一边听着满耳的欢呼哭喊，一边从信使手中接过给自己的信件。顾昀给长庚的信中，有些是纯粹的私信，有些则是叮嘱“雁亲王”的正事。长庚很有经验，拆信封之前用手一捏就知道是公是私——顾昀的公事通常只有薄薄的一张纸，三言两语。他从玄鹰信使手里接过信件的时候一瞬间有点失望，因为摸得出很薄，想必没什么私房话。

长庚顺口嘱咐玄鹰道：“顾帅那边可能还不知道，我今天就要动身回京了，江北这边事宜已经交接完毕，劳烦兄弟回去告知一声。”

说完，他没怎么避讳地当着众人的面拆了信。

只见里面确实只有一张纸，上面画了一只手，顾昀写了一行字：“附一掌送抵江北，替我丈量伊人衣带可曾宽否。”

众人莫名其妙地看着雁王不知看什么看了那么久，随后脸竟然红了。

贰

隆安九年，加莱荧惑死了，世子继位，代表十八部落正式宣布归降。新狼王受封王爵，三跪九叩接了旨，整个十八部落地广人稀的大草原并入大梁最北部的朔北省，归降贵族一概受朔北督节制。

至此，十八部落不再向朝廷纳岁贡，而是统一归入普通税收中，那茫茫千里的紫流金田由朝廷专门成立机构，负责开采运送。

大梁举国欢庆。

沈易暂时留下交接，顾昀要回京复命，曹娘子跟他一起。陈轻絮刚刚将整部的神女秘术拓下来，尚且来不及消化，也告辞要回陈家。临走，顾昀将她叫到一边，刚开始想问乌尔骨有没有把握解，后来又觉得问了也是白问，陈轻絮这种靠谱的人肯定不会把话说满，顶多一句“尽力为之”，这样一来，也就没什么好说的了，他十分郑重地冲陈轻絮道了谢，又道：“全仰仗陈姑娘了。”

陈轻絮侧身不敢受礼，破天荒地对顾昀解释道：“这两天小曹帮我一起翻译了很多，神女秘术中巫与毒不分家，很多匪夷所思的做法是仪式性的，哪些是确有深意，哪些是无稽之谈，我一时也很难说清楚，大帅给我一些时间。”

顾昀忙道无妨。

陈轻絮又取出一个封好的信封，叮嘱道：“这都是些调养方子，吃一两次没用，得靠时间慢慢调养，大帅亏得太多，聊胜于无吧，平时用的药无论如何要节制。”

顾昀点头收起来，抬头正好瞥见一边眼巴巴的沈易。

沈易冲他怒目而视，顾昀认识沈易这么多年，还是头一次知道沈季平的眼神居然也灵动得会骂人——反正他是清清楚楚地从沈易眼中看到了“你们俩哪儿来那么多话要说”的愤懑。

顾昀白了他一眼，心道：你自己在旁边干看着，难不成指望人家天生寡言少语的大姑娘主动跟你搭话？真是废物年年有，今年特别多。

两人隔空用眼神厮杀了片刻，终于，沈易忍不住走了过来，先是没好气地对顾昀道：“大帅，该走了，别误了时辰。”然后又扭扭捏捏地转向陈轻絮。

顾昀懒得看他那三脚踹不出一个屁来的德行，用马鞭把轻轻地在沈易腰上敲了一下，上马离去。

顾昀回京复命时，老百姓们有事先听说的，口口相传，及至当天，街头巷陌都站满了人，等着一睹玄铁营的将军风采，不料等了半天什么都没看见——从驿站和北大营那边溜达过来的，只有几个代表朝廷受降的文官带着原北疆驻军、原中原驻军和玄铁营一位名不见经传的参将。顾昀头天晚上就自己找了辆不怎么显眼的小马车回家去了，第二天直接入宫面圣。

他以前很爱招摇过市、掷果盈车的那种调调，一路冲路边面貌齐整的姑娘眨眼都能眨得眼皮疼。不过现在不爱了，一来是江南未曾收复，他自觉没什么脸面，二来是他渐渐地开始不喜欢那种浮华与热闹了……说不出为什么，可能是累了，也可能是老了。

而此时，正在北上路上不知磨蹭什么的长庚还没回来。长庚不在家，顾昀自己在侯府除了听鸟骂街也没别的事好做。

他不敢放开心胸闲吃死睡个三五天来休养元气——那是少年人的方式，他已经不太具备这种条件了。倘若真的将心里的弦松弛下来，恐怕等着他的不是精神焕发，而是大病一场。因此他匆匆在李丰面前点了个卯，接下来还要赶到江北去。

在顾昀临出发时，奉函公登门拜访。

奉函公坐下连口茶都没来得及喝，就猴急地要拉着顾昀走。“大帅，雁王殿下来信，嘱咐我在您走之前，一定要带您看看这个。”

顾昀笑道：“怎么，奉函公做了个大海怪出来？”

张奉函“嘿嘿”笑，卖关子不出声，他老人家前几年还是一脸没人送终的老朽样，敢情是闲的，这几年一天到晚住在灵枢院里，反而跟老树开花一样，红光满面的，活像邂逅了一个美貌秀丽的老太太。顾昀只好上了他老人家的车，并自动担当了端茶倒水的小厮一职，以防唾沫横飞的张奉函将自己说得脱水。“奉函公老当益壮，着实让人羡慕。”

张奉函忙道了声“不敢”，接过茶杯，花白的胡子一翘一翘的，笑道：“朝廷用得着我这老东西，我活得有劲。这火机钢甲，人人都嫌脏，我却是从小就爱这一行，不但爱，还能爱出名堂来，岂不是美事吗？”

顾昀琢磨了一下，感觉也是这么个道理，只可惜这道理不能套在他自己身上——人家爱火机钢甲是正常的，当官的爱高官厚禄也仿佛人之常情，但到了他这儿，要说爱打仗爱杀人……实在不怎么像人话。

可当时也恰恰是他自己选了这条路。

为什么呢？

顾昀一时间有点想不起来了，反正他记得自己小时候是很讨厌“去边疆”这三个字的，因为那意味着要和玩伴分别，每天都要见到可怕的爹，吃不好睡不好。十来岁的时候被父亲的一干旧部架到了战场上，还没等他那点少年热血上头，首战就出了个不大不小的岔子……再后来，他渐渐习惯了边疆吃沙子的日子，也年少轻狂了几年，及至听加莱隐晦地点出当年玄铁营之变的真相，他原本一点开疆拓土之心彻底熄灭了，每天仿佛也就是尽到职责而已。

在举国都沉浸在北疆大捷、收复江南或许指日可待的欢欣中时，四境之帅和一个糟老头子坐在一架摇摇晃晃的马车上，扪心自问自己的选择，并且百思不得其解。他稍微回忆了一下自己的有生之年，发现春风得意收尽美人心的招摇过市也好，想要铁蹄纵横、睥睨天下的豪气冲天也好……都很淡了。

如今能想起来的，基本都是他想撂挑子的时候。

正出神，张奉函道：“大帅，到了。”

顾昀眨眼间已经将沉在陈年旧事里的心思都收拾好了，适时地装出个十分期待的表情哄老人家高兴：“还不告诉我灵枢院做出个什么吗？”

话音没落，他突然觉得地面微妙地震颤了起来，好像有什么东西“咣当咣当”地过去，车外传来大呼小叫。

顾昀纵身从马车上跳下来，呆住了。

只见一个庞然大物真的横在他眼前，顾昀：“……这是那个蒸汽铁轨车吗？”

好像是他在寒夜里翻看的图纸原原本本地活了过来，只见那巨大的蒸汽车车头上惟妙惟肖地刻了百马奔腾的浮雕，一个鬓发怒张的马头在最前端，仰头做长嘶状，后面拉着一节一节一看就很能装东西的车厢。车轮上复杂的装置露在外面，看得人眼花缭乱。像顾昀这种外行，完全分不出哪些是有用的，哪些纯粹是装饰作用。

“铁轨在建着呢，这一段只是试跑用的，不长。”张奉函激动得鼻尖都在冒汗，“葛晨！葛晨人呢？”

马头后面的窗户里冒出一张小圆脸来：“哎，师父！侯爷！”

张奉函吼道：“给大帅看看咱们的车跑起来是什么样的！”

葛晨抻着脖子号叫了一声：“好嘞！”

说完，他缩回到车头中，一个猴一样的年轻灵枢拿着两个旗子在前面比画了一下，这辆蒸汽铁轨车便缓缓地启动了，一股只有顾昀能闻到的紫流金清香从车顶的蒸汽中飘出来，随后一声长鸣，身后一串尾巴丝毫没有影响车头的行动力，稳稳当当地越跑越快、越跑越快——

最后消失在了顾昀的视线里。

周围一帮疯疯癫癫的灵枢又开始乱叫起来，张奉函只能扯着嗓子维持秩序：“规矩呢？规矩呢！安定侯爷面前，也给我长点脸行吗？”

没人听他的。

张奉函只好讪讪地转向顾昀：“大帅见笑了，他们这两天一直这样，车跑一次叫唤一次，谁来都不管用。唉，不瞒您说，这玩意本是杜公寻到海外的关系，高价买来的图纸。只是那群洋人不管掺没掺和进犯我朝，都奸诈得很，藏了好几手，从运河沿线收地开始，一直到现在，废了无数精铁玄铁。要不是雁王殿下暗中帮忙周旋，这个项目早就被上面废了……这帮孩子太不容易，您就别挑他们到处散德行的理啦。”

顾昀背着手站在原地，仍一动不动地看着那铁轨蒸汽车消失的方向，他其实也很想跟旁边的灵枢们一起吱哇乱叫一通，怕吓着别人，只好强行板出个稳重的壳来，心却已经跟着紫流金催动的长车跑远了。

一条动脉似的钢轨沿运河沿岸铺陈而下，两江再不是天高皇帝远的地方。

顾昀不由自主地想起长庚曾经对他说过的愿景：“……让那些地上跑的火机都在田间地头，天上飞的长鸢中坐满拖家带口回家探亲的寻常旅人……”

顾昀转头对张奉函真心诚意地笑道：“幸亏我这么多年一直没撂挑子，否则去哪儿第一时间见着这种神物？”

奉函公全然没能领会精神：“哈哈哈，大帅玩笑了。”

顾昀不知道百年之后青史会给他留一个什么名，反正两次西域平叛的时候他在，京城即将城破的时候他在，北疆归降的时候他在，第一辆蒸汽铁轨车轰鸣着绝尘而去的时候……他也在——这么一想，他来路上心里的困惑居然迎刃而解，从中间找出了一点“哪儿都有我”的趣味来。

五月初，顾昀动身南下，打听到雁王走的是沿线官道陆路，干脆舍弃鹰，也带着一队轻骑顺着官道骑马而至，果然，在出京没多远的直隶境内，蓄谋已久地“偶遇”了雁王的车驾。

长庚不是故意要耽搁行程，他“磨刀不误砍柴工”，这一路上将需要见的人挨个见了个遍，准备一抵京，立刻不留余地地掀起一场风暴。这是一段机关算尽的路，他本没期待能碰上来无影去无踪的顾昀，乍一听手下来报，几乎从车里弹了出来。

人前，他们俩将礼数做了个周全，一到了暂时歇脚的驿站中关门屏退左右，长庚就急了，一迭声地问道：“你怎会骑马走官道？不嫌累吗？是不是出什么事了？在北疆可受过伤？手腕给我……这一阵子身体饮食怎么样？陈轻絮说过什么吗？”

顾昀靠在一边，听他把平时写信啰嗦的话又口头问了一遍，也不着急，笑眯眯地问道：“这是让我先禀报哪一个？”

长庚失笑了，随后也发现自己激动得过了头。“这么远的路，你为什么不用鹰？”

顾昀道：“前面驻军驿站中就换。”

长庚愣了愣，忽然意识到顾昀的言外之意，愕然抬头道：“你是为了……”

“可不吗？在半路等候已久，专门为了打劫雁王殿下。”顾昀懒洋洋地说道，“要打此路过，留下买路财。”

长庚莫名其妙想起他那只千里寄来的手掌，道：“劫财还是劫色？财有一座王府和一座别院，有专门卖稀奇物件的铺子，还有……”

顾昀故作惊诧道：“这么有钱？我才头一次拦路打劫就碰到这种肥羊，命真是好……那我要劫色！”

长庚大笑，可惜，战前这一点轻松愉悦的相逢，都如萍踪随流水，两人只匆匆忙忙打了个照面，便要各自整理行装擦肩而过，一个北上一个南下，像是换班。

这一别……险成永诀。

雁王正式回朝，重掌军机处。

方钦则默不作声地准备了两份折子，倘若雁王处置烽火票之事不力，他就参雁王祸国殃民，当年鼠目寸光推动烽火票，以致造成如今乱局，再借题发挥一下，或许可以废除雁王的数次吏治改革，把这乌烟瘴气什么人都有的朝廷恢复原状。

倘若那些不买户部账的巨贾在雁王出面之后竟然从了，成功将烽火票这事揭过去了，那么也大有文章可做。雁王不是一向以不党不群、刚正不阿标榜自己吗？方钦知道他跟杜万全他们那伙人早有密谋，只是一直抓不到他的把柄，这回正好都揪出来说道说道——堂堂亲王，千方百计地将国家财政大权转移到这群野心勃勃……甚至数次出海，和西洋人也有联系的商人手里，安的是什么心？

方钦做好了完全的准备，绝不打算让雁王翻身。大朝会上与雁王擦肩而过互相点头致意的时候，方钦感觉得出来，雁王也不打算放过他。

雁王不在的这段时间，朝中新贵与世家势力的矛盾更加尖锐了。这两派人马一方面自持清贵，一方面风头正劲，从根本上就互相不对付。有的时候，士农工商三教九流之间的隔阂，不比十八部落蛮人与梁人之间的隔阂小。

世家世代相传下来，家底都很厚实，几乎每姓都有大片的庄子和土地，自从元和年间粮价不断下跌后，为了往来进项，各大世家暗中从商，已经从武帝以前的偷偷摸摸变成了如今的蔚然成风。这一方面无形中使原本居末流的商户开始登堂入室，一方面也在不断伤害民间商户。

大梁自太祖皇帝伊始便有律令，功名之身、王公贵族等，不得与民争利。因为商一旦沾了“官”字，便并非纯粹的商了，即便不是主动欺人，也必有小人仗势。旧世家与新贵们之间的仇怨由来已久，不是一朝一代的事。

此时新贵上台，无异于咸鱼翻生，不是东风压倒西风，就是西风压倒东风，旧世家当然要不遗余力地打压。新仇旧恨加在一起，在家国动荡之时尚且能捏着鼻子万众一心，此时蛮族俯首，江南又能腾出手来，战局显得不那么紧迫了，立刻便阵痛似的爆发了出来。

雁王回朝后连个缓冲都没有，等着他的是大朝会上乌烟瘴气的吵架。

从要不要废除烽火票这个大麻烦，吵到新吏治种种弊端，最后干脆抨击起运河办。继而又从王权吵到民权，从民商条例吵到祖宗家法，最后战火居然还不知怎的引向了军中，从眼下四境驻军的开销开始，一路脱缰野马一样闹到了江南究竟应不应该继续打的问题——方钦一党算是抓住了雁王的根本。倘若不是这几年战争开销极大，国库每天都在声嘶力竭地叫穷，雁王也不会抓到机会一心向钱，把朝堂搞得这么乌烟瘴气。

有世家的人站出来挑事：“皇上，十八部落归降，我们未来会有大批充裕的紫流金，境内元气已经在缓缓恢复，三五年之内实在不宜再开战，我看西洋人近日呈上来的和谈条约就很有诚意。只要他们撤出长江，让出强占的土地，在东海沿岸开辟西洋港口完全可以，既能还百姓一个安宁，将来又能作为我们海上通商的中转之地，有何不可？顾帅不分青红皂白地一概挑刺，不断追加条件，也未免太不近人情了。”

自然又有雁王党接招：“我东海沿岸沃土凭什么要让给一帮西洋猴子？我们自己不会开港口吗？自己没有商船商队吗？祖宗传下来的地方，您一句话划给了西洋人，满朝上下真是再没有比您更大方的了！”

方钦亲自上阵，将尖锐的“叛国通敌”话头别开，不慌不忙地说道：“西洋人远隔重洋而来，所用军需补给大部分需要从千里之外供应，所带之兵又是背井离乡的疲惫之师，依臣之见，实在不必太过如临大敌，可先假意和谈，用不了十年八年，他们自己就难以为继了。顾帅为我大梁鞠躬尽瘁，这些年也是伤病交加，从未过过几天舒坦的放心日子，哪怕是心疼我十万前线浴血将士，也该停战休整了——此事也可以容后再议，不知雁王殿下对烽火票……是怎么个章程？”

从头旁听到此时的雁王直接被拖出来，抬头看了方钦一眼道：“我看容后再议就不必了吧？烽火票以‘烽火’冠名，归根到底是与战事息息相关，既然诸位大人想割地饲虎狼，那第三批烽火票也确实没有发的理由了，朝廷以之后五年税收作保，总能再筹措仨瓜俩枣来，够还账了。”

方钦摇头笑道：“雁王这是赌气的话，此时停战岂是割地饲虎狼？西洋人已经节节败退，这是变相请降，到了海上他们不过是一群无根之萍，实在构不成心腹大患。”

长庚也笑了，不愠不火道：“方大人足不出户而知天下事，实在让人感佩，远在千里之外就知道西洋人已经是无根之萍，这等高瞻远瞩，我辈实难望其项背。”

眼看着两人用互相拜年的语气尖酸刻薄起来，李丰不得不出面道：“军中事军中人说了算，朕召你们来，是让你们来议一议烽火票的当务之急，吵什么两江战场？一点账算了这么长时间都算不明白，操心得倒多——阿旻，你也少说两句。”

户部侍郎适时地顺着皇上的话音站出来道：“雁王殿下刚自江北归来，

恐怕还没理清楚第三批烽火票受阻的因由。您也知道，我朝文武百官薪俸虽然比起前朝已算丰厚，但毕竟也有一家老小，靠这点俸禄维持一点面子而已，岂敢大富大贵……值此国家为难时，实在是爱莫能助，自从烽火票认购纳入吏治考察之后，多少人倾家荡产？眼下实在是分文也拿不出了。王爷素日与商会巨贾杜万全等人私交甚笃，您看可否由您出面，再向他们征一回？”

长庚才不肯落这个别有深意的陷阱，面不改色道：“回京路上我已经拜访过杜公等人，如今各地厂房初建，身为义商，有时候又不得不照管难民，开销很大，他们大半身家都压在了运河办，就算有心毁家纾难，难不成连那许多好不容易安顿的难民也一起舍了？不瞒诸位，杜公跟我的原话是，他也实在是分文拿不出了。”

方钦不肯放过他：“难道殿下当年一力推行烽火票的时候，就没想到留一条退路？”

长庚凉凉地看了他一眼：“方大人，我当初说得很清楚，钱先借着，等两年到期，国库缓过这一口气来，自然能倒换开。实在一时腾不出手来，可以尝试用第三批烽火票解燃眉之急。当时掐算国库银钱流入时方大人已经接掌户部，并未提出异议，现在你来问我，本王倒是还想请教大人，这两年多流经户部进出的钱财都何去何从了，为什么会差这么多？”

方钦终于忍不住怒道：“账册笔笔都在，雁王若对下官有疑虑，大可以去查！”

长庚皮笑肉不笑道：“也对，户部诸位大人总不会连区区账册都做不平，那想必当年方大人是鬼迷了心窍，算错了？”

李丰：“够了！”

方钦忙告罪，长庚微微一欠身，油盐不进地站在一边。他在朝会上多数时间都是十分沉默的，有话多半是下面的人说，很少这样和人针锋相对，方钦忍不住看了他一眼，总觉得很不对劲。

雁王一定对烽火票的尴尬局面早有准备，为什么他宁可在皇上面前吵架也不肯顺顺当当地说出来？他在铺垫什么？

大朝会不欢而散，雁王被留下，跟李丰一前一后沉默地走，李丰的断腿虽然恢复了，却终究是落下了病根，走得快了，会显得有点跛。

“陪朕去花园走走。”李丰道。

正巧，这天太子刚下了学，正带着三皇子在花园玩，见了父亲和小叔叔，忙规规矩矩地跑来见礼。太子一年大似一年，如今已经有点小少年的样子了，三皇子才五岁，正在换牙，说话有点漏风。

李丰见了太子，当然要将当爹的威风摆一摆，先是无中生有地找碴训斥了太子一番，又板着脸审问了一通学业。太子先还答得好好的，到最后眼神老往弟弟那边瞟，李丰顺着他的目光看了一眼，顿时一阵啼笑皆非。

三皇子还不到遭父亲逼问的年龄，本来噤若寒蝉地站在一边，后来被雁王招手叫走了，雁王带着他十分不讲究地席地而坐，随手抓了几根草茎，编了个草蚱蜢。宫禁中的孩子何曾见过这种乡间野趣？三皇子眼都直了，傻乎乎地探头看着，不一会儿，那小东西左手拿着个草蚱蜢，右手拿着个草蝈蝈，乐得都没顾上掩饰自己缺了一颗的门牙。

李丰斥责道：“……玩物丧志，像什么话。”

他板着脸瞪了长庚一眼，又把两个恋恋不舍的小孩打发了，李丰远远地看见三皇子踮着脚把一只蝈蝈塞进了太子手里，太子便牵起三皇子空出来的那只手，大孩子领着小孩子，看起来倒像是一对普通人家的小兄弟。

太子性情温顺，像他的祖父。

李丰难得有些动容，转向长庚的时候，神色也不觉柔和了不少，问道：“这么长时间了，你还是不想成家吗？”

长庚方才含笑的神色立刻淡了下去。

李丰看出他不爱提这话，便叹了口气，说道：“要不大哥做主，给你从族中过继个孩子吧，等将来上了年纪，总要有个承欢膝下的孝顺照应。”

长庚顿了一下，捻了捻手，手指上仿佛还残留着草汁，他看了一眼三皇子离开的方向，神色似乎颇有意动，然而过了一会儿，却依然没有点头。

长庚：“多谢皇兄，不必了。”

“孩子跟着你，将来承爵袭位，寸功不必有，便起码是个郡王，大好的前途，有的是人愿意送。”李丰道，“你不必担心夺人子女有损阴德。”

长庚忽然一揖到地，说道：“皇上，臣愿效仿商君，无意拖累儿孙。”

李丰眼角微微抽动了一下，转过身沉默地看着他。

长庚弯着腰不肯起来，他看起来年轻有力，却又孤绝萧瑟。

愿效仿商君——要不择手段地变法维新，为世人所憎所鄙，车裂于市……成为这个时代轰轰烈烈烧过的煤渣。

那天所有的内侍都被远远支开，没有人知道李氏兄弟在花园中说了什么，从正午说到天黑，雁王才自行离宫。

只剩下那被拔下来编了草虫子的几株草，径自秃着。

隔日，江充接到了雁王的一条指示——不要让安定侯回京，仗可以不打，但一定要让他留在两江。

江南的大雨有些残酷，前几天还热得人睡不着觉，突然一场疾风骤雨变了天，那潮气能钻进人骨头里。

雅先生抹去脸上的水汽，快步拾级而上，顺着西洋海怪丑陋可怖的外壳上伸出的铁台阶爬到了顶部，一头刺眼白发的老人背对着他，正趴在什么东西上，猫起的腰像一片烧弯的竹篾。

雅先生轻咳了一声道：“陛下，怎么这么晚还不休息。”

“人上了年纪就会被睡眠抛弃，”教皇摆摆手说，“过来，看看这个。”

海怪顶端有一个“千里眼”，不是那种可以架在鼻梁上的小玩意，它足有三尺多长，用一个三角的架子牢牢地固定在地上，铜制的长筒上有一圈一圈复杂的刻度，都是西洋文字。

这是真正的“千里眼”，能一目千里。

透过这个大长筒，他们能从漂在东海上的大海怪中望见对岸的大梁疆土。

短短几年的光景，对面沉寂的千里沃土开始在夜色中燃起不灭的光——最亮最集中的是驻军的瞭望塔，再往后则柔和得多，是许多新建工厂夜间工作守望的光，不算热火朝天，但分布在各处，像是一把细碎的星星。

雅先生奇怪地问道："陛下在看什么？敌军有异动吗？"

"敌军一直在异动。"教皇低声道，"圣地那些人先是臣服于自己的贪婪，现在又寄不切实际的期望于和谈上，我们失去了先机，只能一退再退。现在指挥舰退回海上，过一阵子大梁人很可能出兵断送我们与国内联系的补给线，到时候还不知道怎么收场。"

雅先生道："我们之所以退至海岸不是有考量的吗？到时候东瀛列岛能作为补给专用通道……我们可以从外海走，梁人虽然仿造了我们快速机动的虎鲨蛟，但整体舰队设计还不能适应远海作战。"

"东瀛人就像一群野狗，当你占据优势的时候，他们会毫不犹豫地贴上来索取腐肉，一旦你失势，别指望还能得到他们的忠诚。"教皇低低地叹了口气，"再说大梁水军不能适应远海作战的结论一定准确吗？几年前他们甚至还没有一支像样的水军——你怎么能把自己的胜算建立在敌人软弱的假设下？"

雅先生沉默了片刻道："但是陛下，圣使……"

"我找你来就是为了这件事，"教皇从怀中摸出一封信，手抖得像秋天的落叶，神色却是冷酷坚硬的，一点也看不出平时的温和慈祥，"国内来的，看看。"

雅先生飞快地接过来，随后脸色变了："这……这是真的？"

教皇压低声音道："圣地变天了。"

保守党人坐了自由党的冷板凳，把跷跷板坐偏瘫了，借调了几个附属国家上万人以抗议的名义直逼圣地，制造骚乱，废黜了国王，处死包括第一顺位继承人在内的旧贵族三十多人，拥立了一个前国王一表三千里的小可怜。

几天后，后知后觉的保皇派奋起反击，新国王只戴了七天的王冠，就被迫下台。

现在圣地的政坛极不明朗，什么事都有可能发生，效忠老国王的圣使自然失去了权柄，而保皇派正在拼命向老国王冷落了半辈子的教廷示好，短时间之内不会来给他们添堵。雅先生思维非常敏锐，一瞬间就想通了其中的关节。

教皇蓦地转身，鹰隼似的眼睛盯着他道："这是个机会，你明白吗？"

雅先生激动地压低了声音："那圣使……"

教皇微微颔首，又谦和又冷酷地说道："他不再是圣使了。"

雅先生深吸了一口气，在繁复的袖口下攥了攥拳道："我这就去准备。"

"雅克，"教皇苍老的双手拢在袖子里，临着夜风而立，"要是我们失去了这次机会，以后可能再也难以踏上这块土地了，它已经醒来了。"

雅先生回头看了一眼遥远的岸边，回想起方才看见的灯火，心里一凛，匆忙离开。

在梁人无知无觉的时候，西洋军内部发生了一场疾风骤雨一般的"叛乱"。

从圣使收到圣地来的消息到决定逃亡，当中只相隔不到一炷香的时间，不可谓不当机立断，可惜他不知道自己的消息被人拦截过。

从他率领残部逃亡到被守株待兔的教皇亲卫军秘密逮捕，当中依然只相隔了不到一炷香的时间。

圣使一干人等被雅先生当场击毙，随即布置了一条航海舰，做出功成身退的样子，将圣地内乱的消息紧紧地瞒了下来。平静的西洋军港中，普通的士兵依然在例行巡视，他们只知道圣使被召唤回圣地，以后又只有一个老大了。

教皇没有改变与大梁人软弱的和谈态度，表面上依然一点一点地退却，直到隆安九年秋分那天——

一批西洋辎重补给自外海运抵西洋军港，大批的军需与紫流金像一群黑压压的鬼影，神不知鬼不觉地压上了焦土未消的江南岸。

整个隆安九年间，大梁都飘着一股硝烟的气味。

五月底，朝廷以雁王为代表，约见托起了首批烽火票的十三义商，宣告第一批烽火票到期。同一时间，成立李丰御笔亲批的“隆安银庄”，将总庄设在京城，各地方设分支。分支机构建成之前，一干事务暂由当地地方官员代办，负责收拢到期的烽火票并兑付。隔日，隆安银庄公开了几种可供选择的兑付方式，可以兑付现银，也可以在隆安银庄开户头将票银兑换成存银，转成隆安银票全境通用，份额达到一定标准的，倘若愿意，还可以从运河办持有的官厂中兑换份额。所有价格全部列出，足足写成了一本厚实的账册，让方钦等人咬牙切齿，因为这事又是雁王早就想好的。

先前大梁也有各式各样的钱庄，有民间私立，也有专供官方对外通商汇兑等用处的官立。隆安银庄将多数官立银庄强行兼并收拢，雁王一改之前温文尔雅的形象，自打归来之后，整个人就跟被什么玩意夺舍了一样，日复一日地丧心病狂了起来。

皇商虽顶了个“皇”字，背后却多半是各大世家门阀，从来是要仗势欺人时便想起自己头上有个“皇”，要中饱私囊时，周身上下就只剩下“商”，公私不分惯了，账册泥水不分，个中利益纠葛说个三天三夜也说不分明，早把官家产业当成了自己的家业，谁能想到一夜变天，被人这样不分青红皂白地“褫夺了家业”？

从五月到八月之间，朝堂上可谓每天都在鸡飞狗跳。一个官立银庄的牵头人当了出头鸟抵死抗命，立刻被人查出舞弊贪墨，下狱、抄家查办，夫人本来身怀六甲，因为这事只好连日奔波，本就体弱，结果小产，一尸两命。岳母是个老诰命，当年七十大寿的时候有先帝御笔亲题的“老寿星”，老来得女，娇宠得不行，哪儿受得了这个，当时顶着先帝题匾闹着要上吊。

一时间满京城的公侯全都恨不能将雁王拉出来扒皮抽筋。

方钦巧妙地让过有天潢贵胄身份的雁亲王，将矛头直指军机处，联络六部中一干党羽，上书怒斥军机处十六条罪状，群情激愤，要求皇帝裁撤军机处这个“战时临时机构”。军机处背后当然不是光杆司令，当然要反击，一时间什么经年日久的龌龊事全都互相往台面上抖搂，满朝明枪暗箭，斗得你死我活，哪怕未曾身在其中，从旁边溜达过去都得挨一两支流矢。

临近中秋时，已近白热化，连江充这样谨小慎微的人都卷进一桩案子里，暂停职务等待查办。众人心里都知道，皇上看似不偏不倚，实际在暗保雁王，否则他不会这么风风雨雨还岿然不动。

这么乱哄哄地闹到了中秋之夜。

按照常例，李丰要去后宫吃一顿家宴，途中正遇上三皇子。再严苛的人对幼子也有几分宽容，李丰难得温情地将他叫过来，领在手里。三皇子和哥哥们一样怕父亲，不敢吭声，努力够着他的手一路小跑地跟着他的脚步，不一会儿跑得脸都红了。

内侍只好提醒了一声，李丰这才低头看见小儿子战战兢兢的模样，不知为什么，他就想起了那天雁王坐在草地上给这小东西编草虫子的模样。

李丰道："去把雁王叫进宫，吃顿家宴。"

一侧的内侍忙应下，可是跑了一大圈，人却没带回来。"皇上，奴婢没找着雁王殿下。"

李丰皱了皱眉："没在军机处吗？"

内侍小心翼翼道："最近江大人那边出了点事，又有人闹着要裁军机处，殿下这两天说是避嫌，停了自己的日常事务……那请罪折子不还在您桌上吗？"

李丰揉了揉眉心，想起了这码事。"没去家里找找？王府，还有安定侯府……"

"找了，"内侍小声道，"家人说王爷出城去护国寺了，这两天在了然大师的禅院里。"

李丰："……"

中秋之夜，万家团圆，而堂堂一人之下万人之上的雁亲王居然孤苦伶仃地待在一个穷酸和尚青灯古佛之下……还有一众虎视眈眈的人变着法地想把他拉下马。

李丰心里忽然有点不是滋味。

他虽然有感于那日御花园中长庚斩钉截铁的“愿效商君”，却也确实为这段时间雁王手段过激找的麻烦头疼，这次治罪江充，就是为了提醒雁王适当收敛。可雁王再怎么说也是李家人，其所作所为纵然操之过急，也是为了堵上朝廷的窟窿。何况普天之下，莫非王土，他做皇上的都没说什么，这些士族公卿争相跳脚，未免也太不把皇家放在眼里了。

当年李丰明知王裹有问题，依然在北大营谭鸿飞气势汹汹地前来质问时怒发冲冠地将王国舅护在宫里，就是因为李丰天生吃软不吃硬。他愿意出手维持平衡是一回事，但这一回各大世家联手对付雁王是另一回事。

有些人未免太过了。李丰心道。

然而还没等皇上心里这颗种子发芽，就在这天晚上，千里之外的一件大事发生了——已经退至近海港口的西洋水军头天还假惺惺地给江北驻军送佳节祝贺，送来的不伦不类的鲜花上露水没干，翌日便翻脸，还翻得蓄谋已久、倾尽全力。

他们大举进犯大梁两江驻军。

自从顾昀坐镇两江，本地驻军的巡防要求基本是玄铁营的标准，尽管朝廷这段时间后院的野火一直烧不尽，但江北蛟、鹰与轻重甲等几大军种全是外松内紧的备战状态。

是夜，严密注视敌军动向的东南瞭望塔最先发现了西洋水军的异动，第一时间打开了警报灯光，极亮的白光长虹似的射穿了漆黑的水面。不必等主帅下令，最前线的短蛟群第一时间集结，近地的水面上迅速撑起战时防御的铁栅栏，同时，报信的哨兵从瞭望塔上直接飞向帅帐。

西洋军主舰上，雅先生上气不接下气地冲进来道：“陛下，他们一直在严密监控我军，被发现了。”

“那很正常，”教皇没抬眼，“上次他们的主帅刚去世，新旧负责人没有交接，被我们侥幸成功偷袭一次。现在顾昀坐镇，还是不要妄想不切实际的好运了，去，既然对方已经觉察，就向我们的宿敌先生打声招呼吧。”

他话音刚落，传令兵已经飞快地去传达指令了。

雅先生皱皱眉道：“陛下，我在想……我们会不会选择了一个不合适的时机？为什么我们不能再等一等？大梁内部也面临着和圣地一样的权力交接问题，也许再过一段时间，他们内部能有可乘之机……”

他话没说完，一声巨响从外面传来——快速机动的前锋战舰开火了！

这一开火便是一发不可收拾，爆炸声此起彼伏地响了起来。雅先生哆嗦了一下，意识到他必须专注战局，他毕竟在顾昀手下吃过大亏。教皇短暂地将视线从千里眼中移下来，转向雅先生道：“我有预感，这已经是最好的时机了——全速前进！”

黑影似的海怪山呼海啸地排开冰冷的海水，蛰伏垂涎已久，它再一次挥舞着狰狞的爪牙冲向了大梁边境。

然而这一次，柔弱的大梁水军已经今非昔比了。

两江驻军中，哨兵接替了战死战友的位置，哨兵乃是中军耳目，他头一次应对这种角色，听见背后枪炮声炸响，一时还以为是自己耽误了军机，用身后背着的鹰甲做了一个剧烈的俯冲，落地时狂奔了数十步停不下来，被帅帐周遭巡营的轻骑七手八脚地扶住了。

“紧急军情，我要见大帅……”哨兵正一脸惊慌，一只扶着他的手突然抬起来，摸了摸他的头。

哨兵吓了一跳，一抬头才发现，他以为是当值负责防务的，原来正是顾昀本人。

“不怕，手下败将而已。”顾昀拍拍他的后颈，对那年轻的哨兵笑了一下道，“走，随我去会会他们。”

这两句话的工夫，整个营地的陆地甲兵与轻骑已经全部整装完毕，无数架鹰甲在暗夜中亮起紫色的火光，顾昀一声长哨，飞鹰杀气腾腾地冲天而起。

“长蛟与短蛟三五编队，出港！”

“鹰在铁栅栏上架白虹。”

“还有什么来着？”顾昀将割风刃当个装饰品似的，往身后一背，摩挲了一下自己的下巴，“哦，对了，还有，去把灵枢院上回送来的‘点心’准备好，等一会儿打累了，也给远道而来的老朋友送点嚼头。”

西洋军来得突然，两江驻军的应对却并不仓促。

一边是重整旗鼓，从圣地一路漂洋过海打过来的教皇，一边是民间传说中神乎其神的安定侯，两人终于在势均力敌，没有闲杂人等添乱的情况下正面对上了——一较高下。

顾昀不是长庚那种凭着一腔热血就敢上阵的年轻人，他有条不紊地将岸上水上的战线徐徐拉开，虚虚实实地一边试探，一边想遛一下敌军的主舰。

然而棋逢对手，这回指挥战役的不是雅先生那个给个棒槌就当真的胆小鬼，老姜甚辣。顾昀逗了几次，一队偷袭的短蛟团几次三番差点将敌军右翼带飞了，敌人中军主舰还是很快反应过来，立刻收拢。

西洋那海怪看似笨重，其实那庞然大物不但防御性极高，而且一身是刺，表面丑陋的铁甲片掀开，炮口连着炮口，海怪内部可以装载多得难以想象的紫流金与弹药。有这么个东西，飞鹰可以肆意落下补给，走到哪儿都能空中压制对手，同时，它对周围大小海蛟的控制力和凝聚力是无可替代的，它像一只蜂王，能完美地把周围一帮脑子不灵光、水平参差不齐的手下聚拢在一起。

顾昀对身边的姚镇说道：“看见了吗？左右两翼的自主权被中间那个大家伙代替了，看来那教皇终于把他们中间的搅屎棍子打包沉海了。”

姚重泽面带忧色道：“大帅，一直觍着脸要和谈的也是他们，现在突然翻脸是为什么？”

顾昀舔了舔嘴唇道：“我猜是他们国内变天了，有人给他们打了一管鸡血。那老东西的风格我知道一点，刚开始喜欢狂轰滥炸开道，也是试探，一旦未果，立刻会调整。但你看今天他不是，如果不是补给特别充裕，他不敢这么有恃无恐。补给应该是走外海从东瀛人那边绕过来的，那边我们力有不逮。”

姚镇脑子很清楚，立刻道：“大帅，如果真是那样，我们硬扛不是办法，眼下铁轨还没修好，就算现在去调，也不见得来得及，怎么办？”

西洋军的炮火猛烈得连江连海，一时间烧得水面好像阿鼻地狱，不要钱一样的紫流金在所有铁怪物的心中灰飞烟灭，化成细细的蒸汽白雾，卷着其中细小的杂质与硝烟一起升上天空，很快将月朗星稀的夜空蒙上了一层阴霾，积水成云，胶着到了后半夜，居然下起了雨来。

这时，一个传令兵一路小跑过来道：“大帅，海乌贼准备好了！”

“水上蛟群收拢，主舰下水，鹰都上船。”顾昀一边大步往主舰甲板上走，一边对紧随身边的姚镇道，“重泽兄还是坐镇岸边，别跟过来了。”

姚镇朗声笑道：“我虽然一贯贪生怕死，可跟着大帅怕什么？”

然而大放厥词的姚大人没多久就后悔了，他不幸在顾昀身边晕船了——主舰的动力系统被灵枢院按照顾昀的想法改装过，简直是个浪里白条，比风一样的短蛟也不遑多让。

一般主舰不会这么“不稳重”，可惜下令的人是顾昀，就算飞起来，周围千万长短蛟也都在他掌握中。

西洋军不敢怠慢，立刻开始大范围地围追堵截。这样一来，西洋军攻不破的坚固阵形立刻成了掣肘，顾昀节奏感极强，时松时紧，一旦炮火集中，舰群立刻会化整为零，片刻后重新凝聚成杀气腾腾的舰队，仿佛一柄快刀始终横亘在颈侧，逼着人不得不跟着他的节奏走。

渐渐地，西洋海怪中每一条明令后面都会加上“稳住”两个字。

然而现场并不是那么好稳的。

顾昀很快摸清了西洋海蛟团最薄弱的地方，大梁水军顿时聚成一把尖刀刺了过去，机动不灵的西洋海怪来不及反应，教皇发了狠：“主舰贝叶打开，填重炮，挡路的闪开——”

此时，顾昀对姚镇笑道：“西洋人这个海怪的想法其实非常值得借鉴，但是之所以一直没和灵枢院定，是因为他们思路虽然正确，但技术不过关——或许等个一二十年，咱们能造个更好的……”

他话没说完，便见正前方原本紧紧黏在海怪周围的西洋海蛟突然乱七八糟地散开了。

顾昀道：“破口出来了，‘乌贼’别愣着！”

姚镇惊呼：“大帅别管什么破口了！小心！”

只见那西洋海怪悍然掀起乌黑的后盖，露出下面一排厚重的炮口。

顾昀眼皮也不眨地道：“西南方向全速前进，炸，这些小船拦不住！”

两声巨响一前一后，几乎重合，大梁舰队先开的短炮炸翻了方才四散奔逃的西洋短蛟群，旁若无人地闯进了敌军阵地，西洋主舰上长炮随即而至，几乎与他们擦了个边，主舰巨震。姚镇四脚并用地攀住了一根柱子，顾昀一个没站稳，狠狠地撞在一侧的船体上。

姚镇被那动静吓得一哆嗦喊道：“大帅！”

顾昀一甩脑袋，满不在乎地爬起来，眼睛亮得瘆人。“点心来了。”

被大小炮火轰击过的水面剧烈起伏，谁也没看见水下藏着的几艘形容古怪的“蛟”，那就是灵枢院最近送来的一批“海乌贼”，乃是海蛟中的敢死队，能从水下潜行。驾驶者将方向锁定后可以直接弃船跳水，推送海乌贼的战舰上会有绳索将他们捞回来，而那无人的海乌贼还能保持原速度继续往前，直到在海底撞到东西，撞击的力道能将海乌贼引爆。

这是专门为那吃水极深的大海怪量身定做的。

西洋人固若金汤的战线被顾昀一冲一炸撞散了一侧，随即，海上突然平白无故地炸起了一朵数十丈高的水花，水面上竟有明火闪烁了一下，西洋人还没来得及弄明白是什么东西，便见那海怪主舰狠狠地抽搐了一下，猝不及防地结结实实吃了一记海乌贼。

铜墙铁壁似的外壳原来也并非刀枪不入，整个海怪主舰狠狠地往一侧倾斜下去，原本打灯传令的西洋兵吭都没吭一声，径直从海怪上摔了下来，不知是死是活。敌军整肃的队列顿时乱套了，顾昀绝不给对方留喘息时间，原本上了船的鹰立刻对落跑的长短蛟进行了速度上绝对压制的追击。

这一场惊心动魄的海战从天黑打到东方出现鱼肚白，而西洋人丰厚的补给尚且没有用尽，阵形却已经破得七零八落，教皇结结实实地领教了一回顾昀临阵时的狡猾和千变万化，憋着一口老血，只好暂时性撤退，伺机再来。

顾昀骤然松了口气，哑声道："佯追，不要恋战。"

西洋人倘若还不撤，很快就会有一大批短蛟失去动力来不及回岸边补给，到时候即便是顾昀，场面也会十分被动。雅先生的思路是正确的，大梁水军此时确实还缺少远海作战的能力。

"敌军主帅年纪大了，为人谨小慎微，很不好糊弄，但是也谨慎，今天跟我对阵的倘若是咱们玄铁营的何荣辉那牲口，哪怕主舰完全炸了，他也会抢一条小船来跟我拼命，那还真就不好办了。"顾昀低声道，下意识地揉了揉眼——他的视线模糊了，方才神经太紧绷没注意到，此时才意识到自己该喝药了。他冲惊魂甫定的姚镇笑了一下，吩咐道："回航！"

回到帅帐中，顾昀不敢休息，他要向朝廷补一份紧急战报，还要调配战备，以免再发生这种捉襟见肘的情况，因此只好叫人先给他熬了一碗药，一边等着药效，一边研着墨琢磨未来一段时间怎么拿捏西洋军。突然，一阵尖锐的刺痛从他方才在船上被撞青了一块的后背与后脑上蹿了上来，顾昀手一哆嗦，墨石竟脱手掉了下去。

他咬住牙，一伸手撑住桌子，等待这一波疼痛过去。可是这一回的疼来得格外剧烈，足足折腾了他小半个时辰，顾昀后背上一片冷汗，才渐渐麻木减轻。

这时，顾昀发现了一个严重的问题。

他本该重新清晰的视线与听力，并没有恢复。

叁

顾昀心里忽悠一沉，片刻后他忽然意识到了什么，带着几分茫然低头看了一眼眼前模糊不清的药碗。他没有惊慌失措，因为早知道会有这么一天，可是一时间也难以全然接受——就像每个人都知道自己迟早有一天会死，真到了闭眼的时候，大多数人也还是不会那么心甘情愿的。

乱哄哄的两江驻地前，来势汹汹的敌人已经撤退，而敌袭的警报仍未解除，尖锐的哨声依然在四下回响，可是听在顾昀耳朵里，那声音却像遥远的一线唏嘘。

他的世界模糊又安静，桌上的黑墨白纸落到他眼里，就只是两团边界模糊的色块。

顾昀在桌边一动不动地坐了足足有一刻的光景，然后下意识地握住先帝留给他的那串珠子。说来也是奇怪，顾昀久在边疆，又时常四处奔波，日常免不了磕磕碰碰，穿珠子的线断过好几次，但每次又都无一例外地能失而复得。到现在，线已经换过三次，珠子却一颗都没丢，依然凉凉地凝着一层水汽附在他有点突兀的腕骨上。

像是那个疼他又害他的人真的一直在看着他。

顾昀被那木头珠子一硌，总算回过神来。他没有声张，从怀中摸出应急的琉璃镜戴上，随后屈指在药碗上轻轻一磕，将那碗磕了个四分五裂。顾昀将碎片收拢到一起扫进墙角，转身坐下，面不改色地将一份折子和一份调令写完，而后叫人去送信。

姚镇正好跟着传令官走进来，一抬眼正看见顾昀脸上的镜片，疑惑道："怎么，大帅那药还没顾上喝吗？"

顾昀如今的唇语已经读得十分利索了，若无其事地回道："没留神把碗摔了——算了，不用再重新熬了，不打紧，就算全瞎了也收拾得了这帮洋毛子。"

姚镇偏头看了一眼墙角的碎瓷片，心里总觉得可能要出点什么事，可是想了半天也没想出来，只好对顾昀道："我们这边出事，恐怕京城又要变天了。"

顾昀"嗯"了一声道："劳烦重泽兄往北疆发一封急诏，叫沈季平过来一趟，我要调整四境部署，还有陈……"

他说了个"陈"字后戛然而止，姚镇疑惑道："谁？"

"没谁。"顾昀摇摇头，"去吧。"

长庚的乌尔骨还系在陈轻絮身上，他不太想烦她分心。

当天傍晚，紧急战报就送抵了京城，李丰连夜派人到护国寺把长庚揪了回来，整个西暖阁再一次站满了朝中重臣。

长庚的眼皮一直在狂跳，回宫路上就总觉得出了什么事，心里七上八下的，别人将前线战报递到他手里的时候，长庚屏息凝神，将那一封短短的战报翻来覆去地看了七八遍，确定这是顾昀亲笔手书，简洁明了，字字端正有力，至少写这封折子的时候，那人还是好好的。长庚这才把卡在嗓子里的这口气松了出来，他定了定神，微微合眼，心道：我快被自己吓死了。

他缓过神来，心里跟着活泛起来。两江之地这场由敌人主导的战争对他来说绝对是件好事。因为战事一吃紧，方钦就不敢再叫嚣裁撤军机处，否则不单李丰，就是大梁四境驻军也不会答应。

到时候他们会有更大的余地。

到头来居然是敌人成全了他。

方钦却是无比糟心，这半年来他夙夜难安，心血流了满地，才将全然是一盘散沙的世家公卿联络起来，可谓是机关算尽，总算取得了一点阶段性的胜利，裁撤军机处的呼声越来越高，眼看雁王开始自顾不暇，左膀右臂都事务缠身，只差那么一点痛打落水狗的工夫，西洋人竟然在这个时候突然尥了蹶子！

如果是大梁主动出击，他们还能参安定侯一笔"穷兵黩武"，可这回夜袭却是敌人先动的手。

“裁撤军机处，”李丰从内侍手中接过一沓折子，“削减军费，严查民间不良商贾侵占土地……”

西暖阁内一片鸦雀无声。

李丰蓦地将一沓折子往地上一摔道：“西洋人还没撤干净呢，你们这一群一群的，倒替人家釜底抽薪起来了！”

方钦咬咬牙，将一肚子话咽了回去，他本想先发制人，谁知被李丰堵了嘴。

这时谁要是再不长眼地开口，一个弄不好，可能要被扣一个叛国通敌的帽子。

李丰的目光落到长庚身上。“还有你，你觉得自己挺委屈是吧？别人三言两语，你连正事都不管了，又给朕来赌气回家的这一套，你说你也老大不小的一个人了，还会不会点别的招数？堂堂军机处，一天到晚鬼影都不见一个，就剩下门口两个扫地的——李旻我告诉你，明天立刻给我滚回军机处！要不然你也不用回来了！”

军机处一干要员随着雁王跪下请罪。

李丰没搭理他们，就让跪着，一扭脸转向大理寺卿道：“江寒石出身大理寺，算起来还是你的前任上司，让你查他一点旧案就这么下不了手？打算拖到过年吗？”

飞来横祸。大理寺卿一声没敢吭，跟隔壁军机处一起跪了。

李丰把一干重臣挨个拎出来骂了个狗血淋头，方钦是少数几个没什么干系，被皇上三言两语放过去的，相比跪下就没再让站起来的雁王，李丰对他的态度几乎称得上和颜悦色，只说了他一句：“方爱卿，西洋军来者不善，咱们也不能因为后勤落了下风，你掌着户部，要多费点心。”

方钦无可奈何，只好低头应“是”，仿佛被人从头到脚浇了一瓢凉水。他意识到，这一晚上过去，自己这么长时间的经营就要毁于一旦了。

门庭冷落的军机处重新繁忙了起来，又开始日复一日地通宵达旦。

回到军机处的雁王第一件事就是嘱咐众人道："最近边疆吃紧，请诸位以国事为重，有时候该受的委屈也要受，'其厚也将崩'，委屈到头，自有报偿，记住我这句话。寒石兄那边诸位也放心，今天皇上既然已经发话了，过不了几天，他自然平安无事。"

众人鸦雀无声地看着他。

长庚继续道："烽火票的把戏不能再玩了，想想怎么在隆安银庄上做文章，先前我说过要从那些人手中挖三样东西——手里的现银，足下的土地，还有放眼天下之士，头一样已经十拿九稳，第二样撼其根本，必遭反扑，如果诸位能立住了，第三样……乃至之后种种便能水到渠成。"

这时，有人问道："王爷，大小皇商贪墨，各地官商勾结的黑幕，还揪不揪？"

"以战事和国计民生为主，但倘若有小人执意拦路，也不必忍气吞声，做好诸位该做的事，至于其他……天塌下来我给诸位担着。"长庚一甩袖子，"都去忙吧，明天给我个章程。"

他一句话落下，仿佛是一声一锤定音的保证，整个军机处、灵枢院、运河办、手持雄厚财力的巨贾、占了半壁江山的朝中新贵……全都围着这一根主心骨有条不紊地转动起来，各司其职。

五天后，江充将身上的案子结干净了，官复原职，两江驻军发了"讨伐夷寇，收复故土"的檄文。五天之内，顾昀与西洋军交火三次，寸步不让。与此同时，他下令调整全境驻军结构，一日之内连发了七道令箭，全部要在军机处备案，弄得军机处行走真成了"行走"，经过的时候都能带起一阵小风。

四更天的时候，长庚迷迷糊糊地趴在桌案上小睡了片刻，睡不实在——因为乌尔骨，他现在哪怕想做一个清楚一点的噩梦，都得凑齐"天时地利人和"，否则基本是乱梦一团，隔壁谁翻书的动静大一点都能将他惊醒。

乌尔骨为邪神名，大多数情况下，他刚醒过来的时候心里都充满躁动和戾气，然而这一天，门外的脚步声将长庚惊醒，他陡然从自己臂弯中坐直了，心口却是一阵失序茫然的乱跳，没有素日的暴躁，反而又慌张又难过，袖子上竟然沾了一点泪痕。

就在这时，门口有人道："王爷，江南来信。"

长庚不动声色地深吸一口气道："拿过来。"

依然是顾昀的大动作——他打算在西南增兵，没说缘由，只是翔实地将驻军阵地、统帅、军种配合、粮草运输途径等交代清楚了。长庚匆匆看完，对战略布局不太明白，没看出什么所以然来，便常规处理放在一边留存。

然后他才发现，下面还压着一封顾昀给自己的私信。

说是私信，其实只是一张字条，上面没头没尾地写道："久不见，甚相思。"

顾昀的来信或是风流，或是下流，或是明骚，或是闷骚，很少一本正经地说一句"我想你"，长庚当时激灵了一下，睡意全消，感觉纸上这话好像化成了一支穿胸而过的箭矢，毫无缓冲地把他捅了个对穿。

他恨不能立刻把自己之前说过的豪言壮语都吃回去，什么军机不军机，都丢在一边，不顾一切地赶去见顾昀。

长庚蓦地将那张字条捏在手心，片刻后小心翼翼地卷起来，收进了贴身的荷包中，试图静下心来，把军机处草拟的隆安银庄诸多条例仔细看一遍，然而那些工整的字迹横陈在他眼前，却一个都跳不进他眼里，一炷香的时间后，他几乎坐立不安起来。

长庚一把抓起自己的斗篷，吩咐道："来人，备马！"

众人见他行色匆匆，以为他有什么急事，连忙备马让路，让他一骑绝尘而去。长庚纵马奔去了护国寺的禅院，此间山寺寂寂，门扉四掩，秋风扫过的树叶四下翻腾，唯有门口一盏风灯肃然而立，火光有一点凌乱，四处藏着一股悠然暗生的檀香余味。

了然和尚本来已经睡下了，长庚闯进去的时候，卷进来的风将桌上的经文吹得到处都是。了然大师吃了一惊，目瞪口呆地看着裹着一身寒风的雁王。

长庚眼底带一点红痕，一屁股坐下，问道：“茶，有吗？”

了然披上僧衣，从破旧的木头柜子里翻出了一把苦丁，烧起开水。虽然破屋漏风，杯碗缺口，但和尚烧水沏茶一席动作不徐不疾，悄无声息，并不跟雁王有任何眼神的接触。雪白的蒸汽氤氲而起，让人不由得想起那些轰鸣的火机钢甲，它们很快在低矮的屋顶上凝结成水珠，顺着屋顶上特殊的梁柱缓缓地滑到尾部，落在悬挂的小钵中，清越地“滴答”了一声。

长庚的目光顺着水汽到水滴的过程走了一圈，从破旧的陶罐起，最后落在了僧舍房顶角落里挂的一圈掉了漆皮的小钵上。他轻轻地吐出一口气，焦躁如沸水的心缓缓沉下来。

了然和尚用开水泡了一杯苦丁放到长庚面前，光是闻着都觉得苦。

“多谢。”长庚接过来，一路骑马被夜风冻得冰凉的手指有了一点知觉，他浅啜了一口，只觉又苦又烫，让人舌尖发麻，便苦笑着对了然道，“这几天太忙乱了，心里有点躁，没压制住乌尔骨，让大师见笑了。”

了然看了他一眼，比画道：“西洋人擅长乘虚而入，这次却选了一个并不算好的时机，说明他们看似来势汹汹，实则强弩之末。顾帅统领四境尚且游刃有余，何况如今一个两江战场？一旦铁轨建成，大批人与物都能一日往来江北京城，以我军如今的紫流金储备，倘若运气好，说不定一两年之内真能将失地彻底收复，殿下何须忧心？”

道理听起来都对，长庚自己也知道，可他就是莫名其妙觉得心里难受。

“小曹在杜公那儿吧？”长庚低声道，“那儿离两江应该不远，替我过去看看他……等一会儿我写封手书，让小曹在军中领个职，他那神鬼莫测的易容手段，在杜公身边除了跑腿也没别的用处，不如去前线。”

了然点点头，又比画道：“殿下不想让顾帅回京，这不也正好是个机会吗？”

顾昀是雁王的一根软肋，而这根软肋从未受过什么攻击，是因为战乱当前，没有人动得了顾昀——李丰虽然平庸，却并未昏聩到第二次自毁长城的地步。

看起来腥风血雨步步惊心的战场，其实对顾昀而言，未必不是一种保护。

长庚皱着眉把一杯苦丁茶饮尽，喃喃道："人人都以他为倚仗，谁会心疼他一身伤病？我有时候想起来，实在是……"

他说到这里，不经意地碰到那哑和尚有一点悲悯的眼神，顿时克制地低了低头，笑道："又说多了，我该多配一点安神散了。"

了然和尚看出他只是想静一静，便不再多言语，将桌子底下的木鱼拿出来，微微合上眼，有一下没一下地敲着。小小的僧舍中，只剩下木鱼和水滴的声音，长庚就着这声音坐在一边的小榻上闭目养神，一直到了天亮才告辞离开。

临走时，了然突然敲了敲木桌，吸引过长庚的眼神，对他比画道："殿下，你那次会见杜公时，小僧有幸旁听，心里有点事想不通。"

长庚微微含着青黑的眼角颤动了一下，挑起一边的眉。

了然比画道："殿下说，世上的利益加起来有一张饼大，人人都想多占一点，这本无善恶之分，只是有些人想要多占的方式是顺势而为，他们能一边推着这张饼变大，一边从中扩大自己的势力，这种人能奠基一个国泰民安。有些人却是逆势而为，他自己占据的地方已经发霉，却还想让更多的地方一起发霉，这种人只能招来祸患。如今大半张饼落在旧世家门阀手上，我们要的是打破这种局面，把江山上的霉一点一点地刮去——"

长庚问道："怎么，大师，有什么不对吗？"

"没有，"了然摇摇头，宽大的袍袖随着他的手势发出"簌簌"的轻响，"只是小僧在想，普天之下，莫非王土，昔日击鼓融金之法令历历在目，王爷辛苦经营这一切，说不定一道法令下来便会面目全非，所做种种，可能也只是镜花水月。"

长庚放在小桌上的手指轻轻地敲了几下，脸上并无波动，显然了然的话早就在他考虑之中。

“大师说得对。”他低垂下俊秀的眉眼，轻轻笑了一下。

那侧脸竟然真像个图腾中逼人的邪神。

了然的心狠狠地跳了两下，一时有些口干舌燥，一瞬间明白过来——雁王看起来是在和旧世家势力争夺圣心，背后的真实意图真是这样吗？

曹春花收到临渊木鸟之后不敢耽搁，交接了手头的事，很快就动身前往两江驻地。

一靠近驻地，曹春花就觉得一股肃杀气从潮湿阴冷的空中扑面而来，隐隐透着一股硝烟的气味，他不由自主地挺直了腰杆，歌也不哼了，人也不挤眉弄眼了，硬是板正了一副人模狗样。只见此地岗哨森严，所有在岗执勤的官兵连一个交头接耳的都没有，处处无声，只有不远处例行练兵的地方喊杀声震天。

曹春花揉了揉眼睛，一时还以为自己又看到了一座玄铁营。

刚一靠近驻地，便有执勤卫兵拦下了他，曹春花不敢在顾昀的军威下开玩笑，忙规规矩矩地拿出了军机处开的通行令件。那一排卫兵平均不过十八九岁的年纪，核对令件无误后，既不谄媚也不失礼，出列一人，引着他往帅帐走去，曹春花回头看了一眼，只见方才的卫兵队眨眼便将一人空位补上，一点也看不出缺口。

引路的卫兵先有点腼腆，后来听说曹春花跟着顾昀一起收拾过北蛮人，这才稍微打开了一点话匣子：“西洋人在大帅手上讨不到什么便宜，正面战场打不赢，这些日子一直围着两江的几个港口打转，不断前来骚扰。我听百夫长说，可能是想跟咱们拼一拼家底。大人，不都说我大梁朝地大物博吗，为什么洋人也那么有钱？”

“别叫大人，我也是个跑腿的。”曹春花摆摆手，又道，“这些事我也不懂，不过听杜公说起过几句，你看他们那些战船，都是专门为了出远海和打海战设计的，当年江南港和大沽港不就是被人家一炮轰开的吗？我军都这样，更不用说那些海上的弹丸小国了。他们踏平一个地方就将那地方彻底‘吃’下去，掠夺当地的物资，开国内开不下去的工厂，逼着俘虏替他们干活，搜其膏血——久而久之，自然有钱。”

卫兵默默无语片刻，一路将曹春花领到了顾昀帐前，门口的亲卫进去回报，那年轻的卫兵便借这会儿工夫，对曹春花道：“大人，我以前听老兵说起过去的两江水军驻军，说他们在赵将军手下那会儿，饷银又多事又少，每天练兵也比其他地方的驻军来得轻松，不当值的时候还能上两岸杏花烟雨里逛逛，就觉得自己生不逢时，倘若是太平年间，指不定也能混上个‘军爷’呢。”

曹春花回头看向他，那小卫兵有点不好意思地笑道：“今天听您这么一说，才觉得自己见识短浅，拿得起刀剑的人，想来总比被人赶着的猪狗幸运。”

正这当口，帅帐亲兵出来道：“曹公子，大帅请您进去。”

曹春花回过神来，迈步走进帅帐中，一眼便见到顾昀鼻梁上戴着一片格外骚气的琉璃镜，镜片后的雕花镂空喧宾夺主，从鼻梁一直缭绕入鬓，几乎遮住了他小半张脸，不像片琉璃镜，倒像个面具。

曹春花愣了愣，心里第一反应是“大帅眼睛怎么了”。

可是帅帐中在说正事，曹春花一时没敢上前打扰。

沈易和姚镇都在，姚镇正在念一封西洋人来信：“那洋毛子说他们是本着友邦和谐之心，十分诚意来询，可否将江南四郡划为往来区，允许驻军自治，保护洋商利益，来日该地也可以成为双方海运通商的纽带……哦，他们还说自己深爱这片土地，不想让大好沃土再受战争荼毒。”

沈易皱眉道：“昨天还三郡，怎么今天又加了一处？”

姚镇无奈地看了他一眼道：“可能是因为‘深爱’？”

“去他娘的。”顾昀脸上挂着斯文又骚气的琉璃镜，话却说得不似善类，“瞎爱什么？轮得着他爱吗？”

沈易：“……”

简直没法接话。

曹春花一时没忍住，笑出了声。

沈易忙冲他招手道："小曹来了！等你好久了，快过来跟先生说说，咱们那'铁长虫'什么时候能建好？"

"唉，沈先生您叫得真难听……很快，"曹春花轻快地回道，"咱们最不缺的就是干活的人手，北边几段已经基本弄好了，南边这一段更好，入了冬也不必停工，到时候几部分一接通，蒸汽车就能从京畿跑到江边。我听杜公说，要是顺利，最快年底之前就能成——对了，大帅怎么戴起琉璃镜了？"

"好看吧？"顾昀冲他一笑，那桃花似的眼角简直要飞起来了，厚颜无耻地说道，"前两天摔了一个，这回找人换了个框，专门请扬州府的名手亲自雕的，实在舍不得藏美，只好每天戴出来给大家伙瞧瞧。"

沈易胃疼道："哎哟，我的大帅，您还是好好藏着吧，咱们这些肉体凡胎的眼实在不配这么美。"

顾昀无视了他，转了转脸来让曹春花全方位地看了个清楚，信口开河道："实在不行，我就亲身上阵耍美人计，百万雄师恐怕对付不了，三两万总没问题，是吧小曹？"

曹春花的脸"唰"一下红了。

沈易和姚镇各自把脸扭到一边，简直不能直视。

"你来得正好，"顾昀一跃而起，伸手揽住面红耳赤的曹春花的肩膀，将他推到沙盘前，"我这儿正好有点事非你不可，想托你跑一趟腿，帮我个忙吧。"

顾大帅别出心裁的"美人计"对西洋人管不管用另说，反正对曹春花是很管用的，他那脸顿时又红上了一层楼，脖子后面出了一层热汗，感觉顾昀不管跟他说什么他都能"好好好"地答应下来。

等曹春花晕晕乎乎地从帅帐中出来时，才狠狠地激灵了一下——慢着，雁王不是派自己来照顾大帅的吗？怎么才刚落脚，三言两语就被大帅糊弄到西南边境去了？方才顾昀还特意告诉他此事机密，走出帅帐就要烂在肚子里，连军机处都不要知会……这让他回去怎么交代！

沈易亲自安排了失魂落魄的曹春花，这才转回来找顾昀，姚镇已经回去了，帅帐中灯光晦暗得很。顾昀将自己两条长腿架在旁边一条板凳上，双手抱在胸前，不知在想些什么。他自从开始听不见之后，少了好多眼观六路，耳听八方的烦扰，很容易就专注到自己的思绪中。

沈易推门进来带起的凉风惊动了他，顾昀这才抬头看了沈易一眼问："安排好了？"

沈易一点头，问道："你到底是真想用小曹，还是怕他给雁王殿下通风报信？"

"我是那么公私不分的人？"顾昀一挑眉，然而还没等沈易愧疚抱歉，他又道，"都有。"

沈易："……"

还真是没见过公私这么分的人呢。

"咱们这一开战，朝中必然生变，长庚那个情况本就不该太劳神，如今这种情况也是迫不得已，我这里不过出了一点小差错，别让他再分心了。另外小曹这个事也确实得找个机变又信得过的人去办。"顾昀说道，"对面那老头不是觉得他自己一路沿着海打过来很牛吗？我就让他看看将和帅的区别。"

沈易整个人被他这番话说得一分为二：左半边作为玄铁营旧部，恨不能跟着自家主帅肝脑涂地，右半边又让顾昀这番大言不惭恶心得直起鸡皮疙瘩。他再一次无言以对，只好哀求道："子熹，你就算要瞎，能换一片正常的琉璃镜吗？"

顾昀披甲整装准备出去巡营——主帅每日点卯似的亲自巡营，也是两江大营的特色，哪怕他瞎。

"我不，"他一本正经地答道，"我要效仿兰陵王。"

沈易认为这浑蛋玩意把自己调来可能不是为了分忧，完全是为了玩要的!

曹春花自打到了江南后，只来得及给长庚写了一封信，说顾帅每天忙于军务和欺负沈先生，没什么不好的，之后就没了音信，也不知是被顾昀支出去办事了，还是干脆“乐不思蜀”了。长庚想起此人的花痴病，心里完全不泛酸是不可能的，不过一边酸，一边也放下了心——没有消息就是好消息，能让曹春花一天到晚忙着犯花痴，顾昀那边大概确如了然和尚所说游刃有余。

而与此同时，陈轻絮在重阳节前来到了京城。

长庚在军机处里连轴转了一个多月，难得请假半天回去接待了她。

头一次听顾昀捎信给他说在加莱荧惑那儿搜出了“神女秘术”的拓印版时，长庚心里着实期待忐忑了好一阵子，有种尘世中一直躲躲藏藏的老妖精听闻自己能变成凡人时的那种滋味。可是回京之后，他一边疾风骤雨似的筹备谋划，一边走钢丝似的应付各种政敌，实在是有点顾不上其他了，直到这会儿见了陈轻絮，才把旧心思捡起来。

陈轻絮从来不卖关子，一见长庚，招呼也没打，上来兜头便是一句：“能治。”

就这俩字，足把长庚钉在原地半晌，直到一口憋在胸口的气用到了底，他才缓缓吐出来，冷静地挑刺道：“打从娘胎里出来没多久就根深蒂固的顽疾也能治吗？”

陈轻絮点了点头：“可以。”

长庚掩在身侧朝服广袖中的手剧烈地抽动了一下，话音依然是冷静逼人的：“人说邪神是将两人血肉合而为一，那我生来就是两个人，怎么……陈姑娘也能分开吗？”

陈轻絮难得一见地微笑起来道：“时间要长一些，殿下恐怕得吃些苦头。”

长庚的心吊到了嗓子眼里，道：“那子熹……”

陈轻絮道：“神女秘术中有相关记载，但用药体系和我们不一样，我这里还有好多东西需要考证，得等我整理出头绪。”

长庚深吸一口气，心跳得快要把胸口撞破了，一时忘了今夕何夕，掉头便想往外走，恨不能第一时间让顾昀知道，走了两步却又突兀地停下来，在自己脑门上拍了一巴掌，心道：糊涂了，不能让他知道，战场刀剑无眼，他心思浮动，万一出点什么事怎么办？

可是没地方分享，雁王殿下便偷偷做了一件让人颇为脸红的事，他安顿了陈姑娘，晚上溜回了侯府，窝在顾昀房中写了一封信，然后没有寄出，晾干后压在了顾昀的枕头下面。这样仍不过瘾，他便又翻出了自己暗中珍藏的所有顾昀写过的书信，躺在床上将那人各种言辞都在脑子里过了个遍，自娱自乐地自己拼接出一封顾昀的“回信”，将独角戏演得有滋有味。

往后接连几天，长庚白天见了方钦都觉得顺眼了不少。

肆

方钦的日子却不十分好过。

这些日子，李丰案头弹劾雁王的折子摞起来有两尺来厚，倘若仔细翻看，便会觉得雁王简直是动辄得咎，哪怕走在路上咳嗽一声，都有人要参他咳嗽的姿势欺君罔上。然而与之形成鲜明对比的是，自军机处以下一干朝中新贵却不知是被事务拖累，还是干脆蛰伏，一改之前的针锋相对，开始单方面地退让了起来。

李丰的态度就是没有态度，尤其碰上一些倚老卖老提先帝甚至提武帝的货色。

对这种情况，最着急的不是如履薄冰的军机处，而是方钦。

方钦其实万分反对这种一拥而上的行为。“皇上心里明镜似的，诸位，这种时候咄咄逼人，你们不怕失了圣心吗？”

他这么一说，当时便有人回道：“方大人张口闭口圣心长短，视野未免局限，想当年先帝不过也就是李家宗亲旁支中一个不起眼的郡王之子，凭什么顺顺当当地入主宫禁？当年力挺先帝时，我家祖力排众议，一马当先，何等功劳？丹书铁券还在我家里供着，怎么，如今他们子孙万代坐稳了江山，就要鸟尽弓藏了？”

又一人道：“真将咱们逼到绝处，干脆请出先帝灵位，难不成天子便敢冒天下之大不韪，无视祖宗立法吗？”

方钦深吸一口气，低喝道：“诸公还请慎言！”

众人给他面子，一时不吭声了，然而神色却是不怎么心悦诚服的。

大梁的世族公卿，无关家主官职大小，都是能将家谱糊人一脸的，家里多有姻亲关系，强强联手，祖祖辈辈与皇室权力纷争密不可分，家族能繁荣至今的，起码每一辈人都站对了队，久而久之，就有点“想当初皇上都是我家一手扶持起来”的错觉。

平日里，他们觉得方家人长脸，愿意听他一言，可真的闹起来，方家虽然隐隐为世家之首，却很难真正有效地去压制谁。大家都是亲戚，谁也不比谁高贵，凭什么涉及自己项上人头与切身利益的事由方家来做主？

方钦只好晓之以理，动之以情道：“皇上好大喜功，最容不得别人挑战天威，此次西洋人大举进犯，不免让他想起当年京城被围困的事。若说他之前还有所犹豫，现在肯定是铁了心地要将这一战打下去，咱们何苦在这种时候担着祸国殃民的名声找这种麻烦？我也请诸公易地而处地想一想！”

随后，他叹了口气，又放缓了声音道：“倘若能忍过这一时，等仗打完，到时候国无战事，军机处必然面临改组或是裁撤，那些人未必甘心，肯定有所动作，到时候皇上难道看不出他们手伸得太长了吗？大家想想当年的击鼓令、融金令，就知道圣上心里真正是怎么打算的。此时起用这些贱民商户，不过是权宜之计，等他们没用了，圣上还会袒护吗？恐怕到时候连顾昀的玄铁虎符都得乖乖交回，小小军机处不可能一直一手遮天下去。”

方钦自以为说得苦口婆心，条分缕析。

然而满座王公贵族，并不是所有人都会往前看的，方才那位大放厥词说自家有丹书铁券的便直接开口问道："方大人有理有据，可是过于理想，您说打完仗？敢问什么时候能打完仗？一两年是他，一二十年也是他，难不成咱们都忍气吞声到黄土盖过头顶？"

方钦非常看不惯这些乌合之众，这伙人中一大批都是毫无建树的国之硕鼠，天天自命不凡，被人抓小辫子也实在活该，可是又不能表达出来。因为他能把这些人聚在一起的根本就是利益，没有利益，每天把"为国为民"的大理想号得再响亮也没人搭理。

"咱们不说赌气的话，真打个一二十年，什么国力也耗尽了，不说别人，皇上就不答应，绝不可能那么久。"方钦道，"我跟诸位说句掏心窝的话，以雁王的身份，确实只要他不谋反，没人能置他于死地，可是同样，以诸位的家世渊源，只要皇上在位一天，只要我们自己不乱阵脚，谁又动得了咱们的根本？"

这话比"你不找死没人能弄死你"听起来顺耳多了——虽然是一个意思——也搔到了这帮公卿的痒处，方钦不愧为大梁世家第一人，和这群人周旋过几十年，经验老到。

果然，在他的奔走下，朝廷太平了许多，两派人马仿佛暂时偃旗息鼓，所有矛盾都转移到了桌子底下，大梁内部迎来了几个月短暂的平静。

整整三个多月——

然后一件让方钦前功尽弃的事故发生了。

伍

腊月初八，顾昀秘密遣使，走访东瀛与南洋诸岛，至此，前线已经胶着了三个多月，已有的战线在双方不断地拉锯下一直拉长扩张，战火从江淮沿岸一直蔓延到了江南十三郡，甚至波及两广。

大批困守故土不肯渡江的驻民开始自己组建民兵，流落各地的民间长臂师们虽然没有紫流金，却想方设法用煤炭和土炸药代替，也花样百出地铸就了一批不那么花哨的民间武装。为此，灵枢院宣布在各地成立分院，交流传授除高度机密的军工以外的技术。

而战争所带来的更深远的影响也逐渐浮出水面。

方钦万万也没想到，打破朝堂中平静的不是雁王党，而是两院清流。这一年正值大梁朝三年一次的秋闱，因为战事而被中途打断，之后又拖延了好些时日，桂榜直到腊月方才放出，整个成了一张“梅榜”，被各地书生戏称为“霉榜”。

发榜不到三天，陕西府就有秀才离奇自尽，下面官员不敢在这个节骨眼上出事端，竭力压着不往上报，谁知没压几天，大朝会散会的时候，就有人拦在御史台门口告了状。

缘由也是说来话长：雁亲王两下江南，砍了无数颗脑袋，出台了最严厉的吏治，使得大梁自元和年间开始愈演愈烈的贪腐之风不得不在重压下收敛。而后几年战乱，连皇宫大内都在收紧开支用度，官俸只好跟着一减再减，那烽火票还来雪上加霜，与吏治考核紧密挂钩……等于是又闭了源又开了流，大梁百年间官员的日子就从未这么难过过。

有道是由俭入奢易，由奢入俭难，事关万贯家财的时候就没人会觉得“国家兴亡，匹夫有责”了。可是日子难过也没办法，礼没人敢收，谁都知道富商背后是雁王，没准哪个礼收得不对就是催命符，军费没人敢动，税费改革后一时半会儿动不了，救灾款更不必提，杨荣桂等人的脑袋恐怕还没烂成骨头呢。

正好这一次秋闱不太受重视，举国上下都在忙着打仗弄钱，没人管这帮百无一用的书生，便立刻有人在这上面动了歪心思。

结果拔出萝卜带出泥地牵连出了一场涉及九省的舞弊大案，举国震惊。

方钦好不容易压下了身边众多的搅屎棍子，还没过两天的安稳日子，便被两院雪片似的折子给糊了一脸。

两院清流不同于雁王党，雁王一党向来务实，凡举必有目的，争权夺利做得有条有理，很多行为能预测。可这群眼高于顶、视功名利禄为粪土的清流好多时候却全然是“为参而参”——他们就是干这个的，个人名望与参倒了多少人息息相关。

家世显赫的公子哥们鲜少会进两院，因此这些怪胎大部分是寒门士子出身，而科举舞弊触碰的也恰恰是寒门士子的利益。好长时间没咬过人的两院“疯狗”一时间仿佛集体被踩了尾巴，奓毛一般地狂吠起来，每天都在叫骂，换着花样骂，逼着李丰严查，大有查得不满意就并排磕死在大殿蟠龙柱上的架势。

短暂而虚假的宁静被打破了。

九省大吏，不知多少盘根错节的关系卷在了里面，其中甚至包括方钦那不成器的亲弟弟。幼子长孙都是老头的命根，连久不问世事的方大学士都给惊动了。方钦对谁都能虚与委蛇，对亲爹却不行，一个头变成两个大。

可还不等方钦想出对策，这次皇上不知是不是故意的，直接跳过大理寺和都察院，将这桩案子交送了军机处，由江充主导调查，其他人只做配合。眼看纸里要包不住火。

方钦虽然出身锦绣丛中，以前却总有一点彪炳千秋的想法，不肯全然无耻地同流合污，为此，他先是舍弃了胆敢胁迫他的吕常，又舍弃了“纯种”的蠢货王裹，眼下终于到了不能再舍的地步——亲娘还在隔壁院子一病不起呢。

方大人安抚完这个，又要给那个交代，出了门还有一帮人等着他拿主意，可谓是焦头烂额，一宿的工夫，嘴角长了两颗血疱。才刚陪着老母亲哭了一场，方钦就闻听又有人上门，他面沉似水地揉了揉眉心，冷冷地吩咐道：“就说我不在家，打发了。”

下人噤若寒蝉地走了，一个幕僚悄悄地凑上来，对方钦低声道：“大人可是心有烦恼？”

方钦没好气地看了他一眼，好在养气功夫极佳，很快收敛了阴沉的神色，缓缓地说道：“书生造反，三年不成，这次从出事到京城告状，来得也太快了，简直像是有人保驾护航……那李旻明面上摆得好一张光风霁月脸，只敢在桌子底下捅人，这种面和心黑之徒，也就只能蒙蔽皇上了。”

幕僚又问道：“大人心里可有章程？”

方钦完全是一脑门官司——但凡他能提前知道，哪怕只是提前一天，也多少能有点回旋的余地，可此事爆发的速度实在太快了，皇上知道得比他还早，直接让方钦陷入了一个很尴尬的境地。

方钦叹了口气道：“难，雁王是虎狼之辈，一旦叼住猎物的脖子，他就不会再松开了。”

那幕僚轻轻一笑道：“大人，我听人说雁王殿下的改革未曾彻底完成，还有上百条在朝中争议，我看他是太心急了，这一步走得是聪明反被聪明误。”

方钦停住脚步，听出旁边的人是有意卖关子。方府养了好多幕僚，大多数却只是陪着方大学士那老头子下棋清谈而已，能在方钦面前说上话的没几个，当然难得抓住个机会就要出头。

方钦伸手摸了摸自己的胡子问：“怎么说？”

那幕僚见机会来了，忙将准备好的话一股脑地倒了出来：“如今事已至此，再翻案恐怕是没什么机会，何不釜底抽薪，直接想方设法废了雁王的新吏法？”

方钦还以为他有什么高见，闻言干脆利落地掐断了心头侥幸，冷冷地说道：“科举舞弊在历朝历代都是杀头充军的重罪，跟新旧吏法有什么关系？”

幕僚不慌不忙地笑道：“大人，一个人贪墨是贪墨，一个人舞弊是舞弊，可是如今牵连九省，无数重臣泥足深陷，这是偶然吗？皇上也会想，后面肯定有什么原因。为什么这些朝廷重臣如此穷凶极恶？因为这两年的日子确实不好过，流民不敢不安顿，苛捐杂税不敢不上缴，军费开支不敢不摊，烽火票的指标不敢完不成。”

方钦的眉梢轻轻地动了一下道：“烽火票流通可等同于金银，这是当年江南出事之后的明令规定，你怎么说？”

“流通可等同于金银，不代表可以等同于金银上缴朝廷，”幕僚摇摇头，说道，“再者江北很多是从南边跑来的富商，民风开化比较早。中原乃至西北一带却不一样，人家不认就是不认，官府倘若强制，又要遭到刁民一哭二闹三上吊，倘若出了事端，朝廷又要问责，究竟是谁动辄得咎、临渊履冰？大人想一想吧，若真豁出去一拼，此事或许还有回转余地，三老爷哪怕获罪革职，只要方家的势力还在，将来未必不能东山再起。”

方钦听罢沉吟不语。

幕僚低声说道：“大人，世事难料，咱们盼着打完仗翻旧账，雁王那边自然不会想不到，这种时候不要讲什么‘不争是争’了，不主动走棋，只能被他们逼死——学生今日话多了，大人别见怪，告退。”

腊月十六，涉案主谋之一陕西府巡抚受审时，果然当场大放悲声，哭诉自己辖地贫弱，烽火票难推广，只能当地官府自己买入，上面还接连下了三批指标，完不成，便只能东挪西借，又实在没有进项，苦不堪言，才不得不出此下策。这话一出，一石激起千层浪似的，罪臣们众口一词，将隔岸观火的雁王一党彻底拉下了水，更有那滚刀肉大放厥词道：“说人家科举舞弊是间接买官卖官，那将吏治考核同烽火票挂钩，和卖官鬻爵又有什么区别？”

这一年的辞旧迎新就在混战中过去了，谁都没吃上一口安心的饺子。

掐到了最后，军机处不得不上书请罪，正式宣布废除新吏法中和烽火票挂钩的条款，同时暂停烽火票的发售。

然而战事正酣，为免再次出现朝廷陷入无钱可用的境地，军机处又趁机提出停止本朝官铸银，效仿西洋人在其占领地的政策与前朝“交子”之说，由各地隆安银庄发放特殊的“代银”代替金银铸币，并拟了一系列的新规连同请罪折子一起递了上去。

隆安银庄挂着运河办，也属于军机处的权责范围，只要新规切实可行，“铁交子”还是“纸通宝”大家都没有意见，但是绝不能掌握在军机处手里。于是这时候，马上就要成形的蒸汽铁轨意料之中地出了问题。

南北数段已经基本接好，就剩下中间一截，连通了就大功告成，可这最后一截却拖了一个多月不敢动工，问题出在了土地上。

沿线土地大部分是已经预留好的，但是那么长的一段不可能所有途经之地都是无主之地。原属于私人的，便会由运河办出面，向原来的地主以市价买来，同时给予一些其他方面的补助，诸如减免税费等等，也有不愿意变卖祖产的，朝廷便以租代征，写下租约，每年给付租金。

自元和年间开始，大梁朝廷便讲究仁政，对文武官员严苛，对民间乡绅却都很客气，正是因为太客气了，这个租约中有个致命的疏漏——只说了租赁年限，没说原主不想租了要怎样。

大概也没想到有人会毁朝廷的约。

而最后剩下的一段路，恰好便是一大块租用的土地，原主是个大地主，家里还有别的生意，本来谈得好好的，虽然没有修到这里，但是租金已经照付了，不料此人突然反悔，将租金一分不少地退回了。此人虽然无官无职，但背景深厚，与赵国公家里沾亲带故，他这么一退，周围没人敢打他的脸，个个对运河办来人避而不见，弄得蒸汽铁轨改道都来不及，得绕出一大圈变道才行。

因为蒸汽铁轨停滞，顾昀接连写了数封信询问竣工日期，到最后直接上折子到李丰那儿，说前线物资跟不上，再这么下去他要被迫收缩战线了。

方钦的幼弟还没把自己洗刷干净，这时，方大学士终于对儿子“瞻前顾后”“手腕不足”表达了明确的不满，自己出了手。这位曾经的半朝座师同一时间做了两件事。

首先，他秘密会见了朝廷同西洋使节接洽的外事官，委婉地暗示了此时大梁的国力或许不足以支撑和西洋人的持久战，这么打下去也是劳民伤财，两败俱伤，其中有大功的不是打仗的屠夫，而是最终能促成和谈，还江山一个清明太平的人。

外事官曾是方大学士的学生，小心翼翼地问道：“老师，皇上若是铁了心要打，我们为人臣子的怎么促成？”

“那要看你怎么和西洋人说了。”一身仙风道骨的方大学士意味深长道，“他们想要的无非是利益，你说他们是愿意继续和顾昀死磕下去，还是愿意退一步，与我朝中主和派配合，早日停战互通友好？皇上和朝廷是要面子的，洋人倘若真有诚意，把面子让出来，我们也不会吝啬里子，你说是不是？没有前线战事当由头，我不相信皇上会任凭雁王他们乌烟瘴气地胡闹下去。”

打发了如梦初醒的外事官，方大学士又请自己的夫人去请了一个人——隆安皇帝的奶娘，她早年出宫荣养后，一度颇受方夫人的照拂，与方家私交甚笃。

李丰对自己的奶娘很有感情，本来正在和长庚谈正事，听闻奶娘递牌子进宫探望久病的皇后，忙匆匆交代完长庚，赶去后宫了。长庚慢慢地离宫往外走去，整个皇宫笼罩在暮色四合之内，千万琉璃瓦金光隐去，边缘处还挂着一点不易察觉的碎冰碴，显得无比不近人情。

天那么冷，京华那么热。

近日前线越来越紧张，顾昀的书信也随之减少，漫无边际的闲聊基本看不见了，偶尔寄封私信也不过是三言两语。长庚缓缓地吐出一口气，在朱红高墙下呆呆地站了一会儿，心里想道：后天就是正月十六了。

而江山上笼罩的迷雾始终还没有拨云见日。尽管在他一步一步的筹谋中，那个结果已经越来越近了，可他心里还是不免时而惶然。

这时，两个侍卫经过，见了他，忙上前见礼道：“王爷。”

长庚没吭声，与那两个侍卫大眼瞪小眼片刻，突然魔怔似的拔腿就走。

我要见顾子熹。他心想，马上就要。

人的一生中，总有那么一时半刻的光景，心里除了某一个没来由的荒唐念头，什么都放不下，强大的欲望像是能把整个神魂都吞噬，任凭理智在脑门外面玩命伸着爪子挠门也能置之不理。好比好多年以前，顾昀在西北蛮荒之地脑子里烧成一团糨糊，心无杂念地想着要离职卸任、浪迹天涯。好比好多年以后，长庚从微风带雪的宫禁中闷头走出来，心无杂念地就想见远在千里之外的顾昀一面。

长庚没头没脑地跑回了侯府，门口两尊尽忠职守的铁傀儡转过身来，默不作声地注视着他。他与那泛着紫光的傀儡目光一碰，脚步忽然就停下了。

而后，他如梦方醒似的与那两尊铁怪物面面相觑良久，终于缓缓地从那近乎走火入魔的状态里回过神来，他轻叹一声，伸手碰了碰铁傀儡冰凉的手臂，缓缓地低下头，弓下腰，吐出一口氤氲郁结的白气来。

以往和顾昀分分聚聚，也有四年没见一面的时候，似乎都没有这回这样难熬。长庚自己也不知道是自己越活越娇气了，还是对顾昀越来越贪得无厌了，他心里好像有一根弦，从顾昀突然莫名其妙地写信说想他时便开始拉紧。南边每一场惊心动魄的大战战报抵京，那根弦就会拉紧一些，而朝中局势每每变得更险恶、更复杂一些，他心里那根弦就会再次拉紧一些，直到方才，它突然毫无预兆地断了。

这时，大门从里面打开，出来的正是侯府家将统领霍郸。霍郸见长庚这副鬼样子，吃了一惊道："王伯正让我去找您，殿下，您这是怎么了？"

长庚眼眶微红，却还是用最快的时间调整出了一个微笑，站直拍了拍身上的雪渣道："没什么，走得急了有点头晕，王伯找我什么事？"

霍郸为人很粗糙，闻言也没看出什么异常来，一边上前扶了他一把，一边在他耳边低声道："有个不便露面的客人，说是有急事禀报，他不能去军机处求见，只好找到侯府来。"

来人是个三十四五的男子，长庚不认识，但肯定在哪里见过，有点眼熟。他一边飞快地调整着自己紊乱的心理状态，一边努力回想来客身份。好在那人自己主动上前说明了："下官外事使团副督刘仲，见过王爷。"

所谓"外事使团"，是兵部一帮彻头彻尾的主和派不知怎么搭上了鸿胪寺，联手搞出来的，因怕触隆安皇帝的霉头，连"和谈使"都不敢叫，只好不伦不类地顶着个“外事使团”的名号，打着“一文一武”的旗号，以上前线“通过其他途径退敌”的狗屁理由，纯粹是去给顾昀添堵的。

长庚皱皱眉，一照面对此人印象就很不好，碍于风度没有表现出来，不咸不淡地一点头道：“刘大人出使在即，深夜来访，可有什么要紧事？”

刘仲突然后退一步跪下，一手指天道：“下官今日所言如有半句虚言，必定天打雷劈，父母便是九泉之下也不得安宁。”

长庚侧身半步道：“刘大人这是干什么？快起来。”

刘仲不肯：“王爷可知我团正督，下官的顶头上司，曾是方大学士当年的学生？”

长庚当然知道，不但知道，还恶心了好一阵子，要不是这一阵子分身乏术，恨不能将促成外事团的一堆奸佞挨个揪出来凌迟。

“王爷容禀。”刘仲飞快地将方大学士暗中叮嘱外事使的话跟长庚交代了一遍，又道，“此事现在只有正督的几个心腹知道，下官不才，位列其一。”

长庚的手指敲打着身边的小桌道：“大人深夜来访侯府，不是心腹所为吧？”

刘仲深施一礼：“下官祖籍杭州，亲生父母早逝，自幼跟随族中长辈长大，后来游学四方，也曾在公侯门第辗转做过幕僚，因缘际会，投过方家大爷的眼缘，将我举荐入仕，自是知遇之恩难以为报。”

长庚眉尖轻轻地挑起。

“下官自幼有一青梅竹马，两小无猜，本已订婚，尚未过门，”刘仲将头埋得很低，肩膀蜷缩起来，“本想功成名就回乡求娶，谁知没等到这一天，突遭强梁来犯……”

刘仲低头抹了一把脸，重重地给他磕了个头道：“死者虽已矣，但生者总是意难平，谢王爷垂怜。”

长庚轻轻叹了口气道：“刘大人起来说。”

两人密谈许久，送走刘仲的时候，街上已经有打更的声音了，长庚在门口站了片刻，用力掐了掐自己的眉心，偏头对霍郸说道："劳烦统领看看陈姑娘睡没睡，如果还没歇下，请她来一趟。"

陈轻絮这些日子一直客居侯府，准备试着治疗长庚的乌尔骨，可这是一个很漫长的过程，雁王总不得空，十天半月不见得有工夫回来一趟。陈轻絮一见长庚，便觉得他脸色很不对，说道："殿下，思虑越重，越不好控制自己，你最近是不是太累了？"

长庚苦笑一声，他提前激化矛盾，其实很多事没来得及铺垫好，每一步走起来都如同兵行险路，不知道什么时候就会从悬崖峭壁上一脚踩空。

可他没有时间了。

他怕他的敌人们不会给他这个时间，怕顾昀报喜不报忧，在他看不见的地方受他不知道的苦。

长庚开口道："陈姑娘如果方便，不妨从今天开始施针。"

陈轻絮一愣："过程可能很痛苦，殿下白天忙于朝政，吃得消吗？"

长庚摇头："不知道，但是我总有种不太好的感觉，近些日子压制起来越来越力不从心了，权当是不破不立吧。"

一个时辰以后，长庚意识到，自己终归还是小看了陈轻絮所说的"痛苦"。

陈轻絮将一碗药汤端到他面前，准备好了银针。

长庚伸手接过来问："这是什么？"

"等殿下不再受乌尔骨所困时，我将方子抄给你，"陈轻絮道，"不过你喝之前最好还是不要问。"

长庚："……"

不知道为什么，在他的印象里，与蛮人的巫毒有关的东西都泛着一股阴森森的尸油味，听了这话，长庚顿时产生了好多不好的联想，立刻不再追问，尽量蜷缩起舌头，捏着鼻子一饮而尽。

陈轻絮俯身点起一根安神香，宁静的冷香在室内扩散开，她在他三步以外的地方盘膝而坐，正色道："殿下，我开始施针以后，你必须一直保持灵台清明，否则没人能唤醒你，我这么说你能理解吗？”

长庚点点头。

陈轻絮又道：“这根安神香燃尽之时我就会动手，请殿下用这一炷香的工夫清心，排除杂念。”

刚开始毫无感觉，陈轻絮下针稳而准，手脚十分利索，长庚只是合眼闭目养神，忽然，一股充满恐惧的凉意从他背后升起——好像是避无可避地看着别人的凶器举起来，只能闭眼等着挨的那种恐惧，他后背的肌肉不由自主地收缩，虽不能动，却做出了下意识的躲避动作。

陈轻絮的针立刻扎不下去了，她神色凝重起来，道：“殿下。”

长庚感觉一条看不见的鞭子狠狠地抽在了他的后背上，耳边一片杂音，故去十多年的女人的叫骂声在耳边炸开。混在那些经年的噩梦里，陈轻絮的声音混着安神香刺进他的耳朵：“殿下，这是侯府，你听得见我说话吗？”

长庚狠狠地一激灵，用尽全力微微点了点头。

陈轻絮将下一根银针送入，第二根安神香已经燃尽，她看了一眼桌上的西洋钟道：“这才只是个开始，殿下用不用再适应一下？”

长庚轻轻咬了一下舌尖道：“不，继续。”

陈轻絮不再废话，下针如飞，方才退下去的幻觉再次卷土重来，年幼时秀娘施加在长庚身上的种种伤痛一一重现。

陈轻絮神色一紧，她看见长庚锁骨上一道旧伤疤突然毫无缘由地红肿起来，一行细细的血迹渗出来，皮下蛛网似的血管往两边裂开，十分狰狞。

“殿下，雁王殿下！”陈轻絮叫了他一声。

长庚毫无反应。

陈轻絮不敢再动手，忽然，她眼角扫见床脚挂着一副铁肩甲，看起来已经有些年头了，现在军中钢甲早已经变了样式。陈轻絮蓦地想起来，早年和长庚谈起乌尔骨症状时，他似乎无意中提到过，第一次从噩梦中挣脱，是顾昀在床头挂了一副自己身上的甲。

陈轻絮长袖一扫，铁肩甲发出一声清越的撞击声，金石之声扫过静谧的室内，长庚越来越急促的呼吸陡然一顿。他眼前有重重魔障，先是被困在了年幼时自己的身体里——尖锐的发簪、烧红的火棍、肮脏的马鞭、女人铁钳一般尖锐锋利的手……而一切的尽头，有一个身披一半钢甲的顾昀，时隔多年，默默地注视着他。

长庚救命稻草似的死死地盯着他，艰难地维持着自己一线的清明，不知过了多久，周身妖魔鬼怪似的幻觉才渐渐远离，长庚筋疲力尽地回过神来，见桌上的安神香已经燃尽了，陈轻絮正在收拢银针。

他这才发现，自己又能动了。

陈轻絮轻声问道："感觉怎么样？"

长庚活动了一下自己的手，见胳膊上不知什么时候多出了好多细小的擦伤，已经很快结了痂，有点痒。他试着攥了攥拳头道："好像又爬出来了一次。"

陈轻絮离开以后，长庚倒头就睡，这么多年来，他的睡眠好像一泊平湖，一个石子都能敲碎，除了失血昏迷，很少能有这种昏天黑地的感觉，也头一次没做噩梦。他梦见一个高耸的瞭望塔，远处有火光，营地里守卫森严，透着一股枕戈待旦的味道，一队巡营归来的将士正拉紧马缰，突然，为首的那个人回头往他的方向看了一眼，居然是顾昀，脸上戴着一个比面具还花哨的琉璃镜，银边与玄甲相映生辉，冲他促狭地一笑。

梦里，长庚失笑道："这是什么打扮？"

顾昀从马背上伸出一只手，烧着紫流金动力的铁臂轻飘飘地便将他拉上了马背，从身后抱住他，趴在他耳边笑道："军中寂寞，多勾搭几个小美人。"

人在梦里不太会掩饰自己心里细微的念头，明知他说的是玩笑话，长庚心里却仍然泛起一点说不出的委屈。"我在京城夙夜难安，唯恐一步走错，每天只盼着从你那儿听见只言片语，还总等不到。"

顾昀无奈道："殿下，你大老远跑来就是为了撒娇？"

长庚听了，认为他说得对，很想像民间话本里写的那样，变着法地跟顾昀无理取闹一番，然而“书”到用时方恨少，技艺很不纯熟，一时有点卡壳，不知从何闹起。顾昀却一抬手将自己脸上的琉璃镜摘了下来道：“你不喜欢，我就不戴了。”

清晨的时候，长庚是在顾昀那可怕的笛声里醒来的，他迷迷瞪瞪地爬起来揉揉眼睛，总觉得魔音似乎还在绕耳，痛苦地揉了揉酸麻的耳根，嘴角却忍不住翘了起来。

这真是他这一辈子最美满的一个梦。

有顾昀那一支惊天地泣鬼神的曲子相伴，哪怕前方真的都是些牛鬼蛇神，他也能无所畏惧了。

长庚不知道的是，前线头天夜里，顾昀巡营归来的时候，突然莫名其妙有种身后有人看着他的感觉，不由自主地回了一次头，刚好又把脸上的琉璃镜甩了下来，这回镜片没坏，倒是那精雕细琢的花边让他的肩甲磕掉了一角，他只好郁闷地承认这玩意中看不中用，换回了普通的。

第二天沈易听说，指着他好好笑话了一顿：“指不定是哪路神仙看你骚包不顺眼了。”

“那这神仙管得真宽，”顾昀大言不惭道，“没准是看我英俊潇洒，上赶着想给我当老婆。”

还没等沈将军将隔夜饭吐出来，便有将士来报：“大帅，您派往东瀛的使者回信了。”

顾昀忙道：“拿进来。”

西洋军的补给有一批是在东瀛人的配合下从外海送来的，在这场战争中，东瀛人仿佛一直都掺和在其中，然而又狡猾地一直不肯将自己露在台面上，哪怕当年了痴带着数十个伪装成和尚的东瀛武士企图劫持隆安皇帝，那也是出于他的个人私怨，东瀛人没有真正站出来替他讨个说法。

沈易忙问：“怎么说？”

顾昀摇摇头道：“说是对他们礼遇有加，但态度暧昧，使者一要谈正事，能管事的就避而不见，找一帮白脸舞女陪客……东瀛人心里有自己的小算盘，倘若洋人能在我国土上扎根，他们便能跟着吃一口腐肉，但倘若西洋军舰败退，他们日后还是要跟我们比邻而居的，因此既出力又不愿意彻底得罪咱们。”

沈易皱眉道：“两头讨好，这算什么东西？”

“好东西。”顾昀笑道，“他们这么首鼠两端，我就放心了，等着看，有大用。”

沈易摇摇头道：“我们有点等不了了，南边战线拉得太长，紫流金绷得太紧，就算是你从中调配，也不免有跟不上的时候，再说我担心这么拼下去，朝中会有杂音。”

顾昀的神色淡了下来。

沈易又提醒道：“我听说朝廷认为咱们不应该闷头只打，应该‘一棒子一甜枣’，最近正在组建新一批的外事使，倘若这些人真是夹着棍棒来送甜枣的倒还罢了，就怕是专程来添乱的。”

顾昀沉吟片刻问：“什么时候到？”

“差不多该动身了，”沈易回道，“总不过十天半月——子熹，你想干什么？”

陆

大梁与西洋两军前线对峙良久，双方谁也不肯退让，交手大小战役无数场，总体算下来基本是旗鼓相当，谁也奈何不了谁。正月十六这天，一批大梁海蛟战舰趁凌晨出发，神不知鬼不觉地离港，在物资已经开始吃紧的情况下，再一次分走了一部分人马，悄无声息地沿江而去。

当时晨曦尚未升起，沈易在一片漆黑里对顾昀说道：“你这样未免太冒险了。”

顾昀没理会，只是风马牛不相及地说道：“早晨让人给我煮碗面吃，要打个鸡蛋。”

沈易忙晕了头，听得莫名其妙，半天才想起这是什么日子，嘀咕道：“你还挺有闲心。”

他低声跟旁边的亲兵吩咐了几句，随后又接茬不依不饶地唠叨道：“先前不是说起码等铁轨线修好吗，倘若紫流金专线真的开通，到时候咱们的胜算会大很多，你现在动手，万一两边配合稍微出一点问题，那就……这也太冒险了！”

“富贵险中求，”顾昀面不改色道，“我一个风华正茂的男子，干吗要和对面那老头子一样谨小慎微？”

沈易听他又不说人话，怒道：“顾子熹！”

顾昀叹了口气，往北方看了一眼，他这时的视力已经无力再洞穿万水千山了。

“季平，”顾昀低声道，“倘若京城一番平顺，我们早已经不战而屈人之兵了，你说是这场战役的冒险大，还是继续让他们拖下去，拖到朝中生变冒险大？”

沈易愣了愣，哑口无言，他是负责一方的将军，只需排兵布阵，不必思考四境布局，也不必忧虑大梁前后五十年是否还有兵祸。

“这次我们无论如何要在主和派开口之前先下一城，否则一旦给了那些国贼开口说话的机会，不知道会让他们把战争拖到什么时候。一鼓作气，再衰三竭，哪怕休养生息，也不能超过三五年，否则北都的天潢贵胄会逐渐好了伤疤忘了疼，再等我们这一代人死光，后人会认为南半江山生来就是所谓双方共治的。”顾昀瞥了沈易一眼，说道，“冒一次险是值得的，到时候我会把玄铁虎符留给你，万一……你就迅速收拢剩余兵力，以待来日，不必慌张，立刻抽调玄铁营临时支援，西洋人最多是水上的能耐，到了陆地上没什么可怕的，咱们还有回旋余地。”

沈易眉头快要拧出皱纹来了。

正这时，炊事兵将煮好的面送来了，下面条的人给大帅的小灶做得十分精心，长寿面一根是一根，粗细均匀，蛋也熟嫩刚好，汤是汤，肉是肉的，还有浸满了肉汤的细笋丝沉浮其中。

顾昀接过来吃了两筷子，忽然问道："怎么没有青菜叶子？"

沈易奇道："你不是不吃吗？"

"我什么时候说不吃的……"顾昀嘀咕了一句，随意扒拉了几口，还是觉得这碗面里差了点什么，他原地思索了一会儿，恍然大悟。原来所谓生日与节日，其实都不过是因人而起，有那么个人愿意在这么一天给他办一个小小的"仪式"，是变着法子表达"我把你放在心上"。

其中的滋味其实都藏在那句压在面汤下面的话里，而不是这几口不咸不淡的吃食。

五天后，顾昀正式接到了外事团名单，只扫了一眼，他就塞给沈易，轻描淡写地吩咐道："看见了吧，只能准备动手了。"

沈易别无他法，只能从命。

"以防万一，季平，我要交代你几句话——真要是有点什么事，你替我坐镇中军，在地上，你和洋人有一战之力，但记着不许下水，你水战经验太少，不是那老东西的对手。"顾昀说着，又从帅帐中取出四封写好的信，"倘若大体不出错，给京城发第一封战报。倘若天命不眷顾，咱们真出了意外，那就发第二封，让军机处全力配合补救，别忘了附一封请罪的折子，玄铁虎符盖章，责任我一人担就是……后面两封是私信，第三封先寄给长庚，稳一稳他，等事端平静了，要是有机会，你再把第四封给他。"

沈易怒道："你跟我交代后事吗？"

"本帅犯得上因为几只西洋猴子交代后事？"顾昀满不在乎地一挑眉道，"我这叫思虑周全，也省得到时候我再写一遍了，军令如山，别在这儿跟我废话，滚去干活！"

第二天夜里，大梁水军毫无预兆地突然发难，大张旗鼓地进犯西洋军阵地，双方都快打熟了，一照面立刻分外眼红。西洋军虽然始料未及，却仍然迅速组织反攻，一上手便感觉到这一回的大梁水军格外凶猛。

雅先生在睡袍外面直接披上外衣，无论如何也想不通是什么让顾昀突然想打破已经胶着的前线态势，依照他们眼下得到的消息，大梁国内不应该有这么一个契机。顾昀这回连例行试探的过程都省了，好像根本不关心敌军储备情况，直接上重炮，“海乌贼”雨点似的往外打，西洋主舰猝不及防间挨了好几下，刚修好的侧桨又沉了下去，几乎瘫痪。

西洋主舰上一时间一片混乱。

“不要慌，别慌！”雅先生一把扯过一只铜吼，“都原地待命！短蛟立刻集结，拦住他们……陛下！”

教皇缓缓踱步而出，来到甲板上顺着千里眼往外望去。

“镇定一点。”他低声吩咐。

这年迈的首领好像有种能安抚人心的神力，轻轻的一句话，周遭乱七八糟的船员与卫兵顿时都安静了下来，等着他发号施令。

“对方的前锋舰船规模大约只是平时的一半多一点，冲锋这样厉害，不是顾昀的风格。”教皇低声道，“为什么？”

雅先生勉强压下心绪道：“梁人太疯狂了，我看他们不像冲锋，倒像是最后的鱼死网破。”

教皇一边让传令兵调整护卫舰队的队形，一边摇了摇头道：“这不合逻辑。”

雅先生皱眉思量良久，忽然道：“对了！我记得陛下前些日子收到了来自敌营的外事团即将抵达前线的消息，会不会和那个有关？”

教皇微微一侧头道：“你的意思是说，梁人国内内政出现了裂痕，有人想要妥协，结束这场战争？”

“有证据支撑，”雅先生飞快地说道，“您想，我们曾经估算过大梁火车建成通车时间，陛下当时还说过，他们整条线路建成后，我们会很被动，我们不是还设计过几种破坏该线路的方案吗？可是按照我们的推算，这条铁路线去年年底之前无论如何也应该建成了，甚至可能已经开始了试运。可是他们到现在一点动静都没有，说明确实是内部出了问题！”

教皇双手抱在胸前，一根手指微微磨蹭着自己的下巴，此时，顾昀的前锋已经如一把尖刀刺穿了西洋战舰防线，杀气腾腾地破浪而来。西洋护卫队将主舰包围成一个坚实的球，鹰甲从主舰上横飞出去，雨点似的攻击居高临下而至。

“如果是我，”雅先生自顾自地说道，“我会将主舰后退，迅速制作一个包围圈，将这支前锋引入其中，包抄歼灭。他们这么猛烈的炮火绝对支撑不了太久，一旦与身后断绝联系，就死在这里面了！”

教皇静静地反问道：“你认为顾昀会犯这种低级的错误？”

雅先生：“……”

“在上战场之前，你要做的最重要的一件事是了解你的对手——传令，收缩两翼，防御为主，往东南方向转移，立刻召援兵。”教皇一边有条不紊地发号施令，一边对雅先生说道，“如果你真的认真研究过顾在东海平定叛乱、在西南抓捕山匪的那几个经典案例，认真反省过我们跟他在北方交的几次手，就应该对他有一个粗略的了解。当他手上的资源真处于劣势的时候，他不但不会让你看出来，还会天衣无缝地将整肃的玄铁营拉到你面前，让你一看就吓破胆子……他们梁人管这个叫‘虚则实之，实则虚之’。”

雅先生不以为然，但面上不敢反对，只好顺着教皇的话音说：“是，陛下。”

“你看着，这只是个诱饵。”教皇笑道，“我们有点耐心，拖着他的鱼钩跑远一点，很快就能真正看见他手里的筹码。”

就在这时，传令兵跑来报：“陛下，第一、第二、第三军舰队不在港，在出‘远海任务’，您看……”

“远海任务”是专门去护送接应圣地物资船的。

教皇头也不回道：“他们应该还没走远，立刻调回来，‘远海’沿线很安全，护送那点物资不需要三支舰队，对付亲爱的宿敌必须要有敬意和诚意。”

“是！”

“回航！收拢两翼！”

“护卫舰队调整东南方向，注意速度——”

“鹰！暂时撤回来。主舰所有防御钢板落下，排水启动——”

整个西洋舰队飞快地聚集成一个紧密的庞然大物，刚出港的物资护卫舰队飞快地回航，虎视眈眈地盯着面前悍不畏死一般横冲直撞的大梁海军，结成了厚实的防卫。每次都是顾昀遛西洋人，这回情况突然变了，变成了西洋人用厚重的防卫遛着大梁前锋四处寻找下嘴的地方。

两刻之后，大梁这支疯狗一样的前锋军终于慢下来了，显然是已经筋疲力尽。

教皇轻声说：“雅克，你看。”

他话音没落，便见大批的接应与补给舰队从三路而下，大梁的底牌终于藏不住了，在夜色中露出了狰狞的獠牙。雅先生大吃一惊——如果方才真按照自己所说，立刻包围吃掉梁人前锋，那缺了三支舰队的己方两侧立刻会被敌人拉长削弱，轻易就会被埋伏的梁人洞穿撕裂！

“我说过，”教皇略带责备地看了他一眼，“只有了解你的敌人，你才会知道自己真正的机会在哪里——所有舰队准备反击！趁他们没有‘站稳’，给他们当头一棒！”

他话音刚落，西洋人的炮火便海啸似的平推了出去，大梁三路主力部队才一照面就损失惨重，他们甚至没来得及还击一炮，最前端的海蛟战舰就已经被纷纷击沉。一眼看过去，这一次有效攻击消灭了大梁水军主力部队近四分之一的有生力量。

西洋水军舰队沸腾了，从顾昀坐镇两江的那天开始，他们就没在顾昀手上讨到过这么大的便宜！

然而顾昀本人却并没有想象中的愤怒和焦头烂额。

大梁水军中一艘不起眼的中型海蛟上，顾昀正好整以暇地看着自己大量的“战舰”被击沉，眼皮都没眨一下地对身侧的亲卫说道：“你看，我说什么来着？知己知彼，那老东西打一仗能准备十几年，大概是很用心研究过我了。”

倘若此时是白天，西洋人大概会更容易发现那些被击沉的船的特殊之处——那些船都是空的，更像是“海乌贼”的另一种形态。

这还是灵枢院那帮穷酸的馊主意——将前线报废的战舰归拢，然后仿造海乌贼的动力系统，将舰船整个清空。这种空有其表的战舰非常轻，用很少一点动力就能让它自动在水面滑行很远，虽然没什么用，却是壮声势吓唬人的利器。

顾昀将手中一部分水军派了出去，如果直接上战场，必然会被洋人看出来生出怀疑，因此干脆用这种方法虚晃一枪。

“要是他们能被一时的胜利冲昏头脑就更好了。”顾昀跷着二郎腿坐在一边，“散开，记着，咱们今天的任务是拖住敌人。”

亲兵舔了舔嘴唇道：“大帅，‘那边’能赶上吗？”

“那不敢说，赶不上就是我的气数尽了。”顾昀低低地笑了一声，“注意机动。”

西洋主舰上，雅先生果然大喜过望昏了头，可惜旁边有个教皇陛下，他未敢太过忘形。

而且很快他就发现，这支出师不利的大梁水军并没有那么容易对付。梁人马失前蹄后，立刻做出调整，顾昀那滚刀肉似的作战风格弄得西洋人焦头烂额，将这场本该是以多击少的歼灭战打成近乎势均力敌的情景。

两军主力从半夜一直纠缠到了次日清晨——

第一缕阳光刺破海面的时候，黑暗中混乱地打了一宿的战场格局陡然暴露在阳光下。大梁主舰上，亲兵急道：“大帅，那边还没有消息，我们撤吧，再这么下去，主舰位置会暴露的，咱们没有他们那怎么炸都不沉的大铁怪，您不能以身犯险！”

顾昀伸手摩挲着自己琉璃镜的边框道：“少安毋躁。”

就在这时，教皇突然将手中的千里眼往雅先生手里一塞道：“那艘吴越号！那肯定是敌军主舰，顾昀一定在上面，拿下它！”

密集的炮火随着教皇一声令下转移，顾昀所在主舰一时避无可避。

亲兵吼道：“大帅！”

千钧一发间，四五艘短舰在顾昀未曾下令的情况下抢道而出，以自己的舰身拦在主舰前面，随即爆炸声平地而起。顾昀的侧脸骤然绷紧，这时，一个水兵跌跌撞撞地闯了进来道：“大帅，我们顶不住了！”

顾昀微微眯起眼。

“不用慌……后队变前队，遛他们一会儿。”顾昀低声吩咐道，“从……”

他一句话没说完，突然，空中传来一声鹰啸，那声音尖厉得宛如警报哨，连顾昀这个半聋都听见了。顾昀蓦地回头。

那是岸上负责总调度的沈易给他的暗号——另一边得手了！

亲兵愣了一下，随后一跃而起。“我们的鹰！”

顾昀：“给我千里眼。”

亲兵舔了舔干裂的嘴唇道：“大帅，我们……”

“小心！”

“轰”一声——

一颗流弹穿过护卫舰缝隙，正打在大梁主舰的尾部，整个海蛟战舰巨震，烟尘与火花四起。

尘嚣中，一片琉璃镜飞了出去，碎了个干净。

柒

正月二十四这天，外事团还未抵达前线，李丰已经先在半夜三更被前线加急战报吵醒。

玄铁虎符落款——前线大捷！

顾昀这半年来的布置初见端倪，他不知什么时候派人南下南洋，暗中策反了被西洋军占据的南洋诸岛，在西南边境埋伏了一大部分兵力。

正月二十一日夜，大梁水军用一部分主力部队在正面战场上突袭敌军，利用敌军将领谨小慎微之风，牵制住敌军兵力，同时埋伏在西南边境的海蛟战舰团席卷南洋诸岛，里应外合下，全歼洋人盘踞于此的势力，而后立刻发兵，截了敌军远洋补给线，神不知鬼不觉地扼住了对方的脖子！

谁说堂堂大梁水军打不了远海战役？

战报十分简洁，只说了结果，详情与伤亡情况均没有赘述。这场战役后，西洋军狼狈撤退至东瀛海域，各地民兵趁机对地面敌军发动了袭击，南半江山炸了个四面开花，是沉寂许久的前线第一道曙光。

李丰一跃而起，半夜三更穿衣服要召大朝会——狗屁的外事团，能将洋人打回老家，一个土渣都不给他们带走。

内侍围着他团团转，自祝小脚死后，李丰身边的人换了好几个，都不太合心，此时跟在他身边伺候的也是个老人了，话不多，还算机灵。“恭喜陛下，有顾帅在，收复江南指日可待了！”

李丰“哈哈”一笑，几乎有些语无伦次道：“朕九泉之下，总算不用担心难以和列祖列宗交代了！”

腿脚瘸了好久的李丰几乎脚下生风地往外跑去，走到半路，被清晨夜风一吹，隆安皇帝发热的脑子终于冷下来了，满脸的喜色也黯淡了一点。

是了，此战大胜，然后呢？

军机处推行的不少政令都打着“以战为先”的旗号，各大世家除了每天搬出丹书铁券来跟自己倚老卖老，就是一直想着要停战。如果说李丰之前还对战与和有些犹豫，顾昀这一场胜利则在其中一方加了重重的筹码，让李丰心里的秤偏向一边。

这些世家门阀心越来越大，连大战都能干涉。皇帝默默地想道：是何居心？

李丰脚步微顿，没头没尾地对内侍说道：“朕那乳母赵氏有几年没进过宫了，你还记得她吗？”

内侍不明所以，低头应了一声：“听说赵夫人现如今膝下只有一个女儿，还在宫里当差，认了方三公子当义子，前一阵子频繁递牌子，想必是来求情的。”

李丰“嗯”了一声，半垂着眼睛道：“王子犯法，尚与庶民同罪，当年魏王照样下狱，也没见谁站出来说句公道话，怎么这些人家的儿子倒是一个比一个金贵了？”

内侍从中听出了一点杀意，小心翼翼地看了李丰一眼，一时没敢吭声。李丰一脑门热汗被冷风吹了下去，他捂住胸口，低低地咳嗽了几下，内侍忙将一件狐裘披在他身上。

太子七岁看老，人还算聪明，但是性格太过温顺柔弱，不太像自己，反而更像元和先帝。元和年间是什么样的光景，李丰现在依然记得——先帝总觉得自己的帝位来得名不正言不顺，仰仗过这个，又仰仗过那个，连军权也未能控在手里，哪怕顾家只剩个半大孩子，他却依然任凭那要命的玄铁虎符流落在外，鸡毛大的一点事都要问这个那个的意见，动辄怀柔讲感情，养了一大帮国之蛀虫，几乎将武帝留下来的殷实家底败了个干净。

李丰花了十年，依然没能收拾完先帝留下来的烂摊子。他这两年越发觉得自己力不从心了，不想让儿子陷入自己父亲当年的窘境。

可是眼下这个状况，他又该相信谁呢？

雁王吗？

雁王“不娶妻”“不生子”“愿效仿商君”殉国祚之类的话都是他自己说的，天下比这好听的话还有好多，那些乱臣贼子证据确凿的时候都还在痛哭流涕着说自己一身苦衷为国为民，李丰固然一时能被雁王打动，可漫长的时间总能让其冷静下来。

李丰眼下护着长庚，是因为他也看到了改革的价值。雁王有一点说得对，制度与规则才是最重要的，无论雁王想改成什么样，这个百孔千疮的社稷确实是在向好发展的。李丰希望借雁王的手，将前朝沉疴彻底清除干净，将来给太子留下一个清明人世。然而同时，他也绝不可能将柔弱的儿子交到这个杀伐决断的弟弟手里。倘若他有一天要追随先帝而去，那他要料理的第一个人是雁王，第二个就是顾昀。

“不去了，回宫，明天早晨再召，等天亮，你让太子过来一趟。”李丰忽然没头没尾地吩咐道。

内侍莫名其妙，不知道方才还在说赵氏的事，怎么皇上沉默了一会儿又扯到了太子身上。

“还有，”李丰又道，“我带回来的那封折子呢？拿来我看看。”

那奏折是徐令写的，关于改革国子学的一个章程，想法不太成熟，甚至有点稚嫩，不过没关系，可以丢给军机处去协调完善，满朝都在闹着要杀人砍头严惩科举舞弊，也只有那么几个书生还能想起往后的事。

如果可以，李丰也想像个寻常父亲一样，希望能给年幼的儿子多几年庇护，尽可以让他在后宫玩草虫子，可是谁知道这个风云际会的时代马上还会发生什么事呢？

第二天清晨，两江前线大捷的消息当头砸来，各方势力都还没来得及对这突如其来的结果做出反应。李丰第一次立场明确地在大朝会上强硬推行了两条新政。

第一，同意军机处废除烽火票，修改铸币政策。后世称之为“隆安新政”。

第二，原则上同意两院徐令等人联名要求改革国子学的章程，其中不完善处，令军机处牵头，着礼部、国子监与两院协同修订。

同时，李丰在大殿上将江充与灵枢院一起拎出来斥责了一顿，要求立刻加速九省舞弊案的调查进度，所有涉案之人不论出身，一概严惩不贷，并责令灵枢院马上拟章程将京城到江南的蒸汽铁轨线打开，绝不能给西洋人喘息的余地，不能浪费这次胜利，他们必须一鼓作气地赢下去。

而临下朝的时候，李丰宣布了自己最后的决定——十一岁的太子即将临朝听政。

这是态度暧昧的隆安皇帝前所未有地在大朝会上表达自己破旧立新的

立场，事先并未与任何人透露过半个字，不光是方钦一党，就连军机处众人也是十二分莫名其妙。

江充隐晦地看了雁王一眼，心道：吾皇吃错药了吗？

长庚脸上毫无异色，只是不咸不淡地拍了个马屁。他虽然玩弄权术，却天生自带一股化外之人的仙气，连拍马屁的姿势都显得十分宠辱不惊，全然是跟李丰串通一气的模样。

当时便有人脸色变了。

李丰心里有数，知道雁王有意借自己的势。满朝文武各怀鬼胎，然而这并不要紧，他可以给雁王搭台阶，也可以给任何一个人搭台阶。这回，李丰用两道政令便将军机处推到了风口浪尖处，就想看看，那些拿先帝丹书铁券说事的，奈不奈何得了这位半路出家，一辈子就叫过一声“父皇”的雁王。

这日京华又注定是个不眠夜。

军机处里，江充对长庚悄声道：“王爷，怎么办，咱们按照原计划来吗？”

长庚毫不犹豫道：“趁热打铁。”

江充深深地看了长庚一眼，又问道：“王爷，倘若逼得太紧，他们狗急跳墙了怎么办？”

长庚转头看向他，意味深长道：“我怕的是他们不跳，寒石兄，你知道我这辈子学过的最有用的一句话是什么吗？”

江充凭空听出了一点心惊肉跳的味道。

长庚道：“临到阵前，谁不想死谁先死。”

长庚离开军机处回家的路上，刚好碰上了方钦的车驾，他便对霍郸吩咐道：“让方大人先过去吧。”

霍郸应了一声，过了一会儿，又跑回来回报道：“王爷，方大人说他不敢失礼，已经将路让开了。”

长庚挑开车帘，彬彬有礼地冲方钦拱拱手，两人一团和气地擦身而过，好像并没有要你死我活。

长庚靠在马车上，心想倘若自己与方钦易地而处，好歹会忍过这一时风头，等到朝中新贵们迅雷不及掩耳地占领交通财政，在他们根基不稳又扩张过快的时候推上一把，到时候闷不作声地等着李丰出手就对了。这满朝蛛网似的王公贵族，到处都是故事，到处都有势力，倘若肯徐徐图之，等到战后，有的是复辟旧制的机会。

长庚还知道以方钦的稳妥，心里肯定也是这么想的。所以他哪怕拽着大家一起走钢丝，也绝不能让方钦心平气和地等到这个机会。

方钦一直目送着雁王车驾走远，才吩咐家人继续走。周遭暮色四合，黄昏缓缓滑入漫漫长夜，他似乎隐约看见了那脉络一般的大势，滔滔逝水似的从他面前奔流而过。然而他无力阻拦，他脚下踩着的万里长堤是沙砾堆成的，看似威武雄壮，实际无从借力，无边世情与他相悖。

回到方府，府上照例已经有客人在等，方大学士顾不上修仙求道，在前厅亲自接待。方钦一进门，众人都站起来，神色各异地看着他。

方钦心里又有种不祥的预感。“爹，怎么了？”

方大学士面沉似水地说道：“你义妹今日在宫里冲撞中宫获罪，刚刚被禁足，不准亲人探看。”

方老夫人与皇上乳母赵氏关系很好，开玩笑似的让方钦的三弟认了赵氏做义母，这里头本来没有方钦什么事，只是为表亲近客气，在外人面前，他也称呼赵氏那在宫里当值的女儿为“义妹”。

方钦愕然道：“为什么？”

“为什么？”方大学士缓缓说道，“想当年，今上待顾昀以‘叔’相称，自幼情分甚笃，也不过一言不合，便将其下狱，何况我辈。今上刻薄寡恩，无情无义，实在让人心寒。”

方钦心思急转，立刻转头对家人吩咐道：“让人马上传个信给赵国公，让他别再耍这种幼稚的幺蛾子，见好就收。”

他此言一出，场中哗然，顿时有人站出来异议道：“方大人，你怎么又胳膊肘往外拐？”

方钦没理会旁人，只盯着方大学士道：“爹，您还看不出来吗，皇上不是先帝，万事只能顺着他来，你若是让他感觉到自己受到逼迫，必然会遭到他的反弹，咱们是要铲除雁王一党，和皇上叫板有什么用？”

不等方大学士开口，方钦便又接着疾言厉色道：“我也很想保住三弟，可是再要这么下去，那折进去的就不是一个三弟了，在座都是自己人，我说句不好听的，你们真当赵国公自己屁股就擦干净了吗？若是让雁王抓到了借题发挥的把柄，到时候咱们只能更被动！区区一条铁轨线，你不让他修，除了给李旻添点堵，还有实质作用吗？顾昀照样说动兵就动兵，让你外事团都来不及到前线！你们还能怎样？干脆截断前线补给，卖国吗？”

他心里不痛快很久了，一股脑地吼出来，连亲爹的面子也没给，在场之人安静了片刻，随后一人说道：“那方大人难道就打算咽下这口气？”

方钦：“……”

他发现自己和这些人简直无从沟通，特别是方大学士重新出山之后。

想必什么东西气数将尽，并不是缘于外界的疾风骤雨。方钦环视左右，无话可说地冷笑了一声，拂袖而去。

方大学士垂目端坐，伸手捋胡须道：“犬子无状，让诸位见笑了。”

旁边有一位老得快要睁不开眼的公卿低声道：“二公子才华横溢，只是到底年轻气盛了些。”

以方钦的年纪，着实不能称之为“年轻气盛”了，方大学士却意味深长地摇摇头道：“确实，武帝在位时，他年纪还小，没经历过那些事，少了些历练。我看有些东西还是别让小辈人知道了，省得他们瞻前顾后。当年将先帝推上皇位的老兄弟们还在这里，回去攒一攒各家儿孙，或许还有能成事的力气……不过我那不孝子说得也对，让赵国公最近将他那些小儿科的手段收敛收敛，一击不能必杀，费那力气做什么？还不够让人看笑话的。”

然而雁王没有给赵国公收敛的机会。

第二天，灵枢院上折子，宣称蒸汽车已经经过了严密试验，万事俱备，言辞恳切地请隆安皇帝亲眼去看。李丰欣然带着太子前往，还亲自坐了一段路，结果回宫以后还没等新鲜兴奋劲过去，便又收到了江北姚镇催铁轨线的折子，这成功地将隆安皇帝心里的焦躁堆了起来。

堆到晚间，御史台送来了点燃皇上怒火的最后一根草——御史台参赵国公御下无方，纵容家眷侵吞、低价掠夺农人田地等数条罪状。

联袂负责蒸汽铁轨线的运河办和灵枢院忙跟着起哄架秧子，大量刻意推波助澜的人士紧随其后，迅速引爆了态势。雁王几年经营起来的势力露出了冰山一角，自武帝末年开始便缓缓拥塞的上升渠道被他生生地撬开了一个角。紧接着，各地非法占地的举报有预谋一般地接连曝出，最后牵连出了大梁由来已久的非法占地问题。

有看热闹不嫌事大的站出来，要求全境清查。当然，这荒谬的提议被李丰驳回了，李丰就算再想给世家下马威，也得徐徐图之逐步瓦解，他一次还没有这么大的胃口。

可是赵国公这只出头的傻鸟是跑不掉的，没几天就给抓了起来，之后又牵连出了一大堆狗仗人势的门人子弟，押解抄家的时候围观者甚至爬上了墙头翘首张望，望南楼的说书人两天就编完了一套新书，拥趸甚众。

太子刚开始听政，就遇见了这么大一桩案子，小少年好生长了一番见识，在旁边看得目瞪口呆。快下朝的时候，一直不怎么表态的雁王忽然亲切地问他道："太子殿下怎么看？"

小太子被李丰保护得很好，天真烂漫，也没那么多心眼，曾经奉李丰之命"请教"过他四皇叔，听长庚问起，便不假思索地将人家教他的话脱口而出："韩非有言，'君无术则蔽于上，臣无法则乱于下'，国之安定托于法，人有贤愚忠奸，事有是非曲直，倘若法度不明，必使党群横行、小人横行，那……当政者岂不是就管不过来了吗？"

他那童音奶气未消，像个课堂上被拎起来答师父问的学童，说完，还满怀期待地看了看长庚。

长庚笑而不语，李丰则板着脸呵斥了他一句："照本宣科地显摆什么，回去好好用功，不可懈怠。”

太子没敢吭声，只好耷拉着脑袋应了，可他这童言童语却是说者无心，听者有意。

以己度人的人，就算看见个半大不小的孩子，也会觉得此人同自己一样满腹心机，句句藏锋。

当天晚上，十一岁的太子这番话就从深宫中不胫而走，方大学士瞒着方钦，将一干拥立过先帝的老豺狼召集到了一起，把太子的每一颗唾沫星子都扒拉出来分析了一遍，明白了李丰的意思。

“三代了，”方大学士冷笑道，“天恩难及，诸位想必也看出来了，皇上让太子听政，是铁了心想要我们这些老东西的命。”

另一人道：“那时要不是王国舅搅局，咱们谋划得当，指不定雁王现在已经因为混淆皇室血统被褫夺王位，发配到穷乡僻壤了，什么地方爬出来的野种也敢骑在咱们头上耀武扬威。方兄，当断不断，可必受其乱啊。”

方大学士的脸颊绷出了一道锋利的痕迹，他缓缓地环视周遭，低声道：“诸位不妨将心里话都写在手里。”

多年前，这一群野心勃勃的阴谋家曾经凑在一起，亮出各自的手心，手心里写的是元和先帝的名字，此时，他们已经日薄西山，老的老，死的死，重新凑在一起，摊开各自老朽的手心——

“清君侧。”

“清君侧。”

“清君侧，皇长子无母。”

…………

捌

“当年肃王路上佯装生病，是老朽事先获悉他想暗中进京的打算，请了长公主令，让北大营拦截，以‘谋反’之名将其拿下，推先帝上位，成就了一番成王败寇。”方大学士几不可闻地低声道，“如今京城中这个情况诸位也看见了，如何先下手为强，何人可用，想必今日前来，诸公都是有章程的。”

方大学士并非脑子一热，他知道，这一回没有顾家人站在他们这边，想调动北大营是不可能的。而自从上一次御林军刘崇山作乱，御林军的编制也已经做出了很大的调整。凡百户以上，必须经过严格核查，确认家世清白，军功货真价实，杜绝了一些人钻空子，同时分两步双向管理，彼此间互相牵制、互不干涉，严防御林军中有人一手遮天，犯上作乱。

但凡事有利就有弊，大梁世家分文武，武将也有公侯门第，然而大都衰落了，否则元和年间不会无人可用到让顾昀一个半大孩子领兵。这些靠祖荫而生的名将之后，倘若文不成武不就，就会像刘崇山一样通过后门进御林军，熬年头混几年资历，再找个由头能捏一笔军功，平步青云。多年磨合，这些少爷兵和真正的将士之间已经形成了某种特别的生态，双方互相给面子，既能保证战斗力，也兼顾了关系和面子。

可惜，这个平衡自御林军哗变后，被李丰破坏了。

上位者激愤之下的一道律令或许自以为清明，当时也没人提醒正在气头上的李丰，由着他堵死了京城少爷们的升官梦。哪家的少爷不是娇生惯养？谁能甘心一辈子当个小小的军户？

得罪少爷不可怕，重要的是，大梁朝早年重武轻文，祖宗留下来一个特权——军功封爵者可养家将，保留一部分武装，并荫庇后世，危难时可以作为国都最后一道战力。刘崇山、吕常等人叛乱时，方钦就是用这批战力牵制住了叛军，拖到了北大营赶到。

方大学士环顾四下，说道：“顾昀增兵西南，同时又在东海大动干戈，手中可用之人捉襟见肘。眼下，顾昀的人全在四境镇守，北大营又非传召不得入内，李旻乃是沽名钓誉之徒，身边不喜人多，走到哪儿身边都不过是跟着一两个老东西。听说他骑射功夫不错，可也不过就是在城楼上耍过几次花拳绣腿，谅他也碾不了几颗钉，想除掉他不难，只是不知诸位是想要‘暗清’，还是‘明清’？”

旁边有人问道：“敢问方公，何为暗，何为明？”

才满半朝的大学士面不改色道：“若要暗，只需请上死士二三十人，趁夜埋伏在李旻下朝途中，截而杀之，湮灭证据，等此事风平浪静、不了了之，皇上也没办法。若要来明的……那就须得让皇上知道，谁是忠臣良将，他的江山社稷是谁保下的，乱臣贼子是如何被拿下的——还有储君何人可担。”

“这……方公，明着来只怕不容易。”开口说话的是当年京城三侯爵之一平宁侯之子，老侯爷早已去世，此人大腹便便，走路都很吃力，一年不见得出几次门，全然不像名将之后，脑筋却意外地清楚，此时侃侃道，“且不说动手的时候该如何避开御林军与禁卫，就说万一得手，以皇上那宁为玉碎，不为瓦全的脾气，他不会追究到底吗？北大营的刺儿头确实死干净了，现在老老实实的，非传召不得入内，那么倘若皇上一怒之下真的传召呢？就说他们离得远，那么宫中禁卫与宫外御林军呢？刘崇山、吕常一党哗变之事至今风波未过，恐怕没那么容易。”

“宫中可不是什么场合都有禁卫的，御林军更不是什么地方都进得去。今年两江前线有捷报，我听说礼部的马屁精们已经上折子了，请皇上祭天祭祖，大肆操办一番，说是要提振士气、祈求国运，这里头可钻的空子很多。”方大学士轻描淡写道，“至于皇上事后发作……”

他说到这里，话音顿了顿，嘿嘿一笑，狭长微垂的眼皮抬起来：“那就只好让他‘发作不起来’了……怎么，诸公真当没有了李旻，皇上就会轻易放过咱们？太子今日早朝上说的话诸位也都听见了，那太子一个小小孩童，懂什么国家大事，那些话都是谁教他的？才十一岁，他就满口法不容情、去朋灭党，当廷指桑骂槐，就差指着我们的鼻子说我辈皆小人了。诸位当断不断，难不成要等着日后太子登基，赐一丈白绫吗？”

此言说得不隐晦，可谓离经叛道，惊世骇俗。

方大学士不愧是将元和先帝托上台的老臣，胆大包天，不动则已，出山就要做一票大的，直言“皇帝不干就干皇帝”“太子不听话，那就换他那没了娘的大哥来当傀儡”。

平宁侯瞠目结舌良久，有点结巴地提出了另一个要命的问题：“那……顾昀岂会善罢甘休？”

“外事团尚在路上，都已经安排好了。”方大学士低低地笑了一声，“前线、虎视眈眈的番邦贼寇、使团——怎么，这么天时地利，诸位难道想不起二十年前发生过什么？”

一场风暴正在中心酝酿，风暴口上的雁王却还似乎毫无知觉，他依然每天按点点卯，不遗余力地推行他的新政，刚刚还愉快地收到了一封来自顾昀的书信。

这封信顾昀直接寄到了家里，是封彻头彻尾的家书，霍郸递给他的时候，长庚那双突然亮起来的眼睛闹得霍统领起了一张大红脸。

“他还长出三头六臂不成了吗？”长庚一边将那信封抬起来对准光，小心翼翼地隔着信封观察里面的内容，一边半真半假地对霍郸埋怨道，“一边对付着洋人，一边还有这种闲情逸致，说他什么好。”

侯府从未有过传统意义上的“女主人”，霍伯这个贴身护卫隐约知道点什么，然而至今也难以适应，特别没法和这位身份特殊的“另一个主人”讨论自家大帅的家信。听着雁王这话，他感觉自己的角色从家将统领变成了一个碎嘴嬷嬷，只好十分羞赧地戳在一边，充当一根脸红脖子粗的门柱。

开战以来，顾昀还是第一次给长庚寄这么厚一封家信。长庚一时有点舍不得拆，将那信封拿在手里反复摩挲，凑在鼻尖轻轻地嗅了一圈，仿佛能从中闻出一点远方那人的味道来，一脸沉迷。

霍郸脸上的血快从毛孔里渗出来了，结巴道：“王……王爷，您……您干什么呢？”

长庚扫了他一眼，好像觉得霍郸面红耳赤的样子特别好玩，便故意逗他道：“昨天做梦还梦见了我义父，半夜一醒过来愣是睡不着了，可算是知道了一回什么叫‘辗转反侧’，结果今天就收到他的信，你说巧不巧？”

霍郸：“……”

“我义父”仨字让他打了个寒战，霍郸痛心疾首地想道：小侯爷这办的都是什么事？怎么越大越不像话了！这是要将九泉之下的老帅和公主气活过来啊！

长庚偷偷笑了一下，正要拿小刀划开信封，突然，一只临渊木鸟闯了进来——那日刘仲前来投诚，长庚没有十分相信他，派了一明一暗两个临渊阁之人随行两江，明面上的假扮刘家小厮，联系刘仲和京城，暗地里的是位高手，尾随使节团探查种种异动，随时传信给京城。

长庚忙将顾昀那封私信收进怀中，先拆看了木鸟。

片刻后，他冷笑一声——有些人想得还挺周全。

江北。

一只木鸟尚未飞入帅帐中，便被亲卫一手捉了下来，他将这小东西拿在手里翻来覆去地摆弄了好几遍，没摆弄出什么名堂来，就在他如临大敌地想拿去请军中灵枢看看时，旁边忽然有人低声道：“给我吧。”

亲卫抬头一看，只见沈易从外面走进来，忙将那木鸟双手奉上。沈易接过来摸了一把呆呆的鸟头，亲卫一愣，觉得自己好像听见沈将军叹了口气。

木鸟是被钟蝉将军留下的磁石引来的，沈易轻手轻脚地捏着它走进帐中。帐中光线晦暗，几个军医悄无声息地进进出出，一股呛人的药味扑鼻而来，当中还夹杂着一点洗不清的血腥味。

姚镇正站在一边，转头望向沈易，神色凝重。

那天水战中为了拖延时间，顾昀所在主舰被敌军击中，主舰当场解体，金匣子在水面上炸成了一朵烟花，所幸顾昀虽然又聋又瞎，但反应很快，感觉不对之后第一时间命人弃船跳海。由于跳得及时，鹰甲将他从水里捞出来的时候，好歹人还没烤熟。

西洋军远洋补给线被截断，内江上游又早被顾昀在西南增的兵控制住，两条补给线全断，无奈之下，只好退走东瀛水域。

倘若不是主帅重伤，这一战绝对是能载入史册的完美大捷。

顾昀这回事先将战报、家信等一干道具全都准备得妥妥当当，他受伤的事把外人内人一起瞒了，即便在两江大营中，消息也压得死死的，除了几个高层将领、亲卫、军医，以及将他捞回来的几个鹰，其他人一概一无所知。

可想而知这回沈易跟姚镇担的压力有多大。

沈易："怎么样？"

"来得正好，人醒着。"姚镇低声道，"顾帅将你调来实在太有先见之明了，季平兄，要不是你在这儿，我大概觉得天都要塌了。"

沈易苦笑道："哪里，一回生二回熟……你先歇着，我跟他说两句话。"

姚镇点头，挥手带着军医们撤开，沈易轻手轻脚地走过去，托起顾昀无力地垂在床边的手。床帐一放下来，帅帐中人来人往进进出出，顾昀一概全无察觉，直到这时，感觉到手中这只爪子上有割风刃磨出来的厚茧，他才知道来人是沈易。

顾昀周身的骨肉没几处是好的，身上夹满了钢板，整个人被固定着无力扭头，昏睡一会儿被疼醒一会儿，才一睁眼，额角的冷汗就开始往下淌，眼睛哪怕睁开也对不准焦。军医说人在巨震中本就容易伤到耳目，他还不止一次给自己雪上加霜，现在眼睛睁开只能微微感光，别说琉璃镜，就算架一只千里眼大概也无济于事了。

也不知道还能不能好。顾昀心里默默地想道，以后不会真看不见了吧？

沈易一看他那茫然的目光鼻子就一酸，在顾昀手心上写道："临渊阁有信。"

顾昀眨了一下眼。

沈易将木鸟拆开，准备写给他，谁知一眼扫过字条上的内容，自己脸色先是一紧。顾昀等了半晌不见沈易吭声，疑惑地用手指在沈易手背上敲了敲。

沈易是个好脾气的人，除了跟顾昀打闹时会半真半假地咆哮几句，极少动真火，此时他定定地坐在床边，捏着木鸟的手突然发起抖来，胸口剧烈起伏了几次，“咔嗒”一声，木鸟被他生生掰下了鸟头。

这算什么？沈易心道，这算什么！我们出生入死为了谁，鞠躬尽瘁又为了谁？这他娘的有意义吗？

顾昀唯恐再节外生枝，顾不上琢磨自己的瞎眼，勉力开口道：“怎……喀……”

他喉咙上有一道被弹片剐出的伤口，险些伤及大脉，与之前的旧伤疤几乎重叠在了一起，虽不至于变成个了然，说话却很吃力，像个破风箱。“破风箱”问道：“朝中还是要坚持议和？”

沈易眼睛里都是红血丝，在顾昀手中写道：“临渊阁派了专人监视外事团，发现他们中有人在和西洋使者暗通款曲，有一批身份来历不明的人混入了外事团。”

顾昀顿时松了口气，难耐地动了动被夹在那儿的脖子。“我还当什么……外事团的名单不是已经送来了吗？没有突然加人的道理，要真那样，大可以将他们拦在驻地之外，不要紧。”

沈易道：“因为这场仗，外事团本来没有理由再来前线，他们在彭城待命，向朝廷请旨，李丰说原路无功而返也不好，便令其在彭城稍做休整，等朝廷物资拨出，要一同送到两江前线，算作……”

顾昀微微挑起一边的长眉，沈易艰难地停顿了一下，在他掌中一笔一画地写道：“犒军。”

这两个字对玄铁营所有旧部来说都太敏感了，顾昀明显抽动了一下，随即又被身上的钢板强行绑回原位，冷汗当时就顺着鬓角流下来了。

沈易慌忙按住他道：“子熹！”

这样一折腾，顾昀胸口处的绷带明显地渗出血来，血的味道冲破了重重药气，“浓墨重彩”地散在空中，这让他的脸色越发惨白。

沈易有种他整个人都在缓缓蒸发的错觉。

而他竟还不肯老老实实地晕过去，竟还要对内对外都强撑出一个游刃有余的假象来。

一个人舍生忘死，在其生前身后，徒劳所得的，又能有什么呢?

纵有千秋功名垂青史，来日也不过就是块牌位。

后世的王公贵族想起来，便拿出来编排两个闲来无事的典故，或还要故意贬斥几句，以显示自己见识广博、与众不同。市井百姓想起来，则多半喜欢编一些捕风捉影的逸事绯闻，将他在仓皇一生中与一个个莫名其妙的红袖编排在一起，私奔个百八十次，艳福都在死后。

沈易含愤道："我马上给陈姑娘写信，我……我……我陪你辞官回家，你干脆把殿下一起拐走，愿意养伤养伤，愿意治病治病，管他什么李家张家的！我……"

顾昀叹了口气，轻轻地攥住了他的手。

沈易气息乱得一下说不出话来了，在顾昀看不见的地方做出了预备号啕大哭的表情，却不敢颤抖抽噎太过被顾昀察觉，哭得大气也不敢出，默默地用嘴吸气，眼泪还要用自己的钢甲接着。

顾昀却依然感觉到了，只是没有揭穿，伸手拍拍他轻声道："不算什么大事，不必奓毛……长庚有消息吗？"

"有。"沈易哆哆嗦嗦地写道，"殿下说，让你不必顾忌别的，倘若有歹人意图作乱，由着性子杀了就是，京城就算天塌了，他也撑得住。"

顾昀有气无力地笑了一下。

失血会让人脑子不清楚，他得花上几倍的精力，全力以赴才能集中精神把这里面的事琢磨清楚。"我说怎么这边……仗还没打完，就有人想先料理我……咳咳，果然是京城变天，有人狗急跳墙。我们跟洋人之间势必还有一战，眼下我走不开，帮不上他太多……你把外事团放进来，然后立刻扣住，严加看管，切断他们跟京城的联系。西洋人倘若在其中也……咳咳……扮演了一个什么角色……不如将计就计……"

沈易不吱声。

顾昀："……季平？"

沈易忽然问道："你觉得值吗？"

顾昀一愣。

沈易的目光飞快地从他胸口的血迹掠过，贴近顾昀的耳朵，一字一顿地将自己的话送进那聋子的耳朵："你心里想的是我们和洋人之间势必还有一战，别人想的是怎么将你这大将军拉下马，你觉得值吗？"

顾昀心里当然不可能是全无芥蒂的，可惜身边有这么个爱奓毛的沈易，两人相处，不管各自本来是怎么想的，凑在一起，总要有一个负责奓毛，有一个负责冷静，沈易抢先占了前者的角色，顾昀只好心态平和地充当后者。

顾昀轻声道："你花五两银子给陈姑娘买的那破步摇，难道就很值，不还是当冤大头买了？"

沈易怒道："我对我喜欢的女人犯贱，应当应分，我不丢人，你又给谁当这个贱人？"

顾昀慢吞吞地回道："果然久病床前无孝子，你这不孝的东西，都学会骂人了。"

沈易："……"

顾昀戎马倥偬的半生中，心里升起过多少次走人的念头，沈易心里就升起过多少次"再也不管这混账了"的念头。他一把甩开顾昀的手，转身就要走，心道：你爱死不死。

顾昀："季平！"

他的手在空中漫无目的地抓了一把，抓了个空，手指被绷带和伤药绑得近乎畸形，五指都合不拢，苍白的皮肤上布满伤痕，从死气沉沉的绷带下露出来，一下就把沈易抓得心里好生难受，顿时没了态度。

沈易："别乱动！"

顾昀轻声道："这两天……东瀛肯定有使者暗中找我们接洽，重泽毕竟是文官，得靠你……"

沈易心酸坏了，道："行了，别说了，我知道。"

顾昀被他打断话音，也不生气，不知想起了什么，忽然自己笑了起来，上气不接下气地喘了一会儿，对沈易道："固守一家一国，成一世名将，百年后老百姓会给你封神官立祠的，吃香火为生多好。"

沈易嘲讽道："封你个什么？反正门神已经有了，难不成窗户神？床神？"

"都一样，"顾昀低笑道，"反正他们不管拜……拜哪个庙，求的都差不多……呃，升官发财，如意姻缘……还有娃。"

沈易一听，好，这不就是"骗子""媒婆"和"送子观音"吗？

他心里顿时更加悲愤了，一点也不想跟这种人为伍。

顾昀气若游丝道："沈大仙，把床头盒里的笛子给我。"

沈易叹了口气，将他珍藏在帅帐枕边的一个小盒子取了出来，里面有一支光华内敛的白玉笛，一沓厚厚的，不知是什么的海纹纸，还有几柄刻着不同人名的割风刃。这小小一个盒子里，好像装了顾昀所有的情和义。

我不会死的。顾昀指尖抓着冰凉的玉笛，心里坚定地想道，他们没把我当场炸死，我就不会死，长庚的乌尔骨还没有解，京城里还有那么多人想找他的麻烦，我岂能……

岂能什么？他没来得及想，便再一次筋疲力尽地陷入了昏迷。

千里之外，夜半三更，方府。

方钦面沉似水地坐在屋里，沉默良久，缓缓地抬起头，问道："当真？你亲耳听见？"

跪在他面前的小厮难以抑制地发着抖，飞快地点点头。

这一辈的方家当家人忽然笑起来，片刻后，他一只手捂住了脸，双肩耸动，不知是哭是笑。方钦曾设计吕常走上过这条路，曾想过雁王野心勃勃，或许有一天会走上这条路，万万没料到，先一步上路的居然是自己的亲爹。

每个文人年幼第一次读到横渠先生“为天地立心，为生民立命，为往圣继绝学，为万世开太平”四句时，都曾动过心头血，想自己有一天成就一世无双国士，能力扛江山万万年。然而这一点心头血，总会叫功名利禄磨去一点，光阴蹉跎磨去一点，世道叵测再磨去一点，磨来磨去，一辈子就落入了“窠臼”中……

古往今来，高才能人何其多，而真国士有几人？

当天夜里，方钦在自己的书房里枯坐了一宿，第二天一早，他吩咐家中心腹，暗中将自己的妻儿送走了。四更天第一声鸡鸣响起的时候，方钦以为自己会冲出去，把雁王拖起来，将这一场即将来临的预谋叛乱一五一十地告知。可惜这个过程在他脑子里想象了成百上千次，终于没有成行。

忠孝难两全，方钦心知自己注定做不成国士，只好“从一而终”。

五天后，一个暧昧不明的小道消息飞入京城，传入大小野心家们的耳朵里——改成前往犒军的外事团抵达江北大营后没几天，江北大营突然不明原因地全面封闭起来。

方家接到的消息则更加详细一些，方大学士接到了自己学生的一张字条，上面只简单地写了俩字“事成”。

至此，方大学士长长地出了口气，显然自己都没料到会这么顺利，虎视眈眈的西洋人到底帮了他这样一个大忙，他心里充满了不可名状的兴奋，因为“半壁江山”已成，雄图霸业眼看可图了。

与此同时，祭天事宜果然由礼部提出，方钦带头附和，连雁王党都没在这种场合下出来找不痛快，一致赞同了这难得的铺张。

元和先帝时不常就要封祭一回，隆安年间才逐渐收敛节俭起来，因此流程都是现成的。礼部为了确保马屁不拍到马腿上，早就开始暗中筹备，皇上一批准，立刻有条不紊地运转起来。及至当天，西北使者纷纷上礼，九门上烟火漫天，金吾不禁，钟鼓齐鸣，热闹得不行。

皇上要出宫祭天，跟列祖列宗交代自己这一年的功绩，这回李丰长了记性，身边紧随着十三禁卫，不靠谱的文武百官一个都没带，只领着个太子，坛下雁王领军机处率百官随行。

祭天地、拜祖宗，一堆事井井有条，再没出现什么幺蛾子，李丰心里总算是松了口气，将上一次留下的阴影盖过去了，下令回宫。

皇上步辇起驾回宫，皇城外御林军与禁卫交接，就在这时生了变。

不知是谁突然大吼一声："有刺客！"

话音未落，几枚东瀛的回旋镖破空而来，径直穿过百官人群，擦着一位翰林的袖子寒光凛凛地打了一排，那位老翰林一声没吭，两眼一翻就晕了过去，内外两队护卫军同时反应过来，有人喊"护驾"，有人喊"捉拿刺客"。

谁知一个御林军突然暴起，一刀斩向太子，长庚离太子最近，蓦地上前一步，一把抓起太子的腰带，险险地把人拖回来。

混乱中有人叫道："御林军反了！"

执行主护卫任务的御林军统领正莫名其妙，脱口道："放屁！"

这时，有人穿着禁卫的衣服，从怀中摸出一个小弩来，对着李丰的步辇就打了过去，李丰险些从步辇上滚下来，那位御林军统领心道：禁卫谋反，还妄图让我们背黑锅，岂有此理！

"禁卫军中有叛徒，刺杀皇上，拿下！"

御林军改成两部并行后，为互相挟制，双方本就素无沟通，又是竞争关系，一方执行主护卫，一方协同监督，协同的当然吃亏，一路得随着走，干的活都一样，却不能在皇上面前露脸，心里如何能服？

主护卫认为禁卫军中藏了刺客，协同护卫队认为主护卫队意图不轨，禁卫认为御林军哗变，在有心人的刻意挑拨下，三方顿时陷入混乱。而朝中所有拿得起来的将军几乎全被顾昀调到各地驻军了，眼下滞留京城的除了窝囊废就是不怀好意的阴谋家，在场顿时一片鸡飞狗跳。

方钦等人看准时机，故意狼狈不堪地冲到李丰面前，一拥而上道："此地危险，请皇上速速离开。"

一群眼生的护卫随之而来，方钦："皇上请下步辇！臣等誓死护卫皇上。"

慌乱中李丰也没注意许多细节，一把抓住方钦的胳膊道："太子呢？"

方钦冲一边的侍卫使了个眼色，对李丰道："太子身边有人保护，方才臣看见雁王也在那边，怕是一时冲散了，您先走，臣立刻遣人去寻。"

李丰怒道："传北大营！无法无天的东西……"

方钦应了，第一时间指派自己的人装模作样地跑出去"传令"。这也是他们早想好的，不能让禁卫反应过来，要早早把皇帝隔离出去，切断他和禁卫与北大营的联系。方钦连哄带骗地催促着李丰，身边的人都换上禁卫的衣服，此时一拥而上，李丰一时也没注意，等他反应过来的时候，已经来不及了。

而这个时候，前线也发生了异动。

教皇接到混入外事团的己方内奸消息，大梁发生政变，大梁帝都派往驻地的犒军使团带来的其实是暗杀任务，他们打算重现二十年前西北玄铁营的那一幕，顾昀重伤，甚至很有可能已经死了。驻军正在强行封锁消息，但内部已经混乱不堪，正是反击的好机会。要是放在往常，教皇或许不会轻信这种消息，至少会派人从其他角度反复求证，然而他已经没有这种余地了。

大梁水军切断了他们和国内的两条重要联络线，可是一方面，圣地党派之间的争斗已经接近白热化，另一方面，本来老老实实的殖民地从南洋诸岛开始掀起了一场叛乱热潮，他们根本分身乏术，现在只能经过东瀛人走远东线。

教皇从根本上不相信东瀛人，总觉得那些豺狗随时能反咬一口，所以急于打破僵局。没有人比他更明白，西洋水军在水上的威风是靠丰厚的能源支撑起来的，没有大量的紫流金做后盾，那根本就是一团废铁。

雅先生紧锣密鼓地做了严密的战略部署，派人送往东瀛幕府，请求配合。

东瀛人点头哈腰地接下来，客客气气地把人送走，回头转进自家院子，把门一关。

一个风尘仆仆的东瀛武士不知什么时候从后门进来，拿下斗笠，低声道:“我见到顾将军了。”

“那么顾昀没有重伤，也没有死，对吗？”

“我不能肯定，只匆匆见顾昀经过，以我的身份不够同他交谈。但驻军井井有条，炮火填满，没有一点混乱，像是随时准备进攻的样子。我也没见到所谓‘刺杀团’，如果有的话，可能已经被秘密控制起来了。”

“我知道了，辛苦。”

玖

小太子在兵荒马乱里被吓得魂不附体，全然找不着北，只能紧紧地攥着长庚的手。两军一乱，文武百官四散奔逃，天子步辇乱七八糟地摊在地上，而这人一散，目标反而集中了——方才故意搅浑水的刺客们一起向长庚和太子扑过来。

来之前，方大人嘱咐的原话是“务必格杀雁王，如果有机会，也不要放过太子”。

刺客们一看，这两个目标居然凑在了一起，简直是专程给他们行方便的！

一支箭擦着太子头顶飞过，太子被长庚拎小狗似的拖着，叫都叫不出来，吓得默默抽噎。忽然，有人伸手抹去了他脸上的泪痕，太子透过蒙昽的眼，看见他那四皇叔给他擦完眼泪后，抬手露出一个玄铁腕扣，瞬间弹出的袖中丝利落地崩开了一个刺客的手腕。雁王一把夺过刺客的刀，刀柄一转，“叮当”一气呵成地撞出了一条通路。

“我像太子这么大的时候，曾在北大关外被一群饿狼围攻过。”长庚声音十分平稳地说道，“那时候冰天雪地、远近无人，我手上只有一把乡下孩子玩耍的小刀，追我的不是普通的野狼，是蛮人用他们自己的法子饲养出来，专门用来杀人的，个头很大，站起来比我还要高。”

雁王一直以风姿卓绝著称，无论敌人还是朋友都不得不承认这一点，他与大部分自小长在京城的公卿家贵公子不同，身上少有浮华，但和寒门士子或是军功出身的将士也不同，并无清寒与匪气。他看起来非常沉静，但不是了然大师那种青灯古佛的沉静，他像一尊摆进寺庙中的凶神石像——让人凛然生畏，又落满寂寂香灰。很多人偷偷学雁王那种从容优雅的腔调，别人无论如何都难以将他和塞外饿狼群联系在一起。

小太子听得呆住了。

这时，两个刺客一前一后地冲过来，一人砍向长庚手中的小太子，意图逼他后退，另一人从后面封死他的退路。

长庚低低地冷笑了一声。

从小跟侯府铁傀儡一起玩刀剑长大的孩子，岂会在这种程度的对手面前后退？

长庚横刀杠上那刺客手里的剑，对方惊骇之下来不及撤剑，手中利刃顿时崩了出去，他双手横在胸前胡乱一挡，被雁王“一刀两断”。然后长庚脚步不停，飞身上前三步，借转身之力回手甩出刀锋，吓得那追兵自己连退两步，撞在了一个冲上来的御林军长枪枪尖上。

小太子连杀鸡都没见过，何况杀人？当即受到了莫大的惊吓，忙死死地闭上眼，可就算这样，还是被扑面而来的血腥气熏得一阵阵想吐，细声细气哀叫道：“四皇叔……”

“没什么好怕的。”长庚淡淡地说道，“真有本事的人，现在不是在前线，就是已经马革裹尸了，剩下这一群窝囊废，没有上阵杀敌的本事，也就只能吓唬吓唬孩子了——你还是孩子吗？”

太子委屈地想道：我就是啊。

长庚仿佛知道他心里在想什么，嘴角微微弯了一下。

还是孩子。他心想，很快就不是了。

就在这时，那提着枪冲过来的御林军大呼道："王爷！太子殿下！这边来！"

小太子本能地要跟过去，被长庚用刀鞘扯住后衫拎了回来。太子踉跄的脚步尚未来得及站稳，已经被血溅了一脸，只见那喊话的人转眼"一分为二"，一支重甲军不知从什么地方冲了出来。

这时，被挟持的李丰终于发现护送他的这些人行进方向不是往宫里，而是在往没人的地方跑，他心里狠狠一跳，升起一个难以置信的猜测，立刻扭头质问："怎么回事？方卿，你们要带朕去哪里？"

方钦脚步不停，不跪不拜，朗声道："启奏陛下，臣有本上奏。"

李丰难以置信道："你说什么？停下！朕说让你们停下！"

没人理他，两个假禁卫一左一右地架起皇上的龙体，强行带着他走。

"臣要参的乃是当朝雁亲王李旻，"方钦径自一字一顿道，"他勾结无良下商，借烽火票之名，卖官鬻爵至毫无廉耻的地步，此大罪一。生为人子，对先帝无一丝孝顺供奉之心，反倒为了拉拢军心，时常夜宿侯府，至袭爵后仍以'义父'称之，此乃包藏祸心，无父无君之大罪二……"

李丰倘若再不明白这是个什么情况，大概是脑子被撞傻了，他心下骇然，当即一声断喝道："方钦，你要干什么！"

方钦朗声道："陛下，如今我等已经设下重重埋伏，只等那逆臣贼子伏诛，臣等虽无能，亦愿效仿先贤，如奸臣难制，誓以死清君侧！"

话音未落，周遭一干党羽立刻附和道："如奸臣难制，誓以死清君侧！！"

李丰瞠目结舌，当他环顾周遭，只见满目都是陌生面孔，披甲的伪禁军虎视眈眈地围着他，那些朝殿上看熟的面孔如今一个比一个陌生，个个都仿佛是披着人皮的鬼魅，青面獠牙的，准备对他一拥而上。

这就是君臣。

武帝当政的时候也是这样吗？

元和先帝当政的时候也是这样吗？

李丰自知或许比不上武帝那开疆拓土的一生，难道连那位他一直在心里暗暗不满的父亲也比不上吗？他无论如何也不能接受这一点。可是再不能接受，似乎也是事实，因为元和先帝在位的时候，并没有外敌围京，也没有一拨又一拨的反贼想着要把他拉下金銮宝座。

这一刹那，李丰来不及有太多的愤怒或是恐惧，只觉得一个大巴掌当空扇在了他脸上。自继位以来已有三千多日夜，他未尝有一夕安寝，夙夜奔忙，如今看来，竟都是徒劳，反倒不如先帝那整天泡在女人堆里伤春悲秋的懦夫。

他眼睁睁地看着自己的自尊寸寸皲裂，在神色冷漠的叛军面前灰飞烟灭。

“好……”李丰浑身都在发抖，“你们真是……好大的胆子！”

方钦低下头，不去与他有目光接触，到了这种地步，方钦心知自己已经不能再装什么忠臣良将了。“皇上恕罪，那李旻一手遮天，目无法度，罔顾祖宗，臣等心忧社稷，别无他法，方才出此下策，实在罪该万死。然而眼下贼人横行，其党羽势力遍及全境，雁王一死，这些人必要作乱，还请皇上早下决断，清理彻查。”

李丰咬牙切齿道：“你敢要挟朕？”

方钦利索地往地上一跪，面不改色道：“微臣不敢，微臣知道皇上受惊，心神不定，已将谕旨拟好，请陛下过目。”

说完，旁边立刻有人双手捧上一封圣旨，果然条分缕析、面面俱到，只差玉玺盖章了。

李丰发狠甩开架着他的两人，蓦地上前一步，探手抓住那手持圣旨之人的领子，继而狠狠一搡。盛怒之下，李丰全然忘了自己那条一直没好利索的瘸腿，这一下没站稳，被他推搡的人纹丝不动，他自己先往一边倒去。

朗朗乾坤之下，周围一圈大梁子民，居然没有人扶他一把，真世家与假禁军就这么眼睁睁地看着天子摔了个愤怒的屁股蹲。

就在这时，一个禁卫模样的人一路小跑过来，想必也是个冒牌货，此人先看了李丰一眼，随即又转头对方钦说道：“大人，乱臣贼子已经伏诛了！”

李丰的双腿完全失去了力气，他动作可笑地坐在地上，从牙缝中迸出几个字："太子呢？"

假冒的禁卫先是看了方钦一眼，得了首肯，方才小心翼翼地对李丰道："太子……太子被刺客……呃，请皇上先节哀。"

李丰脑子里"嗡"一声，炸了。

他胸口一阵冰凉，等回过神来的时候，一口血已经呛咳出来，李丰坐在地上，看着黏稠发黑的血迹顺着指尖往下流，心里茫然地想道：朕为什么会这么狼狈？

方钦脸上犹豫的神色一闪而过，下意识地伸出手，似乎想去扶李丰一把，但手伸了一半，到底还是缩了回来，脸上的犹豫与不忍海潮似的退去。他冰冷地说道："皇上膝下并非只有太子，哪怕三皇子年纪尚幼，还有大殿下勤恳好学，聪明善良，请您为江山社稷保重龙体，以眼前要事为重！"

说完，他一手拽过手下捧着的"圣旨"，托到李丰面前道："请皇上过目！"

李丰挥手将方钦手中的"假圣旨"打到一边。"你做梦！"

方钦沉默地抹了一把被假圣旨抽了一下的脸面，保持着跪地的姿势，上身微微前倾，轻叹了口气，用一种十分和缓的语气低声道："皇上，您龙体在我们手里，外面哪怕成百上千……哪怕北大营来了，也照样谁也不敢动，今日这圣旨，您下也得下，不下也得下——皇长子有什么不好呢？臣听说他性情温和内敛，颇有皇家风范，和雁王那个来历不明的野种不一样，这才是我大梁皇室应有的气度，您不觉得吗？"

李丰胸口剧痛，整个人如堕冰窟，透心凉，他急喘几口气，冷笑道："然后呢？诸位爱卿必然不会等着朕秋后算账，然后你们打算将朕怎样？软禁，还是直接杀了？皇后身体娇弱不理事，大皇子母家满门抄斩，无依无靠，天生就是个当傀儡的好料子……果然打得一手好算盘！"

方钦不置可否地摇摇头道："皇上，太子不幸罹难，奸贼李旻也已经伏诛……哦，当然，您要是愿意，还可以下诏传位于三殿下。可是三殿下太小了，都还没进学，您这样岂不是拿祖宗江山开玩笑吗？”

一个人身上，或许有千万条礼教约束，看似绑得固若金汤，其实并没有那么结实，只要将廉耻放下一回，就越雷池那么一步，往后便能无耻得海阔天空，再无禁忌。至少方钦自己都没想到，有一天他会面不改色地说出这种话。

就在他微微走神的时候，地面忽然震颤了起来，一时间众人都紧张起来——这种整齐的脚步声明显是训练有素的队伍才有，依照震颤来判断，当中至少有重甲！

北大营来了？

方钦心里“咯噔”一下，这一段节外生枝他们计划里没有，恐怕是生了变！他当机立断一摆手，几个爪牙扑上来架住李丰。“委屈皇上护送我们一程了。”

几个假禁卫前后左右地围拢住李丰，夹着他往另一方向撤退，谁知刚刚转过一个弯，开路的人就骤然停下——前方居然有一队久候的禁卫！

他们到底是怎么脱身的？

不……脱身倒没什么，虽然比想象中的快一点，但一旦宫里听到风声，禁卫立刻会倾巢而出，确实很容易压住局面。问题是他们是怎么找过来的？

方钦一下蒙了，蓦地回头，目光扫了一圈，发现方才那个跑来回报雁王和太子都死了的探子不见了。

有叛徒！

身后的脚步声逐渐逼近，再一看，原来逼得他们慌不择路的根本不是什么重甲，只是一堆不知从谁家里拉出来的铁傀儡！

方钦出了一身冷汗，蓦地回过神来，知道他们这是落到别人的圈套里了。

然而事已至此，容不得他仔细推敲，他一把抓住李丰，用利剑抵着皇上脆弱的龙脖子，喝道："谁敢乱动！"

皇上是个金贵"物件"，谁也不想担个间接弑君的名声，禁卫军的脚步一时都停了。

方钦做梦也没想到自己竟会这样大逆不道，一时把自己吓呆了，他喉咙发干，剧烈地喘息了几下，还不等从那一团糨糊的脑子里想出什么对策来，乱七八糟的御林军也终于慢半拍地赶到了，与此同时，九门外传来一声鹰啸，是北大营的鹰在请求通过禁空网！

只听旁边"扑通"一声，一个党羽竟吓得跪下了。

方钦狠狠地将牙一咬，对隆安皇帝道："请皇上命他们撤开。"

李丰狼狈不堪，冷笑道："做梦。"

就在这时，一支羽箭突然从后面射了过来，正好擦过方钦的肩头，虽然并未造成什么实质性的伤害，皮开肉绽的一瞬间那火辣辣的疼痛却一下绷断了方钦脑子里的那根弦。微妙的平衡被打破了。

李丰看准机会，重重地推了他一把，立刻就要冲出去。

可那条瘸腿再次拖住了他，李丰刚一迈步，脚下便一软，不受控制地踉跄着摔了出去，同时，方钦一惊之下提剑便追，本能地将手中剑往前一送——李丰剧烈地抽搐，垂死之鱼似的打了个挺。方钦脸色惨白，下意识地松了持剑的手，连退三步，见了鬼似的瞪着插在李丰背后的那把剑。

原本投鼠忌器的禁卫一下炸了锅。

忽然，李丰听见一个哭得有些撕裂的童音穿过无数乱臣贼子扎进了他的耳朵，他艰难地抬起头，看见小太子一边叫着"父皇"一边冲他跑过来，而小太子身后不远的地方，雁王——他的四弟，正汗毛也不少一根地站在那里。对上他的目光，雁王停下了脚步，双手背在身后，用那种特有的沉静目光，居高临下地回视着狼狈的皇帝。

禁卫和御林军乱哄哄地冲上来，很快收拾了呆若木鸡的乱臣贼子，李丰被人抬了出来，赶来的禁卫首领大呼小叫着跑去请太医，不过都心知肚明，请也是无济于事。

小太子伏在他身上哭得手足无措。

李丰很想摸摸他这娇嫩的小儿子，可还没等他积聚起力气，一只手便落在了太子肩上，雁王沉默不语地站在一边，安慰性地轻轻抚摸着太子的肩膀和颈侧，所有人看来，这都是一对又悲伤又温暖的叔侄，唯有李丰觉得自己看懂了雁王手势里隐含的威胁。

李丰死死地盯着雁王波澜不惊的眼睛，想起多年前自己那早逝的母亲怨毒的话——那些蛮女都是妖孽，生出来的小野种也都是祸国殃民的不祥之物。

“不祥之物”雁王单膝跪下来，手却依然停在太子肩颈之间，低声问李丰道：“皇兄还有没有什么要吩咐的？”

李丰：“你……你……”

雁王将声音压得更低，一字一顿地在他耳边道：“您放心，臣弟会照顾好太子的。”

李丰的嘴唇哆嗦着，眼睛里似乎着了一团火，然后那火光随着他生命的流逝而缓缓熄灭，他颤颤巍巍地伸出一只手，被雁王当空握住……原来这样冰冷的手心里也能捏出一掌虚情假意的兄友弟恭。

这时，方才被乱军冲得七零八落的大臣们才连滚带爬地纷纷赶到，羊群似的撒丫子狂奔而至，雁王在别人都看不见的地方，冲李丰轻轻地笑了一下，声音却悲伤得很有诚意：“皇兄，您有什么话要说？”

小太子哭得站不起来，李丰看了看太子，继而轻轻地闭了一下眼。他一生从未对谁妥协过，始终强硬到底，谁知最后一程落到这种绝境……强梁环伺，阴谋重重，而幼子稚拙，身后无托。

“朕……一生碌碌，”他几不可闻地低声道，两院书生与起居内侍听了个话音便知他要说什么，一时都顾不上哭了，全都冲过来屏息凝神地听着，唯恐漏了皇上只言片语，李丰眼角似有泪光闪烁，接着道，“俯仰愧于苍天黎民，十余年来，心……实难安，朕百年之后……太子……太子……太子年幼，难托重任……”

长庚轻轻地别过脸，远远地与那人群之外的铁傀儡群对视，没有生命的铁甲怪物中，有一只正温柔地注视着他，它陪他练过剑，替他拎过点心，无数次地跟着他敲响那个人的门。此时，它眼睛里微微闪烁着紫色的光，像是有一个身在远方前线的人，透过这没有生命的大家伙，静静地看着自己。

“……传位雁亲王，继朕登基，莫负列祖列宗。”

隆安十年三月初一，隆安帝李丰驾崩，死于乱臣贼子之手，临终，竟亲口跳过太子，传位于雁亲王，也是一桩奇事。

雁王快刀斩乱麻地收拾了叛乱的世家，将涉事的京城几大姓氏连根拔起。他名正言顺地血洗朝堂，军机处一夜之间连推三道律令，重手稳住了京城局势。

可还不等江充等人表演完三拒三请，雁王——如今的准皇帝便毫无预兆地离开了京城。

要不是他在军机处那一干班底什么乱局都经历过，天塌下来也扛得住，大概早就又炸锅了。

临走，长庚把江充叫来，条分缕析地交代了一堆事，随即将提前写好的谕令装盒子里一股脑地推给江充，一看就是早已离心似箭，恨不能飞身就走的架势，江充只道因为江南战事，他近期可能要出行，可没料到走得这么猝不及防，乃至第二天听到消息的时候整个人都震惊了。

长庚连夜从北大营借调了一队鹰甲护卫，打算直接飞到南边。

他敢肯定两江前线绝不太平——无论是混在外事团里的两个临渊，还是他派到顾昀身边的曹春花，甚至顾昀本人……他们来信都显得前线形势一片大好，只待收复万里河山的架势，这不正常。

顾昀报喜不报忧就算了，但是临渊之所以名为“临渊”，就是要有“临深渊、履薄冰”的小心谨慎和明察秋毫，哪怕前线真的是压倒性的胜利，他们也会在其中找出一切可能发生的风险，事无巨细地分别提醒顾昀和京城的临渊木牌主人。

可是没有，连一个字都没提，太不对劲了。

长庚在京城层层推进自己的部署，看似游刃有余，实际早就快坐不住了。但他不能在这个节骨眼上去看顾昀，京城中变数太多，不到最后一刻，他不知道自己能不能顺利达成目的，一旦有一点意外，他最后说不定就得亲手拿起刀兵，担了“乱臣贼子”与“弑兄杀侄”的名头，所以整个过程中他不能跟顾昀有一点牵扯，只能将顾昀置于自己看不见的前线。

鹰飞南北，中途不可能不休息，就在长庚心神不宁地在一处军用驿站中等着鹰甲补充燃料时，一份红标加急件正好经过，被北大营统领拦截下来，送到长庚手上——西洋军自东瀛海域悍然出兵，疯狂反扑。

拾

“鹰到底什么时候能准备好？”长庚尽可能压着自己的焦躁和火气问道。

陪同前来的北大营统领忙小声回道：“陛下请少安毋躁，马上就好。”

“别叫陛下，名不正言不顺的。”长庚心气不顺地把这马屁撅了回去，说完他自己也察觉到了自己的坐立不安，当即深吸一口气，寻求安慰似的轻轻捏了一下自己的袍袖。他袖中揣着一截布料，不知道是手撕还是剪裁，活似狗啃，是顾昀夹在家信中给他的，乍一看完全不知道是个什么玩意。顾昀在信中声称，这是他用不着的一段腰带，亏的是一年份的思念，等将来填满了，再让他帮忙缝回去，还说他自己有一点私愿，这封信写不下了，下一封再告诉长庚。

“先帝圣旨已下，其他不过是形式，陛下何必拘泥？”统领打断他的思绪，低眉顺目地奉承道。北大营这一任的统领与谭鸿飞截然不同，办事说话都颇有一手，那统领觑着新帝的神色，又道：“您想，顾帅已经妙计切断了西洋人补给线，现在他们反扑，也不过是强弩之末，有大帅运筹帷幄，陛下何必担心呢？”

长庚没应声，他也知道，先前外事团“得手”的假消息虽然是刘仲与临渊放回来的，但肯定是经过顾昀的审阅和默许的，那么他后来封闭两江大营，也只是诱敌来犯而已。静下心来仔细思量，顾昀这回借了京城世家谋逆的一把东风，正好能把西洋人一锅端，这场战争足以载入史册，着实没有什么好操心的。

这些事北大营统领都想得明白，长庚怎么会不懂？

可他偏偏心急如焚……当然，也许“如焚”也不是急的，是思念太漫长了。

就在这时，驿站的人跑来报说鹰甲已经备好了，可以上路，长庚刚一站起来，两江驻军的三封信函接连送到——这不是送给京城的，前线一旦开始交火，就会发令件警告周围军用驿站与各地方驻军，让他们准备好增援或是提高警戒。

第一封“敌军来犯”，第二封“重大战役”，第三封直接升到最高警报级别，“敌倾巢出动，我方全力迎敌”——全在一炷香时间之内。

北大营统领头皮都炸开了，立刻道：“陛下，前线警报级别太高了，还请您少安毋躁，先在驿站等候消息，等那边安稳一点再……”

他话没说完，长庚已经站了起来道：“说得对，你留下。”

统领：“……”

此时没有人知道新帝会意外驾到，驻地前线所有人神经都高度紧绷。

从顾昀在海上受伤到如今，已经过了一个多月，想当年京城危急时，他从被人从尸体堆里刨出来到重新披挂西北行，也不过就是这么些时日而已，如今算来不过短短两三年，这些却已经成了好汉的“当年勇”。

顾昀昏昏醒醒，足有半个多月，瘦了个形销骨立，听沈易后来说，那段时间他一度气息微弱得仿佛随时要过去，不知什么吊着他一口气，居然被他缓过来了。不过顾昀要站起来依然很艰难，得攒上半天的力气，才够勉强在屋里走一圈，身上的钢板也没敢撤，坐的时间久了也会钻心一样地疼。

顾昀从未怕过疼，因为已经习惯了，而且他一向认为疼痛是一种身体的自我保护，不是坏事，这还是他有生以来第一次领教到疼痛虚脱的感觉。当然也有好事，好消息是他的眼睛在缓缓地恢复，姚镇托人辗转找到一个民间老匠人，替他做了一副特制的琉璃镜，戴上以后能勉强看见一丈以内的东西，好歹让他能和别人交流。还有他喉咙上的伤口不深，倒是已经愈合了，但是话一旦说多了声音就会变得很沙哑。

可惜他还不能不说。

西洋人明显是最后一搏，对方的指挥官是那个多次在水战中与顾昀不相上下的老教皇，虽然有一拨首鼠两端的东瀛人在其中搅浑水，早早跟大梁不清不楚地接触着，但想让他们彻底倒向自己，大梁水军首先得能占据绝对优势，否则被东瀛人捅刀的还不一定是谁。

从东瀛人派人给他们递暗示，说西洋人在准备最后一搏开始，顾昀就没睡过一个整觉。心里事太多，再加上伤口疼——主要还是伤口疼，让他时常在床上一躺就躺到天亮，外面纵然一兵一卒未动，他脑子里已经打过了成百上千场仗，恨不能把什么情况都考虑一次。

为了这次凶险的收官，顾昀将西北三部的玄鹰部整个调动了过来，何荣辉等人有意抬举年轻人，还将蔡小将军等几个初出茅庐的小将一并带来长见识。此时，水上有沈易和姚镇配合，空中有何荣辉和真正的玄鹰，整个大梁在数年战乱中磨砺出的最强的一批武装尽在江南战场。

这一次中军帅帐中不止顾昀一个人，蔡小将军以及一批玄铁营的旧部都聚集在这里，鹰甲往来其间，所有战报第一时间上传下达。

西洋人先试图用重炮围港，想趁着“两江驻地内乱”的时机打他们一个措手不及，驻地“仓皇”之下果然溃不成军，只好架起“铁栅栏”，消极抵抗。铁栅栏最近刚刚加固过，防御力惊人，一伙先锋躲在铁栅栏后面放冷炮，让西洋人可着劲地消耗自己的炮火。

埋伏飞快地布置下去，姚镇已经在海蛟战舰上，沈易与何荣辉整装完毕，随时待命。而“皇上驾崩”的消息就是混杂在有条不紊的往来战报与命令中传进来的。这一封白绿相间的加急件混在一堆简洁的战报里分外明显，刚开始听说是朝廷的事，信筒被扔在一边没人管，等这边布阵完毕，西洋人的炮火也暂歇的时候，小蔡才颠颠地将信筒拿过来。

沈易出去了，小蔡一边帮顾昀拆，一边好奇地问道：“大帅，绿标是朝廷要件，白标又是什么意思？”

顾昀强撑了半天，精力明显已经不济，一边用力按着额头，一边含混地问道：“……什么？”

小蔡觑了一眼他难看的脸色，不敢再吵他，忙将一条毯子拉过来盖在顾昀身上，扶着他躺下来。“您先休息一会儿，有事我再叫您。”

说完，这年轻人轻手轻脚地退到一边，自己默默地把信筒拆开，打算略扫一眼就归入“容后再议”那堆东西里，一切都等打完这场仗再说。谁知才扫了一眼，他就愣住了，小将军毕竟不过弱冠之龄，一直是个在老爹手下当前锋跑阵前的愣头青，从未直面过朝廷风云变幻，一时惊呆了。

何荣辉正一边洗脸一边指挥着亲卫给他准备甲，回头就看见小蔡那呆若木鸡的模样，问道：“小蔡别愣着，准备跟我走，磨蹭什么呢？”

蔡小将军用力眨了眨眼，喃喃道：“何大哥，他们说是……说是皇上驾崩了……”

顾昀重伤后畏寒，众人为了照顾他，将帅帐弄得格外温暖，何荣辉火力壮，不得不隔一段时间就跑到门口用凉水稀里哗啦地洗一把脸，这会儿撅着屁股，脸上水珠顺着胡子往下滴，闻听此言，他缓缓地直起腰来，张大嘴道：“啥？”

“皇上驾崩……”小蔡不知所措地舔了一下嘴唇，原地迟疑片刻，不得不狠下心来半跪在顾昀榻边，小心翼翼地拉了拉顾昀的衣角，轻声细语叫道，“大帅，大帅。”

“你这么叫他听不见。”何荣辉大步上前，一把把顾昀拖了起来，揪住他的肩膀晃了几下，铜锣似的嚷嚷道，“大帅！我的大帅！您快醒醒吧！出大事了，皇帝那小子死尿了！”

蔡小将军：“……”

顾昀刚刚有点意识模糊，硬生生被他摇醒了，一脸茫然。

何荣辉又想起了什么，转头问小蔡：“不对，他死了皇帝谁干？那个……这么高的小崽子？”

说着，他伸手在自己腰上比画了一下，十分不尊重地用蒲扇似的大手凭空往下按了按。

蔡小将军：“……皇上临终时传位雁王殿下。”

何荣辉虽然性子粗脾气暴，但是人不傻，闻听这话，当场呆了呆，莫名其妙道：“不传儿子传雁王？没道理啊，莫非他吃错药了？”

顾昀匆匆看过两人唇语，总算是弄明白了他们俩在说什么，当即吓醒了。“拿来我看！”

帅帐中的消息因为突如其来的意外短暂地中断了一下，整装的沈易和假扮顾昀的曹春花等了一会儿没等到令，颇为奇怪，正要派人去问。谁也没料到，就在众人尚未消化完这个消息时，传说中的新皇居然亲自到了！

战时不比平常，驻军地守卫极端森严，卫兵一开始以为自己听错了，直到北大营统领取出了皇上手中的虎符，一队卫兵这才连滚带爬地去报信。长庚没等他，直接带人闯了进去，未抵帅帐，迎面正遇上了准备上战舰的曹春花。

曹春花顶着一张和顾昀如出一辙的脸，猝不及防地跟长庚撞了个大眼瞪小眼，长庚久别重逢，心里狂跳起来，一口气还没来得及松，便见那“顾昀”仿佛受到了莫大的惊吓，眼珠慌乱地转了一圈，用力一拉马缰，二话没说，掉头就要跑。

长庚：“……”

这一番动作下来，长庚用眉毛看也知道此人是谁了，刚要开口喝住对方，话到嘴边，却怕破坏了顾昀的什么秘密部署，忙飞身追上去，一把抓住“顾昀”的马缰，连人带马一起拽住了，从牙缝中挤出两个字：“小……曹。”

曹春花欲哭无泪，低头看着一脸讨债样的长庚，连滚带爬地从马上下来了。此时他还没听说京城里那个石破天惊的大消息，只哭丧着脸小声“嘤嘤”道：“殿下。”

长庚恶狠狠地瞪着他道：“我让你来替我照顾他，你还干脆对他言听计从了？敷衍我敷衍得一套一套的！”

曹春花用顾昀的脸做出了一副赖皮的苦相，看得长庚胃疼地别开了脸，实在不明白此人数次潜入敌阵，到底是怎么才能不被人家看出来的。

“将在外……这个君令也得有所不受嘛。”曹春花一边领着长庚磨蹭，一边在他耳边小声道，“没有大帅首肯，我……我……我……我就算想传什么消息也传不出去啊……”

长庚没好气地哼了一声，算是放过了他这一回，又问道：“你们这又唱的哪一出？真假元帅？”

曹春花心里七上八下的，哼哼哈哈地胡乱敷衍一通，一边应付着长庚，一边偷偷往沈易那边瞟。他这边拖着长庚，沈易那厢就趁机溜回帐中，俩人在自家营地里跟调虎离山似的，一个人心惊胆战地拖着“敌情”，一个人飞快地冲回帅帐报信。眼见沈易已经掉头冲回中军帅帐，曹春花才小小地松了口气，然而这口气还没松到底，便冷不防地听见长庚一字一顿道：“你看谁呢？”

曹春花：“……”

长庚越来越觉得不对劲，一把甩开曹春花，他在两江大营中待过一个多月，一眼扫过去就找到了中军帅帐，大步走了过去。

“殿下！殿下！”曹春花情急之下一把抓住长庚的袖子，艰难地咽了口唾沫，“殿下，您一会儿……一定要冷静。”

此时，沈易已经惊慌失措地跑到了顾昀面前，活像是让西洋教皇开着大海怪给撵回来的。“顾……顾……顾子……子熹！”

何荣辉纳闷道：“季平老兄，你怎么漏气了？”

沈易顾不上跟他一般见识，扑到顾昀床头，上气不接下气道：“你家小殿下来了，你……你……你……”

帅帐中众人还沉浸在“雁王居然登基当了皇帝”的震惊中，一时没反应过来沈易口中“小殿下”指的是谁。何荣辉和小蔡大眼瞪小眼，顾昀慢半拍地将沈易的唇语在脑子里过了一遍，难以置信道：“长庚？”

沈易如丧考妣地点点头。

顾昀顿时失色，险些一跃而起……谁知有心无力，没跳起来。

他仿佛眠花卧柳时被老婆捉奸一样，舌头打结道：“床底下有地方给我躲一躲吗？老何别挡道，闪开闪开……咳咳咳……”

顾昀情急之下，没好利索的喉咙呛住，剧烈地咳嗽起来，没咳完，一阵幽幽的春风就从帐外扑面而来，吹拂过那又聋又瞎的人苍白的手背。顾昀透过特制的琉璃镜，隐约看见门口一个长身玉立的影子。

顾昀：“……”

完蛋了。

满帐一时悄无声息，顾昀纯粹是吓的，其他人则是看见信中的“新皇”活生生地站在面前，震惊的。

只有沈易不在状态地打破沉默：“……这可不怪我跑得慢。”

何荣辉在西北的时候认识押送军饷的雁王，第一个反应过来，开口道：“皇上？”

众人如梦方醒，纷纷要大礼相见，长庚的目光没离开顾昀，动作有些紧绷地一摆手，勉强撑着脸面道：“上回见面诸位还以兄弟相称，不必这样。”

沈易一脑门疑惑，看着长庚缓缓地走过来，甚至彬彬有礼地对他点了下头，然后越过他来到榻边，盯着顾昀，盯得眼睛疼如针扎，然而还是要看。顾昀身上好多地方夹着钢板，衣襟下的绷带还带着血迹，露出的锁骨与手腕仿佛只有一层脆弱的皮包在骨肉上，嘴唇上连一线血色都没有，脸上特制的琉璃镜几层镜片，厚厚的，几乎糊住了他半张脸，另一只眼睛茫然对不准焦距，依然能看出不易察觉的紧张来。

长庚在众目睽睽之下，缓缓坐在顾昀榻边，替他拉了一下被角，瞥了一眼旁边拆开的信筒令件，随后对跟到了帐外的北大营统领吩咐道："取虎符，告知蛟、甲、鹰、骑等各路将士，说朕在此处，与诸位袍泽共进退，诸位必定战无不胜。"

帅帐中众将士静默了一下，随后不知是谁起的头，山呼万岁。

那声音很快自帅帐中传出，长了翅膀似的飞过整个驻地，数百年来，两块虎符头一次出现在同一地点，仿佛定海神针一样地戳在了猎猎军旗之上，海浪与炮火全都不能撼动，而新皇纵然尚未正式加冕，已经第一时间得到了四境之将的认可。

西洋人强攻铁栅栏的炮声再起，顾昀不敢再耽搁，众将军很快鱼贯而出，各司其职，纷纷领命而去，传令官识趣地退至帐外，帅帐中终于只剩下顾昀和长庚两个人。最后一个外人离开的瞬间，顾昀正不知要说点什么，长庚却好像脊梁骨被抽掉了似的，整个人原地晃了一下，险些瘫下来，接着，他胸口剧烈地起伏了几下，像是疼极了，又像是喘不上气来，一手捂住自己的胸口，死死地咬住牙，脊背绷得像是要断开。

顾昀吓了一跳，忙撑起一边的臂膀小心地按在他后背上道："长庚，怎么了？"

长庚一把拽下他的手，慌乱地扣在掌中，救命稻草似的拼命地捏着，只是喘得说不出话来，额角太阳穴上青筋憋得起来一片。

顾昀将他带到这么大，从不知道他还有什么心疾喘疾，当即叫道："军医呢，来……"

门口待命的亲卫一听，刚探进头来。

长庚从嗓子里挤出几个字："出去！别过来！"

亲卫不明所以，然而不敢有违圣命，慌忙退了出去。

顾昀有些不知所措地看着他，长庚双目充血，瞳孔仿佛有分开的趋势，却又好像被一根针穿在了一起，他缓缓地转向顾昀，顾大帅已经硬着头皮做好了被他发作一通的准备。

可是等了半天，长庚却只是缓缓地问道："我要是来得再晚一点，是不是就见不着你了？"

顾昀："……"

"我远在京城，听他们大呼小叫，然后满心欢喜地等你回来，想给你看马上就要连上的蒸汽铁轨线，想跟你说好多话，想把那破衣带给你重新缝上，然后呢？"长庚轻轻地问道，抓着顾昀的手缓缓地收紧，抬到自己眼前，他低头看着顾昀那只苍白的手，"我还能等到你吗？"

顾昀心里好像被钢针一捅而穿，一下就词穷了。

"我恨死你了。"长庚道，"我恨死你了顾子熹。"

这句话从顾昀第一次将他丢在侯府，一个人偷偷跑去西北的时候，就一直伴随着频繁发作的乌尔骨压在他心里。

而今，漫长折磨的治疗后，乌尔骨去了大半，再也无从压制，终于被他说出来了。

长庚忽然之间就崩溃了，他从那条自幼选择的"只流血，不流泪"的路上短暂地游离而出。

方才还掷地有声与诸将同在的新皇陛下在帅帐中痛哭出声。

顾昀语尽词穷，有心想张手将他抱过来，拉了两下没拉动，只好默默地坐在一边不敢吭声，等长庚把十多年的委屈一口气都哭出来。然而新皇恐怕是命不好，哭一场都不能哭个尽兴，还没等哭到筋疲力尽，外面便传来一声炮响，整个中军帅帐剧烈地震动了一下。

接着是巨大的鹰翼划过天空的尖鸣声，长庚只来得及背过身去，一个鹰甲传令兵便闯了进来道："大帅，铁栅栏破了，西洋人已入包围圈！"

顾昀的指尖上还沾着长庚的眼泪，他不动声色地将那根手指收进了手心，淡定地点了点头道："知道了，按计划压住了就是。"

传令兵脚尖堪堪触了片刻的地，转身又飞走。

长庚这才转过脸来看着他，脸上泪痕未干，怎么看怎么委屈，顾昀最受不了这种表情，当场滚地缴械，柔声哄道："长庚来，我给你擦擦眼泪。"

长庚哽咽道："你的花言巧语呢？"

顾昀从善如流地换上了油嘴滑舌，脸不红心不跳："心肝过来，我给你把眼泪舔干净。"

长庚："……"

他一时让这货气蒙了，愣是没接上话。

可是就这么一愣神的光景，顾昀居然吃力地扶着床边爬起来了，他腰上几乎吃不住力，起来的时候腿间的钢板重重地撞在了小榻边上，脖筋从领口的绷带中突兀地立起，披散的头发越过肩头，穿过琉璃镜的长链。

长庚怒道："你乱动什么！"

顾昀额角已经出了一层冷汗，大半个身体的重量压在长庚身上，呼吸有些急促，身上硌人的钢板格外碍事地挡在两人中间。他舒了口气，借着对方的支撑，短暂地放松了堪堪拼在一起的身体，轻轻地闭上眼睛道："太想你了，让我缓缓。然后我打不还手，骂不还口，好不好？"

长庚刚刚平静的鼻子一瞬间又有点发酸，这一见人，就感觉他余出来的衣带绝不止信中夹杂的短短一截。"我……"

他刚说一个字，声音很快淹没在了一阵丧心病狂的炮火声里，说不下去了，外面响起一声刺耳到半聋都能听见的鹰啸。

长庚："……"

这还有完没完了！

两军阵前，那么多精兵良将，整个大梁新生代的名将几乎都聚集在这一战里，这帮浑蛋玩意非得什么事都来帅帐请示一下吗？

玄鹰闯进来大声道："大帅，西洋军见势不对，正准备溜了！沈将军用海乌贼截住了敌军主舰，何将军问大批玄鹰何时出动。”

顾昀：“再等一等，等他们主舰放出撒手锏的时候。”

玄鹰忙应了一声，转身呼啸而去。长庚脸上泪痕未消，但情绪已经被搅和没了，只好半酸不苦地笑了一下。他把顾昀扶到了榻上，拉过毯子盖好，从怀中取出顾昀寄给他的一小截衣料，又从荷包里摸出针线——线的颜色都是和那块青色布衣搭配好的，可见是有备而来。他拉过顾昀的衣带，仔细一翻，果然一端被人简单粗暴地扯下了一个边，线头乱飞，显得格外破烂。

长庚无奈道：“大帅每天就穿着这种破衣烂衫四处乱晃吗？”

“不是，”顾昀眯着眼睛仔细辨认着他的唇语，低声笑道，“今天碰巧穿了这件，大概是做梦的时候心有灵犀，知道今天有陛下亲自来给臣缝衣服。”

长庚手上的动作一顿，然而不等他抬眼看顾昀的表情，一只手就落在了他脸上，手指温柔地顺着他的下颌往耳根的方向滑过去。“累不累？”

长庚飞快地眨了一下眼，感觉方才那场痛苦太激烈，眼眶今天可能要决堤，那人说了三个字就又差点把他的眼泪榨出来。“你疼不疼？”

他以为顾昀不会回答，谁知顾昀沉默了片刻之后，竟然坦然道：“疼得厉害，经常会睡不着觉。”

长庚手一颤，被针扎了一下。

顾昀又道：“但是没有看见你哭的时候疼，以后别哭了，义父看见能做一辈子噩梦。”

长庚从小就分不出顾昀哪句是漫不经心的真心话，哪句是在一本正经地哄他，于是只好一概当真了听，整个人都被他一句话泡软了。

顾昀轻声道：“乌尔骨去了不少对吧？陈姑娘把你照顾得不错。——这场仗不会出意外的，敌军这回倾巢出动开进我们的埋伏圈，一旦入彀，就会有大批海乌贼针对他们的主舰，那主舰有一个致命的弱点，就是危急时机动性跟不上，西洋教皇被逼到极限，就会……”

他话没说完，就被一阵地动山摇的轰鸣打断，顾昀虽然听不太清楚，但是感觉到了床榻的震动，他不慌不忙地笑了一下，静静地等了足有一刻工夫，那阵震颤才逐渐平息，这才补上自己的话："就会把他那主舰乌龟壳下藏的重炮全搬出来，想要强行突破。西洋主舰上携带了大批的紫流金和弹药，然而临阵时很少露出真容，我们从很多角度分析了很久，猜测一来是因为消耗不起，二来是因为主舰一旦投入战斗，立刻就无法兼顾依附于它的整个海蛟战舰队——"

玄鹰落了下来，呈上了第三封战报："大帅，西洋主舰确实有问题，沈将军已经趁乱包抄过去了，方才混乱中西洋水军失序，近半数沉没！玄鹰已经准备追击……"

他话没说完，一声响亮的鹰啸划过长天而至，那是数万只天空杀手迎风举翼的声音。

顾昀转向长庚道："陛下，您想去看看……我军是怎么收复江南的吗？"

当他条分缕析地说这些话的时候，整个人就仿佛不是一个只能躺在病榻上的伤患，而又是那个独闯魏王叛军，力压西南诸匪，平西定北，落子江南的大将军。

长庚正色回道："我大将军一言九鼎，战无不胜。"

两江驻地居然有一艘防御级别很高的红头鸢，长庚扶着顾昀上去，红头鸢自帅帐往上缓缓升起，垂下的千里眼能将整个战场尽收眼底——碧海生涛，铁舰如蛟，横行入海，八方烟火。

西洋海军负隅顽抗两个多时辰，终于无以为继，百孔千疮的主舰卷起七零八落的战舰仓皇往东瀛海的方向奔逃，三路大梁水军狂追不舍，无视"大梁水军打不了远海战"的流言蜚语，整整一宿，悍然闯入东瀛海域。

撑完全场的顾昀微笑起来。

东瀛，是西洋人的最后一个葬身之地。

西洋军边撤退边向东瀛人连发了四道请求支援信，全部石沉大海，而就在他们被穷追不舍的敌军追入东瀛海域之后，西洋人惊愕地发现一队整肃的东瀛海蛟战舰挡在了面前，那些海蛟还是当年他们带来给这些倭寇的！

双方迅速彼此逼近，西洋军旗语打得快要翻进水里，然而“友军”毫无反应，只传来一声嘶哑悠长的号令——

所有的东瀛战舰炮口对准了昔日鼎力扶植的盟友。

“轰”——

海上生出一轮血红的落日，似乎是一个乱世尘埃落定的尾声。

顾昀在远海爆出的火花中轻轻地笑了起来，他全程撑了下来，身体实在难以为继，疲惫得仿佛倒头就能睡过去，长庚却忽然俯下身，扳过他的下巴，问道：“你说有一个私愿，上一封信写不下了，下次再告诉我，是什么？”

顾昀笑了起来。

长庚不依不饶道：“到底是什么？”

顾昀拉过他，附在他耳边，低声道：“给你……一生到老。”

长庚狠狠地抽了一口气，半晌才缓过来。“这是你说的，大将军一言九鼎……”

顾昀接道：“战无不胜。”

隆安十年，三月初四，从彼此试探、决战到最后东瀛人临阵倒戈，整整打了一天一宿，盘踞整个东海数年的西洋水军溃不成军。顾昀完成了自己的使命，被新皇强行带回京城休养。

十六天后，铁轨线正式连通，纵贯南北的大命脉修成，大批的钢甲火机紫流金得以在第一时间南下，两江驻军迅速建立水上基地，陆军由沈易担总调度，横扫占据南半个江山的西洋驻军。

没有了强大水军与国内支援的西洋驻军好像被秋风席卷的落叶，脆弱的战线崩得一溃千里，陆地战争仅仅持续了两个月，当年五月初，西洋联军正式投降，大批俘虏被扣留在大梁国内，包括教皇本人。

圣地碍于颜面，不得不派人交涉议和，以一纸赔款协议告终，一手交人一手交钱。

至此，南半江山阴云散尽，年复一年，江南总会飘出桂花的香味。

据说风烛残年的教皇在返回故土的半路上就死了，不知是自然死亡还是被人暗杀——然而已经都不重要了。

曾经的雁亲王李旻正式登基即位，拟于次年改元为“太始”。

登基伊始，新皇便下旨令先帝之子女不必搬出宫，不改立储君，不收军权，玄铁虎符依然在顾昀手中，与他坐镇京城，随时调配四境的权力。同时，昔日的玄铁三部打散后编入各地驻军，在狼烟中成长起来的一批悍勇之将接过先人遗训，驻守四方。

太始帝在位一十八年，始终以“代皇帝”自居，亲自颁发了一系列宪令，从自己这位“代皇帝”限制到文武百官乃至天下黔首，是套一视同仁的权责范制，以便时时自省。

一场轰轰烈烈的改革推开上千年的沉疴与迷雾，缓缓而行。

一个时代的落幕，总是另一个时代的起点。

（正文完）

万古云霄一羽毛

山河依旧，四海清平。

番外一

旧梦

长庚在梦里想起了很多年前的事，他周遭飘浮着一股刺鼻的火油味，有血的咸腥，还有干草的土腥气。他梦见自己变成了很小的一团，蜷缩在一个破旧的背篓里，随着女人深一脚浅一脚的步伐颠簸着。

胡格尔有一头乌云似的长发，可惜身体太过瘦削，显得头有点大，像个支楞八叉的骨头架子，她从乱葬岗一样的山匪窝里独自一人穿过，嘴里哼唱着蛮族的小调。忽然，她回过头来，目光正好对上长庚的，长庚本能地瑟缩了一下，即便他已经长大成人，坚不可摧，可这个瘦弱的女人却总是能伤害他，他对她依然有种骨子里的恐惧。

然而她只是默默地看了他一会儿，并没有动手，她脸上沾着血迹，嘴唇苍白，神色木然，整个神魂都蜷缩在那双眼睛里。

那双眼睛像是藏着惊涛骇浪的暗礁海。

胡格尔轻轻地叹了口气，也看不出很疯，她伸出瘦削的手，在长庚的头上摸了一下，口中换了另一个小调——天涯海角各地人，南北东西语言不通，然而母亲哼来哄幼儿睡觉的小曲却都大同小异。长庚有些惊诧，他从不知自己的记忆里还有这一幕。

她背着他走过一段仿佛漫长无边的死亡之路，然后停在山脚下，山在身后悄无声息地烧着，浓烟向天，怨魂沉地。胡格尔抹了一把额上的细汗，坐在路边歇脚，将小小的长庚从背篓里拎了出来。长庚下意识地挣动着，胡格尔双手将他举到面前，盯着他的脸，不知在看什么，脸上忽然现出一点说不出的惆怅与柔情。

她将小长庚放在自己的膝头，轻轻地用手指描绘着他幼小的五官，然后俯下身来，在他额头上轻轻地亲吻了一下。

长庚没敢眨眼，看见那异族女子的睫毛浓密如蝶翼，微微颤抖的时候，好像随时准备飞扬上天。然后她毫无预兆地流下眼泪来，轻声说道："你怎么生在这里呀，孩子？是天把你发配来受罪的吗？"

长庚透过多年的回忆看着她，忽然意识到，当她哭着想要掐死他的时候，她那沾满了人血的双手是凶狠的，然而眼神是温柔的。而等她哭得精疲力竭，回过神来的时候，她松开了卡在长庚脖子上的手，还将一口活气渡到了垂死的他喉咙里，眼神却冷酷了下来。

每一次擦干眼泪，她都好像把自己灵魂的一部分从身体里蒸发出去，她越来越冷漠，和小长庚越来越相安无事。

长庚跟着她一路走，一路流浪。

直到有一天，胡格尔无意中看到了长庚的脚，忽然面露惊骇，猛地用双手捂住脸，倒退了几步，在男孩无措的目光下崩溃似的蜷缩成一团，痛哭起来。

梦里的长庚低头看自己的脚，他发现他的脚趾正在奇迹般地自我修复……

什么叫自我修复呢？

长庚艰难地回忆了片刻，清晰的梦境突然将早年埋藏在记忆深处的东西找回来了。他想起了很小的时候——本不该有记忆的年岁里发生的事，那时他的脚趾中确实有一根先天不足，后来不知道什么时候，莫名其妙地自己长好了。

乌尔骨身上会逐渐体现出被他吞噬的兄弟的特征，长好的脚趾给了胡格尔极大的刺激，那好像无时无刻不在提醒她，她把自己的孩子制成了乌尔骨，而那个孩子的特征开始像传说中的那样，在这个合而为一的小小“邪神”身上体现出来。

长庚有些悲悯地看着她，当他以局外人的视角来看待这一切的时候，突然就明白了那个疯婆子的感受。

一个人满怀国耻家仇的激愤，很容易做出极端的决定——比如自戕，甚至谋杀亲子，可那毕竟只是一刀快伤，哪怕鲜血淋漓，也总有时过境迁的时候，她却非要选择一条不断凌迟自己的路。

胡格尔突然冲过来，抓起他的脚，举起一块石头，狠狠砸了下去……

那疼是真真切切的，即使在梦里。

胡格尔发狠地弯折着他的脚趾，一边弯，一边魔怔似的反复道：“你不是我的孩子，你不是我的孩子……”

长庚发出一声痛哼，卡在梦境与现实之间，整只脚疼得几乎没有知觉。就在这时，一只冰凉而有力的手忽然攥住了他的脚，刚好缓解了那火烧火燎的疼痛，长庚急喘了几口气，听见有人在他耳边低声道：“嘘——都过去了，我在这儿，过去了。”

长庚茫然地抬头，只见周遭忽然场景大变，他的身形逐渐拉长长高，依然遍体鳞伤，无边的寒冷犹如要浸到他的骨头里，关外孤绝无缘之地，他眯起眼睛，见一人逆光而来，大氅猎猎，步履坚定，腰间挂着一个玄铁的旧酒壶。

那个人双手稳如铁铸，而眉目却能入画，对他伸出一只手，问道：“跟我走吗？”

长庚看着他，身心几近虚脱，一时说不出话来。

“跟我走，以后不用再回来了。”

长庚一把抓住了那只手，由他牵着往前走去，觉得自己越长越高，越长越有力，一步仿佛能迈过万水千山。走着走着，长庚突然回了一下头，看见苦寒的关外与群狼渐渐地被他抛在了身后，胡格尔穿着她那条鹅黄的裙子，梳着未嫁娘的头，默默地注视着他。而她身边不知什么时候多了个人，刚开始是个小男孩，而后随着长庚自己长大，那个人也一步一步地变成少年、青年……

他长着一张和长庚如出一辙的面孔，与胡格尔并肩站在一起。

胡格尔忽然偏过头，拉下他的头，踮起脚在身边那年轻人的额上亲吻了一下，然后他们一同目送着长庚远去。

长庚蓦地睁开眼，天光已经大亮，他突然有种不一样的感觉，好像有生以来就捆绑在他身上的枷锁突然不见了，身体轻快得几乎有些不习惯。周遭飘着一股安神散的味道，长庚一抬眼便看见陈轻絮默默地坐在一边，手持一卷，见他醒来，陈轻絮轻轻地冲他竖起一根手指，长庚顺着她的视线一扭头，见顾昀已经靠在一边睡着了，一只手还搭在他的肩上。

他心里倏忽一跳，一时间万般滋味上了心头。

陈轻絮非常识趣地将书卷成一卷，点好安神散，敛衽一礼，静静地退了出去。

一片静谧中，长庚只能听见那人轻浅的呼吸声，他缓缓地抓住放在自己肩头的手，十指相扣地困在手里，默默地注视了顾昀片刻，摘下顾昀脸上的琉璃镜，然后小心翼翼地在顾昀的脸颊上轻轻碰了一下。

可惜这蜻蜓点水似的动作没能惊动顾昀，长庚只好无奈地略微加重了动作，听见他呼吸的频率终于变了，长庚才把顾昀整个人拖过来圈在手臂里，想让他躺得舒服些。

顾昀没有睁眼，只是习惯性地拍了拍他的后背，含混地哄道："睡吧，我在。"

长庚微微合上眼，心满意足地将头埋在他的颈窝中。

噩梦结束了。

然后战争也结束了。

西洋联军的降书送抵京城的那天，沈易派人发急件请示顾昀以什么方式护送入城。

顾昀简短地回函道："巨鸢。"

十一年前，加莱荧惑用一艘巨鸢混入西北雁回小镇，在大梁上空投下了一片阴影，那片阴影也是一代天子从小镇走向千里之外帝都的起点。而今，硝烟散尽，风雨初歇，仿佛也正要来这么一场首尾照应的结局。

京城不像雁回小镇，城中没有规划接引巨鸢的功能，只好由北大营负责防务，在九门外的护城河上开辟一条通路，内城供人围观的地方竖满了袖珍版的铁栅栏，防止看热闹的人太多挤到水里。

新皇率百官亲自赴城外迎接，等到傍晚时分，一整排的巨鸢才归雁似的自南面而归。千万个火翅在黄昏中旋转着，夕阳透过蒸汽，将巨鸢群镀了一层流金，轰鸣声自几里以外传来，落日一般依次落入护城河中，融金入水，绕城而行。

巨鸢上所有将领列队甲板，山呼万岁。

围观的百姓将成千上万只河灯推入了水中，浮沉千里，荧火冉冉，载着魂归故里。

番外二

还愿

顾昀回京后足足有小半年没出过门，刚开始还好，他有一阵精神很差，不耐久站久坐，昏昏沉沉地一碗药下去，一天也就过去了。可是等到冬季将近，他的身体渐渐好转，顾昀就有点受不了了。

忙得昏天黑地的时候，他天天都想一头扎进温柔乡里休息个肉酥骨烂、终日不起，然而好不容易过上梦寐以求的日子，他又快要闲出毛病来了，一天到晚没事干，跟家里那只嘴碎的贱鸟互相折磨，把那八哥折腾得形销骨立，恨不能自绝于人世。

大概有些人天生就是要睡硬板床的，一身贱骨头，锦绣丛中躺久了腰疼。

终于，连皇上都看不下去了，在临近冬至的时候，把顾昀放出来上朝了。

那天正赶上顾昀要休沐，从好几天前他就有点提不起精神来，晚上也没睡好，虽然他颇为自制，不至于翻来覆去，不过长庚还是察觉了——顾昀没睡着的时候为了不吵他，总会下意识地把呼吸压得又低又绵长，有时几乎听不见。

长庚问起，他也不说，问急了就开始胡说八道，反正以顾某人的油嘴滑舌，但凡他不想说的事，用锥子撬都找不到能下手的地方。

大梁朝除年节之外，正三品以上的重臣日常都是轮流休息的，以防万一出事找不着能负责的人。换言之，虽然顾昀这一天能休息，但不代表偷偷溜出宫夜宿侯府的皇帝陛下也能休，新政伊始，长庚手头一大堆事，他还是要清早起来赶回去干活。

结果他发现顾昀也是一身打算出门的装扮。

“这么冷的天多穿点，”长庚随口道，“对了，你干什么去？”

顾昀正经八百地胡扯道：“我去郊外遛遛马。”

长庚抬头看了一眼外面嗷嗷嚎叫的西北风，又看了看顾昀重伤初愈明显没什么血色的脸，皱了皱眉道：“什么？”

顾昀别开视线，看天看地，反正不看长庚，拒绝交谈。

长庚来不及在侯府对其展开严刑逼供，只好在临走的时候匆忙冲霍郸使了个眼色。自从眼睁睁地看着自家侯爷病骨支离，被陛下亲自背回来之后，霍郸就果断变成了一个吃里爬外的眼线。

顾昀耳目不便，一时半会儿没能察觉到自家后院多了个叛徒，等长庚出门，他才鬼鬼祟祟地披上外衣，吩咐下人备了辆十分低调的马车，只带了个霍郸，多余的侍卫都没用就出了门。

霍郸：“侯爷，哪儿去？”

顾昀含混地哼唧了一句什么。

霍郸：“侯爷，您牙疼啊？”

顾昀：“……”

霍郸难得看见他一脸“难言之隐”的模样，心道：难不成这是要背着陛下去寻花问柳？

可看顾昀那一脸生无可恋的样子，似乎又不像是要出门寻欢作乐的。

俩人大眼瞪小眼良久，车帘里灌进来的凉风把暖炉都给吹熄了，顾昀才终于从牙缝中挤出仨字：“护国寺。”

霍郸震惊地想：我家侯爷早晨起来肯定是吃错药了！

顾昀愤怒地摔上车帘道："看什么看，还不走！"

顾帅在北疆的时候，曾经暗暗许过愿，想着如果长庚身上的乌尔骨真有解，他就去护国寺上一炷香，不过一直未能成行。这白眼狼当时许愿时或许有几分虔诚，等时过境迁，早就忘恩负义地把佛祖抛诸脑后了。

这一阵子不知怎的，顾昀夜里接连做一些古怪的梦，梦见一排光头和尚整整齐齐地冲着他念经，那一片脑袋锃光瓦亮，往一个方向摇晃，阿弥陀佛一宿，他第二天起床都还在头晕。这么连着念了三四天，顾昀总算是后知后觉地想起自己当年发下的"宏愿"，明白了这群秃驴为何而来。

于是趁着休沐，他万般不情愿地前往护国寺上一炷香。

趁着寒冬腊月、非年非节的日子，山寺里访客稀少，顾昀急匆匆地赶了个大早，做贼似的悄悄潜入护国寺。此时，山间迷雾没散，石阶上挂着一层露水，周遭一片幽静。顾昀却一点也欣赏不了，只顾低头走路，脚步飞快，赶投胎一般地风驰电掣拾级而上。

霍郸生怕他摔着，心惊胆战地跟在后面一路小跑，半个时辰的山路，俩人不到一刻的工夫就走到了头，转眼已经到了香殿门前。

霍郸急喘了几口气，战战兢兢地问道："侯爷，咱们来这儿干什么？"

顾昀一脑门官司，咬牙切齿道："上香。"

霍郸："……"

他还以为这位爷这般来势汹汹，是专程来讨债寻仇的。

护国寺中僧人的早课已经开始了，晨钟声声，香殿中蒲团摆放俨然，旁边有个素色僧袍的和尚正背对着正殿敲木鱼，默默念经。

顾昀目光四下一扫，见远近没人注意到他，便飞快地蹿进香殿中，捏着鼻子抓了一把铜钱碎银扔进功德箱里，然后十分嫌弃地拈起两根香，一抖手腕点着，伸长了胳膊，尽量让那香烟飘不到自己面前。

顾昀拈着香，抬头扫了一眼面前的金身佛像，心道：我要拜这玩意吗？

然后他只用了一眨眼的工夫就做出了决断：去他的。

他连个拜的姿势也没有，纡尊降贵地冲那佛像一点头，仿佛已经算是给足了佛祖面子，迅疾无比地将手里的香往香炉里一插，转头对霍郸道："上完了，走。"

霍郸："……"

霍统领还是头一次知道有人拜佛拜得这么趾高气扬——他们家侯爷与其说是来拜佛的，还不如说是等着佛来拜他的。

就在顾昀速战速决地应付完这炷香，抬腿打算要离开大殿时，那躲在旁边敲木鱼的和尚突然站起来回过头来，笑眯眯地冲顾昀一稽首，比画道："侯爷安好？"

顾昀："……"

他做了完全的准备要避人耳目，谁知居然和了然那臭和尚冤家路窄，出门前准是忘了看皇历。

了然和尚笑容可掬地冲他打手势问道："侯爷所为何来？想必不是祈福。"

顾昀神色有几分不自然地回道："还愿。"

了然和尚道："侯爷既然是还愿，为何不心诚一点，这样来去未免也太匆匆了。"

顾昀暗道"晦气"，却客客气气地微笑道："心意既然到了，何必执迷于形式？大师着相了吧？"

了然双手合十，稽首作礼，坦然道："顾帅慧根天然，令我等修行中人感佩，确实如此。不过侯爷能想起来老远赶来还愿，想必许愿的那一刻心意是无比真实的，如今来还，自然也是来和我佛推心置腹的。"

顾昀无言以对，只好皮笑肉不笑地看着他。

了然："天气寒冷，侯爷不如来贫僧禅房喝杯茶？"

顾昀："不敢打扰，大师忙去吧，我……嗯，我大老远也算来一趟，自己四处转转。"

了然微笑着冲他再三作礼，迤迤然地飘出香殿。

只见那高僧出门后走了约莫有百步的光景，突然拎起僧袍，迈着小碎步颠颠地跑了回来，贼头贼脑地往香殿里一探头，见顾昀那十分不敬的浑蛋果然老老实实地又转回了蒲团前面，满脸不乐意地跟蒲团大眼瞪小眼片刻，然后取香重新点上，捏着鼻子憋出了一副虔诚的模样，却连背影都能看出此人不甘不愿的心。

高僧欣赏了一番顾昀憋屈的背影，顿感心满意足，高高兴兴地提起僧袍，又迈着四方步溜走了。

顾昀回家以后用艾草叶泡水从头到尾洗了三遍，并且将霍郸叫到一边，严肃地威胁道："我知道你没事爱跟长庚嚼舌根，但是今天的事，胆敢跟别人泄露一个字，拿你军法处置。"

霍郸："……"

顾昀走出两步，猛地扭头，正对上霍郸一脸忍笑又不敢笑的扭曲表情。霍郸吓了一跳，硬生生地把贼笑憋回去了，二话不说，掉头就跑。

直到多年后，长庚也没能打听出顾昀那天到底干什么去了，可见顾帅军威犹在。

不知是不是顾昀难得一次诚心拜佛，佛祖这次给了他一份买一送一的大礼。

第二天下午，陈轻絮来访，带来了一纸药方。

"宫里找寻许久，没能翻到线索，"陈轻絮道，"反而是从神女秘术的那本书上找到了一点有用的东西，可以解陈年旧毒。只是大帅的耳目多年损伤，即便解毒，日后也只能等着慢慢恢复，恐怕……"

恐怕想痊愈是不可能了。

陈轻絮："您想试试吗？"

顾昀扫了一眼旁边欲言又止的长庚，毫不犹豫地接了过来，管不管用另说，但要是能让长庚安心一点，他倒也不在乎多喝几缸药汤子。那药入口的时候，他就觉得这股味道有点熟悉，只是一时想不起在什么地方闻过，当时想来是喝过的药实在太多，难免有几味重叠的，便没往心里去。

反倒是长庚十分紧张，一沓奏折看了足足两个时辰，每隔一炷香的时间就要分神抬头问一遍他什么感觉。

都是沉疴旧疾，才一服药下去，能有什么感觉？

顾昀半哄半骗道："好多了。"

长庚忙问道："哪里好多了，摘下琉璃镜能看见我吗？"

顾昀瞥着长庚笑道："看得纤毫毕见，每根头发都历历在目，蒙上眼都能一清二楚。"

长庚闻听此人又不说人话，便将御笔往旁边一丢，打算过去和他好好"谈谈"。

顾昀嬉皮笑脸地一抬腿，稳准狠地给皇上吃了个"绊马索"，腿法犹胜当年。长庚猝不及防地磕绊了一下，一时没站稳，直往他怀里摔去，那货还没心没肺地伸开胳膊等着接。长庚自己吓出一身冷汗，唯恐自己这么大个人砸下去压着他，手忙脚乱地伸手在椅子把手上一撑，怒道："顾子熹！"

顾昀一脸坏笑，长庚不敢乱碰他，只好黑着脸，小心地扣着他的手腕拎出来按在一边。顾昀也不挣扎，侧头顺势在长庚的小臂上闻了一下："嗯，香。"

长庚简直说不出话来："你……"

忽然，顾昀神色一变，手腕一翻便挣脱了长庚。"等等。"

长庚忙自己站稳。"怎么？"

顾昀方才这一番动作，鼻尖无意中蹭到了自己手腕上的旧珠子，一股极细的味道从那木头珠子的缝隙中冒出来，轻得大概只有顾昀和狗能闻到。他忽然就想起陈轻絮的药方为什么闻起来那么熟悉——那股药味和他手上这串珠子溢出的淡香居然如出一辙。

多年来，顾昀跟这串木头珠子分分合合，他没太在意过这东西，这些小珠子却仿佛赖上他一样，不管经历什么都始终相伴身侧。

顾昀将鲜少离身的珠子摘了下来，试着拧了几颗珠子，最后试到了一颗最大的隔珠上，在他指力之下，居然露出了一条浅浅的缝隙，而后一声脆响，那珠子在顾昀手中一分为二，露出内里的乾坤来——里面居然藏了一颗药丸。

两人一时间面面相觑，长庚将整个皇宫翻了个底朝天，为了找解药的蛛丝马迹，却不料真正的解药原来就藏在顾昀身上，跟着他风里来雨里去，相伴了十一年多，直到陈轻絮靠自己找到了解药配方，它才肯露出一点端倪。

顾昀忽然忍不住笑了，伸手捏起那颗药丸，笑道：“这小东西怎么和先帝的脾气一模一样？”

都是不合时宜的狠毒，不合时宜的温情……不合时宜的剧毒，不合时宜的解药。

“大表兄看着你呢。”

番外三

了然

壹

“小师父！”

了然和尚抬起头，看见一个六七岁的小女孩踉踉跄跄地向他跑来，她那小脸脏得花猫一样，两只手小心翼翼地捧着一块面饼，认认真真地递给他道：“小师父，我爷爷让我给你送来的，快吃。”

了然知道这可能是人家挤出来的口粮，自然不敢要，连忙推拒。可他说不出话来，眼前这丁点大的乡下孩子又看不懂手势和脸色，只会瞪着一双懵懂的圆眼睛，执意把面饼往他手里送。

面饼硬得堪称坚不可摧，活像玄铁打的，可是离得近了，依然能闻到一股粮食的香味。了然的喉咙不受控制地滚动了一下。他如今也才十来岁，正是抽条长个子禁不住饿的年纪，剃了光头显然无助于辟谷，饿了这许多天，他早就眼前发黑，恨不能把腮帮子上的肉咬下来生吞。眼前的面饼于了然，仿佛是个天大的诱惑，他只能在心里拼命念经摒除杂念。

这时，地面传来可怕的震动，一队披坚执锐的人从远方跑来，周围原本神色麻木的百姓们顿时露出惶恐惊惧。

了然忙跳起来，将小女孩捞起来挡在身后。他紧张到了极致，周身的肌肉硬得发疼，但脸上还是装出了一副红尘槛外不问世事的模样。接着，了然将双手缓缓合十，顶着一后背的冷汗，冲那些跑过来的暴徒稽首作礼。

身着铁甲的暴徒们果然停下来看了他一眼，为首的一人迟疑了片刻，不端不正地回了个礼，随即一招手，了然听见他含混地说了一句："这和尚一念经，我总觉得佛门面前那什么……不太吉利，今天就算了吧。"

说完，这伙人跟着头目稀稀拉拉地走了，等确定暴徒们真的不再回来，方才有劫后余生的人悄悄跑过来，给了然鞠躬道谢。

了然心神俱疲地挨个还礼，又把掉在地上的面饼捡起来，还给吓坏的小女孩，本想拿袖子给她擦擦眼泪，结果低头一看，自己身上的袍子脏得看不出底色来了，便又讪讪地放下手。

他把外袍脱下来，内外翻转后穿在身上。了然希望尽可能地保住自己出尘的样貌，能唬住这些暴徒一时是一时。这是暴徒叛军与朝廷对峙的第十天，外有铁甲围城，城中补给岌岌可危，叛军里也是人心惶惶，这帮亡命徒心情压抑无处排遣的时候，便要拿城中百姓戏耍开心。幸而本朝受佛教影响深远，再丧心病狂的人，见了出家人也多少还有些顾忌。了然虽不能说话，却长了一副好相貌，天生带着一股仙气，事到如今，他也只能用自己这点装样子的"仙气"尽可能地保护周围的人。

这一年，了然十四岁。

刚开春的时候，他那不知云游到了何方的师父突然回来，将他叫到身边聊了几句，然后神神道道地对自己这关门小弟子说道："你小时候曾经问过为师，何为众生，现如今你也大了，那就自己去看看吧。"

护国寺中，僧人须得有了一定年龄和资历才能外出游历，了然是第一个以少年之身出门的，众僧人都说小师叔慧根独具。少年哑僧花了大半年的时间四处流浪，一路化缘而行，他受过乞丐的朝拜，也因为模样俊俏险些被女匪捉走做童养相公，甚至被为富不仁的大户人家硬拉回家，要请他作法驱鬼。不过总而言之，虽然偶尔会遇上些意外情况，但他随身带着觉远大师的亲笔信和护国寺的文牒，一路所遇寺院驿站还是给了他这半大孩子很高的礼遇，基本算一路平安。

直到他倒霉催的，赶上了这场匪祸。

闵州水军都察新官上任，非要点上三把邪火，第一把便拿境内紫流金走私下手，不料地头没踩明白，将前任睁一只眼闭一只眼，官匪勾结那点破事都扯了出来。惹了事，还没本事收拾，这位新任都察一时不察，导致事态不断发酵，最后，闵州境内的亡命徒们干脆铤而走险，与东海一线的倭寇勾结，组成了一支叛军，就地造了反。

海盗、倭寇，与匪徒沆瀣一气，连占数城，到一个地方，就先杀地方官，然后强占老百姓的房子，劫掠人家的积蓄，再将百姓都驱赶到外面，集中看管，一旦跟朝廷军队硬碰硬，就把老百姓驱赶到阵前做人盾。

不幸云游到此地的了然成了人盾中的稀有品种——他是个光头的人盾。

匪徒作乱与民间起义不同，哪怕是暴民作乱，叛军也大多是苦出身，不到失去理智，不会故意做出伤天害理的事，可是这伙私运紫流金出身的亡命徒却是不能以“人之常情”忖度的。

了然不知道自己被扣在城中多久了，他发愁地蹲下来，拍着哭得打嗝的小女孩，跟旁边的人借来一碗水，一边咽着口水，一边把干饼子泡软，掰着喂给那小孩吃。

女孩问道：“小师父，救我们的人什么时候才能来？”

了然眉梢一动，还没来得及打手势，就听见旁边有个汉子叹道：“救我们？唉，娃娃，别想啦，等死吧。”

元和皇帝重文轻武，脑子有病。自收复北蛮之后，他就以“有伤天和”为名，开始潜移默化地打压朝中武将，尤其安定侯顾慎与长公主夫妇先后辞世之后，那皇帝老儿更是离谱，竟雪藏了国之利器玄铁营，乃至这几年朝中忠臣良将老的老，走的走，青黄不接。

暴乱刚开始，朝廷派来个酒囊饭袋当将军，一来就中了倭寇的埋伏，还激怒了盘踞在此处的匪首，此人唯一的用途，就是让叛军探明了朝中兵将虚实，以及给了他们拿老百姓当人盾的灵感。

朝廷这才知道事态失控，接着又派了新人来，这回更让人绝望。此时，在外围城的前锋将军姓顾，不管是个什么名门之后吧，反正人才十五岁，而且显然没长三头六臂，也看不出怎么天赋异禀，侥幸从战场上活着回来的人，都记得那少年将军看见一群衣衫褴褛的“人盾”时，那近乎惊慌失措的目光。

他的目光泄露了自己的底细，这小将军不但是个孩子，恐怕还是个没见过血的孩子。

他一时惊慌后竟没能压住阵脚，被埋伏的群匪偷袭个正着，若不是刚好来了援兵，险些全军覆没，明显是个不能指望的。

了然暗自叹了口气，心里十分茫然，感觉自己就要死在这儿了。

贰

在此时还是少年的一代高僧看来，眼下的境遇差不多就算“苦海无边”了，然而佛法至此，似乎并没有什么用，他是泥菩萨过江，自身尚且难保，更遑论要度谁。

了然百无聊赖地靠着墙根发了一会儿呆，忍不住想起自己在护国寺的日子。

他是护国寺前住持觉远大师一次游历途中捡回来的弃婴，出身不明，天生不能说话，注定了不能登科入仕，也难以习武从军，觉远大师觉得他与佛门有缘，就收做了关门弟子。

元和皇帝年间，日子最好过的，除了那些世家公卿，大概也就是僧人了。皇帝自己就笃信佛祖，朝野内外自然也一片上行下效，个个没事诵经念佛，逢年过节，夫人小姐们都排着队去寺庙里解囊上香……就连眼下这群亡命徒，虽说推小和尚出去当人盾毫不手软，却也不会当面作践他。

护国寺是百寺之首，寺中高僧往来宫禁，虽无实权，影响力却犹胜天子近臣。觉远大师收了了然这个弟子之后，就退隐了，将住持之位传给了大弟子了痴，自己常年云游在外。了然鲜少能见师父一面，平时都是师兄照顾他日常起居，给他开蒙讲经。

师兄年轻的时候，模样堪称英俊，只是常年面带忧郁，不苟言笑，嘴角眉心间总是有一道绷出来的褶皱，像是终生未曾开怀过一样。了痴师兄有时候会在夜深人静的时候亲自擦拭佛像，或是一个人于香殿中打坐参悟，小和尚了然不明所以，只会笨拙地效仿。

了痴挑着大水桶去清理佛像，了然就抱着他玩沙子的小桶，跟着打一小桶清水，也爬到香案上给大佛爷擦脚。

了痴在青灯古佛下静坐，了然小和尚就抱着个蒲团与他比邻而坐，时常昏昏欲睡，不是栽倒在了痴师兄身上，就是从蒲团上一头摔下来。每每这时，了然就擦擦口水，迷迷糊糊地重新爬回去，盼着师兄领他回去睡觉。

了痴和尚沉默寡言，了然是想说也说不出来，这古怪的师兄弟相处起来一点也不热闹，默无声息，但又相依为命。了痴师兄会在他睡着了以后，把他抱回禅房，会在寒冬腊月里把他赶回去叫他穿棉衣，甚至会面无表情地给他擦鼻涕。了然就像只战战兢兢的小动物，不用特意召唤，总是充满依赖地围着师兄转，一步不敢稍离，拿师兄当他的主心骨。

不过孩子总会长大。

后来，了然从一个一只手就能拎起来的小光头，抽条成了日渐俊俏的少年，心也越来越野。他不再是师兄的小跟屁虫，也不再满足于每天在寺里日复一日地敲钟诵经，总是想去看看外面。每每有外来的僧人借宿护国寺，了然都要凑上去，如饥似渴地听人讲外面的见闻。

师兄说，出家之人当六根清净，总是心浮气躁可不行，了然日复一日地压抑着自己渴望入世的心，隐约觉得自己是不太清净的，和佛祖好像也不是那么有缘。好不容易得到了师父他老人家的首肯，了然几乎是迫不及待地要逃离护国寺。临走的时候，了痴师兄替他打点行囊，一路将他送出城。

这十几年里，了痴如他父兄，目送着了然走向寺外的万丈红尘，细碎地将他从头叮嘱到尾。

了然当时觉得他啰唆，此时身如危卵，方才感觉到一腔惘然。他想：要是师兄知道我现在在这儿，会担心我吗？

天渐渐黑了，了然和几个了无生趣的“人盾”蜷缩在一起，一颗一颗地掐着佛珠，假装念经，其实心里十分悲观。他刚刚在上一个驿站给师兄写过书信报过平安，紧接着就变成了一枚光头盾，想必等他的信送回寺里，死讯也该一并抵达了。

到时候，师兄会给他念往生咒吗？

会哭吗？

还是四大皆空地祝他早登极乐？

了然想到这里，心里又生出一个更忧愁的念头：我修行不认真，身上也没什么功德，倘若死了，够得上去极乐之地吗？

一个和尚，不明不白地死在乱军之中，连皈依都不行，了然心里更加沉重，一时间，本着“尽人事听天命”的想法，他居然真就临时抱佛脚地念起经来。就在他在梵声中渐渐忘我，沉静下来的时候，身边突然传来脚步声，了然吓了一跳，猛地睁眼，只见三四个叛军从他身边经过，径直往后面的茅屋中走去。

茅屋是城中被扣留的百姓们拼凑起来给老弱妇孺们躲藏的。

了然刚开始还没反应过来这些叛军要干什么，旁边一个汉子已经叫骂出声道：“这些狗娘……”

同伴飞快地按住了那汉子，死命捂上了他的嘴，堵住他的话。

了然呆了片刻，这才蓦地明白过来，一股少年热血裹挟着怒气直冲到他脑门。这时，其中一个暴徒却去而复返，他回到了然面前，避开少年僧人喷火似的目光，在自己怀里摸了摸，摸出一个冒着食物香气的油纸包，放在了然面前，低声道：“素油做的，师父吃吧。”

说完，这暴徒又抓了抓自己的头发，双手合十，对着了然拜了拜，口中念道："阿弥陀佛。"

然后他转身追上自己的同伴，大步走向畜生道。

了然紧紧地盯着油纸包里的小点心，有那么一瞬间，他不知道自己该做何反应。

一个罪大恶极的叛军暴徒，即将卑鄙地去向无辜的人发泄兽欲，路上却顺便拜了个佛。

他也求佛祖保佑吗？

他也想求佛法度他吗？

师父，何为众生？

众生往何处去？

了然愣了片刻，猛地跳起来，在身边人紧张的声声阻拦里，撒腿追了上去。

叁

了然知道自己手无缚鸡之力，心里只剩下一个念头：我要跟他们拼了。

他捡起一块石头，追至茅草屋内，碎沙石磨破了他的手心。他看见方才那几个暴徒已经冲进了茅屋内，一个人正背对着他，守着门不让人往外逃。

了然胸口剧烈地起伏着，盯准了那人的后脑勺，准备犯杀戒。

可是普通人要下杀手尚且过不了自己这关，何况了然还是个出家人。他脑子里轰鸣作响，三魂七魄仿佛被活活扯成两半，就在他痛苦地下定决心，高高举起手中大石即将往下砸的时候，那人却毫无预兆地自己倒下了。

了然："……"

他傻乎乎地举着凶器，愕然地抬起头，只见对面站着个跟他差不多大的小姑娘，面无表情地抓着一把银针，不知用了什么神通，把那几个暴徒全放倒了，一个个不知死活地倒在地上。

那小姑娘和他对视一眼，目光在他的僧袍和光头上打量了片刻，冷冷地问道："我听说有个小和尚是护国寺的？你吗？"

了然张了张嘴，喵都没喵出一声，傻乎乎地跟对方大眼瞪小眼。那少女倒也没有不耐烦，想了想又道："我是太原府陈家的人，你师父是觉远大师吗？"

了然茫然地点点头，少女长眉一挑，皱眉道："算了，那你先跟我进来吧。"

了然懵懵懂懂地跟着那少女走进了茅屋，迎面撞上一个文士打扮的青年。那青年文士紧张地问道："没事吧？"

"摆平了。"少女随口道，又指着了然说道，"这是个护国寺来的小和尚，这位是姚大人。"

那青年忙道："不敢，后学如今赋闲在家，不过一介草民……"

少女快言快语地打断他道："行，那叫你姚公子——那位将军呢？已经走了吗？"

姚公子忙压低声音道："是，顾将军说都安排好了，只是……"

"怎么？"

姚公子有些犹豫道："到时候兵荒马乱，我怕城中百姓们惊惶下会再添伤亡，顾将军也有这个顾虑，要是能想方设法将众人集中在一处就好了。只是这样一来，又怕打草惊蛇，再者……这城中百姓几次三番被当成人盾，眼下已经成了惊弓之鸟，我恐怕惊弓之鸟是不会落在一棵树上的。"

他这话一出，两人都沉默了起来，这陈姓小姑娘不知师承何处，身手极好，会偷袭，却不太清楚怎么把人赶到一起。

这时，一边沉默不语的哑僧终于弱弱地伸出一只手，比画道："我……我能试试。"

肆

那是后来的安定侯、临渊阁两位股肱，与两江总督姚镇的第一次匆匆相逢。

那时，安定侯顾昀还是个会临阵怯场的半大孩子，两江总督姚大人只是个罢官回家的穷书生，了然大师还不是人间优钵罗——他此时的水平，大约只配当一朵人间狗尾巴花，而陈轻絮也还是个只会横冲直撞的小丫头。

了然伙同陈轻絮与姚镇，连夜将那几个暴徒的尸体藏好，随后约定了时辰和暗号，分别行动。

隔日傍晚，城中百姓们发现，人流正在自发地往一个地方汇聚。

少年哑僧不知从什么地方弄来了水，好好把自己打理过一遍，他坐在夕阳下的一块大石上，手持念珠，合目默诵经文，身边有一群人跪听——都是姚公子安排的。

人在绝望的时候，特别渴望能有一点精神寄托。

在有心人的刻意引导下，迷茫恐惧的百姓纷纷往大石头处聚拢。有些胆大的，也跟着跪在大石下，有些则在树后、墙角躲躲藏藏偷偷看。

刚开始，叛军们没管这些柔弱的人盾，有的看热闹，有一些甚至也加入了其中，想趁机受一受佛光普照，求佛祖保佑城外围城的朝廷鹰犬自己蒸发。

而等他们感觉到不对劲的时候，夕阳已经开始往下沉了，了然熠熠生辉的光头将城中大部分的百姓吸引到了大石头附近。陈姑娘混在人群里，悄然将一把针扣在手中，她缓缓矮下身，裤腿上别着一把匕首。

“都闪开！”一个叛军小头目第一个意识到不对，他抽出刀，指着聚在一起的百姓，“滚回去！滚！不许聚在一起！”

了然后背汗毛都竖起来了，悄悄去看一边的陈姑娘，姚公子不在，那凶残的小姑娘不知是不是已经做好了当场宰了这些叛军的准备，一张小脸仿佛被冻上了，看不出一点表情。

两个半大孩子，一群穷凶极恶的叛军，朝廷的人不知什么时候能到，周围尽是手无寸铁的百姓，四面楚歌——了然的心快从胸口跳出来了。

做点什么。他慌乱地想，我得做点什么。

叛军小头目随手将掌中刀砍向一个腿脚不灵便的老妇人，咆哮着："我说来人——"

陈姑娘一时没沉住气，一把抽出腿间匕首，疾风似的从人群中钻了出去，抬手架住了小头目的凶器，她的身体绷到了极致，像一根随时会折断的筷子。

同时，尖锐的哨子在城中响起，方才平和地混进人群中的叛军飞快地回过神来，第一时间开始对周围的百姓下手。混乱一触即发，到处都是惊叫和惨呼，陈姑娘用一把短短的匕首硬扛了叛军小首领三次下劈的长刀，匕首锵啷一声，断成了两截。

诸天神佛在血海外鞭长莫及，了然猛地站了起来。

就在这时，一支铁箭拖着漫长的白气横空而至，径直穿过那叛军小首领的喉咙，血溅了陈姑娘一头一脸，她一屁股坐在了地上，神色竟有些茫然。了然慌忙要赶上前去，却被慌乱的人群阻挡，而远处传来了姚公子的大喊："剿匪的将士进城了！贼首已经伏诛，百姓闪避！胆敢负隅顽抗者格杀！"

接着，铺天盖地的马蹄声震着街上的石板，方才险些四散奔逃的百姓同一时间往道路两侧互相推搡着躲闪，了然被两个汉子抓着后颈与袍袖强行带到了墙角道："小师父小心！"

匆忙集结的叛军从街巷中拥出。

姚公子仍在"妖言惑众"："贼首已伏诛……"

只见叛军中一个铁塔似的大汉越众而出，咆哮道："放你娘的屁！老子还活着呢！弟兄们，城门外吊桥早就炸了，就算有吃里爬外的耗子放进几个猢狲来又能怎样？狗皇帝的大军进不来，给老子把这些胆大包天的猢狲杀干净！"

陈姑娘甩了一把头上的冷汗，五指扣住身上最后一把针，抬手夺过旁边一个中年人抱在手里的长木棍，准备拼了。

而她一步尚未滑出，便有一支骑兵旋风似的卷了过来，为首那人喝道：

“闪开——”

陈姑娘堪堪定住脚步。

叛军首领吼道：“剁碎了他们！”

他话音未落，那支总共不过八九个人的轻裘骑兵已经杀到眼前。陈姑娘纵身一跃，没来得及动手，为首的少年将军便蓦地将手中长刀一横，剧烈的蒸汽爆炸似的喷出来，他竟连甲都没穿，俊秀而略带稚气的容颜晾在光天化日之下。

他那战马负重极轻，几息间已经甩开自己的骑兵，悍然无畏地独闯敌阵，手起刀落连斩三人，那一袭青衣顷刻被冒着热气的血浸透，战马长嘶一声，第四个叛军竟难当其锐，未曾交手已先心生怯意，仓皇而逃。转眼少年将军身后轻骑逼近，叛军首领眼见士气低落，大喝一声，一刀砍了那逃兵的脑袋，提刀上前，与那少年短兵相接。

有叛军大吼道：“放箭！弓箭手！”

如梦方醒的叛军纷纷拉弓搭箭，要将聚集在此的百姓与这支轻骑一起堵死在这条街上，了然一口气提到了嗓子眼。

那少年将军神色不动，听见对方下令的瞬间已经站在了马上，毫不犹豫地松开缰绳，方寸间的地方，他整个人被手中长刀放出的蒸汽晕染得几乎有了股仙气，电光石火间，他毫不犹豫地别过叛军首领手中的兵刃，随即果断迈开一步，直接从自己的战马上跳了下去。

叛军首领没料到对方居然这么不要命，一时反应不及，蒸汽刀已经从他肩膀直切而下，巨大的凶器发出叹息似的长啸，握在少年还有些单薄的双手中，将那叛军首领连人带马，齐刷刷地劈开——那马竟还能站着！

蒸汽刀顿时锩了刃，厚重的刀柄尖鸣一声，源源不断的蒸汽散开，露出少年将军的脸。

从今往后，再也不会有人说他没见过血。

他杀意凛然，抬手将废了的蒸汽刀扔进叛军弓箭手中，一簇刚刚发出的铁箭在半空中被砸得七零八落，骑兵们飞快地赶过来，将自己这年轻气盛的主帅围在中间，叛军首领的尸体晃了两下轰然倒下，那少年将军在亲卫与自己错身而过时接过一把新刀，断然喝道："贼首伏诛，不降者格杀勿论。"

更多的大梁骑兵赶来，城中叛军群龙无首，很快节节败退，了然看见一个衣衫褴褛的年轻汉子爬上他方才念经的那块大石头，手中举着一支不知从哪里捡来的铁箭，长枪似的攥在手中道："诸位父老，大仇现在不报，你们还等什么！"

但凡拿得动武器，跑得动的百姓跟着他一拥而上。

伍

叛军一溃千里，散乱的残余势力仓皇逃窜，朝廷铁骑前锋顾将军带人去追，留下一小拨重甲和骑兵维护城中治安。

那姓陈的小姑娘居然还懂些医术，用药很果断，包扎手法也十分娴熟，了然上不了马杀不了人，便跟着她跑腿，帮忙安置受伤的百姓。

五天后，新任地方官赶到，一场浩劫过去，人们才终于安定下来。

姚公子留下帮忙，陈姑娘则背起简单的行囊，与了然告别。

两人一起出生入死一次，言谈中便多了几分熟稔，陈姑娘渐渐能看懂他更多的手语了。

了然有点不放心地比画道："听说叛军往南方跑了，残余势力尚未肃清，姑娘的行程可要避着点他们啊。"

陈姑娘露出了一点笑意道："多谢小师父，不过该去的地方，我还是要去。"

她这个年纪的小女孩，不大不小，不是小孩子，却也没到待嫁的年岁，正是讨人喜欢，在家备受娇宠的时候，了然不知道她是什么出身，家里竟舍得把这样的女孩子扔出来任其闯江湖。

"我大哥身体不好，我爹说，到了我这一代，我家恐怕是要交到我手里的。”陈姑娘少年时，还没有长大以后那么不苟言笑，她难得遇到个年纪相仿的孩子，也有忍不住显摆几句的心，“我爹还说，不要怕什么，越是艰险的路，就越是能找到自己的‘道’。”

了然忍不住面露疑惑，笨拙地比画道：“姑娘的道是什么？”

“倘若天下安乐，我等愿渔樵耕读，江湖浪迹。”陈姑娘带着一点小女孩天真的一知半解，充满坚定地告诉他，“倘若盛世将倾，深渊在侧，我辈当万死以赴，此道名为‘临渊’。——好了，我走啦！”

了然目送她飘然而去的背影，正在发呆，突然有人叫住他：“小师父！有人找你！”

了然一回头，蓦地睁大眼睛。

只见来人风尘仆仆，显然是马不停蹄地赶路，几乎有点像苦行僧了，正是他大师兄了痴。了痴远远地见了他，万年不开颜的脸上露出了“松了口气”的神色，不过仅一瞬，又回归漠然，伸手召唤他过去。

了然顿时像是离群的小兽找到了家，一瞬间就把连日来硬装出来的高僧气质丢在一边，蹦蹦跳跳地跑到了痴面前，一脸傻笑地拽着师兄的袖子，比画道：“师兄怎么到这儿来了？”

了痴看了一眼一脸脏污的师弟，无奈地摇摇头。

了然这才发现师兄不是自己来的，他身后跟着好几个人，一水的人高马大，都挎着兵刃穿着轻裘，不知是哪个营的将士被借调来的。

了痴皱眉道：“我不该听师父的，让你小小年纪独自出门在外。”

了然迟疑了一下，小心翼翼地端详着了痴的神色，刚抬起手——

“不能。”了痴看也不看他的手势，便截口打断他道，“想出门过几年再说。”

了然不敢吭声了，默默地跟上他，忍了半天，还是忍不住拉住师兄比画道：“那要过几年呢？师兄久在京中，就不想出门看看吗？”

了痴淡淡地回道：“没什么好看，我都看过了。”

了然听了这么大一个牛皮，愤愤地比画道：“出家人不打诳语，这世间这样大，有这样多的悲欢离合，众生有千重百态，一个人有一个人的爱憎，师兄又没怎么离开过护国寺，怎能说‘都’看过呢？”

了痴抬手在他的脑门上拍了两下，并没有说什么。

很多很多年以后，了然才从炮火喧天中，短暂地窥见了他那句“我都看过了”的意思。

陆

又过了一年，觉远大师圆寂了。

大师兄了痴为人老成持重，是觉远大师理所当然的衣钵传人，可是陪着这一代高僧走过人间最后一程的人却不是他。

了然在觉远大师的禅房里逗留了整整一天，最后出来双手合十，冲在外等候的师兄弟们深深稽首，手语道：“师父圆寂了。”

护国寺大钟低回轰鸣，万支香烛袅袅向天，师兄成了新一代的“权贵和尚”，了然没来得及多做寒暄，一个人回到了以前住过的禅房，取出一块小小的木头。

临……渊。

柒

“师父，您说我佛普度众生，那何为众生呢？”

“阿弥陀佛，贩夫走卒、皇亲国戚、红男绿女、黄发垂髫，乃至飞鸟走兽、花叶草木——一呼一吸之内，一动一静之外，有情者、有欲者、有忧怖者、有憎恶者，皆为众生。”

“那徒儿也是众生，师父也是众生，佛祖也是众生吗？”

番外四

醋意

比起隆安先帝李丰，李旻这皇帝做得可谓是有张有弛，改革虽然如波涛层层叠叠，但凡事在他手中都有条有理——法令先行，政策随后，由点及面，自上而下。他又是办学开民智，又是长蛟入海护送来往商船与外出留洋人士，不动声色地一点一点将武帝时起便高度集中的君权从纷繁复杂的朝堂中剥离开。

李旻勤于政务，同时，他虽然不大爱排场，却也绝不像兄长那样苛待自己。

每年天一热，他就会把群臣一起领到重新建成的景华园行宫避暑，年节时分，一顿宫宴早早散场之后，谁也别想用乱七八糟的破事绊住他，皇上必是要跑到北边的温泉别院里休沐的。

不过太始元年，群臣还没有习惯皇上的私人习惯，因此温泉别院还是被打扰了几次。

其中最烦的就是沈易。

正月初五，圆满押送回战争赔款的沈易回京复命，估摸着那两个人也该腻歪得差不多了，此时上门不至于太讨人嫌，于是就回家拎了几罐亲爹自酿的酒，前往北郊拜会顾昀。

沈老爷子在家没事瞎鼓捣，一次酒酿多了没地方送，被家人放到了望南楼寄卖，不料两大车的私酿三天便卖了个底朝天，从此沈老爷的私酿竟红极一时，一滴难求。老爷子听说这事，果断拿起了乔，再也不肯大批酿制了，每次固定出产三两坛，只送亲朋好友，没事还让人在坊间小报上写一写他老人家制作私酿的小故事，专门让人看得见喝不着，很是可恶。

最后连沈家那颇为古朴的小酒坛子都变成了京城里的新鲜风尚，沈老爷的私酿也成了颇为拿得出手的重礼，便宜了沈易那穷酸货拿出去做人情。

可惜，著名佳酿只在顾昀手里过了一下，就被陛下无情地没收了。长庚温柔且不由分说地将酒坛子拎走，对他说道："我叫人拿去温好再给你。"

顾昀神色莫名悲愤，弄得沈易莫名其妙，等长庚一走，他就用胳膊肘捅了捅顾昀道："一国之君把你照顾得这么周到，你还摆什么脸色？"

顾昀很是胃疼地瞥了他一眼，有气无力地摆摆手道："你懂个屁。"

沈易本想反唇相讥，然而话到嘴边，他又想起自己今日前来是有事相求，不便把顾某人得罪得太狠，只好压着脾气低声下气道："子熹，我有个事要请教你。"

顾昀没精打采地哼唧道："说。"

沈易咽了口口水，一本正经地问道："我要是想跟陈姑娘提亲，怎么才能显得不那么唐突？"

顾昀闻言，将一侧长眉高高挑起，诧异道："唐突？有什么唐突的？"

沈易："……"

顾昀又奇道："你不是连定情信物都给了？"

沈易耷拉个脑袋，慢吞吞地从怀里摸了摸，在顾昀惊奇的注视下，磨磨蹭蹭地掏出了一块细绢裹着的小布包，那玩意严严实实地裹了一层又一层，足足翻了三层，才露出了里面的内容——正是那支"传说中的"小步摇。

"还没给？"顾昀毫不留情地给出评价，"幸亏没给，太难看了。"

沈易默默地捂住自己的心肝。

顾昀品评道："挑半天挑这么个老气的，不知道的还以为你是拿来给令堂上供用的，再说陈姑娘明显不会喜欢这些珠啊翠啊的累赘，我看你是多余买。"

前半句沈易还能勉强虚心接受，后半句就不对劲了，沈易立刻警觉道："你怎么知道人家不喜欢？"

顾昀像煞有介事地冲他招招手，语重心长道："一个女人，除非她真是穷得买不起，否则喜欢什么，她自己会置备。不然你觉得她难道会一天到晚揣在心里惦记，特意期待谁专程买来送给她吗？"

沈易："……"

顾昀往后一仰，怜悯地看着他，摇头叹道："你想得也太多了。"

沈易一脸无措。

顾昀平常总以欺压他为乐，此时目睹沈易这副尿样子，居然难得生出了一点同情心，默默地从旁边的小托盘里磕开一个温泉煮的鸡蛋递给他。

回想起来，他们一起做掉了加莱之后就各奔东西了。陈轻絮回了陈家老宅，之后又赶到京城照顾长庚，沈易则一直留在北疆，后来又被顾昀调到江南，两人各自天南海北，现在才算是缓过一口气来，想来也没机会说几句话。

沈易这个没用的东西，一起出生入死过的人都没抓住机会多套套近乎，要不是陈姑娘天生自带拒人于千里之外的气场，现在哪儿还轮得到他在背后叽叽歪歪？

顾昀有点哀其不幸，怒其不争，语重心长地指导道："你自己在心里念叨个百八十遍，人家也不会知道，没用，成不成的先搁在一边，你首先得让人知道你是什么意思吧？"

沈易痛苦道："我见了她根本不知道该说什么。"

顾昀一针见血道："以你那废话连篇的本领，不知道说什么只有一个原因，就是目的性太强，你觉得自己对人家有企图，又唯恐弄巧成拙，所以才瞻前顾后不敢说。”

沈易虽然一度对顾昀的个人作风颇有微词，此时却不得不十分信服地连连点头：“有理。”

“你这心态就很不对。”顾昀十分有经验地说道，“要想游刃有余，首先自己不能露怯，你心里要把她当成个普通人，不能把她当菩萨拜。跟别人怎么说话，你就跟她怎么说话。但是呢，陈姑娘常年和药石打交道，性情太平和……也就是有点木，你还得让她能感觉到你待她和待别人是不一样的。这个事很微妙，火候不到她反应不过来，用力过猛了就显得你很猥琐。”

长庚不知什么时候回来了，将酒坛子换成了一个小酒瓶，他让人将温酒的小炉放在一边退下，自己要笑不笑地在旁边默默地听顾昀讲风月。那两位正一个全神贯注地显摆，另一个孜孜渴求地学习，愣是谁都没察觉到皇上回来了。

沈易：“求大帅教我。”

顾昀一本正经道：“这事我教不了你，因为我一般没这个烦恼，英俊潇洒到我这种地步的，无论干出什么事来姑娘们都不会觉得我猥琐。”

沈易：“……”

顾昀：“你这么望眼欲穿地盯着我看也没办法，再说此事只可意会，不可言传，靠三言两语传授教不会的。”

沈易拼命按捺住自己想殴打他的冲动，从牙缝中挤出一句话：“你说点实在的，举个例子——比如呢？”

顾昀思考了片刻道：“比如你这把年纪的……”

沈易怒道：“我哪把年纪了！”

“啧，比如你这种成熟男子——成熟，行了吧？”顾昀嫌弃地改口道，“就不应该像少年人一样整天把‘情爱’挂在嘴边，否则别人会觉得你靠不住。情话贵精不贵多，最恰当的情况是你同她说一百句正经话，中间夹带一两句有情的，这就很能打动人，还不显得轻浮。”

他总算说了几句像样的人话，沈易忙连连点头。

顾昀："这种夹带要有技巧，夹之前自己得先打一打腹稿，要不动声色，不能夹得前言不搭后语，刚开始也最好不要说些太露骨的，得适可而止，你先确定别人不反感，再酌情得寸进尺。"

不远处偷听的皇帝陛下将双臂抱在胸前，也跟着点了点头，大概明白了顾昀以前拿来对付自己的套路。

顾昀："但是话虽然不便露骨，其他地方你得做到位，比如你要多考虑她的感觉，时时刻刻照顾到她，刚开始说什么、做什么，要按照她的步调和好恶来，这个得靠观察，能用自己眼睛看到的，最好不要开口直接问她，这样显得你比较上心，还有……嗯，眼神得对。"

沈易恨不能请来文房四宝，将安定侯的金科玉律逐条记下来，一个字都不敢漏，忙问道："什么样的眼……"

他话没问完，一抬头正对上了顾昀的目光。

倘若顾昀平时看沈易的眼神是"快滚蛋，你挡我的光了"，那他这一刻的眼神就是"你是我的光"。

顾昀的目光非常微妙地介于"专注"和"游离"之间，眼角微微弯，好像是带着一点自然而然流露出来的笑意，眼眶里似乎只装得下一个眼前人，同时又似乎正不由自主地心猿意马，眼睫有点闪烁，忽然被人逮住，他眼皮一垂，非常自然地做出一点"不自然"的笑容，伸手在自己鼻子下面轻轻地蹭了一下。

沈易："……"

他手一哆嗦，险些把没吃完的半个鸡蛋掉地上。

长庚实在是看不下去了，大步走过来，重重地咳嗽了一声。顾昀立刻将架在一边小桌上的腿放下来，飞快地摆出一张正人君子似的脸。

沈易莫名其妙有点尴尬，忙站起来道："皇上。"

长庚硬是将自己一脸皮笑肉不笑的表情掰成了"温文尔雅"的模样，摆手道："私下场合，不必多礼，沈卿坐。"

沈卿隐约感觉自己可能该告辞滚蛋了。

长庚微笑道："我方才不小心听见了两句，怎么，是为陈姑娘来的吗？"

沈易顿时更尴尬了。

"我倒是听说陈姑娘自从北疆一战之后就对沈将军十分仰慕。"长庚慢条斯理地将小酒瓶放在炉子上温着，同时眼皮也不抬地拍掉了顾昀伸向酒瓶的手，对满脸通红的沈易说道，"倘若两情相悦，大可以不必有那么多试探——我上回从宫里翻出几本医药典籍的孤本，正打算派人给陈姑娘送去，沈卿愿意代劳吗？"

沈易差点给皇上跪下，只觉得长庚这两句话比顾昀那一番长篇大论都有价值。

一炷香的时间之后，长庚满意地目送着沈易脚步轻飘飘地离开了。他才是最巴不得沈易赶紧娶媳妇的，省得此人没事老在顾昀身边晃，从当年雁回小镇开始一直到现在，这俩人老形影不离。顾昀遇到难事哪怕不告诉自己，都肯定会通知沈易……虽然每次都是事出有因，但长庚完全不介意是不可能的。

打发了这一个，长庚这才转向另一个，顾昀忙调度了一个深情的眼神给他。

长庚不为所动，慢悠悠地秋后算账道："眼神也能提前打好腹稿，子熹，果然是千锤百炼，身经百战。"

顾昀眨眨眼，伸了个懒腰站起来，踱到长庚面前，顺手将狐裘解开一条缝隙将长庚裹进来，压低声音在他耳边笑道："吃醋早说啊陛下。"

长庚："……"

他被顾昀懒洋洋的一声低语说得耳根都麻了，才知道此人不愧精通三十六计，教给沈易的那点原来都是皮毛。顾昀嗅了嗅他的鬓角，赞道："酸香扑鼻——陛下，咱俩打个商量，你刚喝了一缸醋，给我喝一口酒好不好？"

长庚给气笑了："做梦，你闻味吧。"

顾昀啧了一声："昨天还让我舔了一筷子呢，怎么今天变成纯闻味了？都怪沈易这祸害，大过节的非得跑来碍眼……"

长庚从一边抽出一根筷子，在温好的小酒盅里蘸了一下道："拿去尝，别讨价还价了。"

顾昀："……"

两人中间夹着一根酒香四溢的筷子，相顾无言了片刻，就在长庚以为顾昀今天老实了的时候，顾昀忽然将那根蘸了酒的筷子抽了出去，然后飞快地扳过长庚的下巴，将沾着的酒液都抹在了长庚的嘴唇上，迅雷不及掩耳地凑过去嗅了一下，碍事的筷子"啪嗒"一声被他丢在了一边。

长庚呆若木鸡地被他占了个酒香四溢的便宜，全然没反应过来。

顾昀似笑非笑地飘然而去。"好酒，醉了。"

新皇陛下原地僵立片刻，终于忍无可忍地追了过去，感觉自己十分有必要亲自检查一下顾将军的伤养得怎么样了。

番外五 旧物

长庚对外声称为了避嫌，即便夜宿宫中，也绝不涉足后宫。后宫一干事宜依然归皇后管，幸好李丰的后宫人丁不旺，皇后那病秧子也勉强拿得起来。

整天来宫里点卯，下朝走人的皇帝古往今来闻所未闻。刚开始，有人站出来说如此这般不合礼法，都被骂回去了——皇上登基之初就声称自己只是个“代皇帝”，如今代得兢兢业业丝毫不逾矩，怎么总有马屁精唯恐天下不乱地企图撺掇他窃国呢?

以徐令为首的御史台成了御用喷壶，将“破旧立新”别在脑门上，每天专门负责给朝廷的各项政令寻觅种种理论依据，以便吵架吵得更加名正言顺。

不住在宫里的皇上有时候会装模作样地回雁王府，然后将雁王府当成个私下接见朝臣的“客厅”，转身就往侯府里钻——反正离得也近。

这一年的雨水来得比往年早了不少，清明前夕就一场连着一场的小雨。

顾昀虽未卸甲，但总算能安安稳稳地在京城长住了，他难得对自己家有这么重的归属感，于是命人将荒草丛生的侯府整了整。几乎快要传出鬼故事的安定侯府总算有了点住人的样子。

修理园子整饬房舍的时候翻出了不少经年旧物，于是每天跟在霍统领身后扒拉旧东西就成了皇上晚上遛食的新爱好。

“这是当年长公主的旧物吗？”长庚指着一个方方正正的盒子问道——为免不尊重，他没有贸然上手。

收拾屋子的粗使老妇笑道：“可不是嘛，专门给小侯爷做的。”

说着，她把那盒子打开，只见那活像个藏珠匣的宝盒里居然是个鸡毛掸子。

那老妇道：“小侯爷幼时捣蛋得很，训斥一顿他根本不往心里去，关思过房里他自己会撬锁钻出来，打轻了不管用，老爷又是那么个暴脾气，一来二去就要上家法，家法的那些家伙什，皇上是知道的，老侯爷下手又黑，岂是小孩子禁得住的？公主怕打出事来，有一回行军途中看见一个村妇拎着扫把训子，便想出这么个招数对付他。”

长庚双手将那揍过顾大帅的鸡毛掸子“请”了出来，只见此物的内撑是一根细细的杆子，用力过猛会断，不至于打出人命来，外面一圈厚厚的“鸡毛”也不是真的野鸡毛，是细细的小竹丝和一种不知什么动物的坚硬的毛编在一起凑成的，往身上一抽，那滋味……

长庚从小在侯府里长大，比正牌主人都像主人些，老仆妇虽然改口称“皇上”，却丝毫不见外，乐呵呵地说道：“咱家侯爷小时候可真是淘出圈了，上房揭瓦，无恶不作，后来就怕这个，不管干什么，只要一提，指定能老实一会儿。”

顾昀在长庚面前从来都是一副游刃有余的长辈模样，他那童年少年时代对长庚而言都是空白的，因此听得格外津津有味。

“公主要打他的时候才好玩，满院子跑，一边跑一边哭，号得跟真事似的。”

长庚奇道：“真事？难不成是装的？”

“当然是装的。”老仆妇边走边叹道，“咱家小侯爷小时候，不上几板子真章，别指望能让他掉眼泪，你看他满院子哭，干打雷不下雨，嘴里的词一套一套的，动辄就可怜巴巴地来几句‘娘，你不喜欢我了吗？你不要我了吗？我不是你身上掉下来的肉吗？’，要不然就说‘娘是想换一个比我好的弟弟吗？我都改了，求求您别换弟弟，我就一个娘，要是也不疼我，我就成了没人要的野孩子了’……听得人心肝乱颤，公主都不忍心下手收拾他。”

长庚一想那情景，笑得喘不上气来。顾昀不愧是兵法大家，从小就知道“虚实相生”“攻心为上”。

老仆妇眼角的皱纹中笑意一闪而过，随后她话音忽然一转：“后来去了一趟边疆，回来就什么都变了。”

长庚脸上的笑容渐消。

老妇径自回忆道：“每天就把自己关在房里，不理人，也不哭，送饭进去，怎么拿进去怎么推出来，谁哄也不开口，大门不出二门不迈。原来是只小猴子，回来以后成了个小鬼，整个人都变了。过了有两三个月，老侯爷才安顿了北边的事回府……要我说，老侯爷待自己的儿子也真是狠，大概也是出了那么档子事，怕他真就这么废了吧。”

长庚轻声问道：“怎么？”

“老侯爷一脚踹开他那房门，生生把他从屋里揪了出来。您想，他眼睛受了那么重的伤，乍见天光怎么会不疼？一边踉踉跄跄地跟着一边流眼泪，这回是真眼泪，反而一声没吭。”老仆妇伸手一指，“就是那片小池塘，老侯爷把马鞭子挽成一圈，圈在侯爷脖子上，按着他的头逼着他往水里看，冲着他的耳朵吼‘你看看你现在什么样，配姓顾吗’。”

长庚顺着她的手指看去，荒了多年的池子早已经干了，这两天才重新注了水，养了几条新鱼，悠然自得地摆尾来去。

“小侯爷的喉咙卡在马鞭上，吼回去说‘我看不见’。”

长庚随着她的话，好像回到了若干年前，握着鸡毛掸子的手微微地抽动了一下。

“老侯爷就把他的头按进水里，说：‘看不见，你趴在水里好好看，要不然你自己站起来，要不然你找根房梁吊死，顾家宁可绝后，也不留废物！’”老仆妇说到这里，摇摇头，“这么多年了，我这老婆子都一字不落地记得，真是太狠了。”

两人之间短暂地没有了声息，过了不知多久，长庚才轻声问道：“老侯爷舍得？”

“为人父母的，自然都心疼，可是舍不得还能怎么办呢？老侯爷说，骨头断了，只能用钢钉揳上，越是痛苦的绝境，越不能让他感觉到一点可以依赖的依仗，否则他自己会靠过去，一辈子都站不起来。”老仆妇道，“老侯爷要是不舍得，十几年前谁能名正言顺地出手收拾零落各地的玄铁营？”

没有玄铁营，说不定大梁早在当年西域诸国第一次叛乱的时候就已经被人一步一步地蚕食鲸吞，恐怕都轮不上西洋人千里迢迢地跑来咬一口。他们这些锦绣丛中的旧王公，还能荣华富贵到什么时候呢？

“寒冬腊月里，不许家人给他穿一件御寒的棉衣，冻得那孩子手脚都是青的，回到屋里碗都端不住，一天到晚，十多个铁傀儡围着他转，老侯爷在一边看着，好像哪怕他死了也绝不眨一下眼……过了有两三年的光景吧，他们夫妇先后去了，元和皇上才把小侯爷接进宫。”老仆妇话音一顿，便听拐角处传来一声尖厉的鸟鸣，两人一抬头，见顾昀拎着个鸟笼子从那边溜达过来。原来姓沈的那倒霉鸟被他恶意晃得七荤八素，气得话都说不出来了，只好扯着嗓子尖叫。

自从顾昀腾出手来，有时间修理这只鸟后，他在这场人与鸟的斗争中就从未立过下风，此时拎着“胜利成果”出来溜达，可谓是春风得意，得意到看清了长庚手里拿着的东西，他先是眯了一下眼，随后脸色陡然黑了。

顾昀快步走过来，一把将那鸡毛掸子抢过来道：“什么破玩意也翻出来玩，没溜！”

如影随形多年的伤病即便治好了，也很容易有后遗症，比如顾昀一辈子也不太可能完全地耳聪目明，比如长庚虽然摆脱了噩梦缠身，但稍有劳累与思虑，夜里仍然会多梦。

这天晚上，不知是不是还惦记着那根被顾昀抢走的鸡毛掸子，长庚做了一个很奇怪的梦，他梦见自己走进了侯府，却不是他所熟悉的那个安定侯府，至少没有他印象里那么萧条，人来人往，显得更有人气。

远远地，长庚听见一阵金铁声，他循声过去，见后院的空地中，一群杀气腾腾的铁傀儡正在围攻一个小男孩。那小男孩眼睛上蒙着一层黑布，盖住了半张脸，艰难地左右躲闪。忽然，一个铁傀儡从身后靠近了他，手中的长刀已经换成了铁棍，向他横扫而来。仿佛是感觉到了来者不善的风声，那小男孩下意识地想要躲开。

慢着，不能这样！

长庚心里一瞬间浮起多年前有人告诉过他的话："你心里慌，脚下就飘，脚下若是站不稳，再厉害的剑法也都是无源之水、无本之木……退缩是人之常情……很难在短时间里凝聚反击之力，反而会手忙脚乱地落到对方手里。"

男孩一瞬间犹豫瑟缩后，很快被铁傀儡追上，一声巨响，那怪物的铁棍狠狠地砸在稚嫩的后背上，衣服当场崩裂了，露出里面的护心甲，人已经飞了出去。长庚忙赶上前去，一把将半身尘土的小男孩抱了起来，同时反手抽出腰间的佩剑，接连钉住了几个不依不饶追上来的铁傀儡。

他将那佩剑扔下，手有些哆嗦地想去解开男孩脸上的布条，却听见身后传来脚步声，长庚回过头去，只见一个中年人背负双手，缓缓地走过来。他身穿便装，面容清秀，像个风度翩翩的书生，可是那双眼睛却是带着戾气的，直面的时候，目光里像是有千军万马的刀光剑影。

长庚从未见过这个人，尽管成年后的顾昀和他长得不怎么像，但还是一照面就认出了此人的身份——五官脸形不像，这父子身上却有种神似的东西一脉相承。

那人站定了，对长庚道："你就算把他从这里带走，也养不大他，就算勉强带大，稍有风雨，他也经受不住……"

长庚小心地将那男孩瘦小的身体抱起来道："他可以依靠我。"

老安定侯摇摇头，长庚骤然听见身后金匣子燃烧时的轰鸣，飞快地抱着男孩闪身一躲，只见方才被他钉住的一帮铁傀儡整饬有序地围了过来，个个原地一分为二，不过片刻，已经成了一支铁铸的重甲军，虎视眈眈地盯着他，远处传来一声模糊不清的梆子声，铁傀儡集体动了，一拥而上。

长庚只好抱起小顾昀夺路狂奔，跑得狼狈不堪，心里想冲那漠然旁观的老男人吼叫一通——我连风雨飘摇的旧江山都能收拾，难道还庇护不了一个顾昀吗？

然而梦里叫不出声音，他在仓皇逃窜中一脚踩空，长庚心里重重地一跳，伸手一抓，抓住了一只手，他蓦地睁开眼，见屋里汽灯已经打开，外面天还没亮，自己正紧紧地握着顾昀的手。

顾昀在他头上摸了一把问："怎么今天叫不醒？不舒服？"

长庚愣愣地看了他片刻道："做了个梦。"

顾昀吓了一跳。

"不是噩梦，不是乌尔骨。"长庚翻了个身，抱着他的一只手，将他一条胳膊都卷进怀里，额头抵在顾昀手肘上轻轻地蹭了一下，低声道，"梦见我从老侯爷手里把你抢走了，你爹派了一个营的铁傀儡追杀我。"

顾昀先是愣了愣，随后没心没肺地笑起来，手臂用了一点力气把赖床的皇上从被子里拽了出来，抽出自己的胳膊。"胆子不小啊陛下，他老人家手上有十万阴兵呢。行了，威风完了，快起来，今天有大朝会。嗯，说来也是到清明了，莫非他在那边缺纸钱用，特意来提醒？"

长庚坐在床边看着顾昀，借着灯光从头到脚看了个够，直到顾昀把衣服穿好，他才恋恋不舍地收回视线道："你爹缺纸钱用，为什么找我不找你？"

"看你好欺负吧。"顾昀笑道，随后他的笑容渐渐变了一点味道，"我不欠他什么，我估计他不好意思来见我。”

清明那天，长庚特意空出大半天来，陪着顾昀祭扫先人陵墓。

顾昀在神位前活像修了闭口禅，半句话也没有，只是完成任务似的烧完了纸，随后就冷漠地站在了一边。这些年所作所为，他不必说，那两位也该泉下有知。倒是长庚认认真真地上了香，祭了酒，当着顾昀的面不好说出声，便在心里默念道：我以后会照顾好他，二位放心，别再往他身上楔钢钉了。

“走了。”顾昀轻轻地拉了他一把。

长庚回过神来，正要跟他回去，便见顾昀漠然地转向公主的灵位道：“看好你家驸马，让他没事在下面老实待着，少来骚扰我的人。”

随行的霍郸听了这番大逆不道的话，险些跪下一头磕死在老侯爷灵前。顾昀轻哼了一声，转头拉着长庚走了。

别说，顾昀说话果然很管用，从那以后，长庚再也没有梦见过顾老侯爷和他的铁傀儡大军。

不过老侯爷没再入过他的梦，却入过顾昀的梦……那都是后话了。

番外六

顾慎

壹

入了关，便是一去千里的平原，再往前走不远，一过昌平，途中的驿站就已经挂了北大营的旗——这是京畿重地了。

一队玄铁轻重甲兵自北疆班师回朝，大部队在后面，一支先遣军由安定侯顾慎亲自带回。这支先遣军乃是玄铁三军的精锐，随行押送着大批的紫流金，还有十八部落狼王父子与神女等重要战俘。

大军过处，除了近乎肃穆的脚步与马蹄声，竟无一人私下交谈，齐刷刷一片，动静如一。乍一看，简直看不出这一伙是人还是铁傀儡。他们入北大营时，为首玄骑将铁面罩往上一推，抬手传令止步，身后数千精兵同时定格，纹丝不动地凝固在了原地，难以想象的压迫感排山倒海而来，北大营当值的卫兵一时间只觉毛骨悚然，竟起了一身鸡皮疙瘩。

只见队伍中一个亲兵出列，小跑上前，双手捧出一块玄铁虎符，递给北大营守卫。

那守卫这才知道居然是顾大帅亲临，脑子里“嗡”一声，连滚带爬地跑去报信，临走时，壮着胆子偷偷看了马背上一身轻裘的顾帅一眼，见那男子身量颀长，并非传言中的三头六臂。他三十来岁，脸上有些风霜之色，五官堪称清秀，与想象中率领黑旋风荡平北蛮十八部落的绝代名将不太相符。

正这当口，顾慎仿佛感觉到了他的视线似的，面无表情地偏头看过来，卫兵没来得及收回的目光骤然与之相遇，一时间胸口竟然一凉，有种自己被洞穿的错觉，忙头也不回地跑了。

都说顾帅是天命破军，果然不是凡人。

贰

送回京城的北蛮战俘虽然不过是些阶下囚，但皇上仍然下令以礼相待，将狼王世子与神女等一行送入鸿胪寺的官驿里，好吃好喝地侍奉。之后又是大朝会，又是犒赏三军，顾慎折腾一番，得以回府时，已经是深夜了。

他卸了甲，便顺带收敛了一身鬼见愁的煞气，单是看背影，与京城中车来车往的士族公卿并没有什么不同。

进门时，顾慎拍了拍自家门口铁傀儡的肩，长长地嘘了口气，显出一点疲惫来。他的亲兵霍郸年方十七，还是个孩子，一直跟着他在北疆吃沙子，这还是头一次来京城，跟在主帅身后转着一双大眼睛东看西看，眼睛快不够用了，侯府的影壁、花窗……乃至门口挂的汽灯，都能让这土豹子少年新鲜个不停。

顾慎指着霍郸，对迎出来的王管家道：“给这小子找个落脚的地方，别饿着他。”

王管家应道：“是。”

霍郸忙道：“大帅，属下不跟着您吗？”

王管家身后的几个小厮哧哧地笑起来，顾慎在他后脑勺上掴了一巴掌道：“我去殿下那儿，你跟着干什么？”

玄铁营中有公主帐，只是这次公主并未随行，霍郸只闻其声名，未见过其人，“公主”对他来说，简直和遥不可及的仙女差不多。霍郸闻听“殿下”两个字，脸已经红成了猴屁股，等他回过神来，顾慎已经走远了。

顾大帅一路屏退下人到了后院，到门口，先是收拾了一下自己的衣冠，中规中矩地开口道：“顾慎求见公主。”

门口一个老嬷嬷笑得见牙不见眼。“侯爷总是这么多礼，快请。”

在大梁朝，长公主比公主金贵一些，有本事的长公主更金贵一些——乃至先帝唯一的血脉，玄铁虎符的持有者，那便是天下无双地贵重了，皇上见了她也要恭恭敬敬地叫姑姑。

顾慎进了屋，耐心地等着碍事的嬷嬷和丫头都走开，这才陡然换了一张面孔。

他一脸不怒自威的严肃退了个干净，几乎带着几分无赖相，上前搂住长公主的腰，低声道：“太想你了……真想把这些闲杂人等都丢出去，彤儿，下次还是随我去边关吧，那是我的地盘，想抱着你坐一匹马也没人管得着。”

长公主笑道：“大帅非得威严扫地不可。”

顾慎将外衣去了，又到屏风后洗漱收拾，出来衣服也不肯穿好，便去拉长公主的手，不料被夫人甩开了。

长公主压低声音道：“别闹，你儿子在呢。”

顾慎顿时笑不出来了，他掀开床帐，果然看见一只小团子四仰八叉地占了一整张床铺，睡得手脚颠倒。

顾慎脸色有点发黑道：“这臭小子怎么又溜进来了？”

安定侯府的小侯爷顾昀当然有自己的奶娘，只是这小东西天生有股说不出的古怪性情，平时看着不认生，谁带都行，跟谁玩也不哭，可是小小年纪，心里却很有一笔亲疏远近的账，至今不认奶娘，只认亲娘。有一次他避过一大帮丫鬟婆子，偷偷溜进长公主房里，躲在床底下，晚上公主回来才给揪出来，半夜三更，公主也不舍得把他打发回去，便留他住下了。从那以后，顾昀仿佛打通了任督二脉，为了赖在他娘屋里，简直无所不用其极，变着法地蹭床。

父母小别胜新婚的时候，中间夹着个狗屁不懂的倒霉孩子是件很难受的事——孩子是亲生的也不成。

顾慎运着气坐在床边，伸手戳他儿子的胖脸，戳了一会儿发现又软又嫩，有点上瘾，还没完了，终于把孩子惊动了。小顾昀无意识地往被子里缩，脸也皱了起来，哼哼唧唧的，像是要哭。

长公主抓住顾侯爷的贱手道："闲得你，怎么当爹的？一会儿弄醒了他要闹觉，你来哄吗？"

"他多大了还闹觉？还要人哄？"顾慎长眉一挑，不满道，"这孩子也太娇气了。"

可顾慎话是这么说，手掌却很轻柔地覆上顾昀的额头，继而又挡住了他的眼睛，省得他被汽灯微弱的光芒惊扰。安定侯的手宽厚稳定，手心温暖，像根定海神针似的，顾昀很快不折腾了，老老实实地窝在他掌心下睡熟了。

长公主轻笑道："那你这是在做什么？"

顾慎干咳一声，欲盖弥彰地解释道："我是不耐烦听这小兔崽子吵闹。"

长公主隔着被子轻轻地拍着儿子，问道："北疆怎么样？"

"我在，玄铁营在，能怎么样？你放心。"顾慎脸上露出一个有点倨傲的微笑，他伸长了腿，平放在床上，比了比，发现缩在被子里的顾昀还没有他的腿一半长。

他便漫无边际地想：这个小东西，长了这么长时间，还是这么小。

小顾昀的模样活脱儿是个翻版的长公主，顾慎看着他的睡颜，神色微微一动，目光随即柔和下来，又说道："你若是不耐烦在京里待着，过了年就随我走吧，北疆天高皇帝远，吃糠咽菜也自由。"

长公主："小十六怎么办？"

"带着，省得府里没人敢管他。"顾慎摸了摸儿子的头发，叹道，"这小崽子，真会长，哪儿都随你，我平时想管教都舍不得下狠手。"

长公主："……"

连她也不是很想知道顾帅"舍得下狠手"是什么标准。

顾慎想了想，伸了个懒腰，靠在床沿上，对公主道："西域十六国来朝，东海倭寇不成气候，如今北疆蛮人又俯首，眼下，十年的太平日子总是有的，我想趁这十年休养再练兵，将玄铁营扩充，十年后，世上再无人敢犯我大梁铁骑。彤儿，到时候，咱们就把玄铁虎符交还给皇上，你说好不好？"

长公主笑眯眯地看着他道："大帅要解甲归田吗？不好，我可不会织布，你还得再娶个会织布的小老婆。"

顾慎伸出手指点了点她，随即，他脸上温柔的笑意收敛了些，又道："位高者不可权重，倘若外敌肃清，再拿着玄铁虎符，免不了动辄得咎。我看小十六也不是什么经天纬地的材料，你我退一步，来日他的路会宽敞些……你看我做什么？"

长公主："我在看传说中铁石心肠的大帅一腔拳拳慈父心。"

顾慎有些窘迫地干咳一声，抬手将汽灯拉灭道："天色不早了，赶紧歇下——把这肉团往里挪。"

"慢点，你别压着他。"

"我把这小子从窗户扔出去算了！"

叁

顾昀狠狠地哆嗦了一下，从梦中惊醒，一只手遮在他的眼睛上，挡住了旁边细微的灯光，一瞬间，顾昀有些茫然，不知今夕何夕。

这时，旁边的人低低地抱怨了一句："可算醒了，饭点都让你睡过去了，快起来喝碗热汤垫垫，想吃什么点心？"

顾昀这才回过神来，微微闭了一下眼，懒洋洋地应道："都行。"

这是太始三年，顾昀南巡西南驻地，为了赶上过年，马不停蹄地连夜坐长鸢飞回京，劳顿太过，他到家以后倒头便睡，一觉醒来都已经快黄昏了，不知怎么梦见了他爹，梦里，老侯爷还用手替他遮过光。

醒来后才发现果然是梦，这么周到的人只有他家陛下，而他自己，如今也掌玄铁虎符多年，双手遍布老茧与伤疤，早不是当年那个想尽办法往母亲房里钻的幼童了。

顾昀抓住长庚的手放在眼前反复把玩。陛下的手能看出一点习武之人的特征，手指上还有几道弓弦磨出来的痕迹，不过平日里毕竟还是拿笔的时候多，手指修长，赏心悦目，手心却有点凉，与他梦里那男人的手天差地别，不知道怎么勾起他做了那么个古怪的梦。

长庚手持奏折，偏过头来用下巴蹭他的头顶，低声问道："怎么了？"

"没怎么，"顾昀若无其事地回道，"好长时间没摸过陛下的龙爪，想得很。"

老侯爷用手给他挡灯光？

这可真是白日做梦了。

可是这件事总是在他心里纠缠不休，晚间歇下，许是白天睡多了的缘故，顾昀死活合不上眼，他一只手搂着长庚，一只手垫在自己的脑后，在静谧的夜色中，任凭思绪一路漫无目的地滑开。

双亲去世太早，顾昀发现自己有点记不清公主的样子了，对老侯爷的印象居然还要深一点，可能是他那时总是愤恨地盯着父亲的缘故。

他们父子两个一度像仇人一样，老侯爷对他毫不留情，而他则是撑着一口气，无论如何也不肯服软求饶，好像那样就输了一样。

"想什么呢？"长庚忽然动了一下，带着点鼻音低声问。

"吵着你了？"顾昀抬手掠过他的鬓角，用指腹在他太阳穴上轻轻按着。

顾昀是不可能说出"想我爹"这种鬼话的，他顿了一下，轻声道："我在想……陛下最近是日理万机累着了吗，怎么今天晚上这么老实？"

顾昀对长庚始终是爱护纵容大于其他，除了偶尔嘴欠，剩下基本是对长庚予取予求。长庚听出他的言外之意，当即清醒了，目光灼灼地盯着他看了一会儿，神色渐渐变了，不过随即想起了什么，又按捺住自己，屏息凝神地掐着顾昀的手腕把了片刻的脉，到底还是意志坚定地忍住了，咬牙道："你长途跋涉那么远，一回来就给自己找病吗？"

顾昀："想你。"

长庚头皮有些发麻，拼尽全力挤出一句："我不想。"

"嗯。"顾昀顿了顿，无辜地问道，"那你在蹭什么？"

长庚："……闭嘴，睡觉！"

肆

"闭嘴，睡觉！"顾慎额头上蹦出两条青筋，很想把他床上的肉团扔出去。

长公主自从生了顾昀，身体一直不太好，换季时总要病一场。倒不是什么大病，只是她怕把病气过给孩子，不让顾昀赖在她房里，为了给孩子做个公平的好榜样，连想凑上去的顾大帅也一起赶了出去。

被拦在门外的小孩踮脚扒着窗户，瞪着大眼睛，眼巴巴地往公主屋里看，顾慎一时心软，就给领回来了……然后他现在后悔了。

"你到底睡不睡？"

顾昀在被子里拱来拱去，露出个脑袋看看他，然后龇着小乳牙冲他笑，一点也不怕凶神恶煞般的顾大帅。

"好吧。"顾慎一巴掌把这小崽子按住，生疏地在他身上拍了拍，"你娘怎么哄你睡觉？"

小顾昀脆生生地回道："唱歌！"

顾慎："别扯淡，你娘她根本不会唱歌。"

那小崽子见谎言被拆穿，也不心虚，依然很欢乐地尝试着挣脱顾帅的铁掌，想要四处乱爬。

顾慎惊奇地打量了幼子一番——这小子乳牙都没长齐就敢骗他老子，

瞎话说得脸不红心不跳的，还不怕他，简直是狗胆包天。

顾慎道："老实点我就给你讲故事。"

顾昀听了，往枕头上一趴，很识时务地不动了。

顾慎面无表情地犹豫了一下，生硬地开口道："从前，有个小……小狗……"

顾大帅哪里会讲什么正经故事？他绞尽脑汁地一边说一边自己编，语气十分生无可恋，活像老和尚念经，把自己都念叨困了，顾昀没一会儿就烦了，又开始哼哼唧唧地到处爬，顾慎抬手在顾昀屁股上打了一巴掌道："老实点！"

顾昀愤怒地翻身坐起来，开始酝酿大哭一场。顾慎不为所动地看着他，惊奇地发现这小东西居然很会察言观色，眼见平时对付他娘的招数不管用，立刻就把眼泪憋回去了，连装装样子都不肯。

顾昀："我要告诉我娘！"

顾慎一挑眉道："随便，你娘是我老婆，你可以试试，看她到底向着谁。"

"老婆"是什么意思，小顾昀不是特别明白，但是懵懵懂懂地感觉对方说得有道理，于是板着小脸不吭声了。

顾慎直觉这小东西不会跟他善罢甘休……可能也算是另类的父子连心吧。他忽然来了兴致，想知道小崽子打算怎么对付自己，于是强行把顾昀裹在被子里，往胳膊底下一夹，自己闭上眼，假装睡了。

顾昀老实了一会儿——比顾慎想象中还要有耐心，随后小幅度地试着挣扎了几下，见顾慎没反应，便凑上来侦察他睡着了没有。小孩细软的呼吸喷在脸上，顾慎痒得想笑，心道：这么鬼鬼祟祟的，打算往我脸上画东西吗？

顾昀观察了他爹一会儿，小猫似的叫了一声："睡着了吗？"

顾慎闭着眼假寐。

顾昀贼兮兮地笑了一声，飞快地从被子里挣脱出来，爬到床尾，猝不及防地伸出爪子挠了顾大帅的脚心，在顾慎猛地弹起来之后，这小崽子哧溜一下滚下床，一气呵成地钻到了床底下。

顾慎："……"

他发现自己居然小看了这只胖团子，这小子没干出往人脸上画画之类幼稚的事，一眼看出自己只是想睡觉的意愿，于是直奔主题，就不让他睡，还特意等他睡着以后再给他"致命一击"，甚至准备好了撤退路径！

顾慎挽起袖子跳下床，蹲在地上道："你给我出来！"

顾昀往床底下更深的地方钻去，得意扬扬地冲他做鬼脸！

玄铁三军主帅大半夜穿着一身中衣蹲在地上，隔着床板跟几岁大的小儿子对峙："出不出来？"

顾昀欢乐地摇头晃脑。

顾慎被他气乐了，冲顾昀招招手，软下声音哄道："出来，爹给你讲故事。"

顾昀听了，往前探了一下头，差点被哄出来，谁知临时又改了主意，一脸怀疑地看着顾慎道："你打我！"

他居然还知道谈条件。顾慎笑道："不打你了，快出来。"

顾昀听了，放了心，开始往外爬，结果爬了一半，这小崽子又不知想起了什么，动作一顿道："不信！"

还挺不好糊弄。

顾慎将已经开始痒的手掌背到身后，大尾巴狼似的说道："保证不打你，打你爹是……是那个小狗。"

顾昀以其年幼的脑子思前想后一番，认可了这个条件，这回，他被他爹骗了出来。顾慎老鹰抓小鸡似的将他拎了起来，狞笑道："脏猴，爹这不是打你，只是给你拍拍土。"

一刻之后，顾昀让他爹拍灰掸土的铁砂掌收拾得号啕大哭。

顾慎重新用小被子把那小崽子包起来放在一边，回顾了一番方才斗智斗勇的过程，忽然觉得这小子是个可塑之才，便抬手在抽抽噎噎的胖团子头上拍了拍道："给你讲故事，还听不听了？"

顾昀眼泪汪汪地露出个头，充满不信任地瞪着他。

顾慎顿了顿，缓缓道："给你讲我大梁征战北疆的故事。"

顾昀带着哭腔问道："什么是大梁？"

"我大梁，北有大关林立，南至海上诸岛，西有十万大山，东临浩海一片，从东边走到西边，跑马要连月之久，风物也大有不同，百姓在各地安家，南来北往，和睦欣然……"

他不再操着干巴巴的声音，顾昀虽然似懂非懂，却意外地听进去了，老实了下来。

顾慎："你知道什么是百姓吗？"

顾昀迟疑了一下，摇摇头。

"就是成千上万、很多很多像爹一样的男人，像你娘一样的女人，像你一样的小孩，还有像王伯一样的老人。"顾慎道，"我们一起生活的地方，就叫作大梁。我们有很多好东西，身上穿的绫罗布匹，出门坐的蒸汽马车，还有盘中……你爱吃什么？"

顾昀道："肉。"

顾慎："……"

这孩子忒没追求了。

"但是有个地方，有一群跟我们长得不太一样的人，他们那里比较穷困。肉也有，只是不管饱，很多都是风干的，"顾慎掰开顾昀的嘴，看着他那一排娇嫩的小乳牙，鄙视地摇摇头，"反正你肯定是咬不动的，而且总是不够，没有粮食，你每天吃的点心、糖……一样也没有，天天饿肚子，你知道什么叫饿肚子吗？"

顾昀一脸敬畏，显然是不太知道。

"所以他们时常要和我们换吃的。"顾慎说道，"但是换着换着，就会不满足，认为我们给得太少，于是就派人来抢。"

顾昀眼睛睁圆了，蜷缩起来，紧张地抱住被子的一角，好像怕人来抢他的肉和糖一样。

顾慎道："所以我大梁要有铁甲和你爹这样的人，才能保一方太平。"

顾昀眨眨眼："……太平？"

顾慎一抬手把顾昀捞起来放在自己胸口上，他的胸膛宽阔厚实，沉稳缓慢的心跳声一下一下地传来，他拍着顾昀的后背，给那孩子讲什么叫作太平，什么叫作玄铁营，讲那些咆哮的重甲、划破长天的鹰、一日千里的轻裘，讲玄铁三营是怎么纵横北疆，让群狼俯首的……顾昀不知什么时候睡着了，顾慎睁开一只眼看了看他，见这小东西眼角还有些发红，一只爪子揪着自己胸口的衣服，仿佛是要往嘴里塞。

顾慎忍不住想道：你小子若是争气，天下还能再安定一代人。

随后，他又觉得自己将这么大的野望安在一个胖团子头上，有点异想天开，便自嘲地一笑，抬手弹灭了汽灯，心道：唉，还是顺其自然吧。

至少这一刻，铁血的顾慎还是怀着一颗娇宠放纵的心，想让他唯一的小儿子无忧无虑地长大的。

伍

顾昀下了朝，没去北大营，也没去灵枢院，他径自回了侯府，去他家的武场。

王伯跟上来问道："侯爷找什么？"

"找一把割风……其实是一根棍子。"顾昀让过一个院的铁傀儡，往里走去。顾家历代出武将，到了顾慎这一代，手握玄铁虎符，与国君分庭抗礼，权力与声望到了极致，武库中是历代先人积攒的传世名器，一进门，便有一股说不出的肃杀扑面而来。从里往外，里面多是古朴的刀剑，外面的则多少带上了些火机的功能，所收兵器，有饮血无数的，也有未曾开刃的，静静地陈列其中，或凝重，或狰狞。

王伯叫来几个家人，将一个大箱子抬到顾昀面前道："咱们家存的都在这儿了，侯爷要找什么样的割风刃？"

“一把不到一尺长的。”顾昀想了想，想着王伯看着他从小长大，也没什么不好意思说的，便又笑道，“其实不是真的割风刃，是把仿品，里面空心的，哄小孩玩的……咯，我也是想起什么是什么，找不着就算了，早不在了吧？”

王伯听了，哦了一声，慢吞吞地回道：“那个啊，在，等我给您找。”

他说着，指挥人搬来梯子，放在一个收了不少弓的木柜上，就要亲自上去，顾昀连忙拦下颤颤巍巍的老头：“我自己来，您老慢点。”

“柜子顶上，有个小盒，”王伯说道，“侯爷小时候的东西都在那儿呢。”

顾昀依言爬上梯子，果然在木柜顶上找到了一个铁盒子，拂开上面厚厚的尘土，打开一看，只见里面有一套玩具似的小盔甲，头盔、护腕，不是玄铁的，显得又轻又精致。顾昀从来不知道自己小时候还有这些玩具，他愣了半天，怎么也想不起这是他什么时候的玩具。

而除此以外，盒子里还有弹弓、蒸汽的小马车等等一堆孩子玩的东西，以及……一把不到一尺长的“割风刃”。

顾昀小心地把那把空心的割风刃拿出来，这东西对他来说显得太细了，两根手指就能夹住，握在手里几乎感觉不到分量。他用手指轻轻擦去尾部的尘灰，“顾昀”两个清晰的字迹就显露出来，后面还跟着个小尾巴，写着“小十六”……不是他自己写惯了的那种刻意追求雅韵的字迹，那字刻得很深，毫不花哨，甚至微微带着一点戾气。

玄铁营的将士，每个人的割风刃上都刻了自己的名字，顾昀本以为唯独自己这个主帅没有，却不料原来他的名字在这里。

他结结实实地愣住了，这是个货真价实的物证，证明他那些细碎、模糊的记忆，居然都是真的。他看着这东西，脑子里忽然浮现了一个场景……

陆

小顾昀踮着脚，挂在一个男人的胳膊上，那男人力气真大，一条胳膊吊着他，握着刻刀的手却连抖都不抖一下，一气呵成地刻下“顾昀”两个字，然后拿给他看：“刻了名字，这就是你的了。”

小男孩还不认识字，像煞有介事地掰着手指头，对着上面的刻字认真地数道：“小——十——六……哎？”

好像差一个字。

顾慎笑出了声：“刻的是‘顾昀’，儿子，割风刃上刻个‘小十六’，你还怎么上战场，把敌人活活笑死吗？”

顾昀没理解他笑什么，懵懂地想了想，大度地说：“顾昀也行吧，那我还要再刻一个‘小十六’。”

那天，顾大帅的笑声隔着院都能听见。

柒

“这是老侯爷当年托灵枢院做的，”王伯眯着眼看着顾昀手中的空心铁棒，“除了没有内芯，外壳是按照真正的割风刃缩小的。”

顾昀细细地抚过那陈年旧物，没吭声。

他对父亲所有印象，就是坚硬、不留情面。从小塞进他手中的刀剑是开了刃杀过人的，陪他练剑的铁傀儡也是真能打断他的骨头……甚至杀了他的。

王伯低声道：“世道逼到这里了，老侯爷也是没办法，您不要怪他。”

这话要是说给二十年前的顾昀听，就算掰开揉碎给他讲道理，他也是听不进、听不懂的，而今，他也到了当年他父亲的年纪，却能从一句不着边际的叹息中听出所有来龙去脉。

顾慎想安天下后急流勇退，元和帝却在沉迷蛮妃美色的同时对玄铁虎符的主人充满猜疑。

“情”一字，动人至深，能让猛兽柔肠百结，凶神俯首闻花，让无畏者千万人吾往矣，让懦弱者越发偏激疯狂。

元和帝太心急，他甚至不愿意等到顾慎梦寐以求的“四海清平”。从越祖制封蛮族神女为贵妃开始，事情就不对了，皇上随即几次三番想要削兵权，朝中群小闻风而动……

直到玄铁营事变。

顾慎不得不重新对娇气的儿子硬下心肠，因为他已经预见了未来的乱局，或者已经看见了自己的下场。他要生生地给顾昀逼出一条活路，给玄铁营逼出一条活路，给顾家逼出一条活路，也给大梁万里河山逼出一条活路。

倘若自己与老侯爷易地而处……顾昀摇摇头，想不出自己能不能狠下这个心。他小心翼翼地将那把割风刃收回盒子，偶然间想起和长庚的一次闲聊。

捌

“我？我小时候不怕我爹，要怕也是怕自己赢不了他。”顾昀难以理解地皱皱眉，对长庚道，“胡格尔那么个小女人，就算狠毒了些，可你十二三岁的时候就已经比她高了，有什么好怕的？”

长庚想了想，说道：“大概我和你不同吧？”

“嗯，你小时候心思太重，脾气也软和。”顾昀忽然想起来，问道，“你怕过我吗？”

“什么？”长庚先是吃了一惊，随后笑起来，“我怎么会怕你？”

整天想着怎么照顾你都来不及。

顾昀不满道：“比起胡格尔，我才算是严父吧？难不成本帅在你眼里，还没有个巴掌大的蛮族丫头厉害？”

长庚笑道：“你就算能飞天遁地，也不会伤我一根头发，能厉害到哪儿去？再小的孩子也不会怕疼自己的人。”

再小的孩子也不会怕疼自己的人……

顾昀想着长庚那句话，心里忽然"咯噔"一下。

他曾经以为天性遇强则强，所以从未畏惧过父亲，却原来是记忆最深处已经模糊的地方，戳着一根没有芯的割风刃，顶天立地地护持着他。

"啧。"顾昀颇为郁闷地从梯子上跳下来，"知道了，今年清明寒食我亲自给他烧纸。"

番外七

绝笔

经过了非常艰难的一年之后，大梁四境安定，军中改革已经在顾昀态度鲜明的协助下顺风顺水地推了下去。沈易则终于鼓足了勇气，来到皇上面前请辞，长庚听后没表态，只将请辞的折子留中不发，让沈易自己回家好好想想。

沈将军折子上说的都是冠冕堂皇的屁话，实际他要请辞只有一个理由——他想回家娶媳妇，媳妇家环境复杂，恐怕不愿意和官府扯上关系，因此他打算挂印回家，收拾收拾做点踏实的产业，带着家产给人家当上门女婿去。

长庚回家问道："子熹，你说这事沈老爷子知道吗？"

顾昀："说不好，反正他爹也管不了他。"

沈季平其人，看似温和圆滑，性子软又好欺负，然而观其行事，每每决断都必要惊世骇俗，专注离经叛道了半辈子，可偏偏大家还是有种他是个"稳妥人"的错觉，真是纤毫毕见地演绎了何为"咬人的狗不叫"。

此人所托志向一次比一次奇诡，摊上这么个儿子，难怪沈老爷子早早回家修仙去了。

顾昀叹了口气道："算了，过两天我去找沈季平聊聊。"

长庚一听，顿时脸黑了——又要聊！

这俩货一聊起来，不定又能聊到哪竿子陈年旧事，到时候那伙乱七八糟的兵痞子一凑能凑一大桌，小酒一喝，下酒小菜一吃……虽然长庚知道顾昀只是当面卖乖，背着他的时候不大会放纵自己胡吃海喝，但肯定又要野在北大营夜不归宿，那也讨厌死了。

于是他虽然当面没说什么，转脸就给陈轻絮写了封信，告知此事，信中十分恳切地对她说"国家百废待兴，正是用人之际，像沈大人这样的股肱之臣，此时挂印离去于公于私都太过可惜"云云……

挂印辞官之事沈易从未跟陈轻絮提起过，完全是自作主张。

陈姑娘收了长庚的信，当天就默不作声地赶回了山西老家，三下五除二地摆平了陈家上下，然后借西北到京城之间试运行的大雕飞回了京城，来到沈易面前，直白地质问道："我才是陈家的家主，你对陈家有什么疑虑，为什么不来找我解决？"

沈易："……"

这件事被顾昀听说，回家足足笑了小半年，小半年后，各地驻军将领纷纷发来贺信，恭祝沈将军终于找了个显赫的人家把自己"嫁"出去了，并且要求安定侯代表所有"身不能至，心向往之"的弟兄闹一次轰轰烈烈的洞房。

这种唯恐天下不乱的事顾昀当然欣然应允，提前好几天，他一边在沈府帮忙，一边想了十多种方法折腾沈易。

沈易与姓顾的斗智斗勇小半辈子，已经达到了只看他一个坏笑，就知道他心里打了什么馊主意的地步，为求保命，沈易提前给自己找了一位后援——私下里去见了皇帝陛下。

沈易公事公办一般地对长庚道："皇上，臣这一阵子整理旧物，突然想起当年在江南战场上顾帅曾经交给臣四封信，其中有两封是给皇上的私信，一封臣当年已经奉命发出，还有另一封，一直未有机会，也不知是写了什么，皇上可需臣呈上？”

长庚一听就能猜出是怎么回事——顾昀战前准备了一沓信四处安稳人心，剩下一封至今没发出来，恐怕多半就是遗书。他迟疑了一下道：“那就有劳沈卿了。”

“微臣不敢，”沈易搓了搓手，“皇上，臣还有一事相求……”

稳住顾昀非常容易，只是沈易这么多年没摸到法门而已。长庚只要回去跟顾昀说一句：“陈姑娘这么多年怪不容易的，就想好好嫁个人。”顾昀立刻二话不说将兄弟们的嘱托抛到了九霄云外，非但没有捣蛋，还自掏腰包从灵枢院下属的面向民用的分部订了一批新做的烟花，良辰吉时的时候，京城沈府与远郊北大营两边一起点了，炸了个火树银花不夜天。

虽然没有人闹，但沈易酒量差，一圈宾客敬下来，到底还是喝多了，大着舌头端着两个杯子到顾昀面前，满肚子话要说，打了个酒嗝，才猛然想起众目睽睽，很多话不好说，一时间迷迷瞪瞪地站在那儿，看起来呆呆的。

顾昀叹道：“出息啊季平兄。”

说完，他将两杯酒都接过来，互相碰了一下，一气替沈易喝了。

顾昀从帮沈易筹备这事开始，就莫名其妙地开心，不是“中状元”“打胜仗”那种突如其来实质性的开心，仔细想也没什么具体的开心事，就是看什么都顺眼，看什么都很愉悦。

沈易一把揽住他的肩膀，用力抱了他一把，要哭不笑的，像是不知怎么表达好了。

顾昀小声道：“这回美满了？”

沈易不知该说什么好，只好用力点头，早年出征的时候，谁会想到还能有今天。

顾昀：“往后日子好好过，对老婆别那么多屁话。”

沈易哭笑不得，攥着拳头在顾昀后背上捶了两下。

“行了，别把鼻涕抹我身上，也别让新娘子久等。”顾昀推了他一把，“我在这儿替你挡着，去吧。”

沈易往前走了两步，回头一看，果然，顾昀柱子似的往那儿一戳，还真就没人敢上前再纠缠自己了，突然又有点多愁善感起来——顾将军一辈子守过国门，守过城门，守过宫门，这一次居然大材小用地给他守房门……而且看起来还非常高兴。

沈易鼻子一酸，心里就十分过意不去，三步并作两步赶回来，飞快地在顾昀耳边坦白道：“子熹，你在江南写的那封没来得及拆的信，我交给皇上了，你……喀……我先走了。”

顾昀：“……”

他从小欺负着沈易长大，好不容易对此人好了一回，不料竟然遭到这种出卖，好生吃了一回现世报。

一场热热闹闹的婚宴结束，顾昀硬着头皮回了侯府。长庚喝了一杯喜酒撂下赏就走了，皇上亲自来已经是表示荣宠，待太久别人也不自在，这会儿早就在家等他，屋里的灯还亮着。

顾昀路上想出个馊主意，让人拿了一壶烈酒，洒在前襟衣袖上，让自己闻起来像个人形的酒壶，这才屏退下人，装得“踉踉跄跄”地用力推开门。长庚正在灯下看什么东西，被门外的风和扑鼻的酒气惊动，微微皱起眉，一抬头就看见顾昀被门槛绊了一下，笔直地摔了进来，他忙将手里的东西一推，飞快地接住顾昀，被那双手冰得激灵了一下。

顾昀虽然平时活蹦乱跳，但是不管三伏还是酷暑，手脚总是冰凉，药石伤身，然而他自己不吱声，长庚平时也不敢表露太过，只好心细如发地小心看顾。与此同时，顾昀也没再坚持他寒冬腊月里单衣四处飘的习惯，两人之间的磨合仿佛成了一种心照不宣的默契。

长庚想将顾昀的双手拢进怀里，然而醉鬼不配合，酒疯撒得武艺高强，弄得他左支右绌。

长庚："子熹！天……这是喝了多少？你今天解禁了吗？"

顾昀哼了一声，整个身体的重量压在他身上，一双手胡乱地在他腰上摸，趁着长庚忙着对付自己，一把将人推到了桌案边，同时偷偷睁开眼，越过长庚的肩膀飞快地在桌上一扫，一眼看见了那封被自己丢到脑后的信，并且还没来得及拆封！

顾昀暗道一声侥幸，假装撒酒疯，脚下故意磕绊了一下，侧身撞到了桌案上，将桌子撞翻了，纸笔砸了一地，长庚也险些被他带趴下。

长庚一边狼狈地托住他，一边连拖带抱地将这不老实的人架上床，愣是给折腾出一脑门汗。

那醉鬼仍不肯老实躺下，迷迷糊糊地拉着他叫道："美人……别走。"

长庚青筋暴跳地问道："叫谁呢？"

顾昀："心肝长庚。"

他声音又低又哑，还带了一点含混，叫得长庚头皮一麻。

顾昀双臂一摊道："陪义父……嗯……小卧片刻。"

长庚整洁惯了，很想回头把倒成一团的桌子扶起来收拾好，可是被顾昀缠得没办法，艰难地抉择了一会儿，在"洁癖"与"陪他"中，陛下还是屈从了后者，翻身灭灯拽下了床帐。

等长庚第二天回过神来想收拾的时候，发现桌上那一堆重要的与不重要的东西里少了一封始终没下定决心拆看的信，这才知道自己"色令智昏"，又让某人糊弄了。

顾昀装傻充愣和顾左右而言他的功夫举世无双，口风比玄甲上的金匣子还严丝合缝，拒不承认世上曾经存在过这一封信，唯一的知情人沈易自知心虚，每天就会装死，坚决不肯露面做证。

长庚惦记了大半年，始终没有打探出那封信的下落和内容，渐渐地也就不再耿耿于怀了。

想来，长庚当时没敢第一时间打开，乃至最后给了顾昀可乘之机让他偷梁换柱，可能是注定了跟那封绝笔有缘无分吧。

真真实实的人还在活蹦乱跳地和他斗心眼，做什么非要知道那伤心话呢？

长庚觉得这回自己大可以信一次顾昀的鬼话——世上本来就没有过这样一封信。

番外八

太子

要说起来，太子李铮的命算好还是不好呢?

很难一概而论。

他乃是隆安先帝的皇后所出，是嫡非长，上面有个野心勃勃的大哥，按照常理来看，等他长大成人，很可能会走上一条跟自己大哥拼娘争宠、你死我活的夺嫡道路。

太子生性温柔宁静——温柔随了他的祖父，宁静随了他娘，二者都不是什么为人君的好榜样。他母后多愁多病，母家没有势力，本人谈不上有野心，也没什么主心骨，很对隆安帝李丰的脾气，曾因皇宠而封后。然而封了后也是烂泥扶不上墙，比起当年的吕妃大皇子一系，怎么看，她将来都是当炮灰的料。

可是命运总是无常，小太子李铮才六七岁的时候，太平破碎，国生离乱。

对于那几年艰难的战争年月，身在深宫的李铮只记得那一年的份例格外少。初夏的京城热得仿佛锅炉，西天蒸腾着紫气，宫墙内外人心惶惶，进出的宫女和内侍都没有一点笑模样，父皇已经连日不见。他被拘在缠绵病榻的母亲身边，午夜梦回，总能听见宫人刻意压低声音禀报外面的事，三句不离打仗。

太子太年幼，听不懂大人们都在说些什么，然而却记得这话题总是伴着母后低低的啜泣声。

后来，随着年幼的李铮一点一点长大，开始了解周围的世界，大梁的情况也一点一点地好了起来，后来朝中风云变幻，虎视眈眈的吕妃一党一夜之间树倒猢狲散，吕氏谋反获罪，吕妃被削位打入冷宫，大皇子也从此一蹶不振。

那一段时间，东宫好像突然成了一块香饽饽，太子第一次在懵懵懂懂间感觉到了如潮的权势起落，但他并不喜欢。太傅教的圣人书里没有说起这些龌龊事，而他已经凭着某种天生的敏感，超乎年龄地感觉到了不安——他总觉得起落意味着动荡，有一回门庭若市，就有一回门可罗雀。

隆安皇帝子嗣稀少，皇长子式微，三皇子母族卑贱，年纪又小，人人都以为李铮是大梁最尊贵的储君，而他还没有随着大家一起产生这种幻觉，就亲眼看见了他的父皇死在乱军中。

那天，小太子在乱军中攥着四皇叔的手，心里还拿自己当个孩子，无遮无拦地用孩子的眼看见了权力的真相。

对大梁来说，是新皇登基，新时代与新政的起点。

对深宫中的小太子来说，整个世界都好像变了天。

皇后生性懦弱，总是耳提面命地令他讨好四皇叔，因为他们孤儿寡母的小命从此以后就吊在他皇叔的良心上了，群臣谁也说不好他这个太子能当到什么时候。

李铮以前很喜欢亲近皇叔李旻，然而那段时间，他一度觉得面对四皇叔的时候压力很大。亲切博学的小皇叔摇身一变成了皇上，一时间连称呼都要跟着变动。每天，小太子都要硬着头皮听一知半解的政务，承受着周遭种种或考量或意味深长的目光，再硬着头皮去给皇叔请安，最后回到东宫，硬着头皮听母亲喋喋不休的忧愁。

他的母亲始终不及吕妃，自己没有准主意，只会把压力往儿子身上转移，每天张口闭口空泛地要他争气。可是具体让他争一口什么样的气，或是期望他将来能长成一个什么样的人，她又全无见解。

每个人少年时都有自己的迷茫和困境，好比顾昀的困境是零落各地的玄铁营，太始皇帝李旻的困境是可怕的乌尔骨，而小太子李铮的困境，就是他那未卜的前程。

但是顾昀身后是数万把割风刃与顾家高悬堂上的列祖列宗，长庚身边有一个始终注视他，牵引着他的小义父。

李铮的周遭却只充斥着惶惶不可终日的恐惧，没有人给他指一条明路。

太始四年秋，一场霜降过后，李铮的母后在生前无尽的惶恐与忧心中溘然长逝，皇上着礼部按制厚葬。

十五岁的太子已经长出了少年模样，日复一日地沉默寡言。

停柩时，长庚屏退了左右，缓步走进来，轻轻按住准备起来行礼的李铮的肩膀。李铮没有坚持。在他母后的督促下，他每天费尽心机揣度这位四皇叔的好恶，知道皇叔并不喜欢别人私下多礼。

李铮："皇上。"

长庚看了他一眼，那少年立刻讪讪地改口道："皇叔。"

"节哀吧。"长庚嘱咐了一声，礼数周全地拜祭了他没见过两面的皇嫂。

他刚刚直起腰，就听见旁边小太子用变声期有些吃力的嗓音说道："臣无才无德，不堪大用，请皇叔废了臣的储君之位。"

长庚眉头一皱，抬起头来。

这便宜侄子的模样并不像他父亲那样端正威严，倒是有些过分清秀。李铮面色苍白，身形瘦削，眼角眉梢中带着一股经年不变的忧郁，看起来实在不像个贵重的凤子皇孙。他说完那句话，好像把自己给吓着了一样，一脸惴惴不安，也不知怎么那么巧，没关严的灵堂外面倏地刮进一阵风，蒸汽宫灯下面琐碎的装饰忽忽悠悠地响了几下，撞上了一边的灵位，灵位应声而倒，少年太子狠狠地激灵了一下。

长庚面色沉静地站起来，恭恭敬敬地扶起了灵位，冲诚惶诚恐地冲进来的内侍们摆摆手，转向侄子，问道：“我听太傅说你的书念得很好，为什么突然这么想？”

李铮低着头不敢说话。

长庚顿了顿，又道：“你小时候经常追着我问问题，我还给你编过草虫，怎么如今年纪大了，反而和四叔生分了？”

李铮无言以对，嗫嚅道：“君臣有别，臣……我……”

细想起来，李铮从前对小皇叔并无所求，只是单纯地喜欢他，因此亲近得无所顾忌。而这些年他虽然仍住在宫里，却总觉得自己寄人篱下，仰人鼻息，再面对皇叔，就不由自主地掺着许多讨好与小心翼翼，反而变了味道。李铮一看长庚的眼睛，就知道这位挽大厦于将倾的四皇叔心里明镜一样，什么都知道，只好越发地自惭形秽。

“废立储君乃是大事，”长庚不愠不火地回道，“国有国法，并不是你我任性而为就能随意决定的。”

李铮脸涨红了，好像自己自作多情了。

长庚又道：“有些话你要是觉得不方便和我说，不如去找安定侯聊聊，他下个月要离京巡查四境军务，你要是有心，可以求他带你去看看。”

李铮一愣，便听长庚笑道：“四叔像你这个年纪的时候，也曾经满心迷茫，那年我跟奉命照看我的义父……就是安定侯，大吵了一架，执意离家出走，随着了然大师与钟老将军走遍大梁，去了很多地方，见过众生奔波生计，也见过刁民匪类横行，人间生离死别与悲欢离合看得多一些，有时候塞在你自己心头的那些愁绪，就仿佛能变小一点。”

小太子再不懂事也知道拿着玄铁虎符的安定侯在朝中和军中是什么分量，他年幼时曾经对那位传说中的英雄十分好奇，死缠烂打地求过顾昀写字帖，后来不敢了。母后生前把他严丝合缝地拘在宫里，不让他出门结交朝臣，生怕儿子哪里做得过火碍着新皇的眼，李铮也就再也没踏足过侯府。

“不用怕他，你小时候他很疼你的，还记得吗？”长庚提起顾昀，眼神不由自主地就变了，十分自然地含起一点温柔的笑意。

太子一时没反应过来："顾……顾帅吗？"

长庚往灵堂外走去，太子愣了一下，连忙跟上，两侧内侍仿佛知道叔侄两个人有话要说，自动向两侧退开，年轻的新帝背着双手走在前面，毫不避讳地对李铮道："我暂时没有属意其他的继承人，若干年后，会把皇位传给你，但那会是个不一样的江山，当你坐到这个位置的时候，可能会发现九五之尊也不能独断乾坤。整个朝堂，乃至天下，都有自己的运行规则，头顶法度，君与臣，臣与民之间相互制约……甚至你可能会觉得自己像个尊贵的傀儡。"

这番话世人闻所未闻，李铮听得呆住了。

长庚偏头看了他一眼道："我不知道你能不能接受。"

李铮："我……"

"现在不用答复我，"长庚笑了笑，伸手在少年的头上按了一下，"你可以先出去看看外面的世界，想好了再回来。如果实在不行，我可以想办法从宗室中过继其他子嗣，不用想太多。"

说完，长庚径自走了，他也就是匆匆来上香点个卯，又要回宫外去住。

"皇……四叔，"李铮忽然叫住他，"为什么不想要自己的子嗣呢？"

"我到过一生归宿之地，生前身后再无遗憾，不必留什么血脉。"长庚顿了顿，瞥见李铮一脸懵懂，摇头笑道，"跟你说也不懂，长大就明白了。"

半个月以后，太始帝手腕高超地力排众议，准了太子随安定侯巡视四境之请，李铮跟着顾昀花了三个月的时间，从空中、水上、蒸汽铁轨上踏过了全境三山六水。而后他仿佛上了瘾似的，时常找借口离京，一年中倒有半年不在宫里。

又三年，李铮年满十八，自己到曾经的雁王府，如今的皇帝别庄，跟长庚聊了一整宿，磨着长庚同意他带足侍卫，上了杜公子牵头的出海商队，前往海外更广阔的地方。

说是商队，其实有数十艘长短蛟随行，船上除牵头的杜公子等人外，还有大梁水军精兵与以曹春花、了然等人为首的临渊阁高手护送，除贸易货物外，还带了国书与谈判条约，纵横东西，徜徉四海，五年方归。

李铮回来以后自嘲，以自己愚钝平庸的资质，在李家数代中排不上号，然而肯定是野出去最远的一位。

太始十八年，顾昀交回玄铁虎符，挂印请辞。几个月以后，太子李铮从他一言九鼎的皇叔手里接过了皇位，废除年号，设立放之四海皆准的新历，将一众前辈磕绊摸索了十八年后平稳抬起来的新时代延续了下去。

至此，山河依旧，四海清平。

番外九

故园

江南的冬天并不凛冽，一些禁得住冷的草木甚至还是绿的，只是不知为什么，人们穿行其中，觉得这里比大雪飞霜的京城也暖和不到哪儿去。

官道上有一队蒸汽马车，两侧十几个骑士护送，后面几辆车里拉着东西，领头的坐人，帘子上挂着一串五颜六色的小铃铛。一个八九岁的小女孩叮叮当当地掀开车帘，往外望了一眼，脆生生地对为首的骑马男子道："爹爹，咱们来迟了吗？"

一个马背上的骑士闻声，将挡风的面罩稍稍推起来，那是个中年男子，面容清癯，眼角有些纹路，大约是久在军中的缘故，乍一看有些不苟言笑，可一转向那女孩，他的脸色便不可思议地柔和了下来。"不迟，乖乖坐好别探头，小心呛着风——叫你娘慢些，爹这把老骨头快追不上她了。"

车上有个做妇人打扮的女子，看不出年纪，闻声笑了笑，抬手在赶车的铁傀儡身后拍了两下，车速便明显地慢了下来，她取下一把琴放在膝头，不慌不忙地就着颠簸弹了起来。

悠然的《梅花三弄》顺着车辙洒了一路。

这正是新历二年，除夕。

这一阵子沈易正好在江南驻军巡查，反正过年回不了家，他便索性叫人将妻女接来，全家一起到江南“故园”拜年蹭饭。

故园又名顾园，是顾昀拿当年安定侯府认购的烽火票跟太始上皇换的江南别庄。这买卖细想起来真不划算，因为换了半天庄子，到头来还得分上皇一半，而且在家里说话算数的还是人家。

不过反正顾帅对自己的私产一直是大手大脚没个成算，不识数也不是一两天，想必吃亏吃惯了。

沈易一行人在傍晚时分赶到了故园。

故园背山临水，远远一望，就能看见庄子里成排的蒸汽灯，约莫是要过年的缘故，群灯换成了一水的红罩，光芒暖烘烘地渲染成一片，煞是好看。庄子正门口没有路，乃是一片水榭，来了客，须得从水上一条九曲迂回的浮廊上穿过，车马得绕路安排在别处。浮廊上有迎客亭，早早就挂了挡风的帘子，里面生了蒸汽暖炉，烟气袅袅地流泻而出，又在水面铺开，腾云驾雾似的。

沈易的亲兵见状，上前递名帖，尚未自报完家门，那亭中便有人闻声掀帘子迎出来，笑道：“我一盏茶没喝完，你们就到了。”

沈易定睛一看，吓了一跳，忙翻身下马。只见亭中出来的人发如墨缎，负手而立，可不正是太上皇本人。沈易脸再大也不敢让太上皇等他，忙诚惶诚恐地预备上前见礼，谁知腰还没弯下去，长庚便不耐烦地冲他一摆手，先将他的小女儿沈嫣叫了过去。

沈嫣可不看她爹的脸色，高高兴兴地跑上前叫道：“李叔！”

长庚似笑非笑地看了沈易一眼道：“书呆子——嫣儿快来，冷不冷？你大哥呢？”

沈嫣道：“大哥给小葛叔叔捉去啦！”

奉函公告老后，灵枢院便交到了葛晨手中，沈易的长子完美地继承了他爹“离经叛道爱火机”的不着调，现年十六，文不成武不就，从小跟铁傀儡一起滚到大，一路滚进了灵枢院，成了葛晨的弟子。

长庚牵起小女孩的手，逗她道："捉去做什么？"

沈嫣双手在胸前一比画道："做大雕。"

长庚笑了起来，接着从怀中摸出一个木头雕的西洋镜，那是只孔雀的形状，雕得纤毫毕见、惟妙惟肖，翅膀上有个可以拉开的小门，推开后里面就有能切换的画片，那些画片又像工笔绘制，又有点洋人画的意思，看不出是个什么杂交流派，反正精巧得很。

长庚道："你大哥做大雕，李叔也给你一只小的，孔雀乃百鸟之灵，将来嫣儿长大了可得比大哥争气。"

沈嫣小时候，父母常不在京城，都不方便带她的时候，就会把她送到安定侯府，五岁前她几乎就是在长庚眼皮底下混大的，完全不跟太上皇见外，给什么要什么，笑得见牙不见眼。

沈易以为是西洋贡品，忙道："小孩子不分好坏，陛下别给她拿太贵重的……"

"哪里，这是我们家那位闲得没事自己做的，"长庚一摆手，"他本来说要出来迎你们的，这两天有点着凉，是我没让，季平兄可别挑他的理。"

沈易心说，那位爷自己在家躺着，支使太上皇出门迎客，谁敢挑他老人家的理？

陈轻絮的目光却扫过女儿手里的玩意，又若有所思地落到了太上皇头上的木簪上，只觉得那木簪的下刀方式跟雀翎部分一模一样，明显是出于同一人之手。再看长庚这一身打扮，乍看没什么玄机，细细观察，却无处不讲究，很有当年世家公子的味道——不显山不露水的穷奢极欲。

陈轻絮笑道："陛下革新换旧，可谓翻云覆雨，如今举国上下各种奇装异服不计其数，一年好几套风尚，叫人应接不暇，过去那种劳力费心、精雕细琢的士族打扮不多见了，没想到处处讲新，反倒是陛下这里，留了最地道的旧风尚。"

长庚顺着她的话音低头看了一眼，脸上浮起一点好笑又无奈的神色，摇头道："我哪里会讲究这些。"

倒也是。陈轻絮至今记得这位陛下少年走江湖时的光景，随身就带两三套换洗衣服撑场面，到底是个乡下出身的皇帝，骨子里就不是什么讲究人。陈轻絮低头一笑，心里明白这是那位的"闺房之乐"。

顾昀是个很有意思的人。

一方面，他很能凑合。他年轻的时候久居边疆，行伍间颠沛流离，想不凑合也不行。坚硬如铁的面饼、半生不熟带血的肉条，他能面不改色地咽下去，在天牢里枕着稻草跟耗子同床共枕，也没见他睡不着觉。

但能凑合，不代表他活得糙，顾昀归根到底，还是一棵纨绔的苗，尽管时时遭到世道打压，却依然给点阳光就能自己抽条壮大。一旦让他腾出手来折腾，必定能折腾出点成果。这故园里，从门口下马落轿的水榭，到园中流觞曲水的小亭，踏雪闻香的梅林，可以登高远眺的鸾，以及檐牙勾连的回廊假山……简直无处不精巧。

匾额题字大多是顾昀的字迹，有的地方旁边还有长庚补上的小诗，这俩人真是有闲情逸致。

此情此景，与当年荒凉如鬼宅的安定侯府简直一个天上一个地下，看得沈易暗自咋舌，心道：幸亏当年老侯爷心狠，不然任他自由发挥，得长成个什么玩意？

沈嫣忽然问道："李叔，那是在干什么？"

她伸手一指，只见屋顶上有个两人多高的大铁傀儡，只有个架子，外表皮还没装完，几个人正七手八脚地围着它转。

长庚顺着她的手指一瞟，脸色顿时变了："顾子熹，你给我下来！"

房顶上一人闻声回过头来，冲长庚一笑，正是那为老不尊的顾昀，除了两鬓微微染上些灰色，他这么多年竟也没怎么变，可见被照顾得着实精心。

顾昀正指挥着房上的人摆弄那装了一半的铁傀儡，见了沈嫣，他眼睛一亮，还没来得及打招呼，身后忽然传来一阵惊呼，接着一道劲风袭来，那铁傀儡不知被触碰了什么机关，突然原地转起圈来，它手中拿着一把三尺来长的铁扇骨，向顾昀拦腰横扫过来。

沈嫣惊呼道："哎呀！"

顾昀反应极快，一仰身整个人便弯折下去，铁扇骨擦着他的腰带甩过去，他随即旋身从房顶上一跃而下，轻飘飘地落了地，一甩衣摆。沈嫣张大了嘴，顾昀把她举起来转了一圈道："小美人长高了不少。"

沈嫣皱了皱鼻子。

顾昀伸手在她鼻尖上一刮道："可是一两都没重，是不是你爹抠门不给买好吃的？"

小姑娘闻听自己长成了一个"细高条"，立刻眉开眼笑。

哄完这个，顾昀又抬头看了看陈轻絮，笑道："陈姑娘可好？"

陈轻絮生性沉稳，不喜欢别人言辞浮夸，可是他这"陈姑娘"三个字一入耳，却别提多熨帖了。刚嫁给沈易那会儿，陈轻絮也曾愿意听别人叫她"少夫人"，不过到如今，已经有小二十年了，儿子都快能顶门立户了，眼看"少夫人"要变"老夫人"。

"夫人"听起来固然尊重，却哪里有"姑娘"显得青春年少？

陈轻絮破天荒地冲他笑了一下："有劳顾帅挂念。"

顾昀三言两语将一大一小两个美人逗得开开心心，这才敷衍地拍了拍沈易的肩。

多年未能得此人一分精髓的沈易在旁边酸溜溜地冷笑："大帅还记得有在下这么个活物，真是幸甚。"

霍郸三步并作两步地从里面跑出来，将客人迎进去，顾昀落后一步，正要抬腿，长庚一把抓住了他的手腕，在他耳边低声道："昨天晚上有个人跟我说他后背疼，不能碰，怎么我看他今天上房揭瓦的时候，身手很是敏捷呢？"

顾昀蹭了蹭自己的鼻子道："那个……昨天疼，今天好了嘛，人得日日如新，方不辜负良辰美景，是不是？"

他话音未落，便觉有一只手意味深长地顺着他的后脊轻轻地抚下去，末了，在他腰间按了一下，长庚轻轻地咬着牙道："义父说得是。"

顾昀莫名其妙地打了个冷战，预感自己今天不能善终，忙道："今天除夕，晚上要守夜，有账先记着。"

长庚好整以暇地收回手。"我又没说要怎样。"

顾昀："……"

沈嫣回过头来冲他大声说："顾叔叔，快点！"

顾昀："慢点跑，别摔了！"

除夕夜里，故园中灯火通明，沈嫣总算看明白了屋顶的铁傀儡是怎么回事——那两人高的大家伙给做成了细细的一条，身上穿了舞裙长袖，远看像个流光溢彩的皮影人。它手中险些刮了顾昀的扇骨上裹了几丈长的绸缎，在一片烟雾缭绕的蒸汽中翩然旋转，屋顶几盏汽灯光束透亮，竟真像个绝代佳人。

院子里的鸢两头挂满了灯笼，升到半空中，如同一朵挂在半空中的大莲花。

夜幕降临时分，远近村落中陆续响起爆竹声，越来越闹，到最后，人在屋里说话都得抬高嗓门。

二十年前千里无人的地方，终于在一代人的努力下恢复了元气。

与歌舞升平的京城不同，故园中是真正的家宴，四个大人加一个孩子屏退下人，围着小炉而坐，自己动手温酒烹肉。

顾昀被特许喝了三杯酒，他只有逢年过节才能从长庚那儿捞到两杯酒喝，不必别人嘱咐，自己就珍惜得不行，啜一口品半天，一滴都不肯剩。三杯一过，再要伸手，长庚便像算计好了似的一抬手按住他，隐含警告地瞥了他一眼。顾昀眼角被暖酒染了一层细细的红，要笑不笑地看回来，居然有点撒娇的意思。

长庚最受不了这种眼神，忙避开顾昀的视线，坚决不肯接招。

沈易没好气地对顾昀道："别当着我女儿的面眉来眼去。"

沈嫣已经困了，窝在陈轻絮怀里，一个哈欠连着一个哈欠，太上皇干咳一声缩回手，和颜悦色地对她说道："嫣儿困了？睡去吧。"

沈嫣用力揉着眼道："我要守夜，饺子还没吃呢。"

顾昀忙笑着让人先给她下一锅饺子，接着又从院中的兵器架上摘下两把割风刃，扔了一把给沈易道："季平来，过两招，看看你稀松了多少，给我侄女醒醒盹。"

两把割风刃都没有出锋，玄铁的长棍撞在一起，"锵啷"一声，在寒夜中传出去许久，沈嫣莫名其妙打了个冷战，一下精神了，目不转睛地探头望去。

顾昀一触即走，踩着雕栏、回廊，燕子似的几步跳上了前面的屋顶，沈易紧随其后。他们俩与其说是在过招，不如说是戏耍着给孩子表演，都没尽力，森冷的割风刃玩出了花样。顾昀上了房顶，一步跨上旋转的铁傀儡手里的舞扇，舞扇上的彩绸在他脚下开出朵花来，沈易犯坏，不偏不倚地将手中割风刃往前一送，精准地卡住铁傀儡肩上的齿轮，一声轻响，铁傀儡被钉在了原地，刚好和不远处停顿的琴声相和。

"混账。"顾昀笑骂道，随即他在和铁傀儡一起失去平衡之前，往下跺了一下脚，力道不轻不重，正好将沈易的割风刃震开，大铁扇忽一下冲沈易的脸扇了过去。沈易毫不意外，轻巧地弯腰躲开，撤开两步，与顾昀分别落在铁傀儡两边，然后循着前院的奏乐，默契地同时出手。在他两人手下，铁傀儡就像个乖巧的玩具，让跳舞就跳舞，让停下就停下，与乐声搭配得严丝合缝，仿佛活过来了一样。

沈嫣一点也不困了，看得目不暇接。

不知哪里放了一串烟花，铁傀儡与那两人的影子几乎化在其中。

陈轻絮摇头笑道："这俩不着调的杂耍将军。"

"封疆镇国的利刃拿来玩闹，岂不是好兆头？"长庚放下酒杯，从袖中摸出了临渊木牌，那五拼一的木牌如今只剩下了两块，他卸下一块递给陈轻絮，"离京的时候，了然大师的、杜家的木牌我都还了，奉函公留了遗

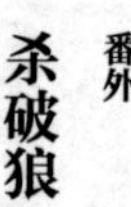

嘱，叫葛晨继承他的衣钵，我便做主将他那块给了小葛，现如今陈家的也物归原主，钟将军的我且先留着，等来日遇到合适的人再传下去。”

陈轻絮接过来道：“临渊木牌要几百年不见天日了。”

长庚：“几千年才好。”

两人各自收起木牌，轻轻地碰了一下杯，在小火炉边，封存了一个庞然大物。

番外十

中秋

奉函公虽然一辈子与火机和狗为伴，但先后杠过两任不靠谱的皇帝，一腔热血被反复搓揉打压了一辈子，愣是没洒出一滴，家国险些沦陷时，他支棱着一把又臭又硬的老骨头，撑起了灵枢之魂。

“可惜，呸，”顾昀收起玄鹰甲，吐了一口沙子，面无表情地说道，“后继无人——这个葛胖小，比奉函公不靠谱出一位曹娘子来……那小孩，你行不行，要不我背你走？”

旁边一瘸一拐的小灵枢快吓哭了，连忙把脑袋摇成了旋转的火翅道：“不不不……侯爷，下官不敢！”

两人面前是茫茫无人的关外草原，身后是一堆烧得看不出模样的破铜烂铁，安定侯手搭凉棚，往日头的方向看了一眼，无奈地一摆手道：“这地方我熟，跟我走吧。不好好回京城吃香喝辣，非得凑你们这帮倒霉孩子的热闹，我也是闲的。”

这个破事说来话长——

中秋将至，巡视边疆的顾大帅被边防军务绊住了几天，待他要启程时，已经是八月十三了，西边的蒸汽铁轨还在建，这会儿要想赶着和长庚一起过节，就得动用玄鹰甲直接飞回去。长庚哪儿舍得让顾昀这么奔波，于是早早找了个由头离京出巡，专程派人送信，叫顾昀等他。

这几年国泰民安，有顾昀坐镇四方，自然没仗可打，灵枢院一腔热血于是都用在了瞎折腾上。他们弄出了一种玄鹰与巨鸢的结合体，比当年摔了顾昀一次的“雕”更快更稳，名字尚未定好，在地广人稀的西北边疆实验。此物看起来很像临渊阁传信用的木鸟，虎头虎脑的，长着个大肚子，负重能有二十多个玄甲。

游手好闲的顾大帅听闻灵枢院在大西北遛鸟，便起了好事之心，跑来围观。

“巨鸢啊，吃屎都赶不上热的，出一趟关也要半年，又慢又费紫流金，除了显摆国威，还能有什么用？鹰呢，倒是快，可是独来独往，载重有限，而且也不是什么人都能驾驭的，长途飞行人也受罪。”葛晨摇头晃脑地对安定侯显摆道，“我们这个新玩意，既有速度，又能载重，将来还能民用，专宰老杜那样的冤大头。侯爷，来得早不如来得巧，我们刚试飞成功，您要不要上去来一圈？”

顾昀身披玄鹰甲到处浪是常事，心说不就是上一次天吗，买不了吃亏也买不了上当，就欣然应邀……结果，大过节的，真让他浪出了事。

玄鹰甲是要自己保持平衡的，这大肚子木鸟却是掌握在别人手里。开木鸟上天的是个小灵枢，才十八九岁，见了顾昀大气也不敢出，颇为靠不住的样子。顾大帅觑着那小圆脸，心里有点犯嘀咕，还没坐稳，木鸟就白虹箭似的上了天。此物大腹便便，速度竟不比玄鹰慢多少，在天空中刮出了尖唳一般的风声，往旷野无人处飞去。

不同于温暾的巨鸢，也不同于戴了面罩仍被冷风刮脸的玄鹰甲，自有一番畅快，顾昀上去飞了一圈就开了怀，叫那小灵枢往更高更远处开。不料，途中正好有一只真鸟飞过，一看这货，以为白日撞见了成精的祖宗，吓得忘了扇翅膀，一头撞了上去。

为减轻负重，木鸟不像玄鹰甲那么实在，高速飞行中，竟直接被个巴掌大的小雀撞穿了两翼火翅，金匣子登时炸了烟花，木鸟肚子里的顾昀险些被甩出去，颇有一飞冲天之势的木鸟从天上栽了下来，尾巴上还拖着一条滚滚的浓烟，直往北方扎去。

幸亏木鸟尾部有一架鹰甲，紧急关头，顾昀一把揪起那小灵枢，捅开了木鸟腹，背着鹰甲，在木鸟落地前一跃而下，可惜那鹰甲年久失修，负不起两个人的重量，顾昀勉强稳住后几乎是贴着地飞了百丈，身后“轰”一声巨响。

木鸟炸成了煳家雀。

可怜葛晨等了半天，安定侯坐着小鸟一去不回，吓得六神无主，一边哭着让人写加急折子给长庚，一边心急火燎地纵马北去，搜寻安定侯的踪迹。

“巨鸢是慢，可巨鸢也不往下掉啊。”顾昀三下五除二卸下了鹰甲里面的一扇翅膀，给那小灵枢当拐杖，“过来我扶着你，唉，本帅不咬人，不用怕。”

小灵枢不过弱冠之龄，当年顾昀死守京城、收复四境时，他还是个孩子，从小听着这个人的传说长大，从未想到有朝一日能得见真人……还差点和真人一起摔进草坑里，激动得不知怎么好，战战兢兢地让顾昀架着他，半天不敢喘气，憋得腿软。

“哎，”顾昀见那小灵枢往一边倒，一抬手揪住他的后脖颈子，“我说灵枢院是不是克扣你口粮了，怎么小小年纪就这么虚？”

木鸟被撞坏之后，滑出了很远一段，因此掉下来的地方十分微妙，恐怕是已经出了大梁的边界。眼下木鸟已经烧毁，为了避免不必要的麻烦，不宜久留，领着这么一位累赘，顾昀也走不快，他俩已经在漫无人烟的草原里走了一天。

小灵枢知道自己当了累赘，窘迫得不行，一路上就想挖个坑把自己埋了，眼看日头西下，眼泪都快下来了。“侯爷，要不您把我扔下先走吧，回头再找个人来接我，我……我……”

“要了亲命了，怎么还哭了呢。”顾昀十五从军，没见过这样的哭包，一个头变成两个大，连忙抬手一指，“你看，那不是有人烟了吗？”

顾昀的毒伤虽然找到了解药，但积重难返，天黑了还是看不清东西，根本是凭着感觉走，什么都没看见，随手一指哄孩子而已。不料那小灵枢听了，用力一擦眼睛，惊叫道：“侯爷，真的有烟！”

顾昀：“……”

两人越往前走，顾昀越觉得周遭风物熟悉，渐渐有了人气，他看着那条从塞外直通往小镇的暗河，忽然驻足，恍然大悟，竟然是到了雁回！

小镇雁回变化很大，古镇原址变成了边贸区的一部分，镇上的老街坊们整体往南迁了十五里。暗河两岸人来人往，南北商户众多，早不是当年那穷乡僻壤了。顾昀也不怕被人当街认出来，找了个治跌打损伤的小铺子，将瘸腿小灵枢放下，就自己出门闲逛，见暗河边上有远道而来的小贩兜售桂花糖饼，想起长庚年少时旅居江南，就喜欢这口，便顺手买了三两。

接着，他发现人潮车马都往将军坡的方向拥，心里生了几分好奇——从前本地人可都觉得将军坡不祥——于是兴致勃勃地跟去一探究竟。只见原本荒无人烟的将军坡上，不知什么时候竟然起了一座小祠堂，香火颇旺，上香的游客络绎不绝。

顾昀逮了个卖香烛的小贩，问道：“这是什么祠，拜的哪个神仙？”

小贩热情地回道：“拜的是山神，这位老爷，您是头一回来吧？这就有所不知了，此山名叫‘将军坡’，是我们雁回最有名的地方，早年玄铁三部班师回朝，将废甲弃置于此，堆成了一座山丘。当年顾大帅曾在雁回镇生擒加莱荧惑，迎回四皇子，也就是当今。听说皇上幼时常在将军坡上练剑，您想想，这山头有玄铁三部庇佑，又有真龙之气，沾了皇上的光，能不灵验吗？”

顾昀就喜欢别人夸他家小长庚，连连点头道：“对，灵。”

小贩又趁热打铁道：“您也买炷香拜上一拜吧，心想事成。”

“承你吉言。”顾昀觉得有趣，便伸手摸零钱，打算拜一拜这“真龙之气”，顺口问道，“他们都求什么，金榜题名？既是将军坡，求武状元比求文状元灵吧？”

小贩一摆手道：“那是菩萨们管的，我们山神不管。”

“山神管什么？”

“升官发财，姻缘如意，还能求子！”小贩眉开眼笑道，“老爷几妻几妾？膝下几子？儿女双全否？若是已经圆满，不妨再替亲友求上一求嘛！做个顺水人情，包管灵验！”

顾昀：“……”

“哎，老爷别走啊！不想求子，问发财也很灵的，包您明年大吉大利、盆满钵满，还能问问姻缘！我看您英俊潇洒，眼生桃花，必与桃花劫纠缠一生……”

顾昀笑骂道：“去你的吧！”

他啼笑皆非，当年在两江战场，他与沈季平闲聊，说自己愿“固守一家一国，成一世名将”，百年后让百姓封个神将，以香火为生，干些“骗子、媒婆、送子观音”之类的买卖。

没想到百年不到，先让长庚练剑的小山头得此殊荣。

顾昀放出木鸟，知会葛胖小和手下，找了个客栈歇脚，抬眼看见月若银盘，才惊觉已经是中秋之夜，人人都回家团聚了，难怪客栈里这么清静。

离他在雁回城外捡回奄奄一息的小长庚，小二十年，光阴如水，悄然而过。顾昀心里若有所感，便借力一跃蹿上房顶，摸出一支随身的白玉笛，凑在嘴边吹了起来……竟没走调。

这是长庚有一年心血来潮写给他的，顾大帅三年学一曲，其间把长庚折磨得差点成仙，恨不能剁了自己找事的龙爪，一度看见白玉笛就偏头疼。

这时，天上忽然传来一声长唳，几架玄鹰甲盘旋而下，顾昀颇为意外地一抬头道："这帮小子来得倒快……"

"快"字还没说完，为首一架玄鹰甲猛地俯冲而下，狂风掠过，险些眯了顾昀的眼，下一刻，他领口被人一把抓住，在紫流金巨大的动力下，顾昀被双脚离地提了起来，"呼"一声，客栈成排的风灯被鹰翼灭了一片。

顾昀还没看清是谁这么胆大包天，便听耳边一人气急败坏道："顾子熹！"

顾昀蓦地扭头，看清来人竟是他家传说中"出巡"的陛下。"你不是……"

跟着长庚的玄鹰们紧接着落地，"呼啦啦"地单膝跪了一片。

长庚不忍他奔波，自己奔波一下总是无妨的，一路驾玄鹰甲长途飞过来，本想给他个惊喜，结果还没到西北大营，自己先被葛晨传来的消息惊了个魂飞魄散，现在手还在哆嗦，一时气得说不出话来。

顾昀一看长庚这一身风尘仆仆，立刻猜了个八九不离十，心道一声"坏菜"，准是他腹诽将军坡山神，把此神激怒了，派来了这一位——又是他的桃花，又是他的劫。

他一摆手让玄鹰们散了，连忙上前一步，握住长庚的手肘，油嘴滑舌地接上自己上半句话："你不是月宫的神仙吗，怎么偷跑下来了？"

长庚倏地一甩手……没甩开他，怒极反笑。"少给我来这套，放开！"

顾昀使了个巧劲将他往怀里一拉道："不放，既然落在我手里了，红尘万里，你可别想重新位列仙班了。"

长庚对他怒目而视，然而一对上那张三月不见的脸，横起的眉和立起的目就先塌了一半。

"我是想啊，要是那木鸟真的做成，明年中秋，我不就赶得上回去见你了吗？"顾昀再接再厉，不错眼珠地盯着他哄，"别怪小葛，嗯？"

长庚向来对他没脾气没底线，听了句软话，脸上的怒火又塌了一半，只堪堪绷着脸。

"再说我不是随身带了鹰甲吗，必是知道万无一失的，怎么敢让你着急？"顾昀眉目一弯，使出撒手锏，从怀里摸出一个油纸包，还没打开，桂花味已经扑鼻而来，“你看这是什么。”

长庚：“……”

顾昀扣紧他的手，得寸进尺道：“要不然你也没机会回雁回看看，还记得这儿吗？”

长庚珍惜地把桂花糖饼收进怀里，有些复杂的神色一闪而过，随后没好气道：“记得，我还记得你又聋又瞎，非要挤在人堆里赶集，差点掉进暗河里……”

他说到这儿，忽然想起了什么，回头瞪顾昀道：“二十年前我就跟你操碎了心，怎么二十年后还是这样，一点长进也没有？”

顾昀大笑，拖着他往外走去。“我有长进不就行了。走，我带你去逛新的雁回镇，今天没有那些凑热闹的闲杂人等，就我们俩。”

“花言巧语也算长进？你……”

长庚一句话还没说完，就听风声中送来了一句一唱三叹的哭腔：“侯爷——”

葛晨找来了。

顾昀一拉长庚，从客栈后门钻了出去。“闲杂人等说来就来，我们快走！”

长庚哭笑不得，被他拉着一路钻小巷。

顾昀左拐右拐将葛晨甩在了身后，带着一点坏笑宣布：“我带你从这一头逛到那一头，沿暗河北上，将军坡上才热闹，暗河今夜开河，游船众多，我们可以坐船回来。”

长庚似笑非笑道：“也可以坐船去。”

“嗯，什么？”顾昀一愣，随后听见了一段熟悉的琴音，他蓦地扭头，见暗河中间一条巨大的画舫上，沈易肩头坐着自己那宝贝儿子，正摇头晃脑地听陈姑娘弹琴，对上他的目光，老远朝他拱拱手，笑出一口白牙，在流灯的夜河下分外显眼。

“大帅！”几架玄鹰甲落在沈易的画舫上，为首一个嗓门最大的正是老何，何荣辉手里举着顾昀先前放出的那只木鸟，乐得嘴要豁，“听说您遛鸟摔下来了，哈哈哈！”

顾昀：“……”

难得见此人也气急败坏一次，长庚不由得微笑起来。

暗河水声“隆隆”作响，澄澈的月光下，树影婆娑，他借光四顾，发现这自小长大的地方，竟也有些认不得了。

胡虏已尽，远征已矣。

秋风吹不尽明月，到如今，月圆人圆，改了天地。

番外十一 初见

“吁——”沈易上气不接下气地跑过来，“子熹！子熹！”

顾昀拿着千里眼，头也不回地“嗯”了一声，眼睛仍没离开蛮人那一队悄然离开的斥候。“十几大车的紫流金，地上的车辙一掌深，好！好个北八郡校尉，好大的胃口，好大的胆子！”

那是元和三十五年，顾昀接到密旨，前来北疆，寻访流落民间的四皇子。四皇子生母是北蛮人，顾昀从小耳目受损，都是拜蛮毒所赐，整个玄铁三部，没人敢触顾昀的霉头，可皇上他老人家就敢。

元和皇帝的意思很明白，小皇子流落民间多年，一下子惊逢剧变，心里一定惶惑不安，叫顾昀护送他这一路，也是结个善缘，让上一辈的恩仇都留在上一辈。

老皇帝按着头“结善缘”，顾昀也不方便抗旨不遵，于是消极怠工，派人“寻访”得有一搭没一搭的，要不是察觉到蛮人有异动，他这会儿还稳稳当当地坐镇西域。区区一个不知道是圆是扁的小皇子，万万不可能劳动他的大驾。

“季平，你来得正好，”当时未及弱冠的顾昀嘴角露出一点坏笑，把千里眼扔进沈易怀里，“明天你就回去，从玄铁营调一队玄鹰过来。”

沈易一脑门热汗道：“先不说这个，小皇子……”

顾昀正是年少轻狂，这回北境一帮不听他调配的武将算是犯到了他手里，他满脑子都是怎么给这些人来个下马威，径自说道：“这个吃里爬外的北八郡校尉不着急抓，咱们在这儿多待一阵子，让蛮人多出点血，倒要看看他们这个‘蚀金’能蚀出北境多少蛀虫，到时候把他们一网打尽，流进来的紫流金正好充公。”

沈易大步追上他，试图插话：“小皇子……”

“哦，就说没找着呢！”顾昀睁眼说瞎话，“再让这金枝玉叶在野地里长一会儿，反正都长这么大了，多个一年半载的也没什么，不着急。没他，我以什么名义老往北边跑？接了密旨，那帮御史台的碎嘴子还没完没了呢。”

沈易忍无可忍，以下犯上，一把薅住顾昀的肩膀。

顾昀：“干什么你？”

沈易：“小皇子不见了！”

顾昀不耐烦地吊起长眉道：“不见了？那你派人找去啊，跟我废什么话？”

沈易：“玄鹰打听到，那孩子好像自己跑到关外来了！”

“啧，”顾昀回头瞄了一眼遥远的天际，黑沉沉的，酷厉的北境似乎又在酝酿着一场白毛的风雪，他皱了皱眉，“麻烦死了，可别再让狼吃了。”

沈易怕了他的乌鸦嘴。“祖宗，你盼点好行不行啊！”

“走，看看去。”

大雪说下就下，转眼间，天地苍茫一片，厚实的狐裘都挡不住凛冽的朔风，顾昀用力眨了眨眼，眨掉了睫毛上沾的雪渣，他喝了一口烈酒暖身，心里没好气地想道：“小崽子，作死吗？”

“大帅，”一个玄鹰从风雪中落下，“西北四里外有蛮人驯养的狼群，我借着风雪才敢飞一段，怕他们发现，没敢靠近。”

“养的狼？”沈易一愣，转向顾昀，“北蛮只有贵族才能养狼，那些蛮族贵族恨不能离我大梁边境八丈远，怎么会把狼群放到这儿来？”

“嗯，我倒是听过一个谣言。”顾昀若有所思地说，“北蛮的世子……那个叫‘加莱荧惑’的，好像跟他们神女有一腿，不知道是不是真的。”

“四殿下是神女和皇上之子。”沈易脸色一变，“要是加莱荧惑知道小殿下离开胡格尔的视线，会不会……”

“哎哟，”顾昀看热闹不嫌事大地感慨一声，“碧波千顷、绿意滔天啊。”

沈易怒道：“大帅，说句人话吧！”

“狼群附近一定有主人，都别跟过来，省得让他们察觉，我去看看。”说完，顾昀狠狠地一夹马腹，飞掠而出。

风雪越来越大，横冲直撞地往人七窍里灌，呛得人气管生疼，顾昀和沈易快马加鞭，不多时，已经能听见风声中传来的凄厉狼嚎。

沈易哆嗦了一下，心道：“十一二岁的小娃娃，万一真陷进狼群里……”

那还有命在吗？可那是皇子！

沈易不由得偏头看了顾昀一眼，顾昀裹着雪白的狐裘、雪白的大氅，连马也是白的，一个错神，他就仿佛要连人带马地融进大雪里。他的马快，却一点不慌，有那么一瞬间，沈易忽然意识到，十二年前玄铁营事变，侯府里的小纨绔坯子一夜之间从锦绣堆里摔了出来，他心里怎么会对蛮女的孩子毫无芥蒂？也许他肯过来看看，都只是敷衍皇命而已，也许顾昀根本不在乎这个皇子是死是活。

假如那孩子运气不好，就此夭折了，顾昀在皇上面前，也不过只是需要费心找个借口罢了。

皇上毕竟老了，年轻的鹰狼之辈已经迫不及待地露出玄铁铸就的爪牙，打算在西北掀起一场腥风血雨，而一个内无母族、外无亲故的小小少年，纵使身负皇族血脉，又能仰仗他父亲那份遥远又虚无的眷顾几何呢？

就在这时，凄厉的狼嚎在耳边炸起，沈易激灵一下回过神来。

顾昀："季平！"

几匹油光水滑的公狼在高处警告着靠近的不速之客，纵身扑了过来。他俩虽身着便装，马却是战马，并不畏惧狼群，长嘶一声，抬起前蹄就撞了过去。有蛮人在附近，沈易不便露出割风刃，一俯身拉起一对铁马镫，"锵啷"一撞，金石之声在空旷的关外传出数里，大狼们纷纷畏惧地弓起后腰。

沈易压低声音问："子熹，杀吗？"

"杀什么杀？咱俩可是路过的文弱书生。"顾昀从嘴角挤出几个字，随后，他倏地提高了音量，"大哥你别怕，你身上不是有驱狼的药粉吗？你再撑一会儿，我这就去找人来救你！"

沈易："……"

顾……子……熹！

这货扮演起临阵脱逃的小白脸怎么这么逼真？就跟千锤百炼过一样！

关外的白毛风随时换方向，这会儿正是顺风，机不可失，沈易没顾上跟姓顾的打嘴仗，抬手甩出一个药包，扔到半空，用马鞭劈开，朔风把刺鼻的药粉卷了出去，劈头盖脸地砸向狼群。

狼群呜咽着后退，而隐藏在暗处的蛮人大概也看出来了，有这两个搅屎棍，今天他想干什么恐怕是不成了，远远一声狼哨响起，狼群夹着尾巴退散，落下一地狼藉……以及一个小小的身影。

沈易心里一紧，不等他看分明，身边微风掠过，顾昀已经催马过去了。

"怎么样了？"

"有气。"顾昀冲他一伸手，"酒壶拿来。"

沈易凑近一看，只见那是一个十一二岁的男孩，瘦得不成样子，被顾昀抱在怀里，只有很小的一团。他一身的血，一只小手软软地垂着，似乎是骨头断了，另一只手还不依不饶地攥着一把刀。

顾昀轻轻扣住他握刀的手，男孩的神志倏地清醒片刻，漆黑的眼睛直直地对上了年轻将军的，像一对含着火光的燧石，垂死也不肯熄灭。

顾昀一愣道：“酒！”

沈易把酒壶抛过去，顾昀回过神来，一把接住，送到男孩嘴边道：“张嘴。”

男孩不知听懂了没有，顾昀把那口酒灌进他嘴里的时候，他也没有拒绝，顺从地吞了下去。

沈易飞快地检查了一下他身上的伤。“还好，背后一道狼爪抓伤，腿上被咬了一口，都不重，剩下可能是跑动时摔的……怎么这么多血？”

顾昀：“是狼血。”

“啊？”

顾昀没吭声，将男孩裹进大氅道：“走，去雁回落脚。”

顾昀话音没落，就听一声轻响，男孩方才攥得死紧的手松了，沾满了狼血的刀落了地，然后他挣扎着、战战兢兢地攥住了顾昀的衣服。

“这么相信我吗？可你又不认识我。”顾昀心里忽然莫名其妙地一动，又低头看了一眼陌生的男孩，忖道，“好轻啊。”

他这么想着，手劲不由自主地松了些，仿佛怕捏坏了怀里细小的骨肉。

很多年以后，安定侯府王伯整理旧物，从箱底翻出了一对皮护腕，做工很糙，像是那些乡野猎户戴的，一看就不是侯府的东西。王伯没敢乱扔，便逮了个顾昀休沐的时候拿去问他。

“这个啊，”顾昀一看就笑了，“是个跟狼对着咬的野孩子送的，那狼死得真叫一个惨，好好一张狼皮，被他砍得跟狗啃过似的，最后就这么一点能用的，将将够做一对护腕……哎，干什么？”

长庚正好经过，一眼看出这伤眼的手工是出自谁手，伸手便抢，顾昀轻巧地避开。

“什么破烂你都留，”长庚道，“赶紧扔了，今年秋狩，打块整皮给你做副好的。”

“那敢情好。”顾昀一边说，一边把皮护腕揣进怀里，“那是大美人送的，这是小美人送的。”

长庚：“……”

“小美人可害羞了，给我送点东西，说话还结结巴巴的。”顾昀手很欠地勾了一下当朝皇帝的下巴，故作嫌弃道，“不像这个，管天管地的，脸皮比狼皮还厚。”

长庚“嗞”了一声，去抓他的手，没抓到，便扑了上去道：“没你厚，快拿来！我当年那个明明是送给沈先生的……”

顾昀：“送给谁的？你再说一遍。”

王伯笑呵呵地退了出来，不打扰主人们嬉笑打闹。

“陛下，你当年攥着那把刀，一脸宁死不松手的狠样，怎么睁眼一见我，就把刀扔了呢？”

“可能是因为大帅比狼英俊一点吧。”

“你是不是皮痒了？”

“英俊很多——很多，可以了吧？”

也可能……我的将军，是有些人之间的缘分命中注定，一眼见了，就再也逃不出去了。

【备注】

元和皇帝是个矛盾的人，尤其晚年，心胸狭隘、懦弱多情。

顾昀从小被送到他身边，又聋又瞎，可怜得很，这小侯爷流着武皇帝的血，又是玄铁三部的正根，于情于理、于家于国，元和帝都必须善待他，自欺欺人，也要给天下人看。元和皇帝一开始存着做戏的意思，但那可悲的老男人天生没有一副铁石心肠，总是容易动摇，一生都在后悔，时间长了，假戏就成了真。虽然顾昀和老皇帝算是平辈，但元和帝是拿他当儿子养大的，还是最受宠的“儿子”，李丰与魏王加在一起，受的宠爱不及顾昀一个人多。

老皇帝不可言说的忌惮，是顾昀身后甩不脱的阴云，而老皇帝不遗余力的宠爱，也给了顾昀恃宠而骄的资本。

顾昀的整个少年时代，都在这两根细丝上艰难地寻找平衡，所以他敢在明面上任性，阳奉阴违、敷衍皇命，干过好多“不似人臣”的破事，闯完祸让老皇帝给他兜着，甚至连皇子们叫他“皇叔”“义父”，也敢大喇喇地僭越答应（沈易都快给吓哭了，没想到元和皇帝为了保护处境尴尬的小儿子，没有见怪，后来还很离谱地顺水推舟了）。同时，他私下里又绝不越雷池一步，把肝胆剖开，涂在皇城九门之外，在朝中装聋作哑、独来独往，除了落魄贵族沈易，满城世家名门示好，他一概不理会。明知道李丰与他政见不合，也遵从元和帝的意思，在新君继位时及时雨似的赶回京城，镇住魏王。

后来李丰当了皇帝，顾昀就不这样了。

一方面他跟李丰没什么私人情义，两人更像纯粹的君臣。

一方面也是他长大成熟了，知道传国玉玺与玄铁虎符之下没有肉体凡胎，九五之尊与三军统帅都是“非人”，他找到了自己的路，明白了自己的下场。而宠他又怕他的人不在了，于是宫墙之下、汽灯之间，也就没有他曾经寄存于此的……痛苦的爱憎了。

番外十二

蒸汽朋克版真心话大冒险

李旻继位后第二年，正月十六，北行宫的温泉别院里灯火通明。

北大营不当值的将士全跑了过来，进京述职的沈将军也特意多留了几日，连向来勤勉的陛下都找了个托词，罢朝一天。有陛下坐镇，那些想借“贺寿”之名跑来拍马屁讨人嫌的，就全都不敢露头了，北行宫全是自己人，又热闹又自在。

用罢了家宴，北大营的将士不便长时间擅离职守，都各自回营地了，别院里笙歌渐消，曹春花嫌不热闹，就提议要玩“击鼓传花”。

“作诗吗？”葛晨一听，脸色都变了，慌忙摆手道，“我不来，来不了，我给你们敲鼓算了。”

顾昀接道：“那看来我只好给你们当花了。”

沈易就寒碜他道：“我说你还行不行了，大帅？从小也是宫里太傅调教出来的，马屁精们天天拍你是儒将，喝醉了信手涂的鬼画符也敢拿出去卖好几千两……”

顾昀拍案怒道：“哪个王八蛋卖的？我怎么一个子儿都没收到？”

奉函公察言观色，见顾帅有挂印封金，从此回家大写特写的意思，忙打圆场道：“临酒吟诗固然风雅，可就如那些仙音雅乐，少几分趣味，不必拘泥，我看，长歌作赋也不失豪放……”

顾昀笑道：“奉函公说的这个好！我……”

闻听顾帅要“长歌”，四座皆惊，仿佛集体被白虹射爆了太阳穴，纷纷开始头痛欲裂。长庚连忙夹起一块酥肉塞住了顾昀的嘴道：“多吃饭少说话，你伤还没好呢！让你养气，医嘱都忘了吗？”

陈姑娘肃然帮腔：“不错，大帅伤在肺腑，不可擅动气息。”

沈易也能屈能伸，低声下气道：“真……真不必了，大帅，我们都知道您很行，还是多歇会儿吧。”

葛晨瑟瑟发抖道：“我可能得去更个衣。”

有个大杀器在座，歌也唱不成了，最后议来议去，一干半醉的文武栋梁决定玩个很不入流的游戏——把花球掏了个能伸进一只手的洞，花球传到谁手里，谁就从里面摸个锦囊出来，答不出锦囊上的问题，就罚酒三杯。

长庚听完，立刻抬手盖住顾昀手边的杯子道：“他不能喝酒。”

刚直起腰的顾帅又软绵绵地塌了回去，懒洋洋地说道：“遵旨，陛下，那我可要胡说八道了。”

陛下想了想，招手叫来个内侍，低语几声，内侍一路小跑，不多时，抱来个小坛子和小瓷盘，众人抻长了脖子去看，只见坛子一掀开，一股醇厚的酸味就扑面而来。

“酒虽然不行，但醋还是能喝两口的。”长庚笑道，“反正都是粮食酿的。”

顾昀：“……”

他跟沈易那孬货还都是肉做的呢，能是一回事吗！

顾昀不爱吃甜，更不爱吃酸，小时候在饭桌上闻见醋味就闹，后来被老侯爷打服了，不闹了，也就是勉强能入口。及至看清了瓷盘里的东西，顾昀终于变了脸色道：“大冬天的，哪儿来的香椿？”

“宫里冰窖里冻的，取意‘春意长存’，怎么能让你干喝醋？当然要拌点小菜。”陛下笑眯眯地挑了一筷子，“我替你尝尝新鲜不新鲜。”

顾昀迅速躲了他三尺远，一时半会儿不想靠近某人了。

第一轮击鼓，花球落到了曹春花手里，曹春花拍着胸口，头晃尾巴摇地鼓捣了半天，从里面掏出个锦囊，不等看，葛晨就从旁边探出手，一把抢去，念道：“我看看，问的是……‘你此生，最不可割舍的是什么’？”

曹春花立刻朝长庚一拱手，说道：“忠义！”

陛下不买账，笑道：“去你的，我不信，喝酒。”

葛晨抬手要灌，曹春花抱头鼠窜道：“不不不，等等，我重新说！重新说！美貌，是美貌！”

“不老实。”陛下金口玉言道，“罚。”

美貌的曹春花被圣旨压扁了，只好乖乖张嘴，让葛晨灌了三杯。

顾昀自打从两江战场回来，就一直躺着，才刚被放出门，别说酒，连酒糟都没尝过一口，看得羡慕忌妒恨。不过羡慕也没用，他面前只有泡死醋中的香椿，时时刻刻地散发着虫尸的辛辣味。

可能是他的馋虫感动了上苍，第二轮，花球就落到了他手里。然而顾帅平生不认识“乖乖就范”四个字，他为了逃避醋拌香椿，在内侍鼓声停下的一瞬间，手里悄悄一弹，正打在内侍的胳膊肘上，内侍手筋一麻，整个人往前扑去，鼓“咚”地多响了一声，顾昀趁机把花球塞进了沈易手里。

沈易：“……”

他为什么要坐在顾子熹旁边？

沈将军掏出来的锦囊也应景，那锦囊里的字条上写道："你此生挨过板子吗？最后一次挨板子是因为什么？"

沈易一指顾昀道："挨过，因为他。"

顾昀以手撑头，在旁边笑，还挺光荣似的。

长庚便问道："是给教书先生下泻药那事吗？"

沈易震惊地看向顾昀，一双眼睛里满是"你怎么什么倒霉事都往外说，不知道丢人现眼吗"。

"那事太远了，"顾昀说道，"沈季平这个人，从小胆子就一点大，要不是我带着他玩，早就读书读傻了。"

沈易冷笑道："跟着你，没让我爹打傻，算他老人家手下留情。"

众人便催他说。

"这样一说，也有十多年了。"沈易想了想，说道，"那是西域第一次叛乱之前的事，十六七岁吧。"

十六七岁的长庚他们已经随着临渊阁云游四方了，闻听老成持重的沈将军还在家挨板子，一帮人顿时抻长了脖子。

"元和先帝给他定了门亲事，郭大学士之女，"沈易有意挤对顾昀，就说道，"长得那真是貌美如花、秀外慧中，敢和当年的太子妃，也就是太后娘娘并称双姝……"

顾昀警觉地打断他："别扯淡，说得好像你见过似的，连我都没见过。"

说完，他借着倒茶偷偷瞟了陛下一眼，长庚人在灯下，眉目比平时柔和不少，听到这儿，就似笑非笑地在桌子底下悄悄地点了点他，然后又从他面前的盘子里夹了根香椿。

顾昀哆嗦了一下。

"道听途说，郭小姐仰慕者很多嘛，"沈易说道，"其中一些人听说了这门亲事，就很不平，酸文假醋地骂他是纨绔子弟——当然，骂他的人自己也是纨绔，不然没这闲工夫。领头的是左相之子，这位仁兄自诩京城第一风流才子，'才'在哪儿，大伙都不知道，倒是知道他没事就喜欢倚翠偎红。有一天，这位去了‘香云阁’，会他的红颜知己，刚把裤子脱了，香云阁就走了水，着火的正好就是他的雅间。这位丞相公子情急之下，腰带也没找着，拎着裤子一路踩着浓烟飞了出来，从此人送绰号‘飞云公子’，左相因为这事脸上无光，年底就告老了。”

陈姑娘没听明白，便问她未婚的夫君道：“那为什么你挨了板子？”

顾昀大笑道：“因为这厮不听我的，放完火不敢大摇大摆地走前门，非要从后院跳窗户跑，正碰上沈老爷在那儿会友，哈哈哈，鬼鬼祟祟地乔装打扮，也没瞒住亲爹的眼。”

香云阁在起鸾楼后面，颇有格调，不少文人墨客会聚，饭菜也是一绝，但再有格调，毕竟也属于风月场所。亲爹在风月场所里会友，虽说没干什么吧，被儿子撞见，也足够他老人家尴尬得恼羞成怒了，何况这小子还淘气淘出花样了。

虽然放火烧人墙角这缺德事一听就知道是顾昀牵的头，但沈老爷打不着安定侯，只好把一腔怒火都喷在了亲儿子身上，打得他哭爹喊娘，卧榻一个多月。

沈易愤懑地把花球扔给顾昀道：“你陪一个。”

顾昀奇道：“凭什么？”

“凭那事是你一手策划的，要说起来，大帅真是从小就运筹帷幄，香云阁的地形和环境都……”

顾昀忙道：“陪陪陪，我陪，季平兄，快收了神通吧。”

于是顾昀在陛下意味深长的注视下，一言不发地夹起一根香椿，吞金似的放进口里。

直到第三轮击鼓，顾昀还没把那根香椿咽下去，痛苦地屏着息，他把花球安全脱手给沈易，去摸茶碗。谁知下一刻，本该传给陈姑娘的沈易以迅雷不及掩耳之势，又把花球砸回了顾昀怀里。

正在漱口的顾昀差点把茶水洒在前襟上，茫然地抬起头。

“咚”，鼓声停了。

顾昀："……"

沈易："哈哈哈哈！"

顾昀不方便当着满座亲友的面跟沈易互挠，只好故作大度地一挥手道："事无不可对人言，有什么？我就……"

他的话音戛然而止，扫见了锦囊里的字条，只见上面写道："你此生，行到水穷处，最大的慰藉是什么？"

众人见大帅牛皮吹一半，忽然哑了，都很好奇，沈易探过身去问："写了什么？"

顾昀伸手一握，把字条藏了起来，偏头去看长庚，一瞬间，眼神悠远起来，不知想起了什么，忽然就笑了。

长庚不明所以，眨了眨眼，问道："到底写了什么？"

年轻的陛下目光澄澈，北行宫所有的灯光都在那双瞳孔里。

"写了你，傻子。"顾昀想道，"算了，豁出去了。"

然后他一根一根地，把面前的"春意长存"都吃了。

嗯，口感欠佳，讨个好彩头。

番外十三

北疆一段不为人知的小事

上回说到，沈将军咸鱼翻生，终于趁大帅被醋熏得五迷三道时涮了他一把，让他吃了一颗花球，抽到了那张字条。

如果单说“慰藉”，顾昀的慰藉有很多，长庚美人排第一，但除长庚以外，好吃的、好玩的、过命的兄弟、丧着脸的沈易，王伯种的娇花、老霍喂的宝马……人世间种种能让他驻足欣赏、笑上一笑的东西，都留着他的情，自然也都算他的慰藉。

可是，“行到水穷处”，指的又是什么时候呢？

顾昀第一眼看见这行字的时候，想起的不是他年幼失怙、耳聋眼瞎的那段日子。

一来那是太久远的故事了，二来嘛，后来好几十年一直也是这样，他反正也习惯了。现在再回忆，反倒是小时候在侯府称王称霸的那几年，事情都模糊了，偶尔想起一些片段，抑或是听王伯他们提起，都觉得不像自己身上发生过的。

他想起的也不是西洋军围城的那回，那时候他已经是个成熟强大的男人了，该懂的不该懂的事情都懂了，该想的不该想的思虑，他也都虑过了，已经没有人再敢在“侯爷”前加个“小”字了，提起玄铁三部，人们想到的是他顾昀，而不再是老侯爷顾慎。他是国破家亡之前的最后一道墙，没那么多闲工夫感怀自己。

让他想起“山穷水尽”“走投无路”之类字眼的，要说起来，其实是隆安皇帝刚即位时，他奉命护送北蛮世子加莱荧惑出关的那一次——

那年的春天来得格外晚，明明已经是三月，北疆还没有一点活气，这里的天地也像是给冻住了，永远也亮不起来似的，牛羊的尸体被狼群藏在深深的雪坑里，人顶着风走一回，刮破的口鼻就会腥得呛嗓子。

沈易身披轻裘玄甲，马还没站稳，就一跃而下，三步并作两步地赶到帅帐前，没来得及掀帘子，先听见里头传出一阵闷闷的咳嗽声，沈易吓得手一哆嗦。

守在帅帐前的正是北疆驻军统领，忙道：“不是大帅，是陈公子。”

“陈大夫？”

“是，听人说，陈公子身体不好，冬天向来不出门的，今年破例赶过来，刚出关就赶上这场风雪，好人的身子骨都吃不住，何况是他？给人治病，大夫刚到，自己就快躺下了，唉！”

沈易雪天跑马，一身寒气，怕自己贸然闯进去雪上加霜，便缩回了掀帐的手。他清俊从容的眉目间多了几分焦躁，不过几天，两腮都凹了下去。交到卫兵手里的马好似和主人心神相连，也在不安地踱着步。

“皇上交代，让我们把那蛮人世子送回去，然后回西边去。”沈易压低声音同那统领说道，“按理早该动身了！西北大营沿路都护所派人问了几次。虽然玄铁三部在，迟到个十天半月，谅他们也不敢说什么。可这都快一个月了！”

统领问道：“大帅还是……”

沈易面色沉重，摇了摇头。

“到底因为什么？”统领疑惑不解道，“大帅少年时就是在西北长起来的，他就算回京城水土不服，也不应该喝不惯这北关外的风啊！来时不是好好的吗？莫非……是蛮子捣鬼？”

“不是，”沈易不愿多说，眉目间阴鸷一闪而过，摆手道，“快别问了。”

正在这时，一个少年从帐中走出来，差点没站稳，先给朔风刮得原地晃了晃，这才吃力地出声道：“沈将军来了，我家公子请您进去稍坐，他准备施针了。”

“哎……”沈易迟疑着，末了还是没说出什么，“唉！”

太原府陈氏二公子，神医妙手，却不能自医，天生体弱多病，多年来一直是大门不出，二门不迈，每次出门，回去必要大病一场，至于千里迢迢地赶到苦寒的关外，那简直相当于“舍命相救”了。于情于理，听他咳成这样，也该让他休整几天，可是“陈公子保重”的话在沈易舌尖上转了数圈，终于还是没说出口。

他实在是没了办法。

帅帐里火烧得很热，一股暖气扑面而来，中间似乎还夹杂着些许血腥味。

“灭几个火盆。”陈公子的声音从帐里传来，他脸上蒙了一层细纱，以防咳嗽惊扰病人，声音闷闷的，“不怕热坏了他吗，你家大帅几时怕过冷？”

他咳嗽的时候手会抖，便不敢自已下针，只在旁边细细地指点药童，比亲自动手还紧张，一眼也不敢恍神，不过一会儿，额前已经见了细汗。

沈易没敢过去，远远地等在门口。小半个时辰过去，才见陈公子直起腰道：“好了。”

顾昀好像有了一点意识，被药童扶起来，沈易正要拔腿上前，就见他一把拨开药童的手，伏在床边呕出口血。

沈易吓得魂不附体。“子熹！”

顾昀离开人手坐不住，软绵绵地往一边倒去。

陈公子一边在旁边运笔如飞地开药，一边说道：“没事，我给他提提神。”

沈易：“……”

顾昀哑声道：“……陈二？”

陈公子一愣，问沈易：“你们这两天没给他用耳目的药吧？”

沈易连忙摇头，伸手探顾昀的额头，摸到一手冷汗，温度却是降下来了。

陈公子想了想，低头在自己袖口上嗅嗅，笑道：“狗鼻子。”

顾昀眼前一片模糊，很吃力地认出了沈易，病恹恹地说：“你们把他招来干什么？多事……我又死不了。”

“大帅啊，”沈易苦笑道，“今早熬粥的大锅就是压在你身上煮熟的，你再烧下去，就成我大梁第一块人形紫流金田了。”

顾昀本来就听不清，这会儿还耳鸣，更是没听见几个字，他仿佛也不关心沈易说什么，头一歪闭了眼，不知是又晕过去了，还是闭目养神。

“沈将军，我怎么每次见你，你都哭丧个脸？”陈公子抖了抖写完的药方，又咳嗽起来，咳得眼角泛红，说话却还是带着笑意，这人总是乐呵呵的。用陈公子的话说，他们这些生下来就活不长的，已经很惨了，再不能比别人想得开，岂不是惨上加惨？

沈易心说：这不废话吗？找大夫的，十个有八个是有病，难道还要放一挂鞭炮庆祝庆祝？

但他跟陈公子不熟，不便太不客气，于是低头抱拳道：“劳烦陈兄特意跑一趟。”

“不打紧，顾帅救过舍妹，又对我的脾气，回头等他好了，让他给我写个扇面就是了。”

沈易忙问道：“那他这场病到底……”

“病因是什么，沈将军应该知道吧。”陈公子冲他笑了一下，“他年轻，武将的底子，只要这三天里能吃进饭去，人就不会有大问题，放心。”

顾昀的病因是什么呢？

年前，他心急火燎地带着四殿下赶回元和先帝病榻前，见了老皇帝最后一面。

他对老皇帝说：“皇上若去，子熹就再没有亲人了。”

直到现在，他才知道，原来亲人早就没有了。

顾昀不是任性的病人，三军主帅，也没地方给他撒娇。端药喝药、端饭吃饭，他醒了以后，亲卫遵医嘱，给他熬了一碗稀烂的肉粥，顾昀也没有二话，一口不剩，都喝了。

沈易听说，大大地松了口气，太原府陈家的人，说话总归有谱。谁知没到半夜，才让针压下去的高烧又卷土重来，吃进去的东西都吐了个干净。

沈易半夜闯进陈公子的帐子，却意外地发现那白衣公子好像在等他来一样，已经穿戴停当。见了沈易，陈公子眉目不惊道：“我说的不是吃饭，是吃进饭……走吧，我再去给他施一次针。啧，这都是治标不治本啊。”

沈易率先走出帐子，替陈公子挡了挡风雪，突然回头低声问道：“要是，三天过去……”

陈公子顿了顿，呵出一口凉气道：“那……将军，恐怕就恕在下才疏学浅了。”

沈易的心微微一沉。

三天眼看就要过去，顾昀这个看似配合的病人毫无起色，人像抽干了精神似的消瘦下去，要命的是，别人说什么也没用——他聋在自己的世界里，谁的话也听不见。

到了第三天傍晚，眼圈通红的亲卫再次端来吃的东西，顾昀终于偏头避开了。

亲卫快哭了，手足无措地看着走进来的沈易。顾昀略微抬了一下脖子，朝小亲卫笑了一下，摇摇头——你这面汤煮得挺香的，但是反复折腾反复吐，嗓子太疼了，实在有点咽不下去。

“没事，你先出去。”沈易接过汤碗，盖上，放在一边的小火炉上，冲亲卫挥挥手，随即从怀里摸出一副琉璃镜，别在了顾昀的鼻梁上。

冰冷的金属框架有些刺激，顾昀略微清醒了一些，好一会儿，才攒够了冲他打手势的力气——什么事？

沈易神色复杂地在原地站了片刻，下定了什么决心似的，他从怀里摸出一封信道：“京城……京城来的回信，你……”

他俩连哄带骗地瞒着长庚，偷偷摸摸离开侯府，半路上顾昀抓掉了一把头发也没想好怎么哄，干脆逼沈易代笔写了封家信，自己誊了一份寄回去。

现在，长庚回信了。

那个元和先帝与北蛮人的孩子。那个孩子之所以流落民间，在雁回乡下长大，就是因为三十蛮族死士偷袭玄铁营那件事，他的母亲给他的父亲做了替罪羊。

顾昀透过琉璃镜，面无表情地和沈易对视片刻道：“……出去。”

沈易抿抿嘴，把信筒放在他床头，往外走去，走了几步，又忍不住回头道：“子熹，你……”

回答他的是一声脆响——顾昀把信筒拂落在地。

沈易怀疑自己出了昏招，只好再去求陈大夫想办法，帅帐里安静得连一丝风也没有了。

顾昀靠在床头，几乎要被这一场大病掏空了，他好像突然掉进了一个悬崖，他的前二十年都在深渊的另一侧，仿佛是刚刚走过，回头看，却又遥不可及。

他忍不住偏头看了一眼滚在地上的信筒，半个月以前，他还在盼着这封回信。想他的小长庚刚刚满心欢喜地给他过完生日，他却第二天就不辞而别，那孩子心事重，一定很伤心……

顾昀的手消瘦得只剩一层皮，青筋跳了出来。

"十六，吃药了！"

"……别动，小心热粥烫着你！"

"义父，你是世界上对我最好的人了。"

"我不去，还得练剑呢！不学好本事，将来谁照顾你？"

"义父，吃完面再进门。"

对了，那碗面，里面还有蛋壳，煮成了糊，跟沈易刚才放在火炉上的那碗差不多。

火炉缓缓烤着碗底，细微的气味从缝隙里溢出，像是……正月十六那天，京城肃杀萧疏的天寒地冻里，那个迎他迎到门口的碗。

顾昀的胸口剧烈地起伏了几下，他突然挣扎着爬起来，膝盖一软，又跪在地上，他随手拽过帐子里的一把割风刃，当拐棍撑着自己，把滚远的信筒捡了回来，脱力的手抖得厉害，好半天才拆开。

"义父尊前：自别后，偌大京城，远近无亲，唯有片甲相伴，聊以慰藉……"

我身边什么都没有了，就剩下你的一片肩甲。

侯府梅花快开败了，希望你临走的时候看见了那花，否则它的心意就白费了，又是一年徒劳。纵使以后年年花开，也不是这一朵了吧。

西北军务繁忙，我是不是不能经常写信打扰？

你肯定忙得很，一点也不想我……但我就不一样了。

京城太寂寞了，除了你，我没有别人可以思念了。

顾昀的手有些捏不住信纸，割风刃“锵啷”一下掉在了地上，金属的震颤声传出去老远，亲卫们吓得鱼贯而入。

那天晚上，顾昀忍着疼，灌了半碗和着血腥味的面汤，竟没再吐了。

番外十四 帝都新风尚背后的男人

隆安十年，新皇李旻不等登基，就亲赴两江战场。此后东瀛人临阵倒戈，江南大捷。至此，大局已定，任凭西洋教皇有通天彻地的本领，最终也无力回天。

顾昀终于挂了印。

在两江大营的时候，顾昀觉得自己挺好的——他既没有断胳膊，也没有断腿，甚至没破相，依然英俊潇洒。虽然打了一身钢板，但他与钢板兄相伴多年，早就“情同手足”，大败西洋军后，他认为自己离骑马上阵就差一场好觉。

把一干事务交接给沈易，顾昀终于卸了心头的甲，在帅帐里倒头就睡。枕戈待旦多年，这一觉果真是好觉，昏天黑地，梦也没一个，几乎就要睡死过去。迷迷糊糊间，他先是隐约听见有人声，只是听不太清，紧接着，又有人把手掌捂在他脸上，手指微凉，袖子里透出熟悉的安神散香味。

“长庚啊。”他这么想道，拉着意识的弦一松，神志又开始往下沉。

“三天了。”长庚抬起头，脸色却不太好，比之前不眠不休两天飞到两江战场还疲惫，他嘴唇上略微起了皮，轻声问陈姑娘，“他为什么还不醒？”

陈轻絮端了一碗水递给他，长庚接过来自己尝了一口温度，就用小勺盛着，小心地喂给顾昀。

“侯爷的药里有助眠的成分，不过大概也不全是药劲，这些年亏得太多了，心神一松，就全发出来了。”陈姑娘道，“还有皇上身上带着的安神散——”

长庚常年带着安神散，已经被这玩意腌入味了，闻言立刻把装安神散的香囊解下来丢在一边，忧心忡忡地问道：“和安神散也有关系？对了，我早就想问，他好像对陈姑娘的安神散特别敏感，稍微点上一把就睡得很沉，这药的药性温和得很，按理说不应该有什么冲撞的，还是他……”

精神太差了？

陈轻絮说道：“陛下，睡得沉不是坏事啊。”

“我知道，只是……”

“其实像侯爷这种从小泡在药汤里长大的人，体质比一般人更不敏感。我听人讲，前些年侯爷在北郊温泉山庄遇刺，贼人给他下的药足够放倒两三个壮汉，他也不过是手脚麻痹了片刻而已。”陈轻絮慢声细语说道，“陛下，烈性迷药尚且如此，何况区区一包安神散呢？这一味药里，能让他沉眠不醒的，大概也……”

什么？

陈姑娘说一半不说了，长庚有些茫然地看着她。

陈轻絮再是江湖儿女，也是个未出阁的姑娘，后面的话实在说不出口，就不好意思地笑了一下，冲他微微施礼，转身走了。

长庚一开始没明白她在不好意思什么，莫名其妙，低头继续给顾昀喂水，忽然，一个念头划过他心尖，长庚的手一顿——

能让他沉眠不醒的，不是药本身……

那么，是这股味道吗？

是因为带着这股味道的……我吗？

长庚呆了好一会儿，轻手轻脚地把水放下，觉得心里有一汪小小的水泊，绵密的波纹不断地来回起伏。他钩起顾昀的手指，轻轻摩挲着那人指尖的细茧，十指相扣……

就在这时，整个空间震荡了一下，紧接着是一声巨响，仿佛一头巨兽的叹息。

闷闷的“隆隆”声动静很大，生生地把半聋顾昀也惊醒了，顾昀的心神还没远离战场，未及清醒，先悚然一惊。

顾昀猛地睁开眼，被晃眼的白光刺了一下，他下意识地把长庚往怀里一带，去摸床头的割风刃……摸了个空。

割风刃呢？

甲呢？

即使琉璃镜不在，顾昀也发现这里似乎不是两江大营的帅帐——帅帐里进出的将军们带来的冷铁和汗的味道不见了，床头似乎有香炉，燃着清幽的香，身下的床褥柔软得要把人骨头融化进去，而窗外……

一片白？

阳春三月天，江南还会下雪？

还是他更瞎了？

这时，被他护在怀里的人轻轻地掰过他的脸，在他眼角碰了一下，把琉璃镜架在了他的鼻梁上。

顾昀的视野清晰起来，紧接着，“嗡”的一声，“屋子”又是一震，窗外飞起云海似的白雾，浓郁地涌动片刻，继而缓缓散开，露出北方尚未复苏的初春。一排铁傀儡和卫兵列队两侧，为首一位似乎是御林军统领。

长庚："京城到了，子熹，回家了。"

顾昀分明记得自己是在两江大营的帅帐里，眼睛一闭一睁，竟然就到了京城。

他脸上一片空白，露出了这辈子最呆滞的表情："……啊？"

半个月以后，纵贯南北的蒸汽铁轨车才正式投入使用。

史书上说，早期的蒸汽铁轨车烧紫流金，因此只供军用，战后过了几年，灵枢院再三改造，降低了能耗，才开始开放民用线路。

史书上没说，大梁铁轨车第一次开跑，原是为了悄没声儿地偷走大帅。

唉，史书老遗漏重点。

后来，长庚虽然彻底摆脱了乌尔骨，身边却总是预备着几包配好的安神散，朝廷内外都跟着这位皇上一起养生，惜命成了朝中新风尚，大家没事就坐一起交流怎么"补气养血""平心静气"，药膳成了独立菜系，在帝都红极一时。

陈姑娘有一次陪沈将军回京见了长庚，闻到皇上身边仍然萦绕着淡淡的草药味。好多年过去，她早把当年在蒸汽铁轨车上的闲话忘了，隐晦地向皇上表示，乌尔骨真的已经根除了，陛下不用再这么小心翼翼，这有点砸她招牌。

长庚笑而不语。

顾昀中年后不再驻守边疆，除了例行巡视四境军务，他大部分时间都在京城。京城的生活毕竟安逸，平时在自己府上又有人精心照料，时间长了，养得他添了不少娇气的毛病，偶尔出长差时，到了新地方，总有那么一两宿睡不着。

不过只要放一包安神散在床头，他就不择席认床了。

番外十五

闲事二三

壹　关于“故园”

外人觉得顾帅行伍出身，常年吃沙子喝北风，性情又跳脱，一定十分不拘小节。皇上呢，打从少年时候起，就是个慢性子的斯文人，一举一动透着风雅无双的气度，连他身上那点外族血统都能给遮过去。所以表面上看，他俩私下里过日子，应该是皇上安排周到，顾昀满口“随便”，怎么都行。

但其实长庚这个乡下出身的“土皇帝”，根本不像外表看起来那么精致。他一天到晚除了俯首干活、练功养生，基本没别的志趣。只要顾昀一出差，他就过得跟和尚似的。每天早睡早起，跟铁傀儡打一架然后上朝或者办公（侍卫可不敢拎着刀追着皇帝砍）。到了饭点，膳房给做什么他就吃什么，不好吃的不挑，好吃的也不贪嘴，八分饱，饭后没有小酌一杯的恶习，因为早年睡眠不好，别说酒，他连茶都喝得少，以白开水度日……一直等顾昀回来，再带他过有声有色的日子。

顾昀正好相反，他不能闲。这人一闲下来可事儿了。而且根据长庚多年来的观察，他其实不是挑剔，是以此为乐。

故园选址定下来以后，自然要翻修，这事长庚一开始是想自己揽下来的，因为他感觉修园子是个苦差事，哪怕是修自己家——那么大一个园子，得操多少心？他不舍得让顾昀去掉这把头发，只好自己勉为其难，亲自过问。

好不容易把园子的图纸折腾出来，长庚头都大了两圈，顾昀北巡回京，工部主事便奉皇上旨意，看看大帅还有什么意见。

大帅的意见……那就像瓢泼大雨一样密集。

长庚眼里的“苦差事”，成了顾昀那一段时间最大的乐子。回京以后，顾昀天天往工部跑，跟主事俩人每天凑在一起叽叽咕咕，一会儿要加一个这个，一会儿要改一个那个，然后每天回家，拿着一堆鸡零狗碎给长庚献宝。今天给他看江南一带最流行的花砖，明天拿回五份迎客亭的设计图，让他挑一个最喜欢的——那五份设计图，长庚猫着腰，举着琉璃放大镜来回看了三遍，也没看出有什么区别。

“也行吧，”长庚不是很能理解他的热情，只好想，“反正他开心就好。”

于是整个故园后期修建，几乎全是顾昀拿的主意，他鼓捣起这些玩意，耐心就跟用不完一样，连亭旁竹林种什么品种都肯亲自去看，抉择不下来，还弄回了几棵回京城的侯府养，说是要看效果。

长庚陪着他把竹子栽下，感觉这几位站成一排，活像一个娘生的。他茫然地想，也许养一段时间会有区别吧？

还不等长庚看出区别，因为在帝都水土不服，几棵竹子就死光光了。于是这事一直都是个谜。

故园落成之后很久，有一天，顾昀在后山放马，长庚在旁边卷着裤腿钓鱼。

一有鱼要上钩，顾昀那几匹破马就跑过来撒欢，商量好了故意捣蛋似的，坐了半天，一条鱼也没钓上来。长庚也不急，心平气和地捞竿换饵，眯着眼闲坐，也不知是钓鱼还是养神。

这时，顾昀想起了什么，忽然问长庚："你当年不是说，这园子你来建吗？怎么后来都成了我的活？"

长庚便懒洋洋地道："我一开始的想法比较简单，只有后院那一小片。"

整个故园，只有他俩平时住的那一点地方，顾昀没怎么大刀阔斧地改。因为长庚之前做得很详细了，微微下沉的小院，流觞曲水、浮萍石阶，都是他亲手画的。

顾昀枕着双臂，在后山的湖边躺下道："我听主事说了，其他地方你让他们便宜从事，我看你就只有修一个院子的耐性。"

长庚笑道："不是只有修一个院子的耐性，是我心里只有一个院子。"

顾昀眨眨眼。

了然大师说过，"心有一隅，房子大的烦恼就只能挤在一隅中，心有四方天地，山大的烦恼也不过是沧海一粟"。

了然大师虽不大爱干净，但确实是当世得道高僧，长庚少年时，循着他这一句话，把愁与怨放逐到了四方天地，如今，愁与怨尽数消解，他就把自己的"四方天地"收归芥子，通通塞进了一个小院里。

这样，情意岂不就浓稠得不可开交了吗？

鱼群刚要意意思思地靠近，隐隐的马蹄声又传来了，长庚叹道："大帅，你那几匹退伍的兵痞子再来搅和，晚上可就没有烤鱼吃了，你自己把手伸水里涮一涮，准备吃手吧。"

顾昀把外袍一扒，说道："等着。"

长庚以为大帅要驯马，谁知眼前一花，接着"扑通"一声，差点被河水溅一脸。

顾昀："接好了！"

他一掌斜斜切入水中，一点水花也没惊起，一勾一挑，一条肥鱼被他抛起来，在空中甩着粼粼的光，流光溢彩地砸进长庚怀里，尾巴后面的水珠带起一条彩虹。

太上皇手忙脚乱地接住，鱼竿脱手掉进了河里。“顾子熹！你贵庚了你！”

顾昀大笑。

然后他乐极生悲，晚上没吃着梦寐以求的烤鱼。长庚怕他着凉，押着他去洗了一通热水澡，灌了祛寒汤，并不容置疑地把烤鱼改成了白惨惨的鱼汤。

还放了姜丝……这丧心病狂的狗皇帝！

贰　关于长庚为什么当了皇帝，还要被铁傀儡追着砍

跟被战场教养长大的顾昀不同，长庚一生中舞刀弄枪的机会其实不多。

他继位以后，四海宾服、家国平安，将军们都在边塞种起大田，西北大营还组织过一次种瓜比赛，看哪位将军帐下的小兵种的瓜最大最甜。何荣辉拔了头筹，此后人送外号“神瓜大将军”，此人十分得意，每次回京述职都要给顾帅塞一车……也不管人家爱吃不爱吃。

在这种环境下，皇帝当然更不可能披甲上阵，但他仍是每天天不亮就起，赤手空拳地把侯府的几个铁傀儡殴打一遍，三九天也能打出一身大汗，风雨无阻。一直到了两鬓斑白的年纪，他还驾得起鹰甲，拉得开最沉的铁弓。

后世推断，这应该是他从小生活经历的缘故。

长庚——梁文帝李旻在雁回长大，即使十几岁的时候被顾昀带回京城，统共也只待了一年不到，没来得及习惯帝都的纸醉金迷，就跟着了然大师浪迹天涯去了。

幼年，他要靠自己机敏，才能在秀娘的虐待下少吃些苦头。

童年，他要握紧手里的刀，才能在狼群中苦苦支撑到有人来救他。

少年时出门在外，遇见地痞流氓、山匪强盗与各路脾气古怪的江湖人士不知凡几，一言不合就动手的情况太多了，指望他那几位同伴肯定不行，

要战要跑，都得自己上。

及至好不容易长大成人，回京封王，京城又差点被洋人炸成渣。

他的前半生都是在兵荒马乱与动荡不安中度过的，因此一直没机会学会怎样做一个高高在上的贵族，把身家性命交给侍卫和御林军。他像一匹孤狼，养尊处优，也不敢忘记磨炼爪牙，总觉得手里的筹码多一个是一个，还要时时提醒自己权势如浮云，不可太过沉迷依仗。

毕竟，他用尽全力，还要加上几分气运，险象环生，才算保住了自己想要保护的东西，又岂敢松懈呢?

图书在版编目（CIP）数据

杀破狼：全三册 / Priest 著．-- 长沙：湖南文艺出版社，2020.11（2024.8 重印）
ISBN 978-7-5404-9690-6

Ⅰ．①杀… Ⅱ．① P… Ⅲ．①长篇小说－中国－当代 Ⅳ．① I247.5

中国版本图书馆 CIP 数据核字（2020）第 095182 号

上架建议：畅销·小说

SHA PO LANG : QUAN SAN CE
杀破狼：全三册

作　　者：Priest
出 版 人：陈新文
责任编辑：丁丽丹
监　　制：毛闽峰　李　娜
策划编辑：张园园
文案编辑：王　静
营销编辑：刘　珣　焦亚楠
封面设计：好谢翔工作室
版式设计：梁秋晨
封面插图：张　渔
书名题字：仓仓仓鼠
出　　版：湖南文艺出版社
（长沙市雨花区东二环一段 508 号　邮编：410014）
网　　址：www.hnwy.net
印　　刷：三河市兴博印务有限公司
经　　销：新华书店
开　　本：640mm × 915mm　1/16
字　　数：892 千字
印　　张：64.5
版　　次：2020 年 11 月第 1 版
印　　次：2024 年 8 月第 8 次印刷
书　　号：ISBN 978-7-5404-9690-6
定　　价：149.40 元（全三册）

若有质量问题，请致电质量监督电话：010-59096394
团购电话：010-59320018